CB020690

Obras do autor publicadas pela Galera Record

Tão ontem

SÉRIE VAMPIROS EM NOVA YORK
Os primeiros dias
Os últimos dias

SÉRIE FEIOS
Volume 1 – *Feios*
Volume 2 – *Perfeitos*
Volume 3 – *Especiais*
Volume 4 – *Extras*

SÉRIE LEVIATÃ
Volume 1 – *Leviatã: a Missão Secreta*
Volume 2 – *Beemote: A revolução*
Volume 3 – *Golias*

SCOTT WESTERFELD

·GOLIAS·
━ A REVELAÇÃO ━

Ilustrações de
KEITH THOMPSON

Tradução de
ANDRÉ GORDIRRO

GALERA RECORD
RIO DE JANEIRO • SÃO PAULO

2014

CIP-BRASIL. CATALOGAÇÃO NA FONTE
SINDICATO NACIONAL DOS EDITORES DE LIVROS, RJ

W539g

Westerfeld, Scott, 1963-
Golias / Scott Westerfeld; ilustração Keith Thompson; tradução André Gordirro. – 1ª. ed. - Rio de Janeiro: Galera Record, 2014.
il. (Leviatã; 3)

Tradução de: Goliath
Sequência de: Beemote
ISBN 978-85-01-09753-8

1. Ficção americana. I. Thompson, Keith. II. Gordirro, André. III. Título. IV. Série.

14-09327
CDD: 813
CDU: 821.111(73)-3

Título original em inglês:
Goliath

Copyright © 2009, 2010, 2011 by Scott Westerfeld

Publicado primeiramente por Simon Pulse,
uma marca Simon & Schuster's Children's Publishing Division.
Os direitos desta tradução foram negociados com
Jill Grinberg Literary Management LLC e Sandra Bruna Agencia Literaria, SL.

Todos os direitos reservados.
Proibida a reprodução, no todo ou em parte, através de quaisquer meios.
Os direitos morais do autor foram assegurados.

Texto revisado segundo o novo Acordo Ortográfico da Língua Portuguesa.

Adaptação de capa e miolo: Renata Vidal da Cunha

Direitos exclusivos de publicação em língua portuguesa somente para o Brasil adquiridos pela
EDITORA RECORD LTDA.
Rua Argentina 171 - Rio de Janeiro, RJ - 20921-380 - Tel.: 2585-2000
que se reserva a propriedade literária desta tradução.

Impresso no Brasil
ISBN 978-85-01-09753-8

Seja um leitor preferencial Record.
Cadastre-se e receba informações sobre
nossos lançamentos e nossas promoções.

Atendimento e venda direta ao leitor:
mdireto@record.com.br ou (21) 2585-2002.

EDITORA AFILIADA

PARA TODOS QUE ADORAM
UM ROMANCE HÁ MUITO SECRETO,
REVELADO ENFIM.

◆ UM ◆

— SIBÉRIA — DISSE ALEK.

A palavra saiu fria e implacável da língua, tão hostil quanto o cenário que passava lá embaixo.

— Não chegaremos à Sibéria até amanhã — comentou Dylan à mesa, ainda devorando o café da manhã. — E levaremos quase uma semana para cruzá-la. A Rússia tem um *tamanho* berrante.

— E tem um frio berrante — acrescentou Newkirk.

Ele estava ao lado de Alek na janela do refeitório dos aspirantes, segurando com as duas mãos uma xícara de chá.

— Frio — repetiu Bovril.

A criatura se agarrou ao ombro de Alek com um pouco mais de força, um arrepio atravessando-lhe o corpo.

No início de outubro, não havia neve no solo abaixo. Mas o céu era de um azul gelado e sem nuvens. A janela tinha uma crosta de gelo nas bordas, resquício de uma noite gélida.

Mais uma semana voando por esse ermo, pensou Alek. Mais distante da Europa e da guerra, e de seu destino. O *Leviatã* ainda seguia para o leste, provavelmente na direção do império do Japão, embora ninguém confirmasse o destino. Apesar de ter ajudado a causa britânica em Istambul, os oficiais da aeronave ainda encaravam Alek e seus homens como pouco mais que prisioneiros. Ele era um príncipe mekanista, e eles eram darwinistas, e a Grande Guerra entre as duas tecnologias se espalhava mais rápido a cada dia.

— Vai ficar muito mais frio quando apontarmos para o norte — falou Dylan, com a boca cheia. — Vocês dois devem terminar de comer as batatas. Elas vão esquentá-los.

Alek se virou.

— Mas já estamos ao norte de Tóquio. Por que vamos sair do caminho?

— Estamos bem no rumo — respondeu Dylan. — Na semana passada, o Sr. Rigby mandou que calculássemos uma grande rota circular que nos levou até Omsk.

— Uma grande rota circular?

— É um truque de navegador — explicou Newkirk.

Ele bafejou na janela em frente e depois desenhou um sorriso de cabeça para baixo com um dedo.

— A Terra é redonda, mas o papel é chato, certo? Portanto, uma rota em linha reta parece curva quando desenhada em um mapa. A pessoa sempre acaba indo mais ao norte do que imaginava.

— A não ser abaixo do Equador — acrescentou Dylan. — Aí ocorre o inverso.

Bovril riu, como se grandes rotas circulares fossem bem engraçadas. Mas Alek não entendeu uma só palavra daquilo: não que tivesse esperado entender.

Era enlouquecedor. Havia duas semanas, ele ajudara a liderar uma revolução contra o sultão otomano, senhor de um antigo império. Os rebeldes receberam bem os conselhos de Alek, suas habilidades como piloto e seu ouro. E, juntos, eles venceram...

Mas aqui, a bordo do *Leviatã*, Alek era um peso morto: um desperdício de hidrogênio, como a tripulação chamava qualquer coisa inútil. Ele podia passar os dias com Dylan e Newkirk, mas não era um aspirante. Não sabia ler um sextante, dar um nó decente ou calcular a altitude da nave.

Pior de tudo, Alek não era mais necessário nas nacelas dos motores. Durante o mês em que ele passara tramando uma revolução em Istambul, os engenheiros darwinistas aprenderam muito sobre a mekânica dos mekanistas. Hoffman e Klopp não eram mais chamados para ajudar com os motores, portanto praticamente não havia necessidade de um tradutor.

Desde a primeira vez que veio a bordo, Alek sonhara em servir de alguma forma no *Leviatã*. Mas tudo que ele podia oferecer — a capacidade de pilotar um andador, esgrimir, falar seis línguas e ser o bisneto de um imperador — parecia inútil em uma aeronave. Sem dúvida, Alek era mais valioso como um jovem príncipe que notoriamente virou a casaca do que como um aeronauta.

Era como se todo mundo *tentasse* torná-lo um desperdício de hidrogênio.

Então Alek se lembrou de um ditado do pai: o único remédio contra a ignorância é admiti-la.

Ele respirou fundo.

— Eu sei que a Terra é redonda, Sr. Newkirk, mas ainda não entendi este negócio de "grande rota circular".

— É facílimo de ver, se você ficar em frente a um globo terrestre — falou Dylan ao empurrar o prato. — Tem um na sala de navegação. Nós podemos entrar escondidos em alguma hora que os oficiais não estejam lá.

— Isto seria muito conveniente.

Alek se voltou para a janela e entrelaçou as mãos atrás das costas.

— Não é motivo de vergonha, príncipe Aleksandar — disse Newkirk.

— Eu ainda levo *séculos* para calcular decentemente um curso. Não é como o Sr. Sharp aqui, que sabia tudo de sextantes antes mesmo de se alistar na Força Aérea.

— Não é todo mundo que tem a sorte de ter um pai aeronauta — comentou Alek.

— Pai? — Newkirk se voltou da janela com a testa franzida. — Não era seu tio, Sr. Sharp?

Bovril fez um som baixinho e enfiou as garras minúsculas no ombro de Alek. Dylan não disse nada. Ele raramente falava a respeito do pai, que morrera queimado diante dos olhos do menino. O acidente ainda atormentava Dylan, e fogo era a única coisa que o assustava.

Alek se irritou por ser um *Dummkopf* e se perguntou por que havia mencionado o homem. Será que estava revoltado com Dylan por sempre ser bom em tudo?

O príncipe estava prestes a se desculpar quando Bovril mudou de posição novamente e se debruçou para olhar pela janela.

— Monstrinho — falou o lêmur perspicaz.

Um pontinho preto surgiu ao cruzar o céu azul vazio. Era um grande pássaro, bem maior que os falcões que voaram em volta da aeronave nas montanhas, há alguns dias. Tinha o tamanho e as garras de um predador, mas o formato não era igual a nada que Alek já tivesse visto.

E vinha na direção da nave.

— Aquele pássaro lhe parece estranho, Sr. Newkirk?

Newkirk se voltou para a janela e ergueu o binóculo de campanha, ainda pendurado no pescoço após a vigilância matinal.

— Sim — respondeu ele, um momento depois. — Acho que é uma águia imperial!

Houve o som de pernas de cadeira sendo arrastadas com pressa atrás deles. Dylan apareceu na janela e protegeu os olhos com as mãos.

— Bolhas, o senhor tem razão! Duas cabeças! Mas as águias imperiais só levam mensagens do czar em pessoa...

Alek deu uma olhadela para Dylan e se perguntou se tinha ouvido direito. *Duas cabeças?*

A águia voou mais perto e passou rápido pela janela como uma imagem confusa de penas escuras. O ouro do arnês reluziu no sol da manhã. Bovril começou a rir loucamente diante da passagem do pássaro.

— Ela está a caminho da ponte, certo? — perguntou Alek.

— Sim. — Newkirk abaixou o binóculo. — Mensagens importantes vão diretamente para o capitão.

Um pouco de esperança rompeu o mau humor de Alek. Os russos eram aliados dos britânicos, colegas darwinistas que fabricavam mamutinos e gigantescos ursos de combate. E se o czar quisesse ajuda contra os exércitos mekanistas e esta fosse uma convocação para a nave dar meia-volta? Até mesmo lutar no gelado fronte russo seria melhor que perder tempo neste ermo.

— Eu preciso saber o que diz aquela mensagem.

Newkirk deu um muxoxo de desdém.

— Por que o senhor não vai perguntar ao capitão, então?

— Sim — disse Dylan. — E aproveite para pedir uma cabine mais quente para mim.

— Que mal pode haver? — argumentou Alek. — Ele ainda não me jogou na prisão.

Quando Alek retornou ao *Leviatã* duas semanas antes, meio que esperava ser posto a ferros por ter fugido. Mas os oficiais o trataram com respeito.

Talvez não fosse tão ruim agora que todos finalmente sabiam que ele era o filho do finado arquiduque Ferdinando, e não apenas um nobre austríaco qualquer que tentava fugir da guerra.

— Qual seria uma boa desculpa para visitar a ponte? — perguntou Alek.

— Não é preciso desculpa — respondeu Newkirk. — Aquele pássaro veio voando de São Petersburgo. Eles vão nos chamar para levá-lo ao descanso e alimentá-lo.

— E o senhor não viu o aviário, Vossa Principeza — acrescentou Dylan. — É melhor vir conosco.

— Obrigado, Sr. Sharp — disse Alek sorrindo. — Eu adoraria.

Dylan voltou à mesa e às preciosas batatas, provavelmente agradecido pela conversa sobre seu pai ter sido interrompida. Alek decidiu que se desculparia antes do fim do dia.

⬡ ⬡ ⬡

Dez minutos depois, um lagarto-mensageiro meteu a cabeça no refeitório dos aspirantes, saindo de um tubo do teto. Ele falou com a voz do timoneiro-mestre.

— Sr. Sharp, por favor, compareça à ponte. Sr. Newkirk, compareça ao paiol.

Os três correram em direção à porta.

— Paiol? — indagou Newkirk. — Por que diabos isso?

— Talvez queiram que o senhor contabilize o estoque novamente — sugeriu Dylan. — Esta viagem pode ter acabado de ficar mais longa.

Alek franziu a testa. Será que "mais longa" significava que voltariam para a Europa ou se distanciariam ainda mais?

Enquanto os três prosseguiam para a ponte, o príncipe sentiu uma comoção na nave em volta deles. Nenhum alarme havia soado, mas a tripulação estava agitada. Quando Newkirk se separou para descer a escada central, um esquadrão de amarradores em trajes de voo passou correndo, também em direção ao andar inferior.

— O que diabos eles estão fazendo? — perguntou Alek.

Os amarradores sempre trabalhavam no topo da nave, nos cabos que seguravam a grande membrana de hidrogênio.

— Uma pergunta muitíssimo boa — falou Dylan. — A mensagem do czar parece ter nos virado de pernas para o ar.

A ponte tinha um guarda postado à porta e uma dezena de lagartos-mensageiros grudados no teto, à espera de ordens para serem despachadas. Havia um tom agudo ao costumeiro zum-zum-zum de homens, criaturas e máquinas. Bovril se remexeu no ombro de Alek, e o príncipe sentiu a arfada do motor mudar pelas solas das botas: a nave engatou força máxima à frente.

No timão principal do *Leviatã*, os oficiais estavam reunidos em volta do capitão, que segurava um pergaminho enfeitado. A Dra. Barlow estava no grupo, com o próprio lêmur no ombro e o tilacino de estimação, Tazza, sentado ao lado.

Um guincho soou à direita de Alek, que se virou e se viu cara a cara com uma criatura deveras surpreendente...

A águia imperial era grande demais para caber na jaula de pássaros mensageiros da ponte e estava empoleirada na mesa de sinais. Ela trocava de posição, de uma garra afiada para a outra, e agitava as reluzentes penas negras.

E o que Dylan dissera era verdade. A criatura tinha duas cabeças — e dois pescoços, obviamente, enroscados um no outro como um par de cobras de asas negras. Enquanto Alek observava horrorizado, uma cabeça bicou a outra, a língua vermelha deslizando-lhe da boca.

— Pelas chagas de Deus — murmurou ele.

— Como nós dissemos — falou Dylan. — É uma águia imperial.

— É uma *abominação*, você quer dizer.

Às vezes, as criaturas darwinistas pareciam ter sido fabricadas não pela utilidade, mas simplesmente para serem horripilantes.

Dylan deu de ombros.

— É apenas um pássaro de duas cabeças como na insígnia do czar.

— Sim, é claro — disparou Alek. — Mas aquilo tem o objetivo de ser *simbólico.*

— Sim, este monstrinho é simbólico, mas respira também.

— Príncipe Aleksandar, bom dia. — A Dra. Barlow tinha saído do grupo de oficiais e cruzado a ponte com o pergaminho do czar na mão.

— Vejo que conheceu nosso visitante. Que belo exemplo da fabricação russa, não é mesmo?

— Bom dia, madame. — Alek fez uma mesura. — Não tenho certeza do que esta criatura é um belo exemplo, só acho que ela é um pouco...

Engoliu em seco ao ver Dylan colocar um par de luvas grossas de falcoeiro.

— Literal? — A Dra. Barlow deu uma risadinha. — Pode ser, mas o czar Nikola *realmente* adora seus bichinhos de estimação.

— Bichinhos de estimação, bá! — repetiu o lêmur da cientista, em cima do novo poleiro, as jaulas das andorinhas-mensageiras.

Bovril deu uma risadinha. As duas criaturas começaram a sussurrar coisas sem sentido uma para a outra, como sempre faziam quando se encontravam.

Alek desviou o olhar da águia.

— Na verdade, estou mais interessado na mensagem trazida pela águia.

— Ah... — As mãos da Dr. Barlow começaram a enrolar o pergaminho. — Infelizmente, isso é segredo militar, por enquanto.

Alek fechou a cara. Seus aliados em Istambul jamais guardaram segredos.

Se ao menos Alek pudesse ter ficado lá, de alguma forma. De acordo com os jornais, os rebeldes controlavam a capital neste momento, e o

"MENSAGEIRO DE DUAS CABEÇAS."

resto do Império Otomano estava caindo em seu poder. Alek teria sido respeitado lá — seria útil, em vez de um desperdício de hidrogênio. Na verdade, ter ajudado os rebeldes a derrubar o sultão tinha sido a coisa mais *útil* que ele havia feito na vida. O ato privou os alemães de um aliado mekanista e provou que ele, príncipe Aleksandar de Hohenberg, poderia fazer algo significativo nesta guerra.

Por que tinha dado ouvidos a Dylan e voltado a essa aeronave abominável?

— O senhor está bem, príncipe? — perguntou a Dra. Barlow.

— Eu só queria saber o que vocês darwinistas estão tramando — respondeu Alek, com repentina raiva na voz. — Ao menos faria sentido se eu e meus homens fôssemos levados para Londres, a ferros. Qual é a lógica de nos arrastar por meio mundo?

A Dra. Barlow falou em um tom confortador:

— Todos nós vamos aonde a guerra nos leva, príncipe Aleksandar. O senhor não deu tanto azar assim nesta nave, não foi?

Alek fechou a cara, mas não podia discutir. O *Leviatã* o impediu de passar a guerra escondido em um castelo gelado nos Alpes, afinal de contas. E o levou para Istambul, onde ele deu o primeiro golpe nos alemães.

Alek se controlou.

— Talvez não, Dra. Barlow, mas eu prefiro escolher meu próprio rumo.

— Este momento pode vir mais cedo que imagina.

Alek ergueu uma sobrancelha e se perguntou o que ela queria dizer.

— Vamos, Vossa Principeza — chamou Dylan. A águia agora estava encapuzada e empoleirada no seu braço, quieta. — É inútil discutir com cientistas. E temos um pássaro para alimentar.

◈ **DOIS** ◈

A ÁGUIA SE MOSTROU bem dócil assim que Deryn enfiou um par de capuzes nas cabeças brigonas.

O pássaro pesava sobre o braço enluvado, tinha uns bons cinco quilos de músculos e coragem. Enquanto Deryn e Alek iam em direção à popa, em pouco tempo a aspirante ficou agradecida pelas aves terem ossos ocos.

O aviário era separado da gôndola principal. Ficava bem atrás, a meio caminho da nadadeira ventral. O calor do canal gástrico esquentava o corredor que levava ao aviário, mas o vento gelado da passagem da aeronave ondulava as paredes membranosas de ambos os lados. Considerando o fato de que os dois estavam no interior de uma aeronave de 300 metros de comprimento, feita a partir das cadeias vitais de uma baleia e de uma centena de outras espécies, o lugar quase não fedia. O cheiro era parecido com a mistura de suor animal com lama, como um estábulo no verão.

Ao lado dela, Alek mantinha um olho desconfiado na águia imperial.

— Você acha que ela tem dois cérebros?

— Claro que tem — respondeu Deryn. — Para que serve uma cabeça sem cérebro?

Bovril riu da resposta, como se soubesse que Deryn quase tinha feito uma piada sobre os mekanistas em relação a isso. Como Alek passara a manhã inteira nervosinho, ela não brincou.

— E se as cabeças discordassem sobre o lado a voar?

Deryn riu.

— Elas resolveriam a questão brigando, creio eu, como qualquer pessoa. Mas duvido que as cabeças discutam muito. A cachola de um pássaro é predominantemente feita de nervo óptico: eles têm mais visão que raciocínio.

— Então pelo menos a águia não tem *noção* da própria aparência horrenda.

Um guincho veio de baixo de um dos capuzes, e Bovril imitou o som. Deryn franziu a testa.

— Se monstrinhos de duas cabeças são tão horríveis, por que você trazia um pintado no seu Stormwalker?

— Aquele era o brasão dos Habsburgo. O símbolo da minha família.

— Símbolo de quê? De frescura?

Alek revirou os olhos, depois começou um sermão.

— A águia de duas cabeças foi usada pela primeira vez pelos bizantinos para mostrar que o império governava tanto o leste quanto o oeste. Mas quando uma dinastia real moderna usa o símbolo, uma das cabeças simboliza poder terreno, e a outra, direito divino.

— Direito divino?

— O princípio de que o poder de um rei é oriundo de Deus.

Deryn soltou um muxoxo de desdém.

— Deixe-me adivinhar... Quem sugeriu isso foi um *rei*, talvez?

— É um pouco antiquado, creio eu — falou Alek.

Mas Deryn se perguntou se ele acreditava na resposta, de qualquer maneira. A cachola de Alek estava cheia de um monte de blá-blá-blá, e

ele sempre falava que a Divina Providência o guiava desde que saíra de casa. Que era seu destino acabar com esta guerra.

Até onde ela sabia, a guerra era grande demais para ser detida por uma única pessoa, príncipe ou plebeu, e o destino não dava a mínima sobre o *propósito* de qualquer um. O destino de Deryn era ser uma garota, afinal de contas, e viver enfiada em saias e presa a crianças histéricas em um lugar qualquer. Mas ela havia evitado esse destino muitíssimo bem, com uma pequena ajuda de sua habilidade com costura.

Obviamente, havia outros destinos dos quais ela não tinha escapado, como ter se apaixonado de tal maneira por um príncipe tapado, que lhe enchia a cabeça com tolices incompatíveis à conduta de um soldado — tipo ser seu melhor amigo e aliado, ao mesmo tempo em que um desejo constante e impossível tomava-lhe o coração.

Era simplesmente sorte que Alek estivesse envolvido demais nos próprios problemas e nos problemas berrantes do mundo inteiro para notar. Obviamente, esconder os sentimentos foi um pouco mais fácil pelo fato de que ele não sabia que Deryn era uma garota. Ninguém a bordo sabia, a não ser o conde Volger, que, apesar de ser um vagabundo, pelo menos tinha talento para guardar segredos.

Os dois chegaram à escotilha do aviário, e Deryn estendeu o braço para a trava de pressão. Mas com apenas uma das mãos livre, era difícil encontrar o mecanismo no escuro.

— Pode nos dar uma luz, Vossa Divina Principeza?

— Certamente, Sr. Sharp — falou Alek.

Ele puxou o apito de comando, examinou-o com o olhar e depois assoprou.

As lagartas bioluminescentes embaixo da pele da aeronave começaram a tremeluzir, e uma suave luz verde banhou o corredor. Depois Bovril se juntou ao apito com uma voz tão suave quanto uma caixinha de sinos. A luz ficou mais clara e intensa.

— Bom trabalho, monstrinho — elogiou Deryn. — Um dia você vai se tornar aspirante.

Alek suspirou.

— Que é mais do que se pode afirmar de mim — replicou.

Deryn ignorou o drama de Alek e abriu a porta do aviário. Quando a confusão de guinchos e chiados saiu para o corredor, a águia imperial apertou com mais força o braço de Deryn, que sentiu as garras afiadas através do couro da luva de falcoeiro.

"SEGREDOS NO AVIÁRIO."

Ela seguiu à frente de Alek pela passarela elevada, à procura de um espaço vazio embaixo. Havia nove jaulas ao todo, três embaixo de Deryn e três em ambos os lados, cada uma com a altura de dois homens. Os pássaros-mensageiros e as aves de rapina menores eram uma confusão de asas agitadas, enquanto os gaviões-bombardeiros estavam empoleirados em poses majestosas e ignoravam os pássaros inferiores à volta.

— Por Deus! — exclamou Alek atrás de Deryn. — Isto aqui é uma loucura.

— Loucura — repetiu Bovril, que pulou do ombro do príncipe para o corrimão.

Deryn balançou a cabeça. Alek e seus homens geralmente achavam a aeronave caótica demais para o seu gosto. A vida era uma coisa confusa e tumultuada, comparada com a precisão organizada dos aparelhos mekanistas. O ecossistema do *Leviatã*, com centenas de espécies entrecruzadas, era bem mais complexo que qualquer máquina sem vida e, portanto, um pouco menos ordeiro. Mas isso era o que mantinha o mundo interessante, pensava Deryn; a realidade não possuía engrenagens, e nunca se sabia que surpresas podiam surgir do caos.

Ela certamente nunca esperara ajudar a liderar uma revolução mekanista um dia, ou ser beijada por uma garota, ou se apaixonar por um príncipe. Mas tudo isso havia acontecido no mês passado, e a guerra estava apenas começando.

Deryn viu a jaula que os tratadores do aviário esvaziaram, e puxou o elevador de carga acima dela. Não daria certo colocar a águia imperial com os outros pássaros — não enquanto ela estava com fome.

Em um gesto rápido, Deryn tirou os capuzes e enfiou o monstrinho dentro do elevador. A águia desceu esvoaçando e girou no ar por um momento como uma folha levada pelo vento. Aí pousou no maior poleiro.

Dali, a águia imperial encarou os colegas através das barras e ficou trocando de posição, descontente. Deryn imaginou em que tipo de jaula ela vivera no palácio do czar. Provavelmente uma jaula de barras reluzentes, com camundongos gordos servidos em bandejas de prata, e sem o cheiro dos dejetos de outros pássaros empesteando o ar.

— Dylan, enquanto temos um momento a sós... — chamou Alek.

Ela se virou para encará-lo. Alek estava próximo, os olhos verdes reluziam na escuridão. Era sempre mais difícil encará-lo quando ele falava tão sério, mas Deryn conseguiu.

— Desculpe por ter mencionado seu pai mais cedo — disse o príncipe. — Eu sei como isso ainda te atormenta.

Deryn suspirou e se perguntou se simplesmente deveria dizer para ele não se preocupar. Mas foi um pouco complicado, considerando que Newkirk mencionou o tio. Seria mais seguro contar a verdade para Alek — pelo menos, o máximo da verdade que fosse possível.

— Não precisa se desculpar — falou Deryn. — Mas tem algo que você deveria saber. Naquela noite em que te contei a respeito do acidente do meu pai, não expliquei tudo.

— O que você quer dizer?

— Bem, o Artemis Sharp realmente era meu pai, exatamente como falei. — Deryn respirou fundo. — Mas todo mundo na Força Aérea pensa que ele era meu tio.

Ela notou, pela expressão de Alek, que aquilo não fazia sentido algum, e, sem que Deryn sequer tentasse, mentiras saíram-lhe da língua:

— Quando eu me alistei, meu irmão mais velho, Jaspert, já estava na Força Aérea, então não podíamos dizer que éramos irmãos.

Aquilo era blá-blá-blá, obviamente. O motivo real era que Jaspert já havia contado aos colegas de tripulação que tinha apenas uma irmã mais nova. Um irmão que surgisse do nada poderia ter sido um pouco mais confuso.

— Nós fingimos ser primos, entendeu?

Alek franziu a testa.

— Irmãos não servem juntos no seu serviço militar?

— Não quando o pai está morto. Veja bem, nós somos seus únicos filhos. E se nós dois...

Deryn deu de ombros, na esperança de que Alek acreditasse.

— Ah, para manter vivo o sobrenome da família. Muito sensato. E era por isso que sua mãe não queria que você se alistasse.

Deryn concordou com uma expressão triste e se perguntou por que suas mentiras sempre se tornavam complicadas de uma forma tão berrante.

— Eu não queria te envolver em uma mentira. Mas naquela noite, como pensei que você fosse embora da nave para valer, falei a verdade, em vez do que conto para todo mundo.

— A verdade — repetiu Bovril. — *Sr.* Sharp.

Alek ergueu a mão e tocou no bolso do casaco. Deryn sabia que era ali que ele mantinha a carta do papa, aquela que poderia torná-lo imperador algum dia.

— Não se preocupe, Dylan. Eu guardarei todos os seus segredos, assim como você guarda os meus.

Deryn gemeu. Ela odiava quando Alek dizia aquilo porque ele *não podia* guardar todos os seus segredos, podia? Alek não sabia o maior de todos.

De repente, ela não quis mais mentir. Não tanto *assim*.

— Espere — falou Deryn. — Eu acabei de falar um monte de blá-blá-blá. Irmãos podem servir juntos. É outra coisa.

— Blá-blá-blá — repetiu Bovril.

Alek simplesmente ficou parado ali, com uma expressão de preocupação no rosto.

— Mas não posso contar o verdadeiro motivo — disse Deryn.

— Por que não?

— Porque... — Ela era uma plebeia, e ele, um príncipe. Porque Alek fugiria correndo se soubesse. — Você pensaria mal de mim.

Alek encarou Deryn por um momento, depois esticou o braço e tocou seu ombro.

— Você é o melhor soldado que já conheci, Dylan. O garoto que eu gostaria de ser, se não tivesse me tornado um príncipe tão inútil. Eu jamais poderia pensar mal de você.

Ela gemeu e se virou, desejando que soasse um alarme, um ataque de zepelins ou uma tempestade de raios. Qualquer coisa para tirá-la desta conversa.

— Preste atenção — falou Alek ao abaixar a mão. — Mesmo que sua família tenha um segredo obscuro qualquer, quem sou eu para julgar? Meu tio-avô conspirou com os homens que mataram meus pais, pelo amor de Deus!

Deryn não fazia ideia de como responder a isso. Alek entendeu tudo errado, obviamente. Não era algum segredo antigo de família: era somente dela. Alek sempre entenderia tudo errado, até que ela contasse a verdade.

E isto Deryn jamais poderia fazer.

— Por favor, Alek. Eu não posso. E... tenho uma aula de esgrima.

Alek sorriu, a imagem perfeita de um amigo paciente.

— A qualquer hora que você quiser me contar, Dylan. Até lá, não perguntarei novamente.

Ela assentiu em silêncio e foi à frente de Alek o tempo todo, durante o trajeto.

— Você está um tanto quanto atrasado com meu café da manhã, não é?

— Desculpe por isso, sua nobreza, mas aqui está — respondeu Deryn ao deixar cair a travessa sobre a escrivaninha do conde Volger.

O café esguichou para fora do bule e caiu sobre a torrada.

O conde ergueu uma sobrancelha.

— E os jornais também — falou Deryn ao tirá-los debaixo do braço.

— A Dra. Barlow guardou especialmente para o senhor, apesar de eu não entender por que ela se dá ao trabalho.

Volger recolheu os jornais, depois pegou e balançou a torrada molhada.

— Você me parece bem agitado hoje de manhã, Sr. Sharp.

— Sim, bem, andei ocupado.

Deryn franziu a testa para o homem. Obviamente, ter mentido para Alek fora o que a deixara irritada, mas sentiu vontade de culpar o conde Volger.

— Não terei tempo para uma aula de esgrima.

— Que pena. Você estava se saindo tão bem — comentou o conde. — Para uma garota.

Deryn fez cara feia para o homem. Não havia mais guardas postados do lado de fora dos camarotes dos mekanistas, mas alguém que passasse pelo corredor poderia ter ouvido. Ela atravessou a cabine, para fechar a porta, e depois se voltou para o conde.

Ele era a única pessoa na aeronave que sabia quem Deryn realmente era e, geralmente, tomava cuidado para não mencioná-lo em voz alta.

— O que o senhor quer? — indagou ela baixinho.

O conde não olhou para Deryn, mas em vez disso mexeu no café da manhã como se travasse uma conversa amigável.

— Notei que a tripulação parece estar se preparando para alguma coisa.

— Sim, nós recebemos uma mensagem hoje pela manhã. Do czar.

Volger ergueu os olhos.

— O czar? Vamos mudar de rumo?

— Isto é um segredo militar, infelizmente. Ninguém sabe, a não ser os oficiais. — Deryn franziu a testa. — E a cientista, creio eu. Alek perguntou a ela, mas a Dra. Barlow não disse.

O conde passou manteiga na torrada meio molhada e pensou sobre a situação.

Durante o mês que Deryn passara escondida em Istambul, o conde e a Dra. Barlow firmaram uma espécie de aliança. A cientista havia feito com que ele se mantivesse a par das notícias da guerra, e Volger dera opiniões sobre a política e a estratégia dos mekanistas. Mas Deryn duvidava que a Dra. Barlow respondesse à curiosidade do conde. Jornais e rumores eram uma coisa, ordens lacradas eram outra.

— Talvez *você* pudesse descobrir para mim.

— Não, eu não poderia — afirmou Deryn. — É um segredo militar.

Volger serviu-se de café.

— E, no entanto, segredos podem ser *tão* difíceis de ser mantidos, às vezes. Não acha?

Deryn sentiu uma tontura gelada subir, como sempre acontecia quando o conde Volger a ameaçava. Havia algo *impensável* sobre a ideia de todos descobrirem quem ela era. Deryn não seria mais uma aeronauta, e Alek jamais falaria com ela novamente.

Mas naquela manhã, Deryn não estava disposta a ser chantageada.

— Eu não posso ajudá-lo, conde. Apenas os oficiais superiores sabem.

— Mas tenho certeza de que uma garota tão engenhosa como você, tão obviamente versada em subterfúgios, conseguiria descobrir. Um segredo revelado para manter outro a salvo?

O frio ardeu gelado na barriga de Deryn neste momento, e ela quase cedeu. Mas aí lembrou de uma coisa que Alek dissera.

— O senhor não pode permitir que Alek descubra sobre mim.

— E por que não? — perguntou Volger, enquanto se servia de chá.

— Eu e Alek acabamos de nos encontrar no aviário, e quase contei para ele. Isso às vezes acontece.

— Tenho certeza de que sim. Mas você *não* contou, não foi? — Volger fez um som de desaprovação. — Porque sabe como ele reagiria. Por mais que vocês se gostem, você é uma plebeia.

— Sim, sei disso, mas também sou um soldado, e um soldado bem berrante. — Ela se aproximou e tentou manter a voz firme. — Sou o próprio soldado que Alek poderia ter sido, se um janota como o senhor não o tivesse criado. Eu tenho a vida que ele perdeu por ser o filho de um arquiduque.

Volger franziu a testa, sem entender ainda, mas tudo se tornava nítido na mente de Deryn.

— Sou o garoto que Alek quer ser, mais do que qualquer coisa. E o senhor quer contar para ele que, na verdade, sou uma *menina*? Além de perder os pais e o lar, como o senhor acha que Alek vai receber essa notícia, sua nobreza?

O homem a encarou por outro momento, depois voltou a mexer o chá.

— Pode ser um tanto quanto... perturbador para ele.

— Sim, pode ser. Bom café da manhã, conde.

Deryn se viu sorrindo ao se virar e sair do aposento.

◆ TRÊS ◆

QUANDO A PORTA de carga abriu a grande mandíbula, uma corrente de vento gelado entrou, passou pelo paiol, e fez estalar e tremular as correias de couro do traje de voo de Deryn. Ela colocou os óculos de proteção, se debruçou para fora e viu o terreno que passava disparado lá embaixo.

O solo tinha trechos com neve e pinheiros. O *Leviatã* havia passado sobre a cidade siberiana de Omsk pela manhã, sem parar para reabastecer, e ainda seguia apontado para o norte, rumo a algum destino secreto. Mas Deryn não teve tempo para imaginar aonde eles estavam indo: nas trinta horas desde que a águia imperial chegara, estivera ocupada treinando para esta coleta de carga.

— Onde está o urso? — perguntou Newkirk, que se debruçou mais além de Deryn, pendurado sobre o nada pelo cabo de segurança.

— À nossa frente, poupando as forças.

Deryn ajeitou as luvas com firmeza, depois testou o peso contra o cabo pesado no gancho de carga. O cabo era tão grosso quanto seu punho e capaz de erguer uma bandeja de carga com duas toneladas de suprimentos. Os amarradores andaram mexendo no equipamento o dia inteiro, mas este era o primeiro teste de verdade. Tal manobra específica não estava nem no *Manual de Aeronáutica*.

— Eu não gosto de ursos — murmurou Newkirk. — Alguns monstrinhos berrantes são *grandes* demais.

Deryn apontou para o gancho no fim do cabo, tão grande quanto um lustre de salão de baile.

— Então é melhor o senhor não enfiar aquilo no nariz do monstrinho por acidente. Ele pode não gostar.

Atrás das lentes dos óculos de proteção, Newkirk arregalou os olhos.

Deryn deu um soco no ombro dele e sentiu inveja do posto de Newkirk na ponta do cabo. Não era justo que ele tenha aprimorado as habilidades de aeronauta enquanto ela e Alek tramavam uma rebelião em Istambul.

— Obrigado por me deixar ainda *mais* nervoso, Sr. Sharp!

— Pensei que o senhor tivesse feito isso antes.

— Fizemos algumas coletas na Grécia, mas aquelas foram apenas malas postais, não carga pesada. E estavam em carroças puxadas por cavalos, e não nas costas de um grande urso berrante!

— Isto realmente parece um pouco diferente — concordou Deryn.

— É o mesmo princípio, rapazes, e vai funcionar da mesma maneira — disse o Sr. Rigby ao surgir atrás dos dois.

Os olhos do contramestre estavam no relógio de bolso, mas os ouvidos jamais deixavam escapar alguma coisa, mesmo no vento uivante da Sibéria.

— Suas asas, Sr. Sharp.

— Sim, senhor. Como um bom anjo da guarda.

Deryn colocou as asas planadoras nos ombros. Ela carregaria Newkirk e usaria as asas para guiá-lo sobre o urso de combate.

O Sr. Rigby sinalizou para a equipe do guincho.

— Boa sorte, rapazes.

— Obrigado, senhor! — disseram os dois aspirantes simultaneamente.

O guincho começou a girar, e o gancho desceu na direção da porta aberta do paiol. Newkirk o pegou e se prendeu a um cabo menor, que sustentaria o peso combinado dos dois aspirantes enquanto eles voavam.

Deryn abriu as asas planadoras. Conforme seguia na direção da porta, o vento ficava mais intenso e gelado. Mesmo através dos óculos de proteção âmbar, a luz do sol fez com que Deryn apertasse os olhos. Ela pegou as correias do arnês que a prendiam a Newkirk.

— Pronto? — berrou Deryn.

Newkirk concordou com a cabeça, e juntos deram um passo para o vazio que rugia...

A corrente de vento gelado puxou Deryn na direção da popa, e o mundo deu uma volta, o céu e a terra giraram loucamente. Mas, então, as asas planadoras ficaram firmes no ar, estabilizadas pelo suspenso Newkirk como uma pipa contida pela linha.

O *Leviatã* começou a descer. A sombra da aeronave cresceu embaixo dos dois aspirantes e ondulou como um furioso vagalhão negro no solo. Newkirk ainda segurava o gancho, com os braços em volta do cabo, contra a corrente de ar.

Deryn bateu as asas planadoras, que eram do mesmo tipo que ela usara uma dezena de vezes em descidas de Huxley, mas balonismo livre não era nada comparado a ser arrastada atrás de uma aeronave em velocidade máxima. As asas fizeram força para puxá-la para a proa, e Newkirk acompanhou Deryn, balançando lentamente sobre o terreno difuso abaixo. Quando ela corrigiu o rumo novamente, os dois aspirantes balançaram para a frente e para trás embaixo da aeronave, como um pêndulo gigante que começava a parar.

"ENGANCHANDO O PACOTE."

As asas frágeis quase não tinham força suficiente para guiar o peso de dois aspirantes. Os pilotos do *Leviatã* teriam de colocá-los exatamente sobre o alvo, deixando apenas o ajuste fino com Deryn.

A aeronave continuou descendo até que ela e Newkirk ficaram a menos de 20 metros do solo. Ele deu um gritinho quando as botas rasparam o topo de um pinheiro alto e provocaram uma rajada de agulhas geladas e reluzentes.

Deryn olhou para a frente... e notou o urso de combate.

Ela e Alek tinham visto alguns ursos naquela manhã, silhuetas negras que seguiam a trilha Transiberiana. Pareceram bastante impressionantes a 300 metros de altura, mas a esta altitude a fera era realmente monstruosa. Os ombros tinham quase a altura de uma casa, e o bafo quente subia no ar gelado como a fumaça de uma chaminé.

Havia uma enorme plataforma amarrada às costas. Uma bandeja de carga esperava ali com um aro achatado de metal, pronto para o gancho de Newkirk. Quatro tripulantes em uniformes russos corriam sobre o urso para verificar as correias e a rede que continha a carga secreta.

O chicote comprido do condutor surgiu no ar e desceu, e o urso começou a se afastar pesadamente. Ele seguia por um trecho reto da ferrovia, alinhado ao curso do *Leviatã*.

O ritmo do monstrinho aos poucos virou uma corrida. De acordo com o Dr. Busk, o urso só conseguiria igualar sua velocidade à da aeronave por pouco tempo. Se Newkirk não conseguisse prender o gancho direito na primeira passagem, eles teriam de dar uma volta lenta para deixar a criatura descansar. As horas poupadas por não pousar e abastecer da forma normal seriam parcialmente perdidas.

E o czar, ao que parecia, queria que a carga chegasse ao destino rapidamente.

À medida que a aeronave se aproximava do urso, Deryn sentiu os passos trovejantes retumbarem no ar. A criatura deixava um rastro de nuvens de poeira que subia da gelada terra batida. Ela tentou imaginar um esquadrão de criaturas assim avançando para a batalha, com esporas de combate reluzentes e vinte carabineiros em cima de cada uma. Os alemães deviam estar *loucos* por provocar esta guerra, pois colocaram suas máquinas não apenas contra as aeronaves e os krakens da Grã-Bretanha, como também contra as enormes feras terrestres da Rússia e da França.

Ela e Newkirk estavam sobre o trecho reto agora, a salvo do topo das árvores. A trilha Transiberiana era uma das maravilhas do mundo, até mesmo Alek admitira. Aplainada por mamutinos, ela se estendia de Moscou ao Mar do Japão e era tão larga quanto um campo de críquete — tinha espaço suficiente para dois ursos passarem em direções opostas sem se incomodarem.

Os ursinos eram monstrinhos temperamentais. Durante toda a noite anterior, o Sr. Rigby brindou Newkirk com histórias de ursos que devoraram os tratadores.

Em pouco tempo, o *Leviatã* alcançou o animal, e Newkirk sinalizou Deryn para puxá-lo para bombordo. Ela inclinou as asas, sentiu o puxão da corrente de ar em volta do corpo e pensou rapidamente em Lilit no planador. Deryn imaginou como estava a garota na nova República Otomana, depois balançou a cabeça para afastar o pensamento.

A bandeja de carga se aproximava, mas o aro que Newkirk se preparava para agarrar, subia e descia com o passo saltitante do urso gigante. Ele começou a abaixar o gancho e tentou balançá-lo um pouco mais próximo ao alvo. Um dos russos subiu mais na bandeja de carga e esticou o braço para o alto, a fim de ajudar.

Deryn inclinou as asas um pouquinho e levou Newkirk mais para bombordo.

O aspirante esticou o gancho, e metal bateu em metal, o raspão e o tinido do contato soaram alto no vento frio — o gancho se prendeu ao aro! Os russos gritaram e começaram a soltar as correias que prendiam a bandeja de carga à plataforma. O condutor do urso balançou o chicote para a frente e para trás, o sinal para os pilotos do *Leviatã* subirem.

A aeronave empinou a frente, e o gancho pegou o aro com mais força, o cabo grosso ficou teso ao lado de Deryn. Obviamente, a bandeja de carga não se ergueu das costas do urso de combate — não ainda. Não era possível adicionar duas toneladas ao peso de uma aeronave e esperar que aquilo subisse imediatamente.

Lastro começou a ser derramado das laterais do *Leviatã*. Bombeados diretamente do canal gástrico, a água salobra atingiu o ar, tão quente quanto urina. Porém, no vento siberiano, ela congelou instantaneamente e virou um jato de auréolas de gelo reluzentes.

Um instante depois, o gelo tocou o rosto de Deryn como um granizo incessante e quicou nos óculos de proteção. Ela cerrou os dentes, mas soltou uma gargalhada. Eles acertaram na primeira passagem, e em breve a carga seria içada. E ela estava voando!

Mas, quando a gargalhada morreu, um rosnado baixo retumbou no ar, um som furioso e poderoso que gelou os ossos de Deryn, pior do que qualquer vento siberiano.

O urso de combate estava ficando agitado.

E era compreensível. A excreção congelada de milhares de monstrinhos chovia sobre a cabeça do urso e trazia os odores de lagartos-mensageiros e lagartas bioluminescentes, Huxleys e respiradores de hidrogênio, morcegos, abelhas, pássaros e da grande baleia em si — uma centena de espécies, cujo cheiro o urso de combate jamais havia sentido.

Ele ergueu a cabeça e soltou outro rugido. Incomodado, o urso mexeu os grandes ombros marrons e jogou os tripulantes russos no ar. Eles caíram a salvo, tão equilibrados quanto aeronautas em uma tempestade.

O gancho retiniu no aro enquanto o urso se sacudia, e o cabo estalou e tremeu ao lado de Deryn. Ela jogou o peso para a esquerda, na tentativa de levar os dois aspirantes para um lugar seguro.

O chicote do condutor subiu e desceu algumas vezes, e o urso de acalmou um pouco. À medida que mais lastro reluzia no alto, a carga finalmente começou a ser içada.

O último tripulante do urso de combate pulou da bandeja de carga e depois se virou para acenar. Deryn prestou continência no momento em que o urso diminuiu a velocidade e parou. A carga girava no ar agora e passou raspando logo acima do solo.

Deryn franziu a testa. Por que o *Leviatã* não subia mais rápido? Eles não tinham muito tempo até a próxima curva da trilha, e ela, Newkirk e a carga ainda estavam abaixo do nível do arvoredo.

Deryn ergueu os olhos. O jato de água havia parado. Os tanques de lastro estavam vazios. Os motores mekanistas rugiam e cuspiam fuma-ça, tentando criar força de sustentação aerodinâmica. Mas a aeronave subia muito lentamente.

Deryn franziu a testa. O Dr. Busk, o cientista-chefe em pessoa, ti-nha feito os cálculos desta coleta. Fora uma conta apertada, sem dúvida, considerando a longa viagem que ainda teriam pela frente. Mas Deryn e o Sr. Rigby supervisionaram a ejeção dos suprimentos sobre a tundra, o que trouxe a nave *precisamente* ao peso certo...

A não ser que a bandeja de carga fosse mais pesada que a carta do czar prometera.

— *Reis* berrantes! — gritou Deryn.

O direito divino não mudava as leis da gravidade e do hidrogênio, com certeza.

Ela ouviu o som estridente de um alarme de lastro acima e praguejou. Se algo caísse da porta do paiol agora, Deryn e Newkirk estariam bem no caminho.

— Estamos pesados demais! — gritou ela para baixo.

— Sim, eu notei! — respondeu o garoto, no exato momento em que a trilha fazia uma curva à direita embaixo dele.

Instantaneamente, a bandeja de carga bateu de raspão no topo de uma sempre-viva, e Newkirk foi engolido por uma explosão de agulhas de pinheiro e neve.

— Precisamos jogar fora um pouco desta carga! — gritou Deryn, que inclinou as asas para a direita.

Quando ela e Newkirk estavam acima da bandeja, Deryn prendeu um gancho de segurança no cabo de carga, depois saiu do arnês das asas planadoras.

Os dois desceram deslizando e gritando, e as botas bateram na carga quando eles aterrissaram.

— Bolhas, Sr. Sharp! Está tentando nos matar?

— Estou apenas tentando nos salvar, Sr. Newkirk, como sempre. — Ela se soltou do cabo e rolou sobre a bandeja de carga. — Precisamos jogar alguma coisa fora!

— Nota máxima por dizer o óbvio! — gritou Newkirk, assim que a bandeja bateu em outro topo de árvore.

A colisão fez o mundo girar. Deryn caiu de cara no chão e tentou agarrar um apoio.

Imprensada contra a carga, sentiu um aroma de alguma carne. Deryn franziu a testa. Será que a bandeja de carga estava cheia de *carne seca*?

Ela levantou a cabeça e olhou em volta. Não havia nada óbvio para jogar fora, nenhuma caixa para soltar das cordas. Apenas uma rede pesada que cobria a massa amorfa marrom. Levaria minutos preciosos para cortá-la com um par de facas de cordame.

— Bolhas — reclamou Newkirk.

Deryn acompanhou o olhar dele e praguejou novamente. O alerta de lastro estava a pleno vapor. Morcegos-dardos alçavam voo, e água de lavar louça estava sendo jogada das janelas da cozinha. Um barril saiu da porta do paiol e veio caindo bem em cima deles.

Deryn se segurou firme caso o barril os atingisse e os fizesse girar — ou a bandeja inteira iria simplesmente quebrar?

Mas o barril passou disparado a poucos metros de distância e explodiu em uma nuvem branca de farinha contra o chão de terra batida da tundra.

— Aqui, Sr. Sharp! — chamou Newkirk.

Ele havia se arrastado até o outro lado da bandeja de carga e ficou com um pé pendurado para fora.

— O que o senhor encontrou?

— Nada! — berrou ele.

Como Deryn hesitou, Newkirk acrescentou:

— Apenas *venha* aqui, seu bobalhão idiota!

Quando Deryn foi na direção de Newkirk, a bandeja começou a se inclinar com o peso. A mão fugiu da rede por um momento, e ela escorregou na direção da borda.

A mão de Newkirk disparou e deteve Deryn.

— Segure-se! — gritou ele, quando a bandeja se inclinou mais.

Finalmente, Deryn entendeu o plano de Newkirk: o peso dos dois estava virando de lado a bandeja cuidadosamente equilibrada, o que a transformava em uma faca que passava entre as árvores. Ela era um alvo bem menor para os destroços que despencavam, e a massa da carga ficava acima dos aspirantes e protegia os dois de qualquer golpe direto.

"VOLTANDO COM A ENCOMENDA."

Outro barril passou por eles, errou por pouco, e se despedaçou no rastro da aeronave. Deryn e Newkirk ultrapassaram alguns topos de árvore cobertos de gelo, mas o *Leviatã* finalmente subia: a aeronave ficava leve o suficiente para puxar os dois aspirantes alguns metros cruciais para cima.

Newkirk sorriu.

— Não se importa de ser salvo, não é, Sr. Sharp?

— Não, está tudo bem, Sr. Newkirk — falou Deryn, enquanto trocava as mãos para ficar mais firme. — O senhor me devia uma, afinal de contas.

À medida que o topo do arvoredo se afastava lentamente, Deryn subiu e nivelou a bandeja de carga outra vez. Conforme os dois eram içados cada vez mais alto pelo guincho, ela observou o que havia embaixo da rede. Parecia ser nada além de muitos e muitos bifes de carne-seca, prensados juntos.

— Isto aqui tem cheiro de quê para o senhor? — perguntou ela para Newkirk.

Ele fungou.

— De café da manhã.

Deryn concordou com a cabeça. Realmente aquilo tinha cheiro de bacon pronto para ser jogado na frigideira.

— Sim — falou ela baixinho. — Mas café da manhã para *o quê*?

◈ QUATRO ◈

– AINDA ESTAMOS SEGUINDO para o norte-noroeste. — Alek olhou para as anotações. — Em um rumo de 55 graus, se minha leitura for confiável.

Volger olhou feio para o mapa na escrivaninha.

— Você deve estar errado, Alek. Não há nada nesta rota. Nenhum porto ou cidade, apenas o ermo.

— Bem... — Alek tentou se lembrar da explicação de Newkirk. — Isso deve ter a ver com o fato de a Terra ser redonda e este mapa, plano.

— Sim, sim. Eu já calculei uma grande rota circular. — O indicador de Volger passou por uma linha que fazia uma curva do Mar Negro a Tóquio. — Mas nós a deixamos para trás quando viramos para o norte, acima de Omsk.

Alek suspirou. Será que *todo mundo*, menos ele, compreendia essa coisa de "grande rota circular"? Antes de a Grande Guerra mudar tudo, o conde Volger era um oficial de cavalaria a serviço do pai de Alek. Como ele sabia tanto sobre navegação?

Através da janela do camarote de Volger, as sombras ficavam compridas à frente do *Leviatã*. O sol que se punha, pelo menos, concordava que a aeronave ainda apontava para o norte.

— Mais precisamente — continuou Volger —, nós deveríamos estar seguindo para o sudoeste a esta altura, na direção de Tsingtao.

Alek franziu a testa.

— O porto alemão na China?

— Isso mesmo. Há meia dúzia de encouraçados mekanistas baseados lá. Eles ameaçam a navegação darwinista por todo o Pacífico, da Austrália ao Reino do Havaí. De acordo com os jornais cedidos tão gentilmente pela Dra. Barlow, os japoneses estão se preparando para sitiar a cidade.

— E precisam da ajuda do *Leviatã*?

— Dificilmente. Mas lorde Churchill não deixará os japoneses serem vitoriosos sem ajuda britânica. Não seria conveniente que os asiáticos derrotassem uma potência europeia sozinhos.

Alek gemeu.

— Que grandessíssima idiotice. Você quer dizer que nós viemos até aqui apenas para sacudir a bandeira inglesa?

— Esta era a intenção. Tenho certeza. Mas desde a chegada da mensagem do czar, nosso rumo mudou. — Volger tamborilou no mapa. — Deve haver uma pista na carga que pegamos na Rússia. Dylan contou alguma coisa a respeito para você?

— Não consegui perguntar para ele. Dylan ainda está desmantelando a bandeja de carga por causa do alerta de lastro.

— Por causa do quê? — perguntou o conde.

Alek se viu sorrindo. Pelo menos ele entendia *alguma coisa* que Volger não.

— Logo assim que pegamos a carga, soou um alerta; dois toques curtos da buzina. Você deve se lembrar disso ter acontecido nos Alpes quando tivemos de jogar fora o ouro do meu pai.

— Não me lembre.

— Eu não deveria precisar — respondeu Alek.

Volger quase matara a todos ao contrabandear um quarto de tonelada de ouro a bordo. O príncipe continuou:

— Um alerta de lastro significa que a nave está acima do peso, e Dylan ficou a tarde toda no paiol com a Dra. Barlow. Devem estar desmantelando a carga para descobrir por que é mais pesada do que esperavam.

— Tudo muito lógico — comentou Volger, depois balançou a cabeça.

— Mas eu ainda não entendo por que uma bandeja de carga é importante para uma nave com 300 metros de comprimento. Parece absurdo.

— Não é absurdo, de maneira alguma. O *Leviatã* é aerostático, o que significa que mantém um equilíbrio perfeito com a densidade do...

— Obrigado, Vossa Serena Alteza. — Volger ergueu uma das mãos. — Mas talvez pudesse relatar suas aulas de aeronáutica em outro momento.

— Talvez lhe interessasse, conde — falou Alek duramente. — Visto que é a aeronáutica que impede que você caia no chão neste exato momento.

— É verdade. Então talvez fosse melhor que deixássemos o assunto para os profissionais, hein, príncipe?

Várias respostas secas lhe vieram à mente, mas Alek mordeu a língua. Por que Volger estava tão mal-humorado? Quando o *Leviatã* rumou pela primeira vez para leste duas semanas atrás, ele havia parecido contente de não estar indo na direção da Grã-Bretanha e da prisão certa. Aos poucos, o homem se adaptou à vida a bordo do *Leviatã*, trocando informações com a Dra. Barlow e até mesmo passando a gostar de Dylan. Mas agora, Volger parecia irritado com todo mundo.

Na verdade, Dylan tinha parado de trazer o café da manhã para o conde. Será que os dois haviam brigado?

Volger enrolou o mapa e o enfiou em uma gaveta da escrivaninha.

— Descubra o que havia na carga russa, mesmo que precise arrancar a informação daquele garoto a socos.

— Por "aquele garoto" imagino que se refira a meu bom amigo Dylan?

— Ele está longe de ser seu amigo. Você estaria livre agora, se não fosse por Dylan.

— Aquilo foi escolha minha — disse o príncipe, com firmeza.

Dylan até podia ter argumentado com Alek para que ele retornasse à nave, mas não fazia sentido culpar alguém. Alek tinha tomado a decisão sozinho.

— Mas vou perguntar para Dylan o que descobriram. Talvez você pudesse sondar a Dra. Barlow, visto que os dois mantêm boas relações.

Volger balançou a cabeça.

— Aquela mulher apenas me conta o que acha conveniente que saibamos.

— Então não creio que haja pistas nos jornais. Eles dizem alguma coisa sobre os russos precisarem de ajuda no norte da Sibéria?

— Nada. — Volger puxou um tabloide barato da gaveta aberta e o meteu na cara de Alek. — Mas pelo menos aquele repórter americano parou de escrever a seu respeito.

Alek pegou o jornal, o *New York World*. Na capa havia uma reportagem assinada por Eddie Malone, um repórter americano que ele e Dylan conheceram em Istambul. Malone havia descoberto certos segredos da revolução, então Alek trocou sua história de vida pelo silêncio do homem. O resultado foi uma série de artigos sobre o assassinato dos pais de Alek e sua fuga de casa.

Tudo aquilo fora muito desagradável.

Mas aquela reportagem não era sobre Alek. A manchete trazia UM DESASTRE DIPLOMÁTICO A BORDO DO *DESTEMIDO*.

"PONDERANDO."

Embaixo das palavras, havia uma fotografia do *Destemido*, o andador em forma de elefante usado pelo embaixador britânico em Istambul. Agentes alemães infiltrados causaram uma destruição com o veículo durante a estadia do *Leviatã* na cidade, o que quase provocou um tumulto pelo qual os britânicos foram culpados. Apenas o raciocínio rápido de Dylan havia evitado que a situação virasse uma calamidade completa.

— Mas isso ocorreu quando? Há umas sete semanas? É isto que chamam de notícias nos Estados Unidos?

— Este jornal demorou a chegar até mim, mas sim, já era notícia velha desde o início. Aparentemente, acabou o estoque de seus segredos para este tal de Malone revelar.

— Graças a Deus — murmurou Alek ao acompanhar a reportagem de página interna.

Ali havia outra fotografia impressa: Dylan pendurado na tromba de metal do elefante, atacando um dos alemães.

— "Um ousado aspirante cuida da situação" — leu Alek em voz alta, com um sorrisinho: pelo menos uma vez era Dylan na ribalta em vez dele. — Posso ficar com isso?

O conde não respondeu: olhava feio para o teto, onde aparecera um lagarto-mensageiro.

— Príncipe Aleksandar — falou a criatura na voz da Dra. Barlow.

— O Sr. Sharp e eu gostaríamos de ter o prazer de sua companhia no paiol, se possível.

— O paiol? — indagou Alek. — É claro, Dra. Barlow. Eu me juntarei a vocês em breve. Fim da mensagem.

Volger gesticulou com a mão para espantar o lagarto, mas ele já havia ido embora correndo pelo tubo de mensagens.

— Excelente. Agora teremos algumas respostas.

Alek dobrou o jornal e o enfiou em um bolso.

— Mas por que eles precisariam de mim?

— Pelo prazer de sua companhia, é claro. — O conde deu de ombros. — Certamente um lagarto não mente.

◎　　◎　　◎

O paiol fedia como um curtume, o cheiro era uma mistura de carne velha e couro. Longas tiras em tom marrom-escuro estavam empilhadas em todos os lugares, juntamente a alguns caixotes de madeira.

— *Isto* é sua preciosa carga? — perguntou Alek.

— São duas toneladas de carne-seca em bifes, quatro arrobas de tranquilizantes e mil projéteis de munição de metralhadora — falou Dylan, enquanto lia uma lista. — E algumas caixas de outra coisa qualquer.

— Alguma coisa inesperada — comentou a Dra. Barlow, que estava com Tazza no outro canto do paiol, olhando o interior de um caixote aberto. — E muito pesada.

— Muito — repetiu o lêmur no ombro, olhando o caixote com nojo.

Alek procurou por Bovril com os olhos. Ele estava pendurado no teto acima da cabeça de Dylan. O príncipe ergueu a mão, e a criatura desceu até seu ombro. O conde Volger, obviamente, não permitia abominações em sua presença.

— *Guten Tag* — cumprimentou o lêmur.

— *Guten Abend* — corrigiu Alek, que depois se voltou para a Dra. Barlow. — Posso saber por que o czar quis que nós pegássemos um carregamento de carne-seca?

— Não pode — respondeu a cientista. — Mas dê uma olhada na carga inesperada. Precisamos de seu conhecimento mekanista.

— Meu conhecimento *mekanista*?

Alek se juntou à cientista ao lado do caixote. Aninhado na palha de empacotamento, havia um amontoado de peças de metal que reluziam e cintilavam na escuridão. Ele se ajoelhou, enfiou a mão dentro do engradado e tirou uma das peças. Tazza cheirou o objeto e soltou um ganido.

Era alguma espécie de peça elétrika, quase tão comprida quanto um antebraço e com dois fios soltos na ponta.

— O czar não disse como montar tudo isso?

— Não deveria haver maquinário algum — explicou Dylan —, mas tem quase meia tonelada de peças e ferramentas aí dentro. O suficiente para jogar o pobre Sr. Newkirk contra um pinheiro!

— E tudo isso foi feito por mekanistas — murmurou Alek.

Ele olhou outra peça, uma esfera de vidro artesanal. Ela se encaixou no topo da primeira peça com um clique gratificante.

— Isto parece um capacitor de ignição, semelhante àquele a bordo do meu Stormwalker.

— Ignição — repetiu Bovril baixinho.

— Então o senhor consegue nos dizer a função deste aparelho? — perguntou a Dra. Barlow.

— Talvez. — Alek espiou dentro do caixote. Havia dezenas de peças ali, além de ainda mais dois caixotes. — Mas vou precisar da ajuda de Klopp.

— Bem, isso é um problema. — A Dra. Barlow suspirou. — Mas creio que o capitão possa ser convencido. Apenas seja rápido. Nós chegaremos ao destino amanhã.

— Tão cedo assim? Interessante.

Alek sorriu ao falar — tinha acabado de ver mais uma peça que se encaixaria nas outras duas. Ela era envolta por fios de cobre, pelo menos umas mil vezes, como um multiplicador de tensão. Alek chamou um lagarto-mensageiro com um assobio, depois despachou a criatura para trazer seus homens, mas não esperou por eles.

De certa forma, era fácil adivinhar como as peças se encaixavam. Ele tinha passado um mês ajudando a manter o Stormwalker funcionando na floresta, com peças consertadas, roubadas e improvisadas. E as peças de metal e vidro diante de si nem de longe eram improvisadas — eram elegantes, tinham formas tão sinuosas quanto a mobília de madeira fabricada do *Leviatã*. Enquanto trabalhava, os dedos de Alek pareciam entender as conexões das peças, embora ele ainda não soubesse a função do aparelho inteiro. Quando Klopp e Hoffman chegaram, o príncipe já tinha avançado um bom pedaço na montagem.

Talvez Sua Serena Alteza Aleksandar, príncipe de Hohenberg, não fosse tão grande desperdício de hidrogênio afinal de contas.

⬢ CINCO ⬢

NO INÍCIO DA MANHÃ seguinte, o aparelho estava quase pronto. As poucas peças restantes — os botões e as alavancas do painel de controle — estavam espalhadas pelo chão. A carne-seca tinha sido retirada do paiol para liberar espaço, mas o cheiro de couro novo permanecia no ar.

Alek, Dylan, Bauer e Hoffman trabalharam sem dormir, mas o mestre Klopp passou a maior parte da noite cochilando em uma cadeira e só acordava para dar ordens ou xingar quem quer que tivesse projetado o aparelho. Afirmou que a forma graciosa era extravagante demais, uma afronta aos princípios mekanistas. Bovril ficou sentado no ombro de Klopp, decorando com gosto novos palavrões em alemão.

Desde a noite da Revolução Otomana, Klopp usava uma bengala e fazia uma careta sempre que precisava se levantar. Seu andador de combate fora derrubado durante o ataque ao canhão Tesla do sultão, golpeado pelo próprio Expresso do Oriente. O Dr. Busk, o médico do *Leviatã*, dissera que era sorte o homem conseguir sequer andar.

A revolução durara apenas uma única noite, mas o custo havia sido alto. O pai de Lilit fora morto, assim como mil soldados rebeldes e in-

"MONTAGEM DO APARELHO."

contáveis otomanos. Vizinhanças inteiras da antiga cidade de Istambul foram reduzidas a cinzas.

Obviamente, as batalhas que ocorriam na Europa eram dez vezes piores, especialmente aquelas entre os compatriotas de Alek e os russos. Em Galícia, uma horda de ursos de combate fez frente contra centenas de máquinas, uma enorme colisão de carne e metal que abalou a Áustria. E, como Dylan não parava de dizer, a guerra estava apenas começando.

◉   ◉   ◉

Newkirk trouxe o café da manhã assim que a luz do sol começou a entrar pelas bordas da porta do paiol.

— O que diabos é aquele dispositivo? — perguntou ele.

Alek pegou o bule de café da bandeja de Newkirk e serviu uma xícara.

— Uma boa pergunta. — Ele entregou o café para Klopp e falou em alemão. — Alguma nova ideia?

— Bem, aquilo foi feito para ser transportado — falou Klopp, enquanto apontava as duas longas alças laterais com a bengala. — Provavelmente por dois homens, talvez com um terceiro para operá-lo.

Alek assentiu. A maior parte dos caixotes estava cheia de peças avulsas e ferramentas especiais: o aparelho em si não era tão pesado.

— Mas por que não montaram em um veículo? — perguntou Hoffman. — Seria possível usar a força do motor e evitar a perda de tempo com baterias.

— Então foi feito para terreno difícil — opinou Klopp.

— Tem muito disso na Sibéria — falou Dylan. Após um mês entre os mekanistas em Istambul, o alemão do garoto era bom o suficiente para acompanhar a maior parte das conversas. — E a Rússia é darwinista, portanto os veículos não têm motores.

Alek franziu a testa.

— Uma máquina mekanista feita para ser usada por darwinistas?

[52]

— Então foi feita sob medida para o lugar que nós vamos, seja qual for. — Klopp bateu de leve nas três esferas de vidro no topo. — Estas aqui vão responder a campos magnéticos.

— Magnéticos — repetiu Bovril no ombro de Klopp, saboreando a palavra.

Ignorando a graxa de motor debaixo das unhas, Alek pegou um pedaço de bacon da bandeja de Newkirk. O trabalho durante a noite o deixou faminto.

— O que isso quer dizer, mestre Klopp?

— Eu ainda não sei, jovem mestre. Talvez seja alguma espécie de máquina de orientação.

— Grande demais para uma bússola — comentou Alek.

E linda demais para ser algo tão mundano. A maior parte das peças havia sido fresada a mão, como se o inventor não quisesse que peças produzidas em massa maculassem sua visão.

— Posso perguntar uma coisa, senhor? — indagou Bauer.

Alek concordou com a cabeça.

— Claro, Hans.

Bauer se voltou para Dylan.

— Nós talvez entendêssemos melhor esta máquina se soubéssemos por que o czar tentou escondê-la de vocês.

— A Dra. Barlow acha que o czar não sabe a respeito da máquina — respondeu Dylan. — Veja bem, o homem que estamos indo ver tem fama de ser um pouco louco. O tipo de sujeito que subornaria um oficial russo para contrabandear algo para ele, sem pensar nas consequências. A cientista diz que jamais gostou desse sujeito, e isto apenas confirma que ele é um... — O aspirante deu de ombros e falou em inglês: — Um vagabundo.

— Vagabundo — repetiu Bovril, dando uma risadinha.

— Mas quem *é* ele? — perguntou Alek em inglês.

Dylan deu de ombros novamente.

— Um cientista mekanista qualquer. É tudo que a Dra. Barlow diz.

Alek terminou de comer o bacon, depois olhou para as peças espalhadas ao redor e suspirou.

— Bem, vamos terminar e ver o que acontece quando ligarmos a máquina.

— Será que é uma boa ideia? — Dylan olhou para as baterias que Hoffman carregava com os fios de energia dos faróis da aeronave. — A máquina armazenou eletricidade suficiente para soltar fagulhas ou até mesmo explodir. E estamos pendurados em 90 mil metros cúbicos de hidrogênio!

Alek se voltou para Klopp e falou em alemão:

— Dylan acha que pode ser perigoso.

— Besteira. — Klopp cutucou a bateria com a bengala. — A máquina foi projetada para funcionar por muito tempo com baixa voltagem.

— Ou projetada para *parecer* assim — disse Dylan, que depois falou em inglês: — Newkirk, traga a Dra. Barlow, por favor.

O outro aspirante concordou com a cabeça e saiu correndo, parecendo contente por deixar o aparelho mekanista para trás.

Enquanto esperavam, Alek montou o painel de controle e lustrou cada peça com a manga. Foi bom se sentir útil novamente, ter algo para montar, mesmo que não tivesse ideia do que era aquilo.

Quando chegou, a Dra. Barlow deu uma volta ao redor da máquina, que foi examinada atentamente por ela e pela criatura em seu ombro. Os dois lêmures falaram coisas sem sentido um para o outro, e Bovril repetiu os nomes de peças elétrikas que havia aprendido durante a noite.

— Muito bem, todos os senhores — falou a Dra. Barlow em um alemão impecável. — Eu imagino que isto seja alguma espécie de aparelho magnético?

— Sim, madame. — Klopp deu uma olhadela para Dylan. — E tenho certeza de que não vai explodir.

— Eu espero que não. — A Dra. Barlow deu um passo para trás.

— Bem, não temos muito tempo. Por obséquio, Alek, vamos descobrir o que ele faz.

— Por obséquio — repetiu o lêmur da cientista em tom altivo, o que fez Bovril dar uma risadinha.

Alek respirou fundo, a mão parada sobre o interruptor. Por um momento, o príncipe imaginou se Dylan estaria certo. Eles não faziam ideia do que era esta máquina.

Porém, haviam passado a noite inteira a montando. Não havia sentido em deixá-la parada aqui. Alek virou o botão...

Por um momento, nada aconteceu, mas aí um brilho cintilante apareceu em cada uma das três esferas de vidro no topo da máquina. No paiol arejado, Alek sentiu calor emanar da máquina e um zumbido baixinho crescer nos ouvidos.

Os lêmures começaram a imitar o som, e então Tazza se juntou aos dois, até que o paiol estava zumbindo. Uma luzinha surgiu dentro de cada uma das esferas de vidro — um distúrbio elétrico, como um pequenino relâmpago aprisionado.

— Muito intrigante — comentou a Dra. Barlow.

— Sim, mas o que *é* isto? — perguntou Dylan.

— Como uma bióloga, certamente não sei. — A cientista tirou Bovril do ombro de Klopp. — Mas nosso amigo perspicaz andou observando e escutando a noite inteira.

Ela colocou o lêmur no chão. Bovril imediatamente subiu na máquina, cheirou as baterias, o painel de controle e finalmente as três esferas de vidro. Enquanto se movia, ele manteve uma conversa constante e sem sentido com o lêmur da Dra. Barlow, os dois monstrinhos repetindo os nomes de peças e conceitos elétricos um para o outro.

Alek assistiu estupefato. Ele sempre se perguntou como a Dra. Barlow esperava que estas criaturas mantivessem os otomanos fora da guerra. Os lêmures eram encantadores, mas dificilmente seriam capazes de arrastar um império inteiro para o darwinismo. Alek meio que suspeitava que eles fossem apenas uma artimanha, uma desculpa para levar o *Leviatã* a Istambul, e que o plano de verdade sempre fora forçar a passagem pelo estreito com o beemote.

Mas será que os lêmures eram mais do que aparentavam?

Finalmente Bovril esticou a pata na direção da Dra. Barlow, que apenas franziu a testa. Mas o monstrinho no ombro pareceu compreender. Ele enfiou as patinhas minúsculas atrás da cabeça da mulher e soltou seu colar.

A Dra. Barlow ergueu uma sobrancelha quando a criatura entregou a joia para Bovril.

— Que diabos... — Dylan começou a falar, mas a cientista fez um gesto para que o garoto se calasse.

Bovril segurou o colar perto de uma esfera de vidro, e um filete de raio saltou para fora e criou uma conexão trêmula entre o pingente e a esfera de vidro.

— Magnéticos — falou Bovril.

A criatura balançou o pingente, e o filete de luz o seguiu para a frente e para trás. Quando Bovril afastou o colar, o raio pareceu perder o interesse e retornou para o interior da esfera de vidro.

— Pelas chagas de Deus — disse Alek baixinho. — Isto é muito esquisito.

— Do que é feito o colar, madame? — perguntou Klopp.

— O pingente é de aço. — A Dra. Barlow gesticulou com a cabeça. — Bem ferroso, creio eu.

— Portanto, o aparelho serve para detectar metal — disse Klopp.

Ele ficou de pé, depois ergueu a bengala. Quando a ponta de metal se aproximou de uma esfera, outro filete de raio saltou para encontrá-la.

— Por que alguém iria querer algo assim? — indagou Dylan.

Klopp desabou na cadeira novamente.

— Pode ser usado para descobrir minas terrestres. Porém, é muito sensível, então talvez pudesse encontrar um fio telegráfico enterrado. Ou um tesouro! Quem sabe?

— Tesouro! — declarou Bovril.

— Fios telegráficos? Tesouro pirata? — Dylan balançou a cabeça. — Dificilmente seriam coisas que alguém encontraria na Sibéria.

Alek se aproximou cautelosamente e franziu os olhos para a máquina. As três esferas de vidro entraram em um ritmo agitado, cada minúsculo filete de raio apontava para uma direção diferente.

— O que o aparelho está detectando agora?

— Uma esfera está apontada para a popa, lá atrás — disse Dylan. — E as outras duas, para cima e para a proa.

Os dois lêmures fizeram um som retumbante.

— É claro — exclamou Hoffman. — A maior parte do *Leviatã* é feita de madeira e carne, mas os motores são repletos de metal.

Dylan assobiou.

— Eles devem estar a 200 metros de distância.

— Sim, é uma máquina esperta — opinou Klopp. — Mesmo que tenha sido criada por um louco.

— Eu apenas me pergunto o que ele procura. — A cientista fez carinho no pelo de Tazza enquanto contemplava o aparelho, depois deu meia-volta e foi na direção da porta. — Bem, tenho certeza de que descobriremos em breve. Sr. Sharp, certifique-se de que tudo isso fique escondido, trancado em um depósito. E, por favor, nenhum dos senhores mencione a máquina para a tripulação.

Alek franziu a testa.

— Mas esse tal... cientista não vai se perguntar onde está o aparelho?

— Certamente. — A Dra. Barlow sorriu para Alek enquanto saía pela porta. — E vê-lo se contorcer de curiosidade será muito interessante.

◉ ◉ ◉

Alek voltou para o camarote logo depois, pois queria dormir uma hora antes de chegarem ao destino. O príncipe considerou que deveria ter ido diretamente ao conde Volger, mas estava exausto demais para enfrentar um bombardeio de perguntas do homem. Em vez disso, assobiou para chamar um lagarto-mensageiro quando chegou ao quarto.

Quando a criatura apareceu, Alek falou.

— Conde Volger, devemos chegar ao nosso destino dentro de uma hora, mas ainda não faço ideia de onde seja. A carga continha alguma espécie de máquina mekanista. Informações detalhadas mais tarde, depois que eu dormir um pouco. Fim da mensagem.

Alek sorriu quando a criatura entrou correndo no tubo. Ele jamais tinha enviado um lagarto-mensageiro antes para o conde Volger, mas já não era sem tempo que o homem aceitasse que os monstrinhos faziam parte da vida ali, a bordo do *Leviatã*.

Sem se importar em retirar as botas, Alek se esticou no leito. Os olhos se fecharam, mas ele ainda podia ver os tubos de vidro e as peças de metal reluzente do aparelho misterioso. A mente exausta começou um jogo de montar as peças, de contar os parafusos e medir com calibradores.

Alek gemeu e desejou que os pensamentos o deixassem dormir. Mas os quebra-cabeças mekânicos lhe tomaram conta do cérebro. Talvez isto provasse que, no fundo, ele era um mekanista e que jamais haveria lugar para Alek a bordo de uma nave darwinista.

O príncipe se sentou para tirar a jaqueta. Havia algo grande no bolso. É claro. O jornal que ele havia pegado emprestado de Volger.

Alek tirou o jornal, dobrado na fotografia de Dylan. Com todo os acontecimentos a respeito do estranho aparelho, ele se esquecera de mostrá-lo para o garoto. O príncipe se deitou, e os olhos turvos passaram pelo texto.

Era realmente um texto horrível, tão exagerado como os artigos que Malone tinha escrito sobre Alek. Mas era um alívio ver as virtudes de outra pessoa enaltecidas pela prosa empolada do repórter.

> **Quem sabe que destruição desenfreada não teria atropelado a multidão caso o valente aspirante não tivesse agido tão rapidamente? Ele certamente tem bravura nas veias, sendo o sobrinho de um intrépido aeronauta, um tal de Artemis Sharp, que pereceu em calamitoso incêndio em um balão há apenas poucos anos.**

Alek sentiu um pequeno arrepio ao ler as palavras: o pai de Dylan novamente. Era estranho como o homem não parava de aparecer. Será que havia alguma pista do segredo de família ali?

Ele balançou a cabeça e deixou o jornal cair no chão. Dylan contaria o segredo de família quando estivesse pronto.

Alek não tinha dormido nada a noite inteira. Ele voltou a se deitar e fez um esforço para fechar os olhos. A aeronave chegaria ao destino em breve.

Mas enquanto o príncipe permaneceu ali deitado, a mente não parava de dar voltas.

Tantas vezes Dylan chegava perto de contar algo momentoso, mas sempre recuava. Não importavam as promessas que Alek fizesse e quantos segredos contasse para Dylan, o garoto não confiava nele completamente.

Talvez nunca fosse confiar porque ele simplesmente não se convenceria a manter a confiança em um príncipe, um herdeiro imperial, um desperdício de hidrogênio como Alek. Sem dúvida esta era a questão.

Foi um período longo e agitado antes que o príncipe finalmente caísse no sono.

◈ SEIS ◈

FOI NEWKIRK QUE os viu primeiro.

Ele estava no alto de um ascensor Huxley, 300 metros acima do *Leviatã*, em um céu frio e branco. O traje de voo parecia cheio de trapos velhos, colocados para evitar que congelasse, o que inchava os braços e as pernas do aspirante como se ele fosse um espantalho que agitava bandeirolas de sinalização.

Á-R-V-O-R-E-S—C-A-Í-D-A-S—A-D-I-A-N-T-E.

Deryn abaixou o binóculo de campanha.

— O senhor pegou a mensagem, Sr. Rigby?

— Sim — falou o contramestre. — Mas não faço ideia do que quer dizer.

— Á-R-V-O-R-E-S — repetiu Bovril de maneira prestativa, em cima do ombro de Deryn.

O monstrinho conseguia ler as bandeirolas de sinalização tão rápido quanto qualquer tripulante, mas não era capaz de transformar letras em palavras. Não ainda, de qualquer forma.

— Talvez ele tenha visto uma clareira. Devo ir à proa dar uma olhada, senhor?

O Sr. Rigby concordou com a cabeça, depois sinalizou para que o operador do guincho desse mais altitude para Newkirk. Deryn foi à frente e passou pela colônia de morcegos-dardos espalhada pela cabeça do grande aeromonstro.

— C-A-Í-D-A-S — falou Bovril.

— Sim, monstrinho, assim se soletra "caídas."

Bovril repetiu a palavra, depois estremeceu de frio.

Deryn também sentia frio, além da noite sem dormir. Alek, aquele berrante e seu amor por engenhocas. Dezesseis horas montando a misteriosa máquina e eles ainda não faziam ideia de para que ela servia! Uma completa perda de tempo, e, no entanto, aquele foi o momento em que ela viu Alek mais feliz desde que os dois retornaram ao *Leviatã*.

Engrenagens e peças elétricas eram tudo de que o garoto realmente gostava, por mais que dissesse que amava a aeronave. Assim como Deryn, que passara um mês inteiro em Istambul sem nunca se sentir à vontade entre andadores e tubos de vapor. Talvez mekanistas e darwinistas viveriam sempre em guerra, ainda que somente em seus corações.

Quando chegou à proa, Deryn ergueu o binóculo de campanha para vasculhar o horizonte. Um momento depois, viu as árvores.

— Aranhas berrantes.

As palavras saíram como fumaça no ar gelado.

— Caídas — comentou Bovril.

À frente da aeronave, uma infinita floresta derrubada. Incontáveis árvores caídas de lado, totalmente podadas, como se um vento enorme tivesse soprado e arrancado os galhos e as folhas. O mais estranho de tudo aquilo é que todo tronco nu estava apontado na mesma direção: sudoeste. No momento, diretamente para Deryn.

Ela ouvira falar de furações fortes o suficiente para arrancar árvores do chão, mas nenhum furacão alcançaria o solo ali, a milhares de quilômetros de qualquer oceano. Será que havia algum tipo de tempestade siberiana que Deryn desconhecia, com lascas de gelo que voavam como foices pela floresta?

Ela chamou um lagarto-mensageiro com um assobio e olhou fixamente para as árvores caídas enquanto esperava, apreensiva. Quando o monstrinho apareceu, Deryn fez o relatório e tentou falar sem medo. Fosse lá o que derrubara aquelas sempre-vivas, que eram resistentes e muito enraizadas na tundra congelada, despedaçaria uma aeronave em segundos.

Ela voltou para o guincho, onde o Sr. Rigby ainda recebia os sinais de Newkirk. O Huxley estava a mais ou menos um quilômetro e meio acima; seu balão de hidrogênio inchado era uma manchinha negra no céu.

O contramestre abaixou o binóculo.

— Tem pelo menos 50 quilômetros de diâmetro.

— Bolhas — praguejou Deryn. — Será que um terremoto causou isso, senhor?

O Sr. Rigby pensou um pouco, depois balançou a cabeça.

— O Sr. Newkirk diz que todas as árvores caídas apontam para fora, na direção das bordas da destruição. Nenhum terremoto teria sido assim tão ordeiro. Tampouco uma tempestade.

Deryn imaginou uma grande força que se espalhou em todas as direções, a partir de um ponto central, que derrubou árvores e as deixou lisas como palitos enquanto passava.

Uma explosão...

— Mas não podemos ficar aqui teorizando. — O Sr. Rigby ergueu o binóculo novamente. — O capitão mandou que nos preparássemos para um resgate. Aparentemente, há pessoas lá embaixo.

Um quarto de hora depois, as bandeirolas de sinalização de Newkirk começaram a se agitar novamente.

— O... S... S... O... S — anunciou Bovril, pois os olhos aguçados não precisavam de binóculo para ler os sinais distantes.

— Deus do Céu — murmurou o Sr. Rigby.

— Mas ele não pode ter dito "*ossos*", senhor — argumentou Deryn. — O Sr. Newkirk está alto demais para ver algo tão pequeno assim!

Ela olhou para a frente e tentou imaginar que palavras o pobre Newkirk poderia ter errado ou mandado incompletas, trêmulo de frio. *Destroços?* Será que ele implorava que mandassem um *almoço* quente lá para cima?

Deryn desejou que ela mesma estivesse voando, e não presa ali embaixo, divagando. Mas o capitão queria que a aspirante estivesse a postos para um planeio, a fim de preparar a aterrissagem em terreno difícil.

— Sentiu aquele arrepio, rapaz? — O Sr. Rigby tirou uma luva e se ajoelhou para colocar a mão nua na pele da aeronave. — O aeromonstro está descontente.

— Sim, senhor.

Outro arrepio percorreu os cílios na membrana como uma rajada de vento na grama. Deryn sentiu o cheiro de algo no ar, o fedor de carne podre.

— Ossos — repetiu Bovril, que olhava fixamente à frente.

Quando ergueu o binóculo, Deryn sentiu um suor frio escorrer dentro do traje de voo. Lá estavam elas no horizonte, uma dezena de enormes colunas formando um arco no ar...

Era a caixa torácica de um aeromonstro morto, da metade do tamanho do *Leviatã* e com uma cor branca que reluzia ao sol. As costelas pareciam com dedos esqueléticos de duas mãos gigantes que agarravam os destroços de uma gôndola entre elas.

Não admira que a criatura gigantesca sob os pés de Deryn estivesse nervosa.

— Sr. Rigby, tem uma aeronave caída à frente.

O contramestre abaixou o olhar para o horizonte, depois soltou um assobio.

— O senhor acha que ela foi colhida pela explosão? — perguntou Deryn. — Ou seja lá o que foi aquilo?

— Não, rapaz. Os ossos de aeromonstros são ocos. A força que quebrou todas aquelas árvores os teria despedaçado. O pobre monstrinho deve ter chegado depois.

— Sim, senhor. Devo chamar outro lagarto e informar à ponte?

Em resposta, a velocidade dos motores caiu a um quarto de força. Após dois dias de velocidade máxima, a grande floresta em volta parecia ecoar com o silêncio repentino.

O Sr. Rigby falou baixinho:

— Eles sabem, rapaz.

Conforme o *Leviatã* se aproximava do aeromonstro morto, Deryn viu mais ossos entre as árvores caídas lá embaixo. Os esqueletos de mamutinos, cavalos e criaturas menores estavam espalhados como pinos de boliche na floresta.

Um coral de rosnados cortou o ar gelado. Deryn reconheceu o som imediatamente, do momento da coleta da carga, quando o lastro tinha lançado muitos aromas ao vento.

— Ursos de combate adiante, senhor. Furiosos.

— Furioso não é o termo correto, Sr. Sharp. O senhor percebeu que não vimos nenhum caribu ou rebanho de renas desde que chegamos aqui? Com a floresta derrubada, não há muito território de caça.

— Ah, sim.

Deryn olhou mais atentamente para os ossos dos monstrinhos menores. Todos haviam sido roídos, e, quando os rugidos distantes recomeçaram, ela ouviu a fome nos sons.

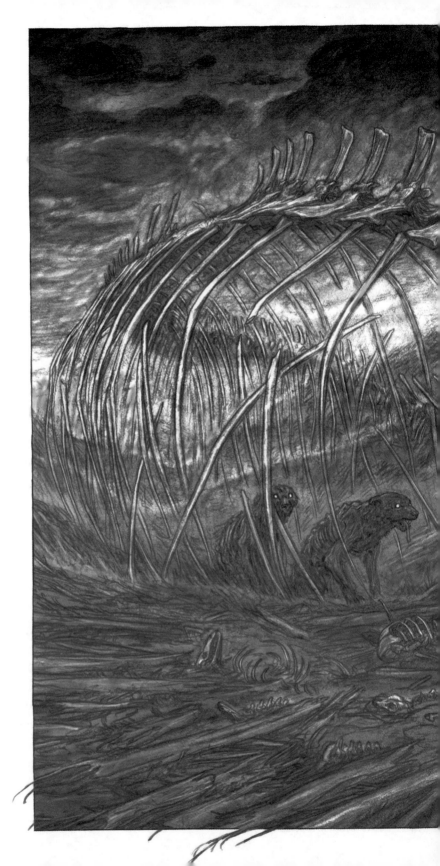

Os ursos foram avistados em pouco tempo, pelo menos uma dezena. Estavam magros e com olhos encovados, o pelo não tinha brilho e havia cicatrizes nos focinhos, como se tivessem brigado entre eles. Alguns ergueram o olhar para o *Leviatã* e fungaram.

A buzina começou a soar o toque longo/curto de um ataque terrestre iminente.

— Isso é um pouco estranho — comentou o Sr. Rigby. — Será que os oficiais pensam que bombas aéreas podem atingir esses monstrinhos?

— Não vamos jogar bombas, senhor. A carga secreta russa era em grande parte composta por carne-seca.

— Ah, para uma distração. Que gentil da parte do czar dar uma ajudinha.

— Sim, senhor — concordou Deryn, embora se perguntasse por quanto tempo duas toneladas de bifes distrairiam uma dezena de famintos ursos do tamanho de casas.

— Lá está, rapaz — disse o Sr. Rigby, com satisfação. — Um acampamento.

Ela ergueu o binóculo novamente.

Ali, bem no interior da área devastada, um grande círculo de árvores permanecia de pé. Elas estavam sem galhos e folhas, iguais às demais, como se a explosão tivesse vindo diretamente de cima. Na clareira entre elas, havia um punhado de construções simples de madeira, cercadas por arame farpado. Finas colunas de fumaça subiam das chaminés, e pequenas silhuetas saíam das casas e acenavam para a aeronave acima.

— Mas como aquelas pessoas ainda estão vivas, senhor?

— Não tenho ideia, Sr. Sharp. Aquele arame farpado não impediria um único urso, quanto mais uma dezena. — O contramestre tirou Bovril do ombro de Deryn. — Vou levar esse monstrinho lá embaixo para a cientista. Vá preparar seu Huxley para o desembarque.

— Sim, senhor — respondeu ela.

— Prepare aqueles homens para um pouso por guincho e ande rápido. Se fizermos a volta e vocês não estiverem prontos, teremos de deixar todos para trás.

◉　◉　◉

Enquanto planava na direção do solo, Deryn examinou mais de perto a floresta caída.

Líquens estavam crescendo nos tocos de árvore quebrados, portanto a destruição ocorrera há meses, talvez anos. Isso era um alívio, imaginou ela.

Mas não havia tempo para reflexões. O *Leviatã* já estava voltando e se preparava para espalhar a carne-seca a quilômetros de distância. Com sorte, a procura por comida entre as árvores partidas manteria os monstrinhos ocupados por um tempo.

Deryn pousou o Huxley com delicadeza, precisamente dentro do anel de arame farpado. Cerca de trinta homens tinham saído para recebê-la, com aparência faminta e estupefata, como se não acreditassem realmente que o resgate houvesse chegado. Mas meia dúzia pegou os tentáculos do Huxley com a eficiência de aeronautas experientes.

Entre esses homens havia um sujeito alto e magro, com cabelo escuro, bigode e olhos azuis penetrantes. Os casacos de peles dos outros estavam puídos, mas o homem vestia um elegante sobretudo de viagem e levava uma curiosa bengala. Observou enquanto o Huxley era preso, depois se dirigiu a Deryn com um sotaque desconhecido:

— Você é britânico?

Ela saiu do arnês de pilotagem com dificuldade e fez uma mesura.

— Sim, senhor. Aspirante Dylan Sharp, à sua disposição.

— Que desagradável.

— Perdão?

— Pedi especificamente que nenhuma outra potência além da Rússia fosse envolvida nessa expedição.

Deryn pestanejou.

— Eu não sei a respeito disso, mas o senhor *realmente* parece estar em apuros.

— Isso é verdade. — O homem apontou para a aeronave acima com a bengala. — Mas que diabos uma aeronave *britânica* está fazendo no interior da Sibéria?

— É óbvio, nós estamos resgatando o senhor! — reclamou Deryn. — E não temos tempo para discutir a questão. A nave vai jogar comida para aqueles monstrinhos a alguns quilômetros daqui, como uma trilha de migalhas que aponta para longe de nós. Mas isso não os manterá ocupados por muito tempo.

— Não há necessidade de pressa, meu jovem. Este complexo é bem seguro.

Deryn olhou para os rolos de arame farpado a alguns metros de distância.

— Eu duvido, senhor. Aqueles ursos já devoraram um aeromonstro. Se souberem que há outro no solo, aquele arame não vai detê-los.

— Ele vai deter qualquer criatura viva. Observe.

O homem deu passos largos até a cerca e estendeu a bengala diante de si. Quando cutucou o arame com a ponta de metal, uma rajada de fagulhas disparou no ar.

— Que diabos? — disse Deryn.

— Uma invenção minha, um improviso tosco com muitos defeitos em sua forma atual, mas necessário diante das circunstâncias.

Deryn olhou horrorizada para o Huxley, mas os outros homens já haviam puxado o ascensor para bem longe do arame farpado. Pelo menos nem *todos* eram tão loucos ali embaixo.

— Devo chamá-la de "cerca elétrica", creio eu. — O homem sorriu. — Os ursos têm muito medo dela.

— Sim, tenho certeza disso! — falou Deryn. — Mas minha aeronave é um respirador de hidrogênio. O senhor precisa desligar a eletricidade ou vai nos fazer em pedacinhos!

— Bem, obviamente. Mas os ursos não saberão que a cerca foi desligada. A obra do Dr. Pavlov serve muito bem de exemplo neste caso.

Deryn ignorou o blá-blá-blá.

— A clareira é pequena demais para minha aeronave, de qualquer forma. Precisamos sair dessas árvores e ir para a área derrubada.

Ela deu uma pequena volta e contou os homens ao redor. Havia 28 ao todo, talvez meia tonelada mais pesada que a carga recém-ejetada pela aeronave.

— Isso é todo mundo? — perguntou Deryn. — Vai ser complicado fazer uma ascensão rápida com tanto peso.

— Estou ciente das dificuldades. Cheguei aqui com uma aeronave.

— O senhor quer dizer o aeromonstro morto que nós vimos? O que diabos aconteceu com ele?

— Nós demos para os ursos comerem, Sr. Sharp.

Deryn deu um passo atrás.

— Vocês *o quê?*

— Ao equipar nossa expedição, os conselheiros do czar não levaram em consideração a desolação desta região. Recebemos suprimentos de menos, e os ursos do meu comboio começaram a sentir falta de caça. Eu estava perto demais de uma descoberta para abandonar o projeto. — Ele girou a bengala. — Embora, se eu soubesse que, como consequência, uma nave *britânica* viria se meter, eu talvez tivesse tomado uma decisão diferente.

Deryn sacudiu a cabeça, ainda incrédula. Como ele podia ter feito tal coisa com um pobre monstrinho inocente? E como o czar ousava despachar uma aeronave britânica para resgatar esse louco, após ele ter dado a própria nave para os ursos comerem?

— Desculpe a pergunta, mas quem é o senhor?

O homem se empertigou e estendeu a mão em uma mesura cortês.

— Eu sou Nikola Tesla. É um prazer conhecê-lo, creio eu.

● SETE ●

O *LEVIATÃ* ESTAVA a alguns quilômetros de distância quando o alçapão do compartimento de bombas foi aberto. Fardos de bifes de carne-seca caíram em intervalos de dez segundos. A cada leva descartada, a aeronave subia um pouco mais no ar.

— Uma distração engenhosa, devo admitir — comentou o Sr. Tesla.

— É claro que, se tivessem trazido essa comida antes, eu ainda teria uma aeronave.

Deryn olhou feio para o homem. Ele falava com tão pouco caso sobre o que havia feito. Deryn se deu conta de que o Sr. Tesla não só dera a aeronave para os ursos de combate comerem, mas também os cavalos e os mamutinos do comboio. E tudo para ficar algumas semanas a mais naquele lugar desgraçado.

— O que o senhor estava fazendo aqui, de qualquer forma, Sr. Tesla?

— Creio que isso seja óbvio, menino. Estou estudando o fenômeno à nossa volta.

— O senhor descobriu o que o causou?

— Eu sempre soube a causa. Estou apenas curioso quanto aos resultados. — O homem ergueu uma das mãos. — Devo permanecer sigiloso por enquanto, mas em breve o mundo todo saberá.

Ele tinha um brilho insano no olhar, e, quando Deryn deu as costas na direção do *Leviatã*, ela foi tomada por uma sensação incômoda.

Este era, obviamente, o mesmo Sr. Tesla que inventara o canhão Tesla, uma arma de raios que quase havia destruído o *Leviatã* duas vezes. Era um cientista mekanista, um fabricante de armas secretas alemãs, e, no entanto, o czar lhe dera liberdade para agir na Rússia darwinista.

Nada disso fazia sentido.

Ela pensou no aparelho misterioso escondido no porão do *Leviatã* e se perguntou por que o homem queria que a máquina fosse trazida escondida para cá. A engenhoca certamente não seria muito útil para conter ursos.

Os motores da aeronave mudaram a arfada. O bombardeio havia acabado.

— Eles vão fazer a curva agora — informou Deryn. — Devemos ir para a clareira.

O Sr. Tesla acenou com a bengala no ar e gritou numa língua que Deryn acreditava ser russo. Um grupo de homens entrou correndo em uma das construções e saiu com grandes sacolas nos ombros.

— Sinto muito, mas o senhor não pode levar todo este equipamento. Na realidade, já estamos com peso demais!

— De maneira alguma abandonarei minhas fotografias e amostras, meu jovem. Esta expedição levou anos para ser preparada!

— Mas se a nave não puder decolar, tudo estará perdido da mesma forma. Assim como nós!

— Vocês terão de arrumar espaço, então. Ou deixar meus homens para trás.

— O senhor é doido? — disse Deryn, enquanto balançava a cabeça.

— Preste atenção, se o senhor quiser ficar aqui com suas amostras até ser comido pelos ursos, tudo bem. Mas esses homens virão comigo, *sem* nenhum peso extra!

O Sr. Tesla riu.

— Infelizmente, o senhor terá de explicar isso a eles. Está com seu russo em dia, Sr. Sharp?

— Meu russo berrante é *fluente* — mentiu ela, depois se virou para os homens. — Algum de vocês fala inglês?

Eles devolveram o olhar com expressões um pouco confusas. Um tentou um palavrão dos bons em inglês, mas depois deu de ombros, após aparentemente ter esgotado o vocabulário.

Deryn cerrou os dentes e desejou que Alek estivesse ali. Apesar de todo conhecimento inútil, o príncipe falava um bom número de línguas. E talvez esse cientista louco desse ouvidos a outro mekanista.

Ela olhou para os homens novamente. Alguns deviam ter sido tripulantes da aeronave morta, então teriam de entender sobre limite de peso...

Mas não havia tempo para mímica. Os rugidos dos ursos ecoavam pelo arvoredo podado. Eles já tinham encontrado a primeira remessa de comida e passaram a brigar por ela.

— Apenas apresse seus homens, senhor — disse Deryn. — Discutiremos sobre isso na nave.

◎   ◎   ◎

Foram necessários alguns minutos para chegar ao limite das árvores ainda de pé, e mais dez minutos para encontrar um campo plano que fosse grande o suficiente para o *Leviatã* pousar. "Plano" não era bem a palavra, entretanto. Ali, perto do centro da destruição, as árvores caídas não estavam dispostas de modo tão organizado, e sim amontoadas como um jogo de pega-varetas, com lascas pontudas que saíam dos tocos.

Deryn correu pelos troncos caídos, na esperança de conseguir calcular precisamente as distâncias na confusão. Ela apontou e gesticulou para os russos, como o capitão de um time de críquete organizando o posicionamento dos jogadores, e em pouco tempo Deryn dispôs os homens em um oval comprido, um pouco maior que a gôndola do *Leviatã*.

— A nave está leve depois de descartar toda aquela carne — explicou ela para Tesla. — Normalmente, o capitão expeliria hidrogênio para pousar, mas não se quiser voltar a subir rapidamente. Teremos de usar cabos para puxar o *Leviatã* para baixo.

O homem arqueou a sobrancelha.

— Temos gente suficiente?

— Nem pensar. Se batesse uma rajada de vento, seríamos arrancados do chão. Portanto, quando caírem os cabos, mande seus homens amarrá-los às árvores. — Deryn apontou para um pinheiro caído, tão roliço quanto um barril de rum. — Quanto maior, melhor.

— Mas não teremos força suficiente para puxar a nave para baixo.

— Sim, a nave puxa *a si mesma* para baixo com guinchos dentro da gôndola. Assim que estiver baixo o suficiente, nós entraremos a bordo e cortaremos os cabos, e a nave saltará para o alto como uma rolha na água.

Ela parou de falar e prestou atenção. Rugidos baixos ecoaram pela floresta e arrepiaram-lhe os pelos. O som pareceu um pouco mais perto agora, ou talvez fosse apenas culpa dos nervos.

— Se o senhor ouvir uma buzina tocar duas vezes, diga aos homens para jogarem qualquer coisa que possam pelas janelas, inclusive suas preciosas amostras, ou nós seremos o jantar dos ursos!

O homem assentiu e começou a gritar ordens em russo aos homens, gesticulando com a bengala. Deryn imaginou que ele estivesse deixando de fora a parte sobre o alerta de lastro, mas não havia nada que ela pudesse fazer a respeito. A aspirante tirou um pedaço curto de linha e começou amarrar um nó blocante, caso precisasse subir.

Em pouco tempo, a aeronave estava no alto, e os motores rugiram quando a tripulação fez o *Leviatã* parar. Cabos pesados caíram das escotilhas do paiol, uma floresta de cipós que balançava e despencava em volta deles. Os russos começaram a correr para recolher os cabos e amarrá-los às árvores. Deryn conseguiu identificar os aeronautas entre eles pelos nós: pelo menos uns dez homens estiveram na tripulação da aeronave caída. Certamente entenderiam que, se os ursos estivessem a caminho e a nave não subisse, a preciosa bagagem do cientista teria de ser jogada fora. E nenhum aeronauta decente hesitaria em desobedecer ao Sr. Tesla depois do que ele havia feito com aquele aeromonstro.

Quando o último homem se afastou dos nós, Deryn puxou as bandeirolas de sinalização e mandou o sinal de que estavam prontos. Os cabos foram retesados, tremeram e estalaram quando os guinchos começaram a girar.

A princípio, a aeronave não pareceu mexer absolutamente nada. Porém, algumas árvores menores começaram a se agitar e ser puxadas no solo. Deryn correu na direção da árvore mais próxima e pulou nela para aumentar o peso. Os russos entenderam, e, em pouco tempo, todas as árvores agitadas tinham homens em cima. O Sr. Tesla assistia de maneira impassível como se a operação fosse alguma espécie de experiência de física, e não uma missão de resgate.

Era quase meio-dia, e a sombra do *Leviatã* cobria todo mundo e crescia lentamente conforme a aeronave descia.

Deryn prestou atenção novamente e franziu a testa. Os sons dos ursos ao longe sumiram. Será que estavam tão distantes que ela não conseguia mais ouvi-los? Ou será que o último pedaço de bife fora encontrado e comido, e agora as criaturas avançavam na direção do cheiro do aeromonstro?

— Um tanto quanto grande seu respirador de hidrogênio — comentou o Sr. Tesla, que depois franziu a testa. — Ali está escrito *Leviatã*?

— Sim, então o senhor ouviu falar a nosso respeito.

— Certamente. Vocês andaram nas...

O vento deu um violento sacolejo, e a árvore onde Deryn estava foi puxada para cima e derrubou o Sr. Tesla no chão. O *Leviatã* foi levado por mais ou menos 6 metros e arrastou com ele um pequeno número de russos sobre as toras caídas.

Os homens se agarraram valentemente, porém. Em pouco tempo o vento parou, e a aeronave voltou a tomar o rumo do solo novamente.

— O senhor está bem? — gritou Deryn.

— Estou. — O Sr. Tesla ficou de pé e bateu a poeira do sobretudo de viagem. — Mas se sua nave consegue levantar estas árvores, então por que reclamar de um pouco de bagagem extra?

— Aquilo foi uma rajada de vento. O senhor quer apostar sua vida em outra?

Deryn ergueu os olhos. O *Leviatã* estava próximo o suficiente a ponto de ela ver um oficial debruçado para fora da janela frontal da ponte. Ele agitava bandeirolas de sinalização nas mãos...

U-R-S-O-S—V-I-N-D-O—P-A-R-A—CÁ—C-I-N-C-O—M-I-N-U-T-O-S.

— Bolhas — exclamou Deryn.

◉   ◉   ◉

A aeronave ainda estava uns 10 metros acima quando Deryn viu o primeiro urso de combate.

Ele passava desajeitadamente pela área de árvores eretas enquanto a respiração se condensava no ar gelado. O urso era pequeno, os ombros mal alcançavam 3 metros de altura. Talvez tivesse sido deixado de fora dos espólios da carne-seca pelos outros.

Ele certamente não *parecia* com um monstrinho que tivesse almoçado.

— Subam! — falou Deryn ao apontar para o próprio cabo. — Diga para eles subirem!

O Sr. Tesla não disse uma palavra, mas os homens não precisaram de tradução. Eles começaram a subir na direção das escotilhas, uma das mãos atrás da outra nos grossos cabos de amarração. Nenhum deles pensou em soltar a mochila, ou talvez tivessem medo do cientista mekanista para deixar alguma coisa para trás.

Porém, não havia nada que Deryn pudesse fazer por eles agora. Ela subiu correndo pelo próprio cabo, feliz por ter amarrado um nó blocante mais cedo.

Conforme o peso dos homens foi adicionado aos cabos, eles começaram a afrouxar e a aeronave se aproximou do chão. Esta era a situação que Deryn queria ter evitado — outra rajada de vento esticaria os cabos novamente e jogaria para longe os homens que se seguravam neles.

A aspirante olhou para trás. O pequeno urso entrou na clareira, e figuras maiores se agigantaram atrás dele.

— Sharp! — A voz do Sr. Rigby surgiu de uma escotilha acima da cabeça de Deryn. — Mande esses homens soltarem as mochilas!

— Eu tentei, senhor. Eles não falam inglês!

— Mas será que eles não *veem* os ursos chegando? Eles são loucos?

— Não, só estão com medo daquele sujeito ali. — Com o queixo, ela apontou o Sr. Tesla, que ainda permanecia no chão e encarava de modo impassível o urso que se aproximava. — *Ele* é o louco!

O zumbido de uma arma de ar comprimido cortou o ar, e Deryn ouviu um uivo. Os dardos antiaeroplanos acertaram o urso mais próximo, que desabou entre as árvores caídas.

Um instante depois, o monstrinho ficou de pé novamente e balançou a cabeça. Uma nova marca reluzia no pelo irregular e cheio de cicatrizes do urso, mas ele soltou um rugido de desafio.

— Acho que o senhor só o deixou mais *furioso*!

— Não se preocupe, Sr. Sharp. Estamos fazendo bom uso daquele tranquilizante.

Deryn olhou para trás ao subir e viu que o urso parecia cambaleante naquele momento; ele seguia na direção das árvores caídas como um aeronauta com muita bebida nas ideias.

Quando Deryn chegou à escotilha, o Sr. Rigby esticou a mão para puxá-la para dentro.

— A carga extra está pronta para ser ejetada — informou o contra-mestre —, portanto temos muita sustentação. Mas com os ursos chegando perto, o capitão não vai se aproximar mais do solo. O restante desses homens sabe subir?

— Sim, senhor. Cerca de metade são aeronautas, portanto eles...

— Bom Deus — interrompeu o Sr. Rigby ao espiar pela escotilha —, o que diabos aquele homem está fazendo?

Deryn se enfiou ao lado do contramestre. O Sr. Tesla permanecia no chão e encarava mais três ursos que saíram das árvores.

— Aranhas berrantes! — sussurrou Deryn. — Eu não achava que ele era louco *a este ponto*.

A maior das criaturas estava a menos de 20 metros de Tesla e cruzava a área das árvores caídas com pulos enormes. O homem ergueu a bengala calmamente...

Um raio saiu da ponta, com um som igual ao do próprio ar sendo rasgado. A fera ficou nas patas traseiras e uivou, presa por uma fração de segundo em uma jaula irregular de luz. A claridade sumiu instantaneamente, mas o urso uivou e se virou para fugir, seguido pelos outros monstrinhos.

O Sr. Tesla inspecionou a ponta da bengala, que estava negra e fumegante, e depois se virou na direção da aeronave.

"RESISTÊNCIA AOS MONSTROS DE COMBATE FAMINTOS."

— Podem pousar a nave direito agora — gritou ele para cima. — Aquelas feras ficarão desconfiadas por mais ou menos uma hora.

O contramestre assentiu embasbacado, e, antes que pudesse chamar um lagarto-mensageiro, os guinchos começaram a descer a nave lentamente outra vez. Os oficiais estavam de acordo.

A voz do Sr. Rigby voltou um instante depois:

— Não são somente os ursos que deveriam ficar desconfiados, Sr. Sharp.

Ela concordou devagar com a cabeça.

— Sim, senhor. Teremos de ficar de olho no sujeito.

◈ OITO ◈

ALEK ACORDOU COM o som de um trovão, de um zumbido e, então, de um rugido monstruoso.

Ele se sentou e pestanejou, convencido por um momento de que fora acordado por algum sonho horrível. Mas os sons continuaram — gritos, o rangido de cabos e rosnados de feras. Havia cheiro de eletricidade no ar.

Alek pisou no chão com as botas e correu para a janela do camarote. Ele teve apenas a intenção de cochilar por uma hora, mas o sol estava no alto e o *Leviatã* tinha chegado ao destino. Dezenas de cabos de amarração se esticavam ao solo lá embaixo. As figuras que manejavam os cabos estavam vestidas em peles em vez de uniformes de aeronautas e todas gritavam em... russo?

O chão estava cheio de árvores caídas — centenas, talvez *milhares*. Fumaça de chaminé saía de um agrupamento distante de construções. Será que ali era uma espécie de campo madeireiro?

Então o garoto ouviu outro rugido e viu ursos de combate entre as árvores caídas. Eles não tinham cavaleiros, nem mesmo arreios, e o pelo desgrenhado parecia eriçado. O príncipe se afastou da janela por reflexo. A nave estava baixo o suficiente para ser alcançada pelas feras gigantes!

Mas os ursos pareciam estar fugindo.

Alek se lembrou do trovão que o acordou. A tripulação da nave devia ter espantado as criaturas de alguma forma.

Ele se debruçou para fora da janela quando o *Leviatã* pousou no chão. Pranchas foram arriadas, e pelo menos uns vinte russos subiram a bordo. Em pouco tempo, uma sirene varou a nave para anunciar uma ascensão rápida.

Alek puxou o corpo para dentro bem na hora. O ar estalou com o som de cabos sendo cortados, e a aeronave disparou para o alto, subiu tão rápido quanto os elevadores a vapor que ele havia tomado em Istambul.

Que *lugar* era esse? O amontoado de árvores caídas se estendia até o horizonte e cobria uma área muito maior que qualquer campo madeireiro cobriria. Mesmo enquanto o *Leviatã* subia aos céus, não surgia fim para a destruição.

Alek se voltou para a porta do camarote e se perguntou onde iria arrumar respostas. Os darwinistas podiam envolvê-lo quando precisavam de seu conhecimento mekanista, mas não o chamariam agora.

Onde estaria Dylan em um momento como esse? No paiol?

Ao pensar no garoto, Alek se lembrou do jornal sobre a cama. As perguntas que fez ao cair no sono voltaram novamente. Mas este não era o momento para questionar sobre o misterioso Dylan Sharp.

Os russos que vieram a bordo lotaram os corredores da nave. Eles estavam barbados, abatidos e meio esfomeados sob os grossos casacos de pele. A tripulação do *Leviatã* tentava aliviá-los do peso das mochilas, mas os homens resistiam. Inglês e russo se chocavam sem surtir muito efeito.

Alek olhou em volta e se perguntou se a nave decolaria com todos eles. A tripulação devia ter jogado fora até a última provisão excedente.

Uma enluvada mão tocou no ombro do príncipe.

— Aqui está você, Alek. Perfeito!

Ele se virou e viu Dylan diante de si. O garoto vestia um traje de voo com as botas enlameadas.

— Você esteve lá fora? — perguntou Alek. — Com aqueles ursos?

— Sim, mas eles não são tão ruins assim. Você sabe falar russo?

— Todos os russos que conheci falavam francês. — Alek olhou para os homens esfomeados e desgrenhados ao redor e deu de ombros. — E acho que eram um tipo diferente de russos.

— Bem, de qualquer maneira, pergunte para eles, seu bobalhão!

— Claro. — Alek começou a abrir caminho pelo corredor, repetindo. — *Parlez-vous français?*

Um momento depois, Dylan estava imitando Alek, dizendo a frase com um forte sotaque escocês. Um dos russos ergueu o rosto com um brilho de reconhecimento no olhar e levou os dois até um pequeno homem com um pincinê e um uniforme azul embaixo das peles.

Alek fez uma mesura.

— *Je suis Aleksandar, prince de Hohenberg.*

O homem devolveu a mesura e disse em um francês perfeito:

— Eu sou Viktor Yegorov, capitão da Aeronave do Czar *Imperatriz Maria.* O senhor está no comando aqui?

— Não, senhor. Sou apenas um passageiro nessa nave. O senhor é o capitão desses homens?

— O capitão de uma aeronave morta, o senhor quer dizer! — O homem olhou feio sobre o ombro de Alek. — Aquele tolo está no comando.

No meio da multidão havia um homem alto vestido em roupas civis, sendo conduzido por dois oficiais da nave.

Alek se voltou para Dylan.

— Este homem é Yegorov, um capitão de aeronave. — Alek apontou.

— Mas ele diz que aquele sujeito está no comando.

Dylan soltou um muxoxo de desdém.

— Sim, *ele* eu já encontrei antes. É o Sr. Tesla, o cientista mekanista, e é um louco!

— Tesla, o inventor? — perguntou Alek. — Você deve estar enganado.

O capitão Yegorov ouviu o nome e cuspiu no chão.

— Ele me custou uma nave e quase causou a morte de todos nós! É um completo idiota, apoiado pelos homens do czar.

Alek falou em um francês cauteloso:

— Não seria Nikola Tesla, seria? Pensei que ele estivesse trabalhando para os mekanistas.

— Claro que estava! — respondeu o capitão. — Os alemães bancaram suas experiências quando ninguém mais quis, e Tesla projetou muitas armas para eles. Mas agora que a guerra está aqui, ele viu o que os alemães fizeram com sua terra natal! Ele é sérvio.

— Ah — exclamou Alek baixinho. — É claro.

A Grande Guerra podia ter se espalhado pelo mundo, mas tudo começara com a invasão da Sérvia, e a culpa era da família de Alek. Seu pai — herdeiro do trono austro-húngaro — e mãe foram mortos por um grupo de revolucionários sérvios, ou era assim que todos pensavam. Na verdade, os assassinatos foram tramados pelo próprio tio-avô de Alek e pelos alemães. Mas a pequenina Sérvia havia sido a primeira vítima da vingança da Áustria.

O capitão Yegorov franziu a testa.

— Espere. Isto é... um uniforme austríaco?

Alek abaixou o olhar e se deu conta de que vestia a jaqueta de piloto sobre o macacão sujo de graxa de mekânico.

— Sim. Guarda dos Habsburgo, para ser mais exato.

— E o senhor é o príncipe de Hohenberg, foi o que disse? — O capitão Yegorov balançou a cabeça. — O filho do arquiduque, em uma aeronave britânica? Então os jornais diziam a verdade.

Alek se perguntou como os ridículos artigos de Eddie Malone chegaram à Sibéria.

— Um pouco, de qualquer forma. Eu sou Aleksandar.

O homem soltou uma risada seca.

— Bem, creio que se um inventor mekanista pode mudar de lado, por que não um príncipe austríaco?

Alek concordou com a cabeça, agora que as palavras finalmente fizeram sentido. Nikola Tesla — inventor da transmissão de energia sem fio, do canhão Tesla e de inúmeros outros aparelhos — se juntara aos darwinistas. O conde Volger ficaria fascinado ao ouvir a notícia.

[87]

— Que lero-lero é esse entre vocês dois? — perguntou Dylan. — Ele já disse por que aquele cientista mekanista está aqui?

— Aparentemente o Sr. Tesla se uniu aos darwinistas — falou Alek em inglês, depois se virou novamente para o capitão. — Mas por que vocês estavam na Sibéria? O Sr. Tesla é um inventor, não um explorador.

— Ele procurava por alguma coisa naquela floresta derrubada. — O capitão Yegorov balançou a cabeça. — Não faço ideia do quê.

Alek se lembrou do aparelho estranho no interior da nave.

— Algo metálico?

O homem deu de ombros.

— Pode ser — respondeu. — Há alguns dias, seus soldados escavaram um grande buraco, e ele ficou bem animado. Depois daquilo, nós recuamos para o interior da cerca a fim de esperar por resgate.

Alek voltou-se para Dylan e fez uma tradução rápida:

— Tesla estava procurando por algo, alguma coisa secreta. E talvez tenha encontrado alguns dias atrás, seja lá o que for.

— Bolhas. Isto significa que a coisa veio a bordo. — Dylan olhou para o corredor apinhado, cheio de homens com mochilas pesadas, mas nem sinal de Tesla. — Eles o levaram à proa para falar com os oficiais.

— Você acha que eles gostariam de conhecer o capitão Yegorov? — indagou Alek.

— Sim. — Dylan sorriu. — E talvez precisem de um tradutor também.

◉   ◉   ◉

Um fuzileiro se encontrava na entrada do corredor de proa para conter os russos. Mas ele prestou continência quando Dylan se aproximou e deu atenção enquanto o garoto explicava quem era o capitão Yegorov e que o homem não falava inglês. Alguns minutos depois, Alek e o capitão foram levados à proa.

— Cuidado com aquele vagabundo! — disse Dylan, que depois se virou para encarar a multidão.

Na cabine de navegação estavam o capitão Hobbes, a Dra. Barlow, o Dr. Busk e o famoso Sr. Tesla. O inventor trajava-se elegantemente, especialmente levando-se em conta que havia acabado de ser resgatado do meio da Sibéria, mas tinha um brilho selvagem nos olhos. Firmava-se em uma bengala cuja ponta parecia ter sido usada para atiçar uma fogueira.

— Eu não vejo razão para este homem estar aqui — afirmou Tesla, enquanto olhava o capitão Yegorov com frieza.

O homem retrucou, curto e grosso, em russo.

A Dra. Barlow falou em um tom apaziguador:

— Este é um momento difícil para todos nós, cavalheiros. Nossa nave está cheia de homens e vazia de provisões. A experiência de outro capitão de aeronave é bem-vinda aqui.

Tesla estalou a língua, que a cientista ignorou educadamente.

— Por obséquio — acrescentou ela para Alek —, meu francês está um pouco enferrujado.

Enquanto traduzia as boas-vindas para o capitão Yegorov, Alek ouviu um murmúrio no teto e ergueu os olhos para ver Bovril e o lêmur da Dra. Barlow pendurados nos tubos dos lagartos-mensageiros. Ambos repetiam tudo e curtiam os sons da nova língua.

O capitão Yegorov fez uma mesura.

— Os senhores têm minha gratidão por terem nos resgatado, e reconheço a situação desesperadora em que se encontram, mas a culpa não é minha. Aquele louco mandou que os soldados matassem minha aeronave. Comida para os ursos!

Alek vacilou ao traduzir a última parte, sem acreditar muito no que dizia. Os oficiais do *Leviatã* também pareciam horrorizados.

Após um instante de silêncio, o Dr. Busk pigarreou.

— Não cabe a nós julgar o que aconteceu aqui. Estamos em uma missão de resgate, nada mais. Talvez todos devêssemos nos apresentar. — Ele se voltou para o capitão Yegorov e falou em um francês lento e canhestro. — Eu sou o Dr. Busk, oficial-cientista sênior a bordo do H.M.S. *Leviatã*.

Quando a Dra. Barlow apresentou o capitão e a si mesma, Alek notou que o francês da cientista era impecável. O príncipe se perguntou por que ela realmente queria sua presença ali.

O Sr. Tesla parecia entediado e irritadiço. Batia com a ponta da bengala e contorcia a cara enquanto gentilezas eram trocadas à mesa. Mas quando Alek se apresentou, os olhos do inventor se acenderam.

— O famoso príncipe! — exclamou em inglês. — Eu andei lendo a seu respeito.

— Ah, o senhor também. — Alek suspirou. — Eu não fazia ideia de que o *New York World* era tão popular na Sibéria.

O Sr. Tesla riu ao ouvir isso.

— Meu laboratório fica em Nova York, e o senhor era o assunto do momento quando fui embora. E quando passei por São Petersburgo, a corte do czar também só falava do senhor!

Alek foi tomado por uma sensação desagradável, como sempre acontecia quando pensava em milhares de estranhos discutindo os detalhes de sua vida.

— Não acredite em tudo que lê nos jornais, Sr. Tesla.

— Com certeza. Eles dizem que o senhor está mexendo os pauzinhos na República Otomana, e, no entanto, cá está o senhor a bordo do *Leviatã*. Está escondendo o fato de que se tornou um darwinista?

— Um darwinista? — Alek baixou os olhos para a mesa, repentinamente ciente da presença dos oficiais do *Leviatã* no aposento. — Não sei se é possível afirmar isso. Mas se o senhor leu a meu respeito, sabe que as potências mekanistas tramaram a morte dos meus pais. Os alemães e meu tio-avô, o imperador austríaco, são os culpados por essa guerra. Eu apenas quero acabar com ela.

O Sr. Tesla concordou devagar com cabeça.

— Ambos estamos a serviço da paz, então.

— Um sentimento nobre, cavalheiros — disse o capitão Hobbes.

— Mas, no momento, estamos em guerra. Temos 28 bocas a mais para alimentar e jogamos a maior parte de nossas provisões na tundra para abrir espaço para elas.

— Aeronaves certamente têm suas limitações — comentou o Sr. Tesla.

Alek ignorou o homem e rapidamente traduziu as palavras do capitão Hobbes para o francês.

— Se rumarmos diretamente para o campo de aviação em Vladivostok, todos sobreviveremos — sugeriu o capitão Yegorov. — Ele fica a apenas dois dias de distância. Não passaremos fome e podemos recolher neve sem pousar para arrumar água, como as aeronaves russas fazem há anos.

Alek traduziu, e o capitão Hobbes concordou com um gesto firme.

— Nós agradecemos que o senhor tenha se juntado ao nosso lado neste conflito, Sr. Tesla, e o czar nos pediu para oferecer qualquer assistência possível, mas infelizmente o capitão Yegorov está certo. Não podemos levar o senhor de volta para São Petersburgo agora. Teremos de continuar rumo a leste.

O inventor abanou a mão.

— Não importa. Ainda não decidi para onde quero ir.

— Graças a Deus — disse baixinho a Dra. Barlow.

— Após reabastecermos em Vladivostok, talvez precisemos completar nossa missão no Japão — explicou o capitão Hobbes. — Mas eu não terei certeza até que cheguem as ordens do almirantado, vindas de Londres.

— Se ao menos o senhor tivesse um rádio — murmurou Tesla —, em vez destes pássaros ridículos.

O capitão Hobbes ignorou o comentário.

— Enquanto isso, teremos de racionar a comida com cautela.

Ele olhou para o capitão Yegorov, e Alek repetiu as palavras em francês.

— Nós somos aeronautas. É claro que compreendemos — respondeu Yegorov. — Todos perdemos algumas refeições desde que chegamos a Tunguska.

— Tunguska — repetiu Bovril do teto.

A Dra. Barlow ergueu os olhos para o monstrinho, depois perguntou em francês:

— Esse é o nome deste lugar?

O capitão Yegorov deu de ombros.

— O rio Tunguska corta essa floresta, mas ela sequer tem nome.

— Não ainda — murmurou Tesla. — Mas em breve todo mundo saberá o que aconteceu aqui.

A Dra. Barlow se virou para ele e mudou para o inglês:

— Se posso saber, Sr. Tesla, o que *de fato* aconteceu aqui?

— Para resumir, a maior explosão na história de nosso planeta — respondeu o homem, baixinho. — O som quebrou janelas a centenas de quilômetros de distância. A explosão derrubou a floresta em todas as direções e jogou tanta poeira no ar que os céus ficaram vermelhos por meses em todo mundo.

— Em todo mundo? — perguntou a Dra. Barlow. — Quando foi isso exatamente?

— No amanhecer do dia 30 de junho de 1908. Os efeitos atmosféricos mal foram notados no mundo civilizado, mas se tivesse acontecido em qualquer lugar que não fosse a Sibéria, o evento teria assombrado toda a humanidade.

— Assombrado — disse baixinho Bovril.

Tesla parou para olhar a criatura com irritação. Alek espiou pelas janelas inclinadas da sala de navegação. Mesmo a tal altura, ele conseguia ver que as árvores caídas se estendiam ao infinito.

— Eu vim aqui estudar o que aconteceu, e em breve divulgarei meus resultados. — Enquanto continuava a falar, o inventor colocou uma das mãos no ombro de Alek e voltou o olhar para ele. — Quando eu os divulgar, o mundo tremerá e talvez finalmente encontre a paz.

— Paz? Por causa de uma explosão? — perguntou Alek. — Mas o que a causou, senhor?

O Sr. Tesla sorriu e bateu com a bengala três vezes no chão.

— O Golias.

◆ NOVE ◆

– ELE É COMPLETAMENTE louco, obviamente — afirmou Alek.

O conde Volger tamborilou os dedos na escrivaninha, com o olhar fixo em Bovril. A Dra. Barlow passou a criatura para o príncipe quando a reunião se encerrou, e Alek não parou para deixá-la no seu camarote. As novidades eram simplesmente extraordinárias demais para esperar. Mas agora Volger e o monstrinho se encaravam, uma disputa que Bovril parecia estar gostando.

Alek tirou a criatura do ombro e a colocou no chão. Ele se aproximou da janela do camarote.

— O Sr. Tesla diz que ele fez tudo isso dos Estados Unidos, com alguma espécie de máquina. Há seis anos.

— Em 1908? — perguntou Volger, com os olhos ainda fixos no monstrinho. — E esperou até *agora* para contar ao mundo?

— Os russos não permitiriam um cientista mekanista no país — explicou Alek. — Não até trocar de lado. Portanto, ele não pôde estudar os efeitos em primeira mão, mas agora que viu o que a arma pode fazer, o Sr. Tesla diz que vai tornar pública a invenção.

Volger finalmente tirou os olhos de Bovril.

— Por que ele testaria essa arma em um lugar que não pudesse visitar?

— Ele alega que isto foi um acidente, uma falha no disparo. Ele apenas queria "criar alguns fogos de artifício" e não se deu conta do poder do Golias. — Alek franziu a testa. — Mas certamente você não acredita em nada disso.

Volger se voltou para olhar pela janela. O *Leviatã* se aproximava do limite da devastação, onde apenas as árvores mais jovens haviam caído. Porém, a enorme extensão da explosão ainda era aparente.

— Tem outra explicação para o que aconteceu aqui?

Alek suspirou lentamente, depois puxou uma cadeira e se sentou.

— Claro que não.

— Golias — falou Bovril, baixinho.

O conde Volger lançou um olhar nada amigável para o monstrinho.

— O que pensam os darwinistas?

— Eles não questionam as declarações do Sr. Tesla. — Alek deu de ombros. — Não na cara dele, em todo caso. Parecem bem contentes que o Sr. Tesla se juntou aos darwinistas.

— Claro que estão. Mesmo que o homem tenha enlouquecido, ainda pode mostrar um truque ou dois para eles. E se estiver dizendo a verdade, poderia encerrar a guerra com o apertar de um botão.

Alek olhou pela janela novamente. A grandiosidade da floresta derrubada e o fato de que Volger não estava rindo abertamente da alegação absurda de Tesla deram-lhe uma sensação de mal-estar.

— Creio que seja verdade. Imagine Berlim após uma explosão dessas.

— Berlim, não — falou Volger.

— O que quer dizer?

— Tesla é sérvio — explicou Volger, devagar. — *Nosso* país atacou sua terra natal, não a Alemanha.

Alek sentiu o peso da guerra sobre os ombros novamente.

— Minha família é a culpada, você quer dizer.

— Tesla pode muito bem pensar assim. Se essa arma realmente funcionar, e ele usá-la novamente, será Viena que estará em pedaços.

Alek sentiu algo terrível crescer dentro dele, como a sensação de vazio que levava desde o assassinato dos pais, porém maior.

— Certamente ninguém jamais usaria uma arma assim contra *uma cidade.*

— Não há limites na guerra — disse o conde ainda olhando pela janela.

Então Alek se lembrou do aeromonstro morto, sacrificado aos ursos de combate para que Tesla pudesse completar sua missão. O homem era determinado, aparentemente.

Bovril mudou de posição no chão e repetiu:

— Pedaços.

Volger reservou outro olhar cruel para o monstrinho e depois se voltou para Alek.

— Esta pode ser uma oportunidade para você servir ao seu povo, príncipe, de uma maneira como poucos soberanos conseguem.

— É claro. — Alek se endireitou na cadeira. — Nós o convenceremos de que a Áustria não é o inimigo. Ele leu a meu respeito nos jornais. Sabe que também quero a paz.

— Esta seria a melhor solução — comentou Volger —, mas precisamos ter certeza das intenções do sujeito antes de deixá-lo sair desta nave.

— *Deixá-lo* sair? Acho pouco provável que nós consigamos convencer o capitão a prendê-lo.

— Eu não estava pensando em prisão. — O conde Volger se debruçou na direção de Alek, com as mãos espalmadas sobre o mapa da Sibéria na escrivaninha. — A que distância você esteve dele naquela reunião? A que distância você acha que qualquer um de nós ficaria dele nos próximos dias?

Alek pestanejou.

— Certamente você não está sugerindo violência, conde.

— O que estou sugerindo, jovem príncipe, é que este homem é um perigo para seu povo. E se ele quiser vingança pelo que a Áustria fez à sua terra natal?

— Ah, vingança outra vez — murmurou Alek.

— Dois *milhões* de seus súditos vivem em Viena. Você não ergueria a mão para salvá-los?

Alek ficou ali sentado, sem saber o que dizer. Era verdade: meia hora atrás, estivera ao lado do famoso inventor, perto o suficiente para esfaqueá-lo. Mas a ideia era brutal.

— Ele acha que o Golias pode acabar com a guerra. — Alek finalmente conseguiu dizer. — O homem quer a paz!

— Como todos nós — argumentou o conde Volger. — Mas há muitas maneiras de acabar com uma guerra. Algumas mais pacíficas que outras.

Houve uma batida na porta.

— *Sr.* Sharp — disse Bovril, depois deu uma risadinha.

— Pode entrar, Dylan — gritou Alek.

Os lêmures tinham uma audição muito aguçada e eram capazes de distinguir as pessoas pelos passos ou batidas na porta, até mesmo pelo som do sacar de uma espada.

A porta se abriu, e Dylan deu um passo para dentro. Ele e Volger trocaram um olhar gelado.

— Achei que encontraria você aqui, Alek. Como foi a reunião?

— Bem esclarecedora. — O olhar do príncipe foi de Dylan para Volger. — Vou te contar tudo, mas...

— Eu preciso dormir um pouco primeiro — falou Dylan. — Fiquei acordado a noite inteira, lá fora com os ursos enquanto você cochilava.

Alek concordou com a cabeça.

— Eu cuido do Bovril, então.

— Sim, mas durma um pouco também — sugeriu Dylan. — A cientista quer que bisbilhotemos um pouco hoje à noite, para descobrir o que o Sr. Tesla anda tramando.

— Bisbilhote — repetiu Bovril, bem contente com a palavra.

— Uma ideia excelente — concordou Alek. — Não se sabe o que ele trouxe a bordo.

— Então eu te vejo depois do anoitecer. — Dylan fez uma microscópica mesura para Volger. — Sua nobreza.

Volger acenou com a cabeça em resposta. Assim que a porta se fechou novamente, Bovril sentiu um pequeno arrepio.

— Vocês brigaram? — perguntou Alek.

— Uma briga? — Volger deu um muxoxo de desdém. — Antes de mais nada, mal éramos amigos.

— Antes de mais nada? Então vocês dois *estão* brigados. — Alek soltou uma risada seca. — O que aconteceu? Dylan respondeu mal durante as aulas de esgrima?

O conde não respondeu, mas se levantou da escrivaninha e começou a andar de um lado para o outro do camarote. Alek sentiu o sorriso sumir ao se lembrar do que estavam discutindo.

Mas quando o conde finalmente falou, ele disse:

— Qual é a importância daquele garoto para você?

— Há um instante, conde, você sugeria um assassinato a sangue-frio. E agora pergunta sobre Dylan?

— Está tentando evitar a pergunta?

— Não. — Alek deu de ombros. — Eu considero Dylan um soldado excelente e um bom amigo. Um bom *aliado*, devo acrescentar. Ele me ajudou a entrar naquela reunião hoje. Sem ele, estaríamos aqui sentados sem uma pista do que ocorre nesta nave.

— Um aliado. — Volger voltou a se sentar e abaixou o olhar para o mapa na escrivaninha. — Muito justo. Tesla diz que consegue disparar essa arma em qualquer ponto da Terra?

— Estou com dificuldades de acompanhar seus saltos na conversa hoje, Volger. Mas sim, ele diz que agora consegue mirá-la.

— Mas como ele pode ter certeza, se o primeiro evento foi um acidente?

Alek suspirou e tentou se recordar da reunião. Tesla falara detalhadamente sobre o assunto. Apesar de alegar que mantinha segredos, o inventor possuía um dom para a investigação.

— Ele passou seis anos trabalhando naquele problema, desde o disparo acidental. Tesla soube através de relatos em jornais que algo tinha acontecido na Sibéria, algo extraordinário. E agora que calculou o centro exato da explosão, ele consegue ajustar a arma de acordo.

Volger concordou com a cabeça.

— Então o aparelho que você e Klopp montaram foi feito para descobrir o centro da explosão? — perguntou o conde.

— Bem... isto não faz sentido. Klopp diz que é um detector de metais.

— Quando um projétil cai, não sobram traços de metal?

— Mas o Golias não é esse *tipo* de arma. — Alek tentou se lembrar de como foi a descrição do grande inventor. — Ele é uma espécie de canhão Tesla, um modelo que se torna parte do campo magnético da Terra. O Golias lança a energia do planeta pela atmosfera e por todo mundo. Como a aurora boreal, disse Tesla, porém um milhão de vezes mais poderoso. Do jeito que ele descreveu, o próprio ar pegou fogo ali!

— Entendi. — Volger soltou um longo suspiro. — Ou, melhor dizendo, não entendi coisa alguma. Tudo isso pode ser um caso de loucura, é claro.

— Certamente — respondeu Alek, se sentindo relaxar.

A ideia de assassinar Tesla para deter um evento imaginário qualquer era absurda demais para considerar. Ele continuou:

— Eu perguntarei a Klopp o que ele acha. E a Dra. Barlow também dará uma opinião, sem dúvida.

— Sem dúvida — falou Bovril pensativo.

O conde Volger gesticulou na direção do monstrinho.

— Isso é *tudo* que essa coisa abominável faz? Repetir palavras aleatoriamente?

— Aleatoriamente — disse Bovril, que riu um pouquinho.

Alek abaixou a mão para fazer carinho no pelo da criatura.

— Foi o que eu pensei, a princípio. Mas a Dra. Barlow alega que o monstrinho é bem — e usou a palavra em inglês — *perspicaz*. E, de vez em quando, dá uma boa sugestão.

— Até um relógio parado marca a hora certa duas vezes ao dia — murmurou Volger. — Claramente essas criaturas não foram nada além de uma desculpa para dar uma bisbilhotada em Istambul. Trazer o beemote pelo estreito sempre foi o plano dos darwinistas.

Alek ergueu a criatura e colocou novamente no ombro. Ele tinha pensado a mesma coisa, lá em Istambul. Mas exatamente naquela manhã, no paiol, a criatura havia retirado o colar da Dra. Barlow para mostrar como o misterioso aparelho funcionava.

Com certeza *aquilo* não podia ter sido aleatório.

Mas Alek não mencionou o fato. Não havia motivo para deixar o conde ainda mais incomodado perto do monstrinho.

— Eu posso não entender o Golias — falou o príncipe simplesmente —, mas entendo menos ainda as criaturas fabricadas pelos darwinistas.

— Continue assim — disse Volger. — Você é o herdeiro do trono austríaco, não um tratador de zoológico qualquer. Eu falarei com Klopp a respeito disso. Nesse meio tempo, você deveria seguir o conselho de Dylan e dormir antes do anoitecer.

Alek ergueu a sobrancelha.

— Você não se importa de eu bisbilhotar com um plebeu?

— Se o que Tesla falou é verdade, seu império corre grande perigo. É seu dever descobrir tudo o que puder. — O conde Volger o encarou por um momento e fez uma expressão de resignação. — Além disso, Vossa Serena Alteza, às vezes bisbilhotar no escuro pode ser bem esclarecedor.

◎   ◎   ◎

Ao voltar para o camarote, Alek sentiu a noite de sono perdido novamente. O lêmur perspicaz fazia peso sentado no ombro, e vários pensamentos buzinavam dentro da mente — imagens da floresta arruinada debaixo da nave, a ideia de que um louco poderia destruir o Império Austro-Húngaro e a terrível possibilidade de que o próprio Alek talvez impedisse tal coisa com a lâmina de uma faca.

Mas quando desmoronou sobre a cama, o príncipe viu o jornal de Volger ainda ali, aberto na reportagem sobre Dylan.

O conde estivera tão estranho hoje, com perguntas que ziguezagueavam entre a arma de Tesla e Dylan. Eles *só podiam* ter discordado, mas sobre o quê?

Alek pegou o jornal e olhou fixamente para a foto de Dylan pendurado na tromba do *Destemido*. O conde tinha lido a reportagem também, obviamente. Ele lia todo jornal que a Dra. Barlow lhe dava, do início ao fim.

— Você sabe alguma coisa que não deveria, não é, Volger? — falou Alek baixinho. — É por isso que você e Dylan estão brigando.

— Brigando — repetiu Bovril pensativo, depois desceu do ombro de Alek para a cama.

Alek encarou o monstrinho e se lembrou do que havia acontecido no paiol. A criatura ficara sentada no ombro de Klopp o dia inteiro, prestando atenção a tudo, saboreando palavras como "magnetismo" e "peças elétrikas". E então arrancou o colar da Dra. Barlow e demonstrou o uso do estranho aparelho.

Era assim que a perspicácia do monstrinho funcionava. Ele prestava atenção e aí de alguma forma colocava todas as ideias no lugar.

Alek virou o jornal na primeira página novamente e começou a ler em voz alta. Bovril falou de vez em quando, repetindo novas palavras com alegria, digerindo todas as informações.

> ... Ele certamente tem bravura nas veias, sendo o sobrinho de um intrépido aeronauta, um tal de Artemis Sharp, que pereceu em calamitoso incêndio em um balão há poucos anos apenas. O velho Sharp recebeu a Cruz de Bravura Aérea postumamente por ter salvado a filha, Deryn, das chamas vorazes da conflagração.

Alek se sentou com as costas eretas. Pestanejou para afastar o sono, ainda olhando fixamente para as palavras. *Sua filha, Deryn?*

— Repórteres...

Alek respirou fundo. Era surpreendente como eles conseguiam errar o mais simples dos fatos. O príncipe tinha explicado várias vezes a Malone que Ferdinando era o nome do meio do pai. E, no entanto, o homem tinha se referido a Alek como "Aleksandar Ferdinando" em vários lugares, como se fosse um sobrenome de família!

— Sua filha, Deryn — repetiu Bovril.

Mas por que alguém trocaria um menino por uma menina? E de onde surgira o improvável nome de Deryn? Talvez Malone tenha sido enganado por alguém da família de Dylan, para esconder o fato de que dois irmãos se alistaram na Força Aérea juntos.

Mas Dylan dissera que aquilo tudo era mentira, não?

Então essa tal de Deryn tinha a ver com o verdadeiro segredo de família, aquele que Dylan se recusava a contar.

Por um momento, Alek sentiu uma tontura e se perguntou se deveria pôr o jornal de lado e esquecer tudo aquilo, por respeito à vontade de Dylan. Ele precisava dormir.

Mas, em vez disso, Alek leu um pouco mais...

> **Na época do trágico acidente, o *Daily Telegraph* de Londres escreveu: "E quando as chamas explodiram no alto, o pai jogou a filha da pequena gôndola e, ao salvar a vida dela, selou o próprio destino." Certamente nossos irmãos do outro lado do Atlântico têm a sorte de contar com homens corajosos como os Sharp entre seus aeronautas durante esta terrível guerra.**

— Selou o próprio destino — falou Bovril em tom grave.

Alek assentiu, lentamente. Então o erro tinha sido cometido há dois anos, por um jornal britânico, e fora simplesmente copiado por Malone. Tinha de ser isso. Mas por que o *Telegraph* cometera um erro tão absurdo?

Alek sentiu um arrepio de frio. E se realmente existisse uma Deryn, e Dylan estivesse mentindo sobre toda a situação? E se o garoto apenas tivesse assistido ao acidente e se colocado na história no lugar da irmã?

Alek balançou a cabeça diante da ideia absurda. Ninguém enfeitaria a história da morte do próprio pai. Tinha de ser um simples erro.

Então por que Dylan mentia para a Força Aérea sobre quem era seu pai?

Uma sensação estranha, quase uma espécie de pânico, tomou conta de Alek. Tinha de ser cansaço, misturado ao estranho erro daquele repórter. Por que deveria acreditar em qualquer coisa que lesse, quando os jornais erravam tanto sobre a realidade? Às vezes, parecia que o mundo inteiro era feito de mentiras.

Ele se deitou, fez um esforço para fechar os olhos e desejou que o coração disparado batesse mais devagar. Os detalhes de uma antiga tragédia pouco importavam agora. Dylan tinha visto o pai morrer, e seu coração ainda estava partido por causa disso, Alek tinha certeza. Talvez o próprio garoto não soubesse o que havia acontecido naquele dia terrível.

Alek ficou deitado ali por longos minutos, mas o sono não vinha. Ele finalmente abriu os olhos e encarou Bovril.

— Bem, você sabe de todos os fatos agora.

Alek esperou outro momento e depois suspirou.

— Você não vai me ajudar com esse mistério, não é? Claro que não.

Ele chutou longe as botas e fechou os olhos novamente, mas a cabeça continuava a rodar. Alek queria mais do que qualquer outra coisa descansar um pouco antes da bisbilhotice daquela noite, mas sentiu a insônia se aninhar como um visitante indesejado ao seu lado na cama.

Aí Bovril surgiu de mansinho perto da sua cabeça, à procura de calor contra o frio que entrava pelas vidraças da nave.

— *Sr.* Deryn Sharp — sussurrou a criatura no ouvido do príncipe.

◈ DEZ ◈

AS ORELHAS DE Tazza ficaram em pé. O monstrinho forçou a coleira e puxou Deryn à frente na escuridão das entranhas da nave. Logo adiante, uma estranha silhueta de duas cabeças surgiu na penumbra.

— *Sr.* Sharp. — Veio uma voz familiar, e Deryn sorriu.

Era apenas Bovril, montado no ombro de Alek.

Tazza se apoiou nas patas traseiras e pulou empolgado quando os dois se aproximaram. Bovril riu um pouco com a imagem, mas Alek não parecia contente. Encarou Deryn com olhos fundos.

— Você não dormiu? — perguntou ela.

— Um pouco. — Ele se ajoelhou para fazer carinho no tilacino. — Eu olhei na sua cabine. Newkirk disse que você estaria aqui.

— Sim, este é o lugar de passeio preferido de Tazza — explicou Deryn.

Todo material orgânico da nave era reunido ali, nas entranhas do grande aeromonstro, para ser processado e separado em açúcares que geravam energia, hidrogênio e excrementos.

— Acho que ele gosta do cheiro.

— O Sr. Newkirk parecia bem à vontade lá — comentou Alek.

Deryn suspirou.

— A cabine também é dele agora. Estamos com falta de leitos pelos próximos dias. Ainda assim, é melhor que antes, quando eram três aspirantes por cabine.

Alek franziu a testa e manteve o olhar fixo nela novamente. Mesmo na luz tênue das lagartas bioluminescentes nas entranhas do grande aeromonstro, o rosto parecia pálido.

— Você está bem, Alek? Parece que viu um fantasma.

— Minha cabeça está dando voltas, creio eu.

— Não é só você. Desde a reunião com aquele cientista mekanista, os oficiais andam com os nervos à flor da pele. O que diabos Tesla *disse* lá dentro?

Alek fez uma pausa por um momento, ainda olhando esquisito para ela.

— Tesla alega que ele mesmo destruiu aquela floresta. Parece que tem uma espécie de arma nos Estados Unidos, chamada Golias. É muito maior que aquela que nós destruímos em Istambul, e Tesla quer usá-la para acabar com a guerra.

— Ele disse que... c-com *o quê?* — gaguejou Deryn.

— É como um canhão Tesla, que ele diz ser capaz de atear fogo ao ar em qualquer lugar do mundo. Agora que viu em primeira mão o que a arma pode fazer, Tesla quer usá-la para forçar a rendição dos mekanistas.

Deryn pestanejou. O garoto falou as palavras de maneira tão simples, como se repetisse uma escala de serviço, mas elas mal faziam sentido.

— Rendição — falou Bovril. — Sr. Sharp.

— Uma *arma* fez tudo aquilo?

Ela se lembrava muitíssimo bem da noite da batalha com o *Goeben*, quando o raio do canhão Tesla se espalhou pela pele do *Leviatã* e ameaçou pôr fogo na nave inteira. Uma visão assustadora, mas um peidinho de mosca comparado com a destruição ali na Sibéria.

Deryn sentiu uma tontura. A notícia era desconcertante, e, para piorar, o jantar não tinha sido servido naquela noite. Tazza enfiou o focinho na mão dela e ganiu com fome.

— Não admira que você não tenha conseguido dormir — disse Deryn.

— A culpa em parte foi disso. — O garoto a encarou novamente. — Tudo pode ser mentira, é claro. Nunca dá para saber quando as pessoas mentem.

— Sim, ou quando são loucas. Não admira que a cientista quisesse que a gente bisbilhotasse um pouco hoje à noite. — Deryn ficou de pé e puxou a guia do tilacino. — Vem, monstrinho. É hora de você voltar para a cabine.

— A gente deveria levar o lêmur conosco — falou Alek ao se levantar. — Ele anda muito perspicaz ultimamente.

— *Sr.* Sharp — acrescentou Bovril, e Deryn olhou feio para ele.

— Bem, está certo — concordou ela. — Mas espero que ele saiba quando ficar calado.

— *Calado* — disse o lêmur.

O porão estava cheio de homens roncando.

O *Leviatã* podia não ter leitos suficientes para os passageiros, mas as despensas vazias da nave tinham espaço de sobra. A não ser pelo capitão, todos os russos estavam ali, empacotados juntos como um maço de cigarros. Mas Deryn achou que eles estavam bem contentes por terem a primeira noite de sono em semanas sem a canção de ninar de ursos de combate famintos.

Corria uma rajada de ar pelo porão, e os homens continuavam envoltos em peles. Deryn não viu o brilho de olhos atentos ao passar de mansinho. Sentado no ombro de Alek, Bovril imitava baixinho os sons dos roncos, da respiração e do vento na passagem do aeromonstro.

Perto da traseira da nave, ela e Alek chegaram a uma porta trancada, sua estrutura de madeira reforçada com metal. Deryn tirou o molho de chaves que a Dra. Barlow lhe dera naquela tarde.

A porta se abriu silenciosamente, e os dois entraram.

— Um pouco de luz, Vossa Principeza? — sussurrou Deryn.

Enquanto Alek tentava pegar o apito de comando, ela trancou novamente a porta. O assobio vacilante surgiu na escuridão, então Bovril se juntou ao príncipe, e a luz verde das lagartas bioluminescentes apareceu em volta deles.

Era a menor despensa da nave, a única com uma porta sólida. O vinho e as bebidas dos oficiais eram guardados ali, assim como qualquer outra carga valiosa. No momento, o local estava vazio a não ser pelo baú do capitão e pelo estranho aparelho magnético.

— A tripulação guardou esta máquina? — perguntou Alek. — Mesmo quando precisaram jogar toda a nossa comida fora?

— Sim. A cientista teve de gritar um pouco para que isso acontecesse. Ela é esperta, pois pensou no futuro.

— Esperta — repetiu Bovril, com uma risada.

Alek arregalou ainda mais os olhos.

— É claro. Este aparelho foi feito para encontrar seja lá o que Tesla estava procurando.

— Sim, mas ele já encontrou! O capitão Yegorov disse que os homens de Tesla escavaram alguma coisa há alguns dias. Então, seja lá o que descobriram, deve estar a bordo do *Leviatã* agora! — Ela abaixou o olhar para o aparelho. — E Tesla nos forneceu uma maneira de descobrir exatamente o lugar.

[109]

O sorriso de Alek cresceu quando as mãos pegaram os controles da máquina.

Tão previsível, pensou Deryn, que bastasse um plano inteligente e um dispositivo mekanista para melhorar o humor de Alek. Mas foi bom ver o garoto finalmente contente, em vez de cabisbaixo como se o mundo tivesse acabado.

— Essas paredes são sólidas — disse ela. — Os russos não ouvirão se você ligar a máquina.

Alek deu um toque em um dos mostradores, depois acionou o interruptor.

O zumbido baixo da máquina cresceu e tomou o pequeno cômodo. As três esferas de vidro começaram a brilhar, e um raiozinho ganhou vida em cada uma. A eletricidade piscou sem parar, depois ficou constante.

Deryn praguejou ao se aproximar.

— É igualzinho a hoje de manhã; dois raios apontados para cima e um para a popa. Está detectando os motores novamente.

— Um momento — pediu Alek.

Deryn observou o príncipe mexer nos elegantes controles. As peças da máquina pareciam feitas à mão, mais similares ao equipamento do *Leviatã* que a um aparelho mekanista. Ela se lembrou de Klopp reclamando a respeito da elegância quando os dois montaram a máquina.

— Quase parece que o lugar do aparelho é aqui — murmurou ela.

Alek assentiu.

— O Sr. Tesla mora nos Estados Unidos há algum tempo. Deve ser difícil escapar da influência darwinista.

— É, pobre homem. Tenho certeza de que ele *queria* ter feito a máquina com uma feiura berrante.

— Pronto! — exclamou Alek. — Ela localizou alguma coisa!

Os raiozinhos sumiram por um momento, mas agora piscaram e voltaram à vida. Todos os três apontavam no mesmo sentido: para cima, em direção à proa.

Deryn franziu a testa.

— São os camarotes dos oficiais ou talvez a ponte. Será que está detectando o metal nos instrumentos da nave?

— Talvez. Teremos de triangular para ter certeza.

— O quê? Você quer dizer *mover* a máquina?

Alek deu de ombros.

— Foi feita para ser carregada, afinal de contas.

— Sim, e a gente deveria estar bisbilhotando, e não batendo perna por aí com essa geringonça barulhenta brilhando no escuro.

— Brilhando! — exclamou Bovril, que depois passou a imitar os sons da máquina.

— Bem, eu posso diminuir a corrente — sugeriu Alek. Ele mexeu um pouco nos controles. As esferas de vidro escureceram. — Que tal assim?

— Ainda faz um barulho berrante — murmurou Deryn, mas não havia como evitar.

Com apenas uma direção a seguir, eles precisariam vasculhar um quarto da nave.

— Calado, monstrinho!

— *Calado* — sussurrou Bovril.

Um instante depois, o som na despensa começou a mudar. O zumbido ficou mais fraco e desafinado como se a máquina estivesse sendo levada por um corredor comprido. Mas estava bem ali, diante de Deryn.

— Você fez isso? — indagou a garota.

Alek fez que não com a cabeça e ergueu a mão para pedir silêncio. Ele se voltou para encarar o lêmur no ombro.

Deryn espremeu os olhos na escuridão esverdeada e, em pouco tempo, ela notou. Cada vez que Bovril parava para respirar, o volume do zumbido do aparelho aumentava por um momento, depois diminuía novamente.

— *Bovril* está fazendo isso? — perguntou ela.

Alek colocou a mão de lado na orelha e fechou os olhos.

— O ganido da criatura deixa a máquina mais silenciosa de alguma forma, como se os dois sons brigassem entre sim.

— Mas *como*?

Alek abriu os olhos.

— Não faço ideia.

— Bem, creio que essa seja uma pergunta para a cientista. — Deryn pegou as alças da máquina. — Temos bisbilhotices a fazer.

◎   ◎   ◎

O aparelho foi bem fácil de ser carregado pelos dois, mas assim que saíram para o paiol, Deryn notou que o transporte seria complicado. Apenas um trecho estreito do chão entre os corpos adormecidos era visível como um caminho pavimentado que cortava um matagal.

Alek foi na frente, com passos propositalmente lentos. Deryn seguiu, e as palmas ficaram suadas nas alças de metal da máquina. Tinha certeza de uma coisa: se o aparelho escapasse das mãos e caísse em cima de alguém, a pessoa faria um escarcéu.

O zumbido da máquina pareceu até menor ali, abafado pelos corpos abarrotados e pelo misterioso truque vocal de Bovril. O som que restava se perdia na rajada de vento que passava pela gôndola da aeronave.

Conforme ela e Alek avançavam na direção da proa, os raiozinhos nas esferas de vidro mudavam de posição aos poucos, até apontarem diretamente para cima. Deryn olhou para o teto e se recordou das plantas dos conveses que copiara centenas de vezes do *Manual de Aeronáutica*.

"UMA RETIRADA CUIDADOSA."

No convés acima ficavam os banheiros dos oficiais, e, acima dele...

— É claro — sibilou ela.

Acima dos banheiros estava o laboratório do Dr. Busk, que o cientista-chefe deixara o Sr. Tesla usar como camarote.

A compreensão paralisou Deryn, no momento em que Alek passava por cima de um russo adormecido. Ela sentiu o metal frio fugir dos dedos da mão direita, tarde demais...

Deryn esticou uma bota bem na hora — a ponta traseira direita da máquina caiu sobre o pé e provocou uma onda de dor. Ela conteve um grito e agarrou as barras para equilibrar a geringonça antes que caísse sobre o russo adormecido.

Alek se virou para trás com um olhar de indagação.

Deryn mexeu o queixo para apontar o fim da despensa, com medo de que o grito contido pudesse escapulir se abrisse a boca. Alek olhou para as esferas de vidro, depois para o teto e concordou com a cabeça. Ele equilibrou a máquina, depois esticou a mão e a desligou.

A volta foi ainda mais complicada. Deryn foi à frente desta vez, com o pé latejando em passos lentos e dolorosos pelos corpos adormecidos. Mas finalmente a máquina retornou ao interior da despensa. Ela e Alek voltaram de mansinho para o paiol e trancaram a porta depois que saíram.

Quando os dois foram para a escada central, Deryn vasculhou os homens adormecidos. Nenhum se movia, e uma sensação de alívio competiu com o latejar de dor no pé.

Mas ao subir a escada, Bovril se mexeu no ombro de Alek e soltou um som suave, como sussurros no escuro.

◈ ONZE ◈

– DEIXE COMIGO – sussurrou Alek novamente.

Deryn revirou os olhos.

— Não seja tapado. Eu conheço cada canto dessa nave. Você nunca esteve no laboratório.

— Mas você não pode simplesmente entrar escondido no quarto de um homem enquanto ele dorme — argumentou Alek, deixando de sussurrar.

— E você pode? Você é um príncipe berrante. Não acho que isso te credencie como arrombador.

Alek começou a dar outra resposta nervosa, mas Deryn o ignorou e olhou o corredor de um lado ao outro. Após um dia que incluiu um pouso por guincho e 28 passageiros inesperados, a maioria da exausta tripulação dormia, e os corredores da aeronave estavam vazios e escuros.

— Apenas fique aqui fora e em silêncio.

— O Sr. Tesla é muito desequilibrado — sussurrou Alek. — Quem sabe o que ele fará se acordar? Volger disse que a bengala do sujeito é bem perigosa.

— Sim, tem isso também — murmurou Deryn.

Tesla prometera ao capitão que não dispararia a bengala dentro da aeronave. Mas e se ela desse um susto no inventor e ele esquecesse que estava pendurado em um grande balão de hidrogênio?

— Vou precisar tomar cuidado para não acordá-lo, creio eu — concedeu.

— Por que nós simplesmente não contamos à Dra. Barlow que ele tem alguma coisa na cabine? — falou Alek baixinho. — Os fuzileiros da nave podem vasculhar o cômodo pela manhã.

Deryn balançou a cabeça.

— Você sabe que a doutora é uma grande araponga. Ela quer tudo feito discretamente, para que Tesla não *descubra* que a cientista está de olho nele.

— É claro. O caminho mais simples é algo que aquela mulher simplesmente não entende.

— Preste atenção, se quer ajudar, espere aqui e arranhe a porta de leve se alguém vier para cá. — Ela apontou para o monstrinho. — E fique de olho em Bovril. Ele vai ouvir qualquer passo antes de você.

— Não se preocupe. Não sairei deste ponto.

— A não ser para se esconder, caso escute alguma coisa. — Deryn se lembrou do som de murmúrio que Bovril fez quando saíram do porão. — Se algum dos russos de Tesla viu a gente lá embaixo, podem surgir para alertá-lo.

Alek abriu a boca para reclamar novamente, mas Deryn calou o príncipe com um olhar severo enquanto tirava as chaves da Dra. Barlow do bolso. A maior estava marcada LABORATÓRIO e encaixou perfeitamente na fechadura.

— *Calado* — falou Bovril ao tomar fôlego, baixinho e ansioso.

Assim que a porta se abriu, um facho da luz verde do corredor iluminou o quarto, e Deryn ficou aflita. Obviamente, ser descoberta logo de cara seria mais fácil. Ela era apenas uma aspirante zelosa verificando um passageiro importante.

Mas o Sr. Tesla dormia no leito, com uma respiração lenta e pesada. A lua em quarto crescente brilhava pela janela, e os instrumentos de vidro que o Dr. Busk deixara para trás cintilavam sob a luz perolada da lua.

Deryn entrou e se apoiou na porta, com o coração na mão. A porta se fechou com um clique suave, mas ainda assim o Sr. Tesla não se mexeu.

Havia uma pasta de couro reluzente aberta no chão, com uma camisa branca meticulosamente dobrada, também reluzindo ao luar. A bengala elétrika estava em uma bancada do laboratório, com o punho puxado e um par de fios aparente. Quando os olhos de Deryn focaram, ela viu que os fios estavam ligados aos cabos de força da aeronave. Então o vagabundo estava recarregando a bengala, apesar da promessa feita ao capitão.

Deryn deu alguns passos lentos pelo quarto, e o pé ainda latejava pela queda da geringonça. Ajoelhou-se ao lado da pasta, enfiou a mão embaixo da camisa no topo e tateou camada por camada. Nada além de roupa.

Deryn franziu a testa e vasculhou o quarto. O Dr. Busk retirou a maior parte do equipamento de cientista, portanto o laboratório não estava bagunçado como sempre. Não havia muito espaço para esconder alguma coisa, pelo menos não algo grande o suficiente para criar uma explosão de 65 quilômetros de diâmetro. Mas os raiozinhos tinham apontado diretamente para esta cabine, portanto seja lá o que Tesla precisava encontrar *tinha* de estar ali.

Ela praguejou baixinho. Era bem típico da cientista, mandar Deryn procurar alguma coisa sem dizer o que era.

Enquanto permanecia no cômodo, ajoelhada e refletindo, um leve som de arranhão veio da porta. Era Alek alertando que vinha alguém...

Como não havia mais lugar para se esconder, Deryn ficou de quatro e engatinhou para debaixo da cama.

Ela esperou ali no escuro, com o coração disparado. Não havia sons vindo do corredor, nada a não ser o vento assobiando e a respiração estável do Sr. Tesla.

Talvez tivesse sido apenas um tripulante passando...

Mas aí veio um toque suave na porta. Deryn se espremeu ainda mais embaixo da cama conforme o som ficava mais alto. Finalmente a porta se abriu e iluminou o quarto com a luz das lagartas bioluminescentes.

Deryn praguejou em silêncio: não havia trancado a porta ao entrar.

Um par de botas forradas com pele andou até o lado da cama, e ela ouviu o nome de Tesla no meio das palavras sussurradas em russo. A voz do inventor respondeu, sonolenta e confusa a princípio. Depois, um par de pés descalços desceu diante dos olhos de Deryn, e uma conversa baixa em russo se seguiu.

Deitada ali, ela se deu conta de que alguma coisa cutucava-lhe as costas. Ela colocou a mão atrás e sentiu um objeto embrulhado em um saco de aniagem. Era duro como pedra.

Deryn engoliu em seco. Isto tinha de ser o que ela procurava, mas não era muito maior que uma bola de futebol. Será que Tesla viajara 10 mil quilômetros para encontrar algo tão pequeno?

Como ela faria barulho demais caso se virasse para ver melhor, Deryn diminuiu o ritmo da respiração e esperou, encarando as botas forradas com pele e tentando ignorar o próprio pé latejante.

Finalmente a conversa sussurrada terminou. As botas foram embora pela porta, e o par de pés descalços se mexeu quando Tesla se levantou. Deryn cerrou os punhos. Será que ele verificaria a carga preciosa embaixo da cama?

Mas os pés foram até a porta, e Deryn ouviu a maçaneta girar. Tesla provavelmente se perguntava como o amigo russo simplesmente foi entrando. Mas depois de um dia longo e agitado, será que ele teria certeza de que havia trancado a porta antes de ir dormir?

"UMA BISBILHOTICE INTERROMPIDA."

O barulho de uma chave chegou aos ouvidos de Deryn, depois veio o clique de um ferrolho. Os pés descalços voltaram à cama, que rangeu quando o homem voltou a subir nela.

Deryn ficou deitada ali, prestando atenção à respiração de Tesla, e se deu conta de que precisaria esperar séculos para ter certeza de que ele dormia de novo. Pelo menos o pé latejante a ajudaria a se manter acordada.

O objeto misterioso ainda cutucava-lhe as costas, e o tamanho ainda a incomodava. Como aquela engenhoca tinha detectado algo tão pequeno da outra ponta da nave?

Campos magnéticos, dissera Klopp.

Deryn enfiou a mão no bolso e tirou uma bússola. Ela colocou o instrumento lentamente para fora da cama até que a frente captou um pouco do luar...

Os olhos ficaram arregalados. A agulha apontava diretamente para o objeto, na direção da proa da nave. Mas eles seguiam rumo a sul-sudeste, não para o norte.

O objeto misterioso era magnetizado. *Tinha* de ser o que Tesla procurava.

Deryn contou mil lentas batidas do coração antes de se arriscar a se virar. Ela tateou o saco de aniagem no escuro, e, quando os dedos encontraram a abertura, tocaram uma superfície fria e metálica. Não lisa como metal fundido, mas tão nodosa quanto um pedaço de queijo velho.

Ela tentou testar o peso do objeto, mas ele não saía do chão. Metal sólido pesava bastante, obviamente. Até mesmo bombas aéreas ocas precisavam de dois homens para ser erguidas.

Que diabos era esta coisa?

Talvez a Dra. Barlow soubesse, se Deryn conseguisse levar uma amostra de alguma forma.

Ela se lembrou do capítulo do *Manual de Aeronáutica* sobre bússolas. Ferro era o único elemento magnético, e o que fazia as bússolas funcionarem era uma grande massa de ferro que girava no centro da Terra. Deryn esfregou o metal, cheirou os dedos e sentiu um cheiro forte, quase como sangue fresco. Havia ferro no sangue também...

E ferro era muito mais mole que aço.

Ela puxou a faca de amarração e a enfiou no saco. Os dedos procuraram até encontrar uma pontinha que se projetava da superfície irregular do objeto. Como Tesla roncava neste momento, Deryn começou a serrar a ponta, e o saco de aniagem abafou o som da faca.

Enquanto ela trabalhava, a mente dava voltas com perguntas. Será que a arma de Tesla usara alguma espécie de projétil e isto era tudo que havia sobrado? Ou a explosão elétrica de alguma forma fundiu todo o ferro no solo congelado da Sibéria?

Uma coisa era certa: de repente, a afirmação do Sr. Tesla de que ele causou toda aquela destruição parecia mais crível.

Finalmente a ponta se soltou, e Deryn guardou-a em um bolso. Ela alongou os músculos um por um, com cuidado. Não seria bom ter câimbras nas pernas ao sair de mansinho do quarto.

Deryn rastejou de baixo da cama e ficou em pé devagar, observando o peito de Tesla subir e descer enquanto puxava as chaves. A porta foi destrancada com um clique suave, e, um instante depois, a aspirante estava no corredor.

Alek se encontrava ali com uma aparência pálida e uma faca na mão. Bovril continuava empoleirado em seu ombro, tenso e com os olhos arregalados.

Deryn levou os dedos aos lábios, depois se virou e trancou a porta novamente. Com um gesto, ela levou Alek ao refeitório dos aspirantes. O príncipe a seguiu, ainda com uma expressão ansiosa, e os olhos vasculhando todos os corredores.

— Você pode guardar isso — disse Deryn, após fechar a porta do refeitório.

Alek olhou para a faca por um momento, depois a enfiou na bota novamente.

— Foi enlouquecedor ficar parado ali — falou ele. — Quando aquele outro homem não saía mais de lá, quase invadi a cabine para ver se você estava bem.

— Que bom que você não invadiu — disse Deryn, enquanto imaginava por que Alek estava tão nervosinho hoje. — Você teria feito um escarcéu a troco de nada. E, olha só, enquanto me escondi daquele russo embaixo da cama, achei uma coisa!

Ela tirou a lasca de metal do bolso e colocou-a sobre a mesa do refeitório. Não parecia ser muita coisa ali na luz, apenas uma massa escura e reluzente do tamanho do mindinho de Bovril.

— Isto não pode ser o que Tesla veio procurar — comentou Alek. — É pequeno demais.

— É apenas um pedacinho, *Dummkopf*. O resto é tão grande quanto sua cabeça tapada.

Alek puxou uma cadeira e se sentou à mesa, com uma aparência exausta.

— Mesmo assim parece ser pequeno demais. Como foi que aquele aparelho o detectou?

— Observe. — Ela pegou a bússola e a colocou ao lado da lasca de metal, o que fez a agulha tremer. — É ferro magnetizado!

Bovril desceu do ombro de Alek e se aproximou o suficiente para farejar.

— Magnetizado — repetiu o monstrinho.

— Eu não entendo — falou Alek. — O que magnetismo tem a ver com uma explosão?

— Acho que essa é uma questão para um dos cientistas.

— Vou perguntar para Klopp também. Precisamos descobrir se Tesla está falando a verdade antes que ele deixe a nave.

Deryn franziu a testa.

— Por que, exatamente?

Alek tamborilou os dedos na mesa por um momento, depois balançou a cabeça.

— Não posso dizer.

Deryn ficou um pouco tensa. Havia algo esquisito no olhar de Alek, não apenas cansaço ou nervosismo. Ele tinha passado a noite inteira tenso, mas agora havia algo revolto nos olhos.

— O que quer dizer com isso? — perguntou ela. — Qual é o problema, Alek?

— Preciso lhe fazer uma pergunta simples — respondeu Alek, devagar. — Vai escutar cada palavra e responder honestamente?

Deryn concordou com a cabeça.

— É só perguntar.

— Muito bem, então. — Ele respirou fundo. — Posso confiar em você, Deryn? De verdade?

— Sim, é claro que pode.

Alek suspirou ao se levantar. Ele se virou sem dizer outra palavra e saiu do refeitório.

Deryn franziu a testa. Que diabos ele...?

— Posso confiar em você, Deryn? — repetiu Bovril, que depois se esparramou na mesa, dando risadinhas.

Algo deu um nó firme e forte dentro do peito. Alek a chamara de *Deryn*.

Ele sabia.

◈ DOZE ◈

ELA ERA UMA garota. Seu nome era Deryn Sharp, e era uma garota disfarçada de garoto.

Alek andou na direção do camarote com passos firmes e determinados, mas o chão se mexia debaixo dos seus pés. Nos corredores, a suave luz verde das lagartas bioluminescentes parecia toda errada, tão enjoativa quanto na primeira vez que o príncipe entrara no *Leviatã*.

Ele ergueu uma mão para se guiar, e os dedos deslizaram pela parede como um cego. A madeira fabricada tremeu ao toque, toda a nave medonha pulsava com vida. Ele estava preso dentro de uma coisa abominável.

Seu melhor amigo mentia desde o momento em que se conheceram.

— Alek! — Veio um sussurro agitado por trás.

Uma parte de Alek estava contente que Deryn tivesse o seguido. Não porque ele queria falar com a garota, mas para que ele pudesse ir embora novamente.

O príncipe continuou andando.

— Alek! — repetiu ela, em voz alta o suficiente para acordar os homens adormecidos ao redor.

Alek quase havia chegado aos camarotes dos oficiais. Deixe a garota gritar onde *eles* pudessem ouvir.

Ela mentira para todos eles, não foi? Para o capitão, os oficiais e colegas de tripulação. Ela fizera um solene juramento de dever ao rei George, tudo mentiras.

A mão dela segurou o ombro de Alek.

— Seu príncipe tapado! *Pare!*

Alek deu meia-volta, e os dois se encararam com raiva, em silêncio. Doía finalmente ver a verdade por trás das feições delicadas e angulosas. Ver que havia sido completamente enganado.

— Você mentiu para mim — sussurrou Alek finalmente.

— Bem, isso é de uma obviedade berrante. Tem mais alguma coisa óbvia a dizer?

Alek arregalou os olhos. Esta... *garota* tinha a empáfia de ser impertinente?

— Toda a conversa sobre dever quando você sequer é um soldado.

— Eu *sou* um soldado berrante! — rosnou ela.

— Você é uma garota fantasiada de soldado.

Alek viu que as palavras doeram e deu meia-volta novamente, com pontadas de satisfação misturadas à raiva.

Até este momento, ele não havia acreditado. A reportagem no jornal, as mentiras contadas à tripulação sobre o pai, até mesmo as palavras sussurradas do lêmur perspicaz não o convenceram. Mas então Deryn respondeu ao verdadeiro nome sem pestanejar.

— Repita o que disse — disparou ela atrás de Alek.

Ele continuou andando. Alek não queria ter essa discussão absurda, mas apenas entrar no camarote e trancar a porta.

De repente ele cambaleou para a frente. Os pés se enroscaram, e Alek caiu de quatro, encarando o chão.

Ele se virou para erguer os olhos para Deryn.

— Você me... *empurrou?*

— Sim. — Os olhos de Deryn estavam agitados. — Repita o que disse.

Alek ficou de pé.

— Repetir o quê?

— Que eu não sou um soldado.

— Muito bem. Você não é um soldado de verda... *uuf*!

Alek cambaleou para trás, sem ar nos pulmões. As costas bateram em uma porta de camarote — ela havia lhe dado um soco no estômago. Dos bons.

O príncipe cerrou os punhos, com o sangue fervendo de raiva. Em um instante, Alek notou uma abertura, viu que os punhos de Deryn estavam muito baixos, que ela poupava o pé machucado...

Mas antes de dar o golpe, ele se deu conta de que não conseguiria bater de volta. Não porque Deryn fosse uma garota, mas porque ela *queria* muito brigar. Qualquer coisa para se sentir como um garoto de verdade.

Alek se ajeitou.

— Você está propondo que a gente resolva a questão com uma troca de socos?

— Estou propondo que você diga que sou um soldado de verdade.

Ele viu um brilho no escuro e deu um sorrisinho.

— E é assim que os soldados de verdade choram?

Deryn xingou exageradamente e esmagou com o polegar a lágrima solitária na bochecha esquerda, mantendo os punhos cerrados.

— Isto não é choro, é apenas...

A voz de Deryn engasgou quando a porta atrás de Alek se abriu. Ele cambaleou um instante, depois se virou e deu um rápido passo para trás. Um Dr. Busk com cara de sono parou na entrada, de camisola e com uma expressão aborrecida.

[126]

O olhar do cientista ia e voltava entre eles.

— O que está acontecendo aqui, Sharp?

Ela abaixou os punhos.

— Nada, senhor. Pensamos ter ouvido um dos russos perambulando por aí, mas pode ter sido um farejador solto.

O cientista olhou os dois lados do corredor vazio.

— Um farejador, é? Bem, seja o que for, faça *silêncio*, garoto.

— Nossas desculpas, senhor — disse Alek ao fazer uma mesura para o homem.

O Dr. Busk devolveu o gesto.

— Não foi nada, Vossa Alteza. Boa noite.

A porta se fechou, e Alek captou o olhar de Deryn por um momento. O puro medo nos olhos provocou uma pontada no príncipe. Deryn esperava que ele contasse tudo ao cientista. Era *essa* a opinião que tinha de Alek?

Ele deu meia-volta e andou na direção do camarote.

Os passos silenciosos de Deryn vieram atrás, como se ela tivesse sido convidada. Alek suspirou, e a onda de raiva diminuiu e virou uma pulsação fraca onde foi socado no estômago. Não havia mais nada a fazer além de ter uma conversa aberta com ela.

Quando Alek chegou à porta do camarote, ele abriu e estendeu a mão.

— Damas primeiro.

— Vá se catar — respondeu ela, mas entrou na frente.

Alek seguiu, fechou a porta com delicadeza e se sentou à escrivaninha. Lá fora na janela, trechos do solo com neve brilhavam como ilhas iluminadas pelo luar em um mar negro. Deryn ficou parada no meio do camarote, trocando de pés, como se ainda estivesse pronta para uma briga. Nenhum deles assobiou para as lagartas bioluminescentes se acenderem, e Alek se deu conta de que haviam deixado o lêmur lá atrás, no refeitório dos aspirantes.

Por um momento, o príncipe remoeu o fato de que um mero monstrinho descobrira a verdade sobre Deryn antes dele.

— Aquele não foi um mau soco — disse o príncipe finalmente.

— Para uma garota, você quer dizer?

— Para qualquer pessoa.

O soco *tinha* doído muito e ainda doía. Ele se virou para encará-la e falou:

— Eu não devia ter dito aquilo. Você é um soldado de verdade; um ótimo soldado, na verdade. Mas não é um amigo muito bom.

— Como pode dizer isso?

Outra lágrima brilhou na bochecha.

— Eu te contei tudo — disse Alek, em um tom lento e cauteloso. — Todos os meus segredos.

— Sim, e eu mantive todos eles.

O príncipe a ignorou e fez uma lista com os dedos.

— Você foi a primeira integrante desta tripulação a descobrir quem era meu pai. É a única pessoa a par da carta do papa. Você sabe tudo sobre mim. — Ele virou o rosto. — Mas não pôde me contar *isso*? Você é meu melhor amigo, de certa forma meu *único* amigo, e não confia em mim.

— Alek, a questão não é essa.

— Então você mente para se divertir? "Desculpe, Dr. Busk, pode ter sido um farejador solto." — Alek balançou a cabeça. — É tão natural para você quanto respirar, não é?

— Acha que estou aqui para me divertir? — Deryn se aproximou da janela, com os punhos cerrados novamente. — Isso é meio estranho, porque quando achava que eu era um garoto, você falou sobre a minha *coragem* de servir nesta nave.

Alek afastou o olhar ao se lembrar da noite em que Deryn contara sobre o acidente do pai. A garota se perguntava se era loucura o fato de ela servir em uma nave cheia de hidrogênio, como se secretamente quisesse morrer como ele.

Talvez fosse coragem *e* loucura ao mesmo tempo. Ela era uma garota, afinal de contas.

— Certo. Você é um aeronauta porque seu pai também o foi. — Alek suspirou. — Quero dizer, se ele realmente *era* seu pai.

Deryn olhou feio para ele.

— Claro que era, seu bobalhão. Os colegas de tripulação do meu irmão sabiam que Jaspert tinha uma irmã, então inventamos outro ramo da família. Não há mais nada além disso.

— Creio que todas as suas mentiras têm certa lógica por trás. — Enquanto refletia, Alek sentiu a raiva crescer novamente. — Então, no meu caso, você pensou que eu seria um príncipe antiquado e arrogante que te entregaria!

— Não seja tapado!

— Eu vi sua cara quando o Dr. Busk nos flagrou no corredor. Você achou que estivesse perdida. Não confia em mim!

— Você está sendo um *Dummkopf* — respondeu Deryn. — Eu só pensei que ele podia ter ouvido a nossa discussão. Falamos o suficiente para o Dr. Busk descobrir!

Alek se perguntou o que o cientista *havia* ouvido e se viu torcendo que não tivesse sido muita coisa.

Deryn puxou uma cadeira e se sentou do outro lado da mesa.

— Eu sei que você vai manter meu segredo, Alek.

— Como você manteve os meus — disse ele friamente.

— Sempre.

— Então por que não me *contou?*

Deryn respirou fundo, devagar, depois espalmou as mãos sobre a escrivaninha e olhou fixamente para elas enquanto falava.

— Eu quase contei quando você veio a bordo pela primeira vez, quando pensou que me encrencaria por te esconder. Eles jamais enforcariam uma garota, entende?

Alek concordou com a cabeça, embora duvidasse que o argumento fosse verdade. Traição era traição.

Aquele pensamento fez o príncipe balançar a cabeça: esta *garota* havia cometido traição por causa dele. Ela lutara ao seu lado, ensinara-o a xingar corretamente em inglês e como atirar uma faca. Deryn tinha salvado a vida de Alek, e tudo isso enquanto mentia para ele a respeito de quem era.

— Quando estávamos em Istambul — continuou Deryn —, e pensei que jamais voltaríamos a bordo do *Leviatã*, tentei uma dezena de vezes. E há exatamente uma semana, no aviário, depois que Newkirk mencionou meu tio, eu quase te contei também. Mas eu não queria... arruinar tudo entre nós.

— Arruinar tudo? O que você quer dizer?

Ela balançou a cabeça.

— Não é nada.

— Obviamente é *alguma coisa*.

Deryn engoliu em seco, tirou as mãos da superfície da escrivaninha, quase como se tivesse se assustado com o tom ríspido de Alek. Mas nada assustava Dylan Sharp, nada a não ser o fogo.

— Conte, Deryn. — O nome soava-lhe estranho na boca.

— Eu pensei que você não suportaria saber.

— Você quer dizer que achou que eu fosse *sensível* demais? Pensou que meu frágil orgulho fosse desmoronar, apenas porque uma garota qualquer sabe dar nós melhor que eu?

— Não! Volger pode ter pensado assim, mas não eu.

Alek fechou bem os olhos, e uma nova onda de raiva cresceu dentro dele. Enquanto ficava se virando na cama naquela tarde, imaginando se as pistas do lêmur eram verdadeiras, o príncipe se esquecera da briga de Deryn com Volger. Mas tudo era tão óbvio agora...

— Por que ele não *me contou*?

— Volger não queria te chatear.

— Isso é outra mentira! — Alek ficou de pé. — Eu entendi tudo agora. É *por isso* que você nos ajudou a escapar, por isso que manteve meus segredos. Não porque seja meu amigo, mas sim porque Volger te chantageava o tempo todo!

— Não, Alek. Fiz tudo isso porque sou sua amiga e aliada.

Alek fez que não com a cabeça.

— Mas como posso ter *certeza* disso? Você só mentiu para mim.

Por um longo momento, Deryn não respondeu e ficou olhando fixamente para ele do outro lado da mesa. Novas lágrimas escorriam constantemente pelas bochechas, mas ela parecia congelada ali.

Alek começou a andar de um lado para outro no camarote.

— É por isso que Volger jamais me contou, para que pudesse te ameaçar. Tudo que você fez foi para se proteger!

— Alek, você está sendo tapado — falou ela baixinho. — Volger pode ter tentado me chantagear, mas eu era sua amiga bem antes de ele saber.

— Como posso acreditar em você?

— Volger não estava conosco em Istambul, estava? Acha que eu desertei e me juntei à sua revolução berrante por causa *dele*?

Alek cerrou os punhos e ainda continuou andando de um lado para o outro.

— Eu não sei.

— Não fui para Istambul por causa de Volger ou de alguma missão. Eu nunca deveria ter chegado à cidade, apenas ao estreito de Dardanelos. Você sabe disso, certo?

Alek balançou a cabeça para tentar colocar os pensamentos em ordem.

— Seus homens foram capturados, e você ficou isolada do *Leviatã*, portanto não teve escolha a não ser se juntar a mim.

— Não, seu príncipe tapado! Isso foi apenas o que contei aos oficiais. Havia uma centena de navios britânicos no porto de Istambul. Eu poderia ter embarcado rumo ao Mediterrâneo a qualquer momento que quisesse. Mas Volger disse que você estava em perigo, que ficaria na cidade e lutaria em vez de se esconder. E eu não poderia deixar que você fizesse tudo aquilo sozinho. Tive de te salvar! — A voz cedeu na última palavra, e ela se controlou ao respirar fundo. — Você é meu melhor amigo, Alek, e eu não podia te perder. Faria qualquer coisa para não te perder...

O príncipe encarou Deryn, paralisado entre um passo e outro. A voz dela soava tão diferente, como se fosse de outra pessoa completamente. Alek se perguntou se Deryn fingia uma voz antes ou se de alguma forma ele *ouvia* as palavras de maneira diferente, agora que sabia que era uma garota.

— O que você quer dizer com me perder? Eu já havia fugido.

Deryn praguejou, depois se levantou e foi até a porta.

— Isto é tudo que você precisa saber, seu príncipe tapado, que eu sou sua amiga. Tenho de recolher o monstrinho antes que ele comece a procurar por nós. Bovril pode acordar alguém.

Ela saiu sem dizer outra palavra.

Alek viu a porta se fechar. Por que era tão importante que tenha se juntado a ele em Istambul? Deryn levara a luta ao inimigo, ajudara a revolução e tinha salvado o *Leviatã* no processo. Este era simplesmente o tipo de soldado que ela era.

Mas aí o príncipe se recordou daquele primeiro momento em que foi visto por Deryn no hotel em Istambul. A maneira como ela havia encarado Lilit, com tanta desconfiança. Até mesmo ciúme.

E então, sem um lêmur perspicaz para sussurrar-lhe a verdade ao ouvido, ele finalmente compreendeu. Ela não havia ido a Istambul como um soldado, de maneira alguma. E nunca teria revelado o segredo a Alek, pela razão mais simples do mundo.

Deryn Sharp estava apaixonada por ele.

● TREZE ●

OS DEDOS TORTOS de pequenos braços de água saíam do mar, entravam em Vladivostok e cortavam a cidade em penínsulas sinuosas tomadas por píeres. Morros surgiam às margens das águas, cortados por avenidas onde mamutinos se arrastavam, levando carga dos navios espalhados pelo porto.

Conforme a sombra do *Leviatã* passava pelos telhados, o tráfego ficava lento por causa das pessoas olhando para cima e apontando. Claramente, elas jamais haviam visto uma aeronave tão grande. O campo de aviação parecia insignificante aos olhos de Alek, com menos de meio quilômetro de comprimento.

— Estamos no meio do nada — comentou ele. — Exilados.

— Vladivostok — respondeu Bovril do peitoril, e Alek se perguntou onde o monstrinho tinha ouvido o nome da cidade.

O lêmur esfregou a pata no vidro da janela, que sempre ficava embaçado ali no banheiro dos oficiais. O encanamento era integrado ao sistema circulatório do aeromonstro, o ar tão quente e úmido quanto uma sauna a vapor em Istambul, uma lembrança desagradável de que a nave era uma coisa viva. Mas pelo menos o banheiro ficava vazio

"UM BANHO PARA CLAREAR AS IDEIAS."

durante o dia. Os oficiais estavam de serviço, e os tripulantes eram proibidos de entrar.

Desde que descobrira o segredo de Deryn, Alek se manteve longe dela e de Newkirk. Como o resto da tripulação tinha pouco tempo para o príncipe, ele passou a perambular pela nave sozinho. Foi instrutivo ver lugares onde os afazeres dos aspirantes raramente os levavam: os motores elétrikos da nave, as mais escuras entranhas. Mas, após dois dias de magras rações, Alek não tinha mais energia para explorar. Solidão e fome eram aliados naturais, e juntos cavaram um vazio dentro dele.

— No meio do nada — falou o lêmur perspicaz.

Alek franziu a testa. O monstrinho soou quase como se estivesse triste.

— Você sente falta dela? — perguntou o príncipe.

Bovril ficou calado por um momento, olhando para a sombra da aeronave que passava sobre o solo. Finalmente respondeu:

— Exilado.

Alek não tinha como negar. Ele realmente estava por fora agora, escondido da tripulação, dos próprios homens e, especialmente, de Deryn. O príncipe tinha apenas Bovril como companhia.

Mas um monstrinho fabricado era melhor que nada, imaginou Alek. E a companhia do lêmur era mais fácil que tentar desvendar os sentimentos de Deryn por ele. Mais do que qualquer pessoa, Deryn sabia que ele jamais poderia amar uma plebeia.

O *Leviatã* fazia uma curva e virava o nariz para o vento, descendo lentamente. As figuras minúsculas no campo de aviação ficaram visíveis. Meia dúzia de ursos de carga aguardava com provisões, e dois ônibus puxados por mamutinos estavam prontos para levar os russos embora. Um solitário tigresco siberiano estava de vigia, com presas tão compridas e curvas quanto cimitarras.

Alek teve uma breve recordação de que as presas de um tigresco vinham das cadeias vitais de alguma criatura extinta. Mas, com certeza, nenhum dinossauro tinha dentes assim. Será que eram de algum grande felino antigo? Pela centésima vez, enquanto perambulava sozinho pela nave, Alek desejou que Deryn estivesse ali para dar a resposta.

A porta se abriu atrás dele, e o príncipe se virou, meio esperando vê-la ali, pronta para dar uma lição de biologia. Mas era o conde Volger.

— Desculpe incomodá-lo, Vossa Alteza, mas preciso de você.

Alek se voltou para a janela. A traição do homem tinha sido bem pior que a de Deryn. Ela, pelo menos, tivera suas razões para mentir.

— Não tenho nada para falar com você.

— Eu duvido muitíssimo disso, mas não temos tempo, de qualquer forma. Temos de cuidar do Sr. Tesla antes de pousarmos.

— Cuidar dele? — Alek balançou a cabeça. — O que você quer dizer?

— Ele é perigoso. Esqueceu-se da nossa conversa?

A mente de Alek processou as palavras, e um frio cortou o ar quente do banheiro dos oficiais. Nos últimos dois dias, ele havia se esquecido de se preocupar com Tesla e sua arma destruidora de cidades ou com o plano de Volger para detê-lo. A possibilidade de assassinar o inventor jamais parecera muito real, mas a expressão no rosto do conde era seriíssima.

Nervoso, Bovril se agitou no peitoril.

— Então está indo ali matar um homem e pensou em dar uma passada aqui para pedir ajuda.

— Eu não queria envolvê-lo nisso, Alek, mas precisamos descobrir se Tesla vai embora da nave hoje. Ele se recusou a se encontrar comigo, mas falará com você. — Volger deu um sorrisinho mínimo. — Afinal, você *está* em todos os jornais.

Alek apenas exibiu uma expressão contrafeita, embora o homem estivesse certo. Na sala de navegação, Tesla esteve empolgado para conhecê-lo — o famoso príncipe. E um convite para jantar tinha sido enfiado debaixo da porta do camarote de Alek na manhã do dia anterior. Ele havia ignorado, obviamente.

— Você quer que eu descubra se ele vai permanecer a bordo.

— Por obséquio, príncipe.

— E se Tesla estiver prestes a partir? Você e Klopp vão lhe enfiar a faca na prancha?

— Nem eu nem Klopp estaremos perto dali. Nem você.

— Enfiar-lhe a faca na prancha — repetiu Bovril, em tom sério.

Alek praguejou.

— Você enlouqueceu? — disse. — Se Bauer ou Hoffman assassinarem alguém nesta nave, os darwinistas saberão quem deu a ordem!

— Eu talvez não precise dar ordem alguma. — O conde apontou a porta. — Mas depende de você descobrir.

— E esperou até *agora* para me contar? — disparou Alek.

Porém, o sorrisinho frio de Volger não se alterou. O homem tinha escolhido este momento de propósito, quando Alek não teria tempo para discutir.

— E se eu apenas ficar aqui? — ameaçou o príncipe.

— Então Hoffman e Bauer cumprirão as ordens. Eles já estão prontos.

Alek tirou Bovril do peitoril e o colocou no ombro. Deu um passo na direção da porta, disposto a encontrar os homens e mandar que baixassem as armas. Mas onde os dois estavam esperando? E pior: e se ignorassem suas ordens? Agora que todos voltaram ao *Leviatã*, Volger estava no comando novamente.

Os dois dias de mau humor de Alek cuidaram para que isso acontecesse.

— Maldito seja, Volger. Você não deveria tramar planos sem mim. E também não deveria manter segredos!

— Ah. — Por um momento, o homem pareceu genuinamente triste. — Aquilo foi lamentável, mas eu realmente alertei para não fazer amizade com um plebeu.

— Sim, mas omitiu uma coisa um tanto quanto *importante*. Você realmente achou que eu era sensível demais para saber o que Deryn era?

— Sensível? — Volger olhou em volta. — Eu não tinha pensado nisso, mas agora o encontro cabisbaixo em um banheiro. Isso não enaltece sua frieza.

— Eu não andei cabisbaixo! Eu estava explorando a nave.

— Explorando? E o que descobriu, Vossa Serena Alteza?

Alek se voltou para a janela e sentiu um novo vazio por dentro.

— Que não posso confiar em ninguém, e que ninguém leva fé em mim. Que meu melhor amigo era... uma ficção.

— Cabisbaixo — repetiu Bovril.

O conde Volger ficou em silêncio. Alek quase acrescentou que suspeitava que Deryn estivesse apaixonada por ele, mas não queria ver o desdém no rosto do homem.

— Eu fui um tolo — disse Alek finalmente.

Volger balançou a cabeça.

— Mas não o único. Aquela garota engana os oficiais e os colegas de tripulação há meses e foi condecorada no cumprimento do dever. Enganou até mesmo a mim por um tempo. Ao modo dela, Deryn é muito impressionante.

— Você a admira, conde?

— Assim como alguém admira um urso andando de bicicleta. Algo que se vê raramente.

Alek balançou a cabeça.

— E juntamente com sua admiração, você decidiu chantageá-la.

— Eu precisei da ajuda de Deryn para sair desta nave. Pensei que poderia evitar que você se juntasse àquela revolução sem sentido e acabasse morrendo. — A irritação no rosto de Volger diminuiu um pouco. — Mas é claro, quem sabe? Talvez precisemos da ajuda dela novamente.

— Está dizendo para eu manter nossa amizade?

— Claro que não. Estou dizendo que ainda podemos chantageá-la.

— Vá se catar — disparou Alek.

Ele sentiu uma vontade súbita de sair do vapor e do calor. Foi a passos largos até a porta e parou com uma das mãos firme na maçaneta.

— Eu vou ao camarote de Tesla. Se ele tiver a intenção de desembarcar hoje, chamarei os fuzileiros da nave para escoltá-lo em segurança.

— É direito seu nos trair, obviamente. — Volger fez uma mesura. — Estamos à sua disposição.

— Não vou traí-los abertamente, Volger, mas o capitão pode tirar conclusões lamentáveis. A não ser que você me prometa agora que...

— Não posso, Alek. As declarações de Tesla podem ser loucura, mas não valem o risco. Duas milhões de pessoas do seu povo vivem em Viena, e essa, provavelmente, é apenas a primeira cidade na lista dele. Viu o que a máquina pode fazer.

Alek abriu a porta. Ele não tinha tempo para essa discussão e não poderia deixar um homem ser assassinado por uma ameaça imaginária qualquer. Alek precisava impedir esse plano agora, mas se viu parando para dizer mais uma coisa:

— Se você ameaçar Deryn Sharp novamente, Volger, de qualquer maneira que seja, cortarei relações com você.

O homem apenas fez uma mesura novamente, e Alek bateu a porta ao sair.

O Sr. Tesla ainda estava no camarote, mas havia uma pasta de couro sobre a cama. Um dos russos fazia as malas enquanto o inventor trabalhava na bancada do laboratório. A bengala elétrika estava diante dele, parcialmente desmontada.

Alek bateu na porta aberta.

— Com licença, Sr. Tesla?

O homem ergueu os olhos com uma expressão irritada no rosto, mas depois ficou radiante.

— Príncipe Aleksandar. O senhor apareceu finalmente!

Alek devolveu a mesura.

— Peço desculpas por não ter respondido ao seu bilhete. Andei indisposto.

— Não é necessário, príncipe — falou Tesla, e, depois, apertou os olhos para Bovril. — Então o senhor realmente virou um darwinista.

— Ah, esse monstrinho? É um... lêmur perspicaz. "Perspicaz" quer dizer "inteligente e sagaz."

— Vá se catar — disse Bovril, que depois riu.

— E insulta as pessoas — comentou Tesla. — Que estranho!

Alek olhou feio para a criatura.

— Bovril geralmente é educado como eu. Foi uma falha não ter me juntado ao senhor ontem à noite. Temos muita coisa a discutir.

O homem se voltou para a bengala, e os dedos longos enrolaram um fio sem parar.

— De qualquer forma, as refeições são deploráveis nesta nave.

— A comida não é tão ruim quando a cozinha tem provisões. — Alek se perguntou por que defendia o *Leviatã*, mas continuou: — As verduras são cultivadas fresquinhas nas entranhas, e, às vezes, os gaviões-bombardeiros trazem as presas para nós.

— Ah, isso explica a lebre à caçarola. O ponto alto da noite.

Alek ergueu a sobrancelha. Este homem comia carne fresca enquanto ele andava mastigando biscoitos velhos? Obviamente, se os darwinistas acreditavam que o Golias funcionava, teriam prazer em dar caviar para Tesla três vezes ao dia.

— Sinto muito não ter estado aqui para dividir a lebre com o senhor, mas agora que a nave foi reabastecida, talvez um jantar hoje à noite?

O Sr. Tesla fechou a cara.

— Devo voltar a Nova York o mais rápido possível — respondeu. — Finalmente tenho os dados para completar meu trabalho.

— Entendo. — Alek respirou fundo, depois olhou para o russo, que dobrava um par de calças. — Podemos ter um momento sozinhos, Sr. Tesla?

Tesla abanou a mão.

— Eu não tenho segredos com o tenente Gareev.

Alek franziu a testa. Tesla tinha um oficial russo como guarda? Sem dúvida um confidente do czar, enviado para ficar de olho no inventor.

Então Alek se deu conta de que reconheceu o tenente Gareev. Ele era o homem que interrompera a invasão de Deryn havia duas noites. E era possível que tivesse visto os dois carregando o detector de metal no paiol naquela ocasião.

Alek trocou o inglês pelo alemão.

— Sr. Tesla, esta sua máquina pode realmente acabar com a guerra?

— Claro que pode. Eu sempre fui capaz de enxergar com absoluta clareza como minhas invenções vão funcionar, como cada peça se encaixa, mesmo antes de colocar os projetos no papel. Desde que esta guerra começou, venho trabalhando para estender essa habilidade ao campo da política. Tenho certeza de que as potências mekanistas vão se dobrar a mim, ainda que somente pelo fato de não terem outra opção.

Alek concordou com a cabeça em silêncio, abalado novamente pelo estranho efeito de dar ouvidos a Tesla. Metade de Alek se rebelava contra as declarações malucas; a outra metade era seduzida pela convicção do homem. E se o conde Volger tivesse entendido errado? Se o Golias realmente funcionava, então o inventor poderia acabar com a guerra em poucas semanas. Seria *loucura* tramar contra ele.

Mas aí Alek se lembrou da floresta de árvore caídas e ossos espalhados, uma paisagem de pesadelo que se estendia por todas as direções. E se fosse necessária a destruição de uma cidade inteira para convencer as potências mekanistas a se renderem?

Tudo que Alek sabia com certeza era que ele não podia prever o futuro e que não queria sangue nas mãos de seus homens hoje.

— Acabar com a guerra — falou Bovril baixinho.

Tesla se debruçou para examinar o lêmur.

— Que monstrinho estranho!

— Se o senhor puder permanecer a bordo de alguma maneira, eu talvez possa ajudá-lo. Também quero a paz.

O homem fez que não com a cabeça.

— Meu barco a vapor zarpa para Tóquio hoje à tarde, e pego um aeromonstro japonês para São Francisco em dois dias, depois vou direto para Nova York, de trem. Perder uma conexão pode me custar uma semana, e, a cada dia que essa guerra continua, milhares morrem.

— Mas o senhor não pode ir embora ainda! — Alek cerrou os punhos. — O senhor precisa da minha ajuda. Isto é política, não ciência. E meu tio-avô é o imperador da Áustria-Hungria.

— O mesmo tio-avô que o senhor acabou de acusar de assassinato nos jornais? Meu caro príncipe, o senhor e sua família estão longe de manter boas relações.

Tesla sorriu gentilmente ao dizer isso, mas Alek nem podia discutir.

[143]

Não havia outra maneira, então. Ele pegou o apito de comando e soprou as notas para chamar um lagarto. Um monstrinho surgiu de um tubo de mensagens em segundos, mas quando Alek começou a falar, o estômago deu um nó. Ele não podia trair os próprios homens e seria impossível pedir uma escolta armada sem explicações.

O Sr. Tesla ergueu o olhar para o lagarto e levantou a sobrancelha.

— Direto para Nova York — disse Bovril.

Alek finalmente encontrou as palavras certas.

— Capitão Hobbes, o Sr. Tesla e eu precisamos vê-lo imediatamente — falou o príncipe. — Temos um pedido importante. Fim da mensagem.

A criatura foi embora correndo.

— Um pedido? — perguntou Tesla.

O plano se formou na mente de Alek conforme ele falava:

— Sua missão é importante demais para perder tempo com barcos a vapor e trens. Temos de partir para Nova York imediatamente, e o *Leviatã* é o jeito mais rápido de chegar lá.

◆ QUATORZE ◆

– OS MONSTRINHOS MARINHOS do Japão são grandes como os nossos? — perguntou Newkirk.

— Sim, eles têm alguns krakens — falou Deryn, com a boca cheia de presunto. — Mas os monstrinhos pequeninos são mais mortais. Foram os kappas[1] que capturaram a frota russa há dez anos.

— Sim, eu me lembro dessa aula. — Newkirk empurrava as batatas no prato, pois se sentia um pouco nervoso ali, em território inimigo. — É engraçado como os japoneses e russos estão do mesmo lado agora.

— Qualquer coisa para derrotar aqueles mekanistas vagabundos.

Deryn esticou o garfo para pegar uma das batatas de Newkirk, mas o garoto não reclamou. Ela não via sentido em não comer. Deryn fizera quatro enormes refeições desde que o *Leviatã* tinha se reabastecido em Vladivostok e ainda se sentia vazia depois daqueles dois dias sem rações.

Obviamente, havia outro vazio dentro dela, um que a comida não conseguia preencher. Deryn e Alek não se falavam desde que ele descobrira o segredo dela. Sempre que os dois se esbarravam, o príncipe apenas virava o rosto, tão pálido quanto uma larva.

---

1 Kappas são criaturas sobrenaturais do folclore japonês, do tamanho de crianças e de aparência reptiliana, que habitam lagos e rios. (*N. do T.*)

Era como se Deryn tivesse se transformado em algo horrível, uma mancha no convés do *Leviatã*, que alguém — não um príncipe, obviamente — devesse limpar. Alek tinha jogado a amizade entre os dois pela janela, apenas porque ela era uma garota.

E, claro, o príncipe tomara Bovril para si. Vagabundo.

— Onde está Alek, aliás? — perguntou Newkirk, como se tivesse lido seus pensamentos.

— Envolvido em assuntos mekanistas, creio eu. — Deryn tentou falar sem raiva. — Eu o vi com o Sr. Tesla hoje de manhã, em uma reunião com os oficiais. Tudo muito sigiloso.

— Mas nós não vemos Alek há dias! Vocês dois brigaram?

— Vá se catar.

— Eu sabia — disse Newkirk. — Ele está se escondendo da gente, e o senhor está amuado como um gato escaldado. O que diabos aconteceu?

— Nada. É apenas que, agora que todo mundo sabe que Alek é um príncipe, ele é importante demais para andar com aspirantes como nós.

— Não é o que a Dra. Barlow pensa. — Newkirk abaixou os olhos para a comida. — Ela me perguntou se vocês dois andaram brigando.

Deryn soltou um gemido. Se a cientista havia mandado *Newkirk* espiar em seu nome, ela devia estar muito curiosa. E para uma araponga como a Dra. Barlow, não havia muita distância entre curiosidade e desconfiança.

— Não é da conta dela.

— Sim, nem da minha, mas o senhor tem de admitir que é um pouco estranho. Depois que voltaram de Istambul, vocês dois pareciam tão íntimos quanto... — Newkirk franziu a testa.

— Quanto um príncipe e um plebeu — disse Deryn. — E agora que ele tem o Sr. Tesla com quem ficar tramando, Alek não precisa mais de mim.

— É assim que são os mekanistas — afirmou Newkirk. — Creio eu.

Deryn ficou de pé e foi à janela, na esperança de que a conversa tivesse chegado ao fim. O Mar do Japão se espalhava embaixo da nave, reluzente ao sol da tarde, e, mais à frente, estava a costa da China. Pássaros-batedores pontilhavam o horizonte azul, à procura de embarcações inimigas.

O *Leviatã* estava a caminho de Tsingtao, uma cidade portuária na China continental. Os alemães tinham uma base naval ali. Os navios de guerra podiam atacar barcos mercantes no Oceano Pacífico inteiro. Os japoneses já sitiavam a cidade, mas parecia que precisavam de uma ajuda.

Newkirk se juntou a Deryn na janela.

— É curioso que o Sr. Tesla não tenha desembarcado em Vladivostok. Quando lavei suas camisas, ele disse que queria que fossem dobradas para fazer as malas.

Deryn franziu a testa e se perguntou o que causara a mudança de planos. Ela havia espiado o suficiente para saber que Alek estava passando muito tempo com o novo amigo. De acordo com os cozinheiros, os dois jantaram na mesa do capitão na noite anterior.

O que diabos eles estavam tramando?

— Ah, Sr. Sharp e Sr. Newkirk. Cá estão os senhores.

Quando os dois aspirantes deram as costas para a janela, Tazza entrou pulando pela porta. A Dra. Barlow estava atrás do tilacino, com o lêmur sentado no ombro. As listras escuras embaixo dos olhos, de certa forma, davam ao monstrinho uma expressão esnobe.

Deryn se ajoelhou para fazer carinho na cabeça de Tazza e, pelo menos uma vez, ficou contente por ver a cientista, que poderia saber algo a respeito dos planos de Tesla e Alek. Arapongas às vezes vinham a calhar.

— Boa tarde, madame. Espero que a senhora esteja bem.

— Estou chateada, no momento. — A Dra. Barlow se voltou para Newkirk. — O senhor faria a gentileza de levar Tazza para seu passeio matinal?

— Mas, madame, Dylan já... — começou o menino, mas foi calado por um olhar da Dra. Barlow.

Um momento depois, Newkirk tinha ido embora e fechado a porta ao sair, sem que mandassem. A cientista se sentou à mesa do refeitório e gesticulou para os restos do almoço dos aspirantes. Deryn começou a retirar os pratos, com a cabeça dando voltas.

Será que a Dra. Barlow estava ali para perguntar da briga com Alek?

— Por obséquio, Sr. Sharp, descreva o objeto que o senhor encontrou no quarto do Sr. Tesla.

Deryn deu-lhe as costas, com uma pilha de pratos vazios, e escondeu o alívio.

— Ah, isso. Como falei, madame, era redondo. Um pouco maior que uma bola de futebol, mas bem mais pesado. Provavelmente de ferro sólido.

— Certamente de ferro, Sr. Sharp, talvez com algum níquel. Qual era o formato?

— O formato? Eu não dei uma olhada *tão* boa assim. — Deryn retirou da mesa um par de canecas de chá de alumínio. — Eu estava embaixo da cama, no escuro, tentando não ser descoberto.

— Tentando não ser descoberto — falou o lêmur da cientista. — *Sr.* Sharp.

A Dra. Barlow abanou a mão.

— No que o senhor se saiu muitíssimo bem. Mas qual era o formato desta bola de futebol de ferro, mais ou menos? Era uma esfera perfeita? Ou uma massa disforme?

Deryn suspirou e tentou se lembrar daqueles longos minutos de espera enquanto Tesla voltava a cair no sono.

— Não tinha um formato perfeito. A coisa era saliente na superfície.

— Essas "saliências" eram lisas ou irregulares ao toque?

— A maioria era lisa, creio eu, como aquela ponta que serrei. — Deryn esticou a mão. — Se ainda estiver com ela, madame, vou mostrar o que quero dizer.

— A amostra está a caminho de Londres, Sr. Sharp.

— A senhora mandou para o almirantado?

— Não, para alguém com intelecto.

— Ah! — exclamou Deryn, um pouco surpresa que até mesmo a Dra. Barlow tenha precisado de ajuda para resolver esse mistério.

O lêmur desceu para cheirar a garrafa de leite vazia. Os olhos da cientista seguiram o monstrinho, enquanto os dedos tamborilavam na mesa.

— Eu sou uma fabricante de espécies, Sr. Sharp, não uma metalúrgica. Porém, o que pergunto é bem simples. — Ela se debruçou à frente. — O senhor diria que a descoberta do Sr. Tesla é natural ou feita pelo homem?

— A senhora quer saber se ela era de ferro fundido? — Deryn se lembrou das mãos no objeto, no escuro. — Bem, era bem parecida com uma esfera, mas estava muito amassada. Como uma bala de canhão, creio eu, *depois* de ter sido disparada por um canhão.

— Entendo. E uma bala de canhão é feita pelo homem.

A Dra. Barlow ficou em silêncio, e o lêmur pegou a xícara de chá com as patinhas e a examinou.

— Feita pelo homem — repetiu baixinho. — *Sr.* Sharp.

Deryn ignorou o monstrinho.

— Mil perdões, madame, mas isso não faz sentido. Para causar toda aquela destruição, uma bala de canhão precisaria ser tão grande quanto uma catedral berrante!

— Sr. Sharp, o senhor está se esquecendo de uma fórmula básica da física. Ao calcular energia, a massa é apenas uma variável. Qual é a outra?

— Velocidade — respondeu Deryn ao se lembrar das palestras do contramestre sobre artilharia. — Mas para derrubar uma floresta inteira, a que velocidade uma bala de canhão teria de voar?

— Uma velocidade astronômica. Meus colegas saberão exatamente. — A cientista se recostou na cadeira e suspirou. — Mas Londres está a uma semana de distância, mesmo com nossos aquilinos mais rápidos. E, enquanto isso, o Sr. Tesla desfia suas histórias e nos arrasta para uma jornada que não levará a nada.

— Mas estamos indo lutar contra os alemães, não é?

A Dra. Barlow abanou a mão diante do rosto como se uma mosca a incomodasse.

— É provável que nós representemos o país rapidamente, mas o Sr. Tesla e o príncipe Aleksandar convenceram o capitão a seguir para Tóquio. De lá, poderemos contactar o almirantado por cabo submarino.

— Para quê, diabos?

— Tesla tentará convencer o almirantado a nos mandar para Nova York. — A cientista estalou os dedos para o lêmur, que lhe subiu correndo pelo braço e parou no ombro. — Onde o Golias aguarda para acabar com a guerra.

— O quê... ir até os *Estados Unidos?*

— Isso mesmo, e tudo por uma ilusão.

A mente de Deryn deu voltas diante da ideia de atravessar o Pacífico, mas ela conseguiu perguntar.

— A senhora acha que o Sr. Tesla está mentindo?

A cientista ficou de pé e se empertigou.

— Ele mente ou é simplesmente louco. Mas, no momento, não tenho provas. *Fique* de olhos abertos, Sr. Sharp.

A Dra. Barlow deu meia-volta, seguindo num rompante para a porta, e o lêmur em seu ombro se voltou para trás com olhos franzidos.

— Sr. Sharp! — disse a criatura.

Deryn voltou para a janela e ficou preocupada com o que a cientista dissera. Se o Sr. Tesla estava tramando algum golpe, então ele devia ter enganado Alek para ajudá-lo. E não era de admirar — Alek estava irritado e sozinho, sentindo-se traído por todo mundo em que confiava. Tesla aparecera no momento certo para ganhar vantagem.

E era tudo culpa de Deryn...

Mas não fazia sentido dizer a ele que Tesla mentia. Alek jamais aceitaria sua palavra, especialmente porque a Dra. Barlow admitira que não havia prova alguma. Deryn ficou ali por um longo minuto, com os punhos cerrados, tentando pensar no que fazer.

Foi quase um alívio quando a buzina começou a soar para chamá-la ao combate.

As enxárcias estavam lotadas, os cabos rangiam com o peso de homens e monstrinhos. A tripulação inteira parecia correr para o topo da nave, ansiosa para lutar após uma semana sobrevoando o deserto russo. O sol estava forte, o vento que soprava do Mar do Japão era revigorante e fresco, nada parecido com a ventania gelada da Sibéria.

Deryn parou para vasculhar o horizonte. Havia uma silhueta escura à frente, com duas chaminés altas e torres apinhadas de canhões — um navio de guerra alemão, com certeza. Para seu alívio, não havia sinal de um longo e esguio canhão Tesla nos conveses. O navio rumava para a costa chinesa, que se estendia no horizonte, a névoa de uma cidade mekanista subindo de um ninho em morros íngremes.

Deryn continuou escalando as enxárcias e seguindo o som da voz do contramestre.

— Aspirante se apresentando, senhor! — gritou ela ao chegar à espinha.

— Onde está Newkirk? — perguntou o Sr. Rigby.

— Da última vez que o vi, ele cuidava do animal de estimação da cientista, senhor.

O contramestre praguejou, depois apontou para a água.

— Há um submarino japonês em algum lugar ali embaixo, perseguindo aquele navio de guerra. Ele está levando um cardume de kappas, portanto não podemos lançar os morcegos-dardos. Avise aos homens no canhão de proa, depois volte aqui.

Deryn prestou continência, deu meia-volta e correu para a proa, onde dois tripulantes montavam um canhão de ar. Ela se meteu a ajudar assim que chegou, apertou parafusos e cunhos, e alimentou a arma com uma fita de dardos.

— Como há kappas na água, o capitão não quer dardos. — Deryn enroscou a coronha no lugar. — Cuidado para não assustar os morcegos quando dispararem!

Os homens se entreolharam, duvidosos. Então um falou:

— Sem morcegos, senhor? Mas e se os mekanistas tiverem aeroplanos?

— Então, vocês, rapazes, terão de atirar direito. E ainda temos os gaviões-bombardeiros.

Deryn devolveu as continências dos homens e foi para a popa, espalhando a ordem. Quando ela voltou para o Sr. Rigby, Newkirk havia chegado com um binóculo de campanha. O contramestre olhava o horizonte com ele.

— Um par de zepelins sobre Tsingtao — anunciou ele. — Nunca vi zepelins assim tão longe da Alemanha.

Deryn cobriu os olhos. Dois pontos de escuridão pairavam sobre o porto da cidade, onde o navio de guerra estava parando. Mas os canhões de Tsingtao não serviriam de proteção contra os kappas.

Conforme ela observava, os zepelins pareciam ficar mais compridos em contraste com o horizonte.

— Eles estão se afastando, senhor? — perguntou Deryn. — Ou vindo em nossa direção?

— Estão se afastando, creio eu. Os zepelins são minúsculos comparados ao *Leviatã*. Mas aquele navio de guerra não ficará contente de vê-los ir embora. Sem cobertura aérea, os kappas vão dar cabo dele em dois tempos.

Deryn abaixou o olhar para o mar, e o coração começou a disparar. A não ser pelos infelizes marinheiros de uma pobre frota russa, nenhum europeu jamais havia visto os kappas em ação. O *Manual de Aeronáutica* não continha fotos dos monstrinhos, apenas algumas pinturas baseadas em rumores e histórias.

— O sinal de ataque virá em breve — disse o Sr. Rigby ao entregar o binóculo de campanha para Deryn e vascular a cidade lá embaixo a olho nu.

Ela ergueu o binóculo e espiou o navio de guerra mekanista. O nome *Kaiserin Elizabeth* estava pintado no costado, com uma bandeira austríaca.

— Não é alemão, afinal de contas — murmurou Deryn.

Ela se perguntou se Alek tinha visto aquilo e se voltaria a hesitar sobre de que lado estava. Obviamente, o príncipe tinha um novo amigo mekanista para compartilhar suas preocupações, portanto não precisava do ombro de Deryn para chorar.

— Não é alemão? — perguntou Newkirk. — O que o senhor quer dizer?

— É um navio austríaco — explicou o Sr. Rigby. — Os alemães retiraram os próprios navios e deixaram os aliados aqui para enfrentar o sítio. Não foi muito gentil da parte deles.

Deryn franziu os olhos no binóculo. O mar em volta do *Kaiserin Elizabeth* começava a parecer agitado, como água prestes a ferver. Os kappas nadavam logo abaixo da superfície como golfinhos acompanhando as ondas.

Com um rugido distante, as metralhadoras menores do *Kaiserin* abriram fogo, e uma rajada de balas fez a água espumar. Havia marinheiros nas amuradas, espiando lá embaixo e colocando baionetas nos rifles.

De repente, Deryn ficou muito feliz por estar ali em cima em uma aeronave, e não lá embaixo.

— O senhor viu o submarino japonês? — indagou Newkirk.

— Não veremos — disse o Sr. Ribgy. — O periscópio deve estar erguido, mas é pequeno demais. Tudo que veremos será...

A voz sumiu quando uma onda surgiu na água como uma ondulação em uma xícara de chá.

— Ali está o submarino — falou o contramestre, acenando com a cabeça. — Como os cientistas desconfiavam, eles usam uma explosão embaixo d'água para incitar os kappas a entrar em um frenesi de batalha.

Enquanto Deryn observava, o primeiro monstrinho saiu da água e subiu pelo costado do navio. Ele escalou com as mãos e os pés, com quatro conjuntos de dedos palmados bem abertos sobre o metal. De alguma forma, o kappa subiu pelo espaço liso tão facilmente, como se fosse uma escada, e estava em cima dos homens na amurada antes que eles sequer percebessem.

Os dedos compridos agarraram o tornozelo de um marinheiro, e uma dezena de tiros ecoou quando os companheiros de ambos os lados abriram fogo contra a criatura. O pobre monstrinho estremeceu por um momento no bombardeio de chumbo, mas as garras permaneceram cravadas na vítima. Finalmente, o kappa caiu morto no mar e arrastou o azarado austríaco junto.

Deryn segurou o binóculo com mais firmeza e ignorou Newkirk, que chamava por ele. Os kappas subiam às dezenas agora, a pele verde molhada reluzia sob a luz do sol. Alguns monstrinhos grandes dispararam da água e desenharam um arco no ar, depois desceram sobre os marinheiros austríacos em meio a uma nuvem de gotículas.

Das armas fumegantes dos defensores surgiu um véu de fumaça como se fosse uma barreira tênue e improvisada. Mais marinheiros foram puxados para o mar, e alguns kappas avançaram por eles e deram pulos pelo convés. Em pouco tempo, as amplas janelas da ponte foram

"OS KAPPAS VÊM À TONA."

quebradas, e, quando os monstrinhos pularam por elas, Deryn viu o reluzir de alfanjes sendo sacados lá dentro.

O estômago revirou, e ela finalmente entregou o binóculo de campo para Newkirk, se perguntando por que tinha assistido por tanto tempo. Batalhas eram sempre assim, empolgação e fascínio que viravam horror quando a realidade do derramamento de sangue se firmava.

E esta realmente não era uma batalha propriamente dita, apenas o extermínio de um inimigo em desvantagem.

— Eles estão dando a volta? — gritou o Sr. Rigby, que apontava para os zepelins sobre a água.

Newkirk ergueu um pouco o binóculo.

— Sim, estão voltando. E pela direção da fumaça dos motores, os zepelins estão a favor do vento.

— É claro — Deryn disse e praguejou. — Eles estavam esperando pelos kappas!

Agora que a água estava apinhada de monstrinhos japoneses, o *Leviatã* não podia lançar os morcegos-dardos. Não havia nada para impedir que os zepelins, menores e mais rápidos, encurtassem a distância e usassem os foguetes...

— Bolhas — exclamou Deryn.

Isto estava se tornando uma batalha de verdade, afinal de contas.

◈ QUINZE ◈

– RÁPIDO, RAPAZES, aos gaviões-bombardeiros! — gritou o Sr. Rigby.

Ele pegou um rolo de cabo e jogou nos braços de Deryn, depois correu para a popa da nave. Os dois aspirantes o seguiram, carregando com dificuldade os cabos pesados o mais rápido possível.

Enquanto os três rumavam para a traseira da aeronave, a espinha se ergueu embaixo deles. O trio disparou pelo declive, com o Sr. Rigby gritando para os outros tripulantes abrirem caminho.

Bem em cima do aviário, o contramestre deslizou até parar e tirou o cabo dos braços dos aspirantes. Ao se ajoelhar para amarrar uma ponta, agarrou a lateral do corpo, sentindo dor. O Sr. Rigby tinha levado uma bala ali havia dois meses, logo depois da queda do *Leviatã* nos Alpes.

— O senhor está bem? — perguntou Deryn.

— Sim, mas não vou descer com os senhores. — O contramestre empurrou um punhado de mosquetões para ela e Newkirk. — Metade dos gaviões está equipada com redes de aeroplano, inúteis contra zepelins berrantes. Desçam lá e ajudem os tratadores a equipá-los com garras. E rápido!

— Sim, senhor — falou Deryn. — Eu primeiro!

Após prender o cinto de segurança ao cabo com três mosquetões, ela deu meia-volta e correu na direção da borda. A grande baleia era estreita ali, a meio caminho da cauda, e, em poucos segundos, Deryn voou em pleno ar.

O cabo sibilou entre os mosquetões como uma víbora irritada, e Deryn se deixou cair rápido. Os primeiros momentos da descida foram gloriosos: as preocupações com Tesla, a bola de futebol de ferro e o príncipe berrante Aleksandar de Hohenberg ficaram todos para trás. Mas em pouco tempo Deryn se contorceu no ar, pegou firme nos mosquetões e parou após deslizar bastante. O ímpeto a jogou para o baixo-ventre da aeronave, onde ela esticou os braços e pegou as enxárcias com uma das mãos enluvada.

Ao descer na direção do aviário, os cílios se mexiam furiosamente sob suas mãos. O *Leviatã* estava nervoso com a aproximação dos zepelins. Deryn se perguntou como a grande baleia via as aeronaves mekanistas. Será que se pareciam com um par de colegas aeromonstros? Ou como coisas inexplicáveis, com um formato conhecido, porém estranhamente sem vida?

— Não se preocupe, monstrinho — falou ela. — Nós vamos cuidar deles.

◎   ◎   ◎

O aviário estava uma bagunça, os pássaros guinchavam enlouquecidamente dentro das jaulas. De alguma forma, eles sempre sabiam quando havia batalha ou mau tempo em andamento. Ao entrar pela janela de popa, Deryn gritou para que os gaviões fossem rearmados.

— Sim, a ponte deu ordens! — respondeu Higgins, o tratador-chefe, que já estava dentro de uma das jaulas e retirava um suporte de rede de aeroplano de um pássaro grande e agitado. — Já soltamos todos os gaviões que tínhamos com garras e estamos trocando o resto!

— Vou dar uma mãozinha, então.

Deryn desceu pela escada de acesso enquanto lutava contra os nervos. Ela já havia mexido em aves de rapina antes, mas apenas uma de cada vez. E jamais pusera os pés em uma jaula cheia de gaviões-bombardeiros agitados.

Após respirar fundo, Deryn abriu a porta e entrou em uma tempestade de asas. Era difícil manter os olhos abertos e não pular fora, mas ela conseguiu agarrar um dos gaviões e controlar as asas. Deryn então soltou rápido o pequeno suporte que guardava, dobrada, a rede de seda de aranha. Os filamentos ácidos cortariam as frágeis asas de um aeroplano em um instante, mas teriam pouco efeito em uma aeronave enorme e majestosa.

Assim que o suporte saiu, ela partiu para o próximo pássaro e deixou para os tratadores a tarefa de prender as garras. Todos os tratadores que Deryn conhecera tinham cicatrizes horríveis causadas pelo manuseio de aço afiado, e ela não estava disposta a aprender a arte no calor da batalha. Quando foi para o terceiro gavião, Deryn viu Newkirk trabalhando em uma jaula ao lado dela.

Longos minutos depois, a primeira esquadrilha de gaviões tinha sido equipada, e o Sr. Higgins abriu um alçapão para lançá-los no ar. Os tratadores comemoraram rapidamente antes de voltar ao trabalho. Deryn sentiu a nave subir e imaginou se o capitão tinha dado as costas e fugido ou se havia ficado para proteger os kappas dos zepelins mekanistas.

De repente, uma explosão sacudiu o chão, e a agitação dos pássaros se intensificou. Deryn ficou cega pela batida das asas, mas conseguiu sair da jaula tateando. Ela subiu até as janelas do viveiro e espiou na direção da popa.

Um dos zepelins estava a alguns quilômetros atrás e 300 metros abaixo, com uma horda de gaviões-bombardeiros em volta e rasgando a lona com as garras. Mas, enquanto Deryn observava, um jato de fogo vermelho foi disparado da gôndola do zepelim bem na direção da garota. A distância era grande demais, porém: o foguete começou a se afastar em um arco antes de alcançar o *Leviatã*. Explodiu muito abaixo da nave e jogou filamentos incandescentes em todas as direções.

— Outro tiro próximo, mas eles erraram! — berrou Deryn para os tratadores lá embaixo, mas ao se voltar para a janela, os olhos se arregalaram.

Um dos filamentos crepitantes saiu do centro da explosão e subiu diretamente na direção do aviário!

No último momento, a brasa reluzente desviou-se, atraída na direção da nacela do motor ventral pela hélice giratória. O fogo bateu no metal, e uma cortina de faíscas foi disparada da nacela. O motor foi parando e soltou uma nuvem de fumaça no rastro da nave.

A aeronave mekanista perdia altitude rapidamente agora, o balão de gás rasgado tremulando na brisa. O outro zepelim estava bem mais atrás, pairando sobre o *Kaiserin Elizabeth* e cuspindo dardos de metal nos kappas ensandecidos.

O *Leviatã* estava a salvo dos dois zepelins, mas o motor ventral ainda cuspia fumaça e chamas. Deryn deu meia-volta e berrou para Newkirk.

— Fomos atingidos! Vou para a popa, mas continue soltando os pássaros!

Sem esperar por uma resposta, ela abriu a janela e olhou para baixo. Uma verga de estabilização ligava a gôndola à nacela do motor, larga o suficiente para servir de ponte em uma emergência. Mas ficava a uns bons 10 metros abaixo do aviário e Deryn não estava disposta a pular. Se errasse a verga, nada deteria a queda, a não ser o mar aberto.

Felizmente, o Sr. Rigby a obrigara a desenhar a nave de perfil uma centena de vezes, e ela se lembrou de um cabo de aço que ligava o aviário à verga. Ele ficava preso logo acima, quase perto o suficiente para se alcançar com a mão...

Quase, mas não tanto.

Deryn praguejou. Com fumaça ainda saindo da nacela do motor ventral, não havia tempo para precaução. Ela rastejou para fora da janela e viu um conjunto de apoios que levavam ao objetivo — algum pobre sujeito já tinha usado o truque antes!

Deryn agarrou o primeiro apoio e se balançou no ar. Subiu mão ante mão até o cabo e jogou as pernas para cima, a fim de prendê-las em volta dele. A seguir, desceu deslizando velozmente, e o cabo de aço ficou tão quente nas luvas quanto uma chaleira. Quase um quilômetro lá embaixo, o zepelim em queda livre disparou novamente, mas o foguete estourou inutilmente baixo e mandou uma dezena de filamentos incandescentes no mar.

As botas ecoaram quando bateram na verga.

À frente da aspirante, as escotilhas e janelas da nacela do motor estavam todas escancaradas, a fumaça que era expelida ficava no rastro do *Leviatã*. Deryn entrou pela escotilha mais próxima, com os olhos ardendo.

— É o aspirante Sharp. Relatório!

Um engenheiro surgiu da fumaça, com óculos de proteção e um traje de voo esfarrapado pelas brasas.

— A situação é ruim, senhor. Pedimos uma hercúlea. Segure-se em alguma coisa!

— Vocês pediram uma... — começou Deryn, mas a voz foi sumindo.

Um som impetuoso ficava mais intenso lá em cima. Ela ergueu os olhos para o ventre do aeromonstro e viu os tubos do lastro incharem.

Deryn jamais vira uma inundação hercúlea antes. Só eram pedidas quando a nave corria sério risco de pegar fogo, porque a própria manobra berrante era muito perigosa.

"TIROTEIO NO AR."

— Está vindo! — berrou Deryn, indo para o interior da nacela à procura de um apoio.

O engenheiro se virou e passou pela fumaça espessa até chegar a um bastidor de engrenagens e peças, onde havia outro homem com emblemas da equipe de engenharia. Deryn se ajoelhou atrás da turbina principal e se segurou assim que a primeira espuma d'água explodiu na nacela do motor. A inundação veio diretamente das entranhas, salobra e suja com os excrementos de uma centena de espécies. A torrente aumentou, e o motor em chamas cuspiu vapor branco que se juntou à fumaça e à água repugnante.

A inundação ergueu o corpo de Deryn por um momento e tentou arrastá-la para a escotilha aberta e para o vazio. A água agitada encheu-lhe as botas e forçou a entrada no nariz e nos olhos. Mas Deryn aguentou firme até que as últimas fagulhas do motor se apagassem e a enchente finalmente começasse a perder força. A água salobra lentamente foi drenada da nacela do motor, baixou até a cintura de Deryn, depois lhe passou dos joelhos.

Um dos engenheiros suspirou aliviado e se soltou para dar um passo na direção da massa enegrecida de engrenagens.

— Segure-se, homem! — mandou Deryn. — Nós perdemos o lastro de popa!

Ele agarrou o bastidor novamente assim que a nave começou a se inclinar. Com milhares de litros de lastro perdidos na popa, o *Leviatã* estava desequilibrado, e a nave embicou para um mergulho.

A água que sobrou passou pelos pés de Deryn e saiu pela escotilha frontal. Ela ouviu o rangido das enxárcias acima quando o aeromonstro fez um esforço para empinar o nariz contra o mergulho, mas do lado de fora da escotilha mais próxima, a aspirante viu o mar reluzente correr na direção deles.

"UMA INUNDAÇÃO HERCÚLEA."

Então ela ouviu um rugido como um par de ursos de combate famintos — os motores mekanistas engatando a ré. A nave inteira estremeceu, a queda foi diminuindo lentamente. O *Leviatã* pairou enviesado no ar por um momento, até que os tubos de lastro começaram a inchar novamente com água bombeada para a traseira. Aos poucos, o piso na nacela do motor ficou nivelado.

Um lagarto meteu a cabeça para fora de um tubo de mensagens e falou com a voz do capitão:

— Nacela do motor ventral, auxílio está a caminho. Por favor, informem sua situação.

Os dois engenheiros olharam para Deryn, talvez um pouco nervosos por terem acabado de fazer a nave inteira despencar na direção do mar.

Ela pigarreou.

— Aspirante Sharp, senhor, acabei de chegar aqui, vindo do aviário. A nacela estava em chamas, portanto os engenheiros pediram uma hercúlea. O incêndio foi apagado, mas pelas aparências, não forneceremos energia por algum tempo. Fim da mensagem.

O lagarto pestanejou, depois foi embora correndo. Deryn se voltou para os homens. Este seria seu posto pelo resto da batalha, ao que parecia.

— Não fiquem assim tão sem graça — disse ela. — Vocês podem ter salvado a nave, mas se querem ser heróis de verdade, vamos colocar esse motor para funcionar novamente!

◈ DEZESSEIS ◈

– TODA FORÇA A ESTIBORDO – ordenou o capitão, e o piloto girou o timão principal.

Conforme o *Leviatã* fazia a curva, o convés se mexeu embaixo de Alek, mas não era nada parecido com o mergulho nauseante de um momento atrás. O oceano tinha preenchido a janela dianteira da ponte, e ele e o Sr. Tesla deslizaram para a frente nos sapatos a rigor. Não foi a primeira vez que Alek sentiu inveja dos sapatos de sola de borracha da tripulação. Bovril ainda estava agarrado com força em seu ombro, calado pelo medo.

O zepelim que disparou no *Leviatã* surgiu no campo de visão lá embaixo, ainda despencando. Um enxame de gaviões-bombardeiros tinha vazado o hidrogênio em milhares de cortes, e a aeronave alemã caiu no oceano como uma pluma em um lago. Quando a sombra do *Leviatã* passou pelo zepelim, um par de botes salva-vidas de lona surgiu debaixo da membrana ondulada.

Um pensamento horrível ocorreu a Alek.

— Será que os kappas atacarão os botes salva-vidas também?

A Dra. Barlow balançou a cabeça.

— Não, a não ser que o submarino dispare outro pulso de combate.

— E estamos bem perto do litoral — acrescentou o Dr. Busk. — Aqueles camaradas deverão ficar bem, desde que não se importem com algumas remadas!

— Algumas remadas — repetiu o lêmur da Dra. Barlow no teto, depois riu.

Bovril ergueu o olhar e se juntou à gargalhada, a seguir relaxou um pouco o apertão no ombro de Alek.

— Os outros não tiveram tanta sorte — comentou o Sr. Tesla ao olhar para o *Kaiserin Elizabeth* ao longe.

Parecia com um navio assombrado. Os conveses estavam banhados em sangue e reluziam com dardos, e os kappas passeavam livremente por eles, à procura de presas. Se algum tripulante sobrevivera, devia estar escondido nas cobertas, atrás de escotilhas de metal.

O segundo zepelim pairava sobre o navio de guerra e disparou uma última chuva de dardos sobre os kappas. Porém, os primeiros gaviões-bombardeiros estavam chegando e rasgavam a frágil lona do zepelim. Os motores logo foram ligados, e a aeronave alemã começou a ir embora.

— Será que vamos persegui-los? — perguntou Alek.

— Duvido que percamos tempo com isso. — O Dr. Busk gesticulou com a cabeça para Tesla. — Levar o senhor ao Japão é mais importante que esse circo.

Alek suspirou baixinho. Como o conde Volger suspeitava, esta longa viagem tinha sido um pretexto. O almirantado queria provar que o poder aéreo da Grã-Bretanha era global e que a Grande Guerra era uma disputa entre potências europeias, não entre impérios asiáticos que surgiram na véspera.

Mas agora que a bandeira da Grã-Bretanha tinha sido exibida, o *Leviatã* podia dar meia-volta e rumar para Tóquio — e depois para os Estados Unidos, se o almirantado permitisse.

— Não creio que aquelas criaturas reconheçam a bandeira branca — disse Tesla.

— O submarino irá cancelar o ataque dos kappas — respondeu a Dra. Barlow. — Só os japoneses sabem exatamente como cancelá-lo, por razões óbvias.

— Ninguém quer que o inimigo descubra como tornar seus monstrinhos pacíficos, não é? — O Dr. Busk vasculhou a superfície do oceano com um telescópio. — Minha aposta seria em algum tipo de som. Um que os humanos não consigam escutar, um pouco parecido com um apito para cachorros.

— Que cachorro bravo — falou o Sr. Tesla.

— Bravo — repetiu Bovril, em tom sério.

Alek se viu concordando com a cabeça. Já tinha visto muitas criaturas darwinistas em combate, mas nada tão horripilante quanto esses kappas. Os monstrinhos saíram da água tão rapidamente como algo oriundo de um pesadelo.

Contudo, de certa forma foi um alívio ver o Sr. Tesla tão perturbado. Se o inventor ficara horrorizado ao ver marinheiros austríacos serem massacrados desta forma, certamente pensaria duas vezes antes de disparar sua arma em uma cidade indefesa.

— E, no entanto, o navio está intacto — comentou o Dr. Busk. — Ele se juntará à Marinha japonesa agora, como a frota russa fez há dez anos. Uma forma muito eficiente de vitória.

Alek franziu a testa.

— Os japoneses conseguem operar um navio de guerra mekanista?

— Eles sabem trabalhar com as duas tecnologias — explicou a Dra. Barlow. — Um americano chamado comodoro Perry apresentou a mekânica ao Japão há cerca de 60 anos. Quase transformou os japoneses em mekanistas.

— Por sorte impedimos isso, hein? — falou o Dr. Busk. — Não gostaríamos que esses sujeitos estivessem do outro lado.

O Sr. Tesla parecia estar prestes a dizer alguma coisa indelicada, mas, em vez disso, pigarreou.

— Seu motor danificado é elétriko?

— Todos os motores do *Leviatã* são — explicou o Dr. Busk, que depois fez uma mesura para Alek. — A não ser pelos dois que Sua Alteza gentilmente nos emprestou.

— Então vocês não são completamente contra máquinas — disse o inventor. — Talvez eu possa ajudar.

— Permita-me. É um pouco complicado, mas sei o caminho — falou Alek.

Nos dois dias de mau humor, ele explorara todas as nacelas de motores da nave.

— Obrigado, príncipe — agradeceu o Dr. Busk, com uma mesura.

— O senhor vai gostar de ver que usamos seu projeto de corrente alternada, Sr. Tesla. Um conceito realmente engenhoso.

— O senhor é muito gentil.

O Sr. Tesla fez uma mesura para os dois cientistas, e Alek conduziu o inventor para fora da ponte, na direção da traseira da gôndola.

Enquanto os dois andavam, Bovril se remexia no ombro de Alek, nervoso.

— Um pouco complicado — sussurrou o lêmur no ouvido do príncipe.

Mesmo no calor da batalha, a verga que corria da gôndola à nacela do motor ventral estava desguarnecida. Ela tinha um interior apertado, pois havia sido mais projetada para estabilizar a nave do que para servir de passagem, e o Sr. Tesla, que tinha pernas compridas, precisou andar curvado.

— Aquilo foi horripilante — comentou Alek, assim que ficaram sozinhos.

— A guerra é sempre horripilante, seja conduzida por máquinas ou animais. — Tesla parou de andar e observou um lagarto-mensageiro passar no alto. — Embora, pelo menos, as máquinas não sintam dor.

Alek concordou com a cabeça.

— Até mesmo o próprio grande aeromonstro tem sentimentos, o que pode ser bom — falou o príncipe. — Ele recuou diante de um de seus canhões Tesla quando os oficiais do *Leviatã* não recuaram.

— Útil, creio eu. — O inventor balançou a cabeça. — Mas a matança de animais destrói a ética humana.

Alek se lembrou de um argumento que Deryn usou em Istambul.

— Mas o senhor não come carne, Sr. Tesla?

— Uma fraqueza pessoal. Um dia abrirei mão dessa prática selvagem.

— Mas o senhor sacrificou seu aeromonstro na Sibéria!

— Não sem meus motivos — respondeu Tesla ao bater com a bengala no chão. — Eu não pude suportar ver aqueles ursos morrerem de fome, então simplesmente deixei a natureza seguir seu rumo.

Bovril se remexeu no ombro de Alek e murmurou. O lêmur sempre permanecia calado perto de Tesla, como se ficasse intimidado pelo homem. Ou talvez como se prestasse muita atenção.

Alek não sabia como interpretar as palavras do inventor. Talvez fizesse sentido sacrificar uma criatura para salvar muitas outras. Mas e se Tesla usasse a mesma lógica para acabar com a guerra?

Conforme os dois se aproximavam da nacela, o piso da passagem ficava molhado e grudento, e Alek sentiu um cheiro podre e salgado. Um som estridente de ferramentas veio de uma escotilha aberta adiante.

— Olá? — chamou Alek.

Uma figura em um traje sujo de voo surgiu, ensopada e fedorenta. Quando ela prestou continência, Alek levou um susto ao se dar conta de quem estava embaixo da sujeira.

— *Sr.* Sharp! — exclamou Bovril ao se debruçar para a frente no colo de Alek e esticar as patinhas para ela.

Obviamente, sempre se podia confiar que Deryn Sharp estaria no meio de qualquer confusão a bordo do *Leviatã*.

Alek devolveu a continência com um movimento rígido.

— Sr. Tesla, creio que o senhor já conheça o aspirante Sharp?

— Ele fez a gentileza de me fazer uma visitinha na Sibéria — respondeu o inventor. — Isto são penas?

Deryn se olhou. Presas na sujeira de motor no traje de voo havia, de fato, algumas penas.

Ela arrancou uma pena e bateu os calcanhares como se estivesse em um baile formal em vez de uma sala de máquinas coberta por esgoto.

— Eu estava cuidando dos gaviões-bombardeiros. A visita é muita gentileza de sua parte, Sr. Tesla.

Tesla brandiu a bengala.

— Eu não estou visitando: estou aqui para ajudar. O motor é baseado em uma criação minha, sabe.

— O que aconteceu aqui, exatamente? — perguntou Alek.

— As hélices sugaram um pedaço de foguete — explicou Deryn, evitando o olhar de Alek. — Como começou um incêndio, os engenheiros pediram uma inundação hercúlea. Cuidado onde pisa, por favor.

No interior, a nacela do motor cheirava como as entranhas da nave. O piso estava coberto por uma gosma, e o maquinário, escurecido pelo fogo. Os engenheiros pararam o serviço e encararam o Sr. Tesla com olhos arregalados.

— Uma inundação hercúlea? — indagou o inventor. — Como nos sete trabalhos?

Como Deryn pareceu confusa, Alek se intrometeu:

— Eles devem ter escoado o lastro da popa pela nacela. Daí aquele mergulho repentino que fez com que todos deslizássemos na ponte.

Tesla levantou o sapato para espiar a sola gosmenta.

— Ao mesmo tempo engenhoso e anti-higiênico, como boa parte da tecnologia darwinista.

Deryn ficou um pouco tensa, mas manteve a voz firme:

— O senhor disse que inventou esse motor em especial?

— Eu criei os princípios da corrente alternada. — Tesla cutucou a máquina com a bengala. — Muito mais segura em uma aeronave.

Alek concordou com a cabeça. Quando visitara as nacelas havia alguns dias, tinha notado que os motores elétrikos não soltavam fumaça ou faíscas e funcionavam quase em silêncio.

— Corrente alternada — repetiu Bovril alegremente.

— Mas vocês não têm uma caldeira a bordo — comentou Tesla. — De onde vem a energia?

— Destas células de combustível aqui. — Deryn abaixou o olhar para uma pilha de pequenos barriletes de metal. — Hidrogênio feito por pequeninos monstrinhos dentro das entranhas da baleia.

— Uma bateria biológica! — exclamou o Sr. Tesla. — Mas não é possível que tenham muita energia.

— Eles não precisam ter, senhor. — Deryn gesticulou para fora das janelas altas da nacela. — A maior parte do empuxo em uma aeronave darwinista vem dos cílios, aqueles pequeninos pelos nos flancos. Os motores apenas dão um empurrãozinho na direção certa, e o aeromonstro faz o resto.

— Mas o *Leviatã* é especial. Ele também tem dois motores mekanistas — acrescentou Alek. — O aeromonstro levará o senhor para Nova York mais rápido que qualquer outra coisa no céu.

— Excelente. — O Sr. Tesla tirou o paletó. — Bem, vamos ao trabalho, então. Quanto mais motores melhor!

◎   ◎   ◎

Conforme trabalhava, o Sr. Tesla discorreu por vários tópicos — da paz mundial ao fascínio pessoal pelo número três —, mas Alek achou tudo um pouco difícil de acompanhar. O mestre Klopp jamais ensinara muita coisa a respeito de motores elétricos, que não eram possantes o suficiente para serem usados em andadores.

A princípio, Alek tentou ajudar ao passar as ferramentas para Tesla, mas logo os engenheiros cercaram o inventor, disputando a honra. Assim como Bovril, prestavam atenção nas palavras do grande homem. Alek se viu novamente reduzido a um desperdício de hidrogênio, como sempre.

Então o príncipe notou que Deryn havia saído para a verga de estabilização. Obviamente, Alek andara evitando a garota nos últimos dias. Mas era infantilidade fingir que os dois não se conheciam. A briga repentina poderia levar a Dra. Barlow a começar a fazer perguntas, e a última coisa que Alek queria era que Deryn fosse descoberta graças a ele.

O príncipe respirou fundo e saiu pela escotilha.

— Olá, Dylan.

— 'Tarde, Vossa Principeza.

Deryn não ergueu o olhar; estava encarando o oceano que passava lá embaixo, e o vento mal mexia o cabelo emplastrado de sujeira.

Por um momento, Alek se perguntou se Deryn estava chateada por ser vista desse jeito por ele, coberta por imundície. Mas isso era besteira. Garotas comuns se preocupavam com esse tipo de coisa, não Deryn.

— O Sr. Tesla deve deixar o motor funcionando em breve — disse o príncipe.

[174]

"DRENANDO."

— Sim, ele é um gênio berrante. Você deveria ouvir os engenheiros falando sem parar sobre isso. — Deryn olhou para a popa. — E parece que o Sr. Tesla virou a cabeça do capitão também.

— O que você quer dizer?

Deryn apontou para o brilho da luz do sol no rastro da nave.

— Estamos rumando para leste. Chegaremos a Tóquio amanhã.

— É claro — concordou Alek. — Agora que demos uma mãozinha para a Marinha japonesa, podemos ir embora com a honra da Grã-Bretanha intacta.

— A cientista disse a mesma coisa, mas pensei que estivesse de brincadeira.

— A Dra. Barlow não fica de brincadeira. Seu almirantado não poderia deixar Tsingtao cair sem ajuda britânica, porque os japoneses não são exatamente... — ele abriu as mãos, à procura da palavra certa — europeus. Não cairia bem que vencessem os alemães sem nossa ajuda.

Pela primeira vez, Deryn olhou diretamente para Alek.

— Você quer dizer que nós viajamos meio mundo apenas pelas aparências? Esta é a maior besteira que já ouvi na vida!

— Besteira — falou Bovril, e depois pulou no corrimão.

Alek deu de ombros.

— Mais ou menos. Mas há um objetivo maior, ao que parece. Agora podemos ajudar o Sr. Tesla a acabar com a guerra.

Deryn fez a mesma expressão exasperada que sempre fazia quando o príncipe mencionava seu destino.

— Você vai me socar de novo? — perguntou Alek. — Porque eu gostaria de me segurar bem. É uma longa queda.

Um sorrisinho surgiu no rosto de Deryn, mas o olhar não esmoreceu.

— Você é bem forte — comentou Alek.

— Sim, e sou bem mais alto que você também.

Alek revirou os olhos.

— Olha só, Deryn...

— Não é um bom hábito me chamar assim.

— Talvez não, mas eu venho te chamando pelo nome errado por tanto tempo que acho que deveria compensar.

— Não é culpa sua que eu tenha dois nomes.

Alek abaixou o olhar para a água que passava velozmente.

— Então de quem é a culpa? Quero dizer, até o conde Volger te considera um ótimo soldado, e, no entanto, você tem de esconder quem é.

— É apenas o jeito que as coisas são. — Ela deu de ombros. — Não é culpa de ninguém.

— Ou de todo mundo — falou Alek. — Deryn.

— Deryn Sharp — disse Bovril baixinho.

Os dois olharam horrorizados para o lêmur perspicaz.

— Brilhante — exclamou Deryn. — Simplesmente *brilhante* e berrante. Agora você fez o monstrinho dizer isso!

— Desculpe. — Alek balançou a cabeça. — Eu não percebi que...

De repente a mão dela estava sobre a boca do príncipe. Ele sentiu cheiro de graxa de motor na palma, depois viu o lagarto-mensageiro que vinha pelo baixo-ventre da nave. Deryn abaixou a mão e fez um gesto pedindo silêncio.

O lagarto falou com a voz da Dra. Barlow:

— Sr. Sharp, amanhã à tarde o senhor deve me acompanhar à reunião do Sr. Tesla com o embaixador. Pelo que me lembro, o senhor não tem uniforme de gala. Teremos de dar um jeito nesta situação quando chegarmos a Tóquio.

Deryn praguejou, e Alek se lembrou de que o único uniforme de gala da garota fora destruído na batalha do *Destemido*. Ir a um alfaiate para repô-lo já seria bastante complicado, mesmo sem a cientista junto.

— Hã, mas... mas, madame — gaguejou Deryn —, precisarei...

— Dra. Barlow — se intrometeu Alek —, aqui é o príncipe Aleksandar. Eu sei que a senhora quer que o jovem Dylan esteja impecável, mas moda masculina está longe de ser sua especialidade. Terei prazer em acompanhá-lo. Fim da mensagem.

O monstrinho esperou um pouco, depois pestanejou e foi embora correndo.

Deryn encarou Alek por um tempo, depois balançou a cabeça.

— Vocês são dois tapados. Eu posso cuidar sozinho das minhas roupas, certo?

— Claro. — Alek puxou a própria manga puída. — Mas uns ajustes cairiam bem para mim também.

— Verdade. Você está um pouco menos principesco. — Deryn ajeitou o corpo e suspirou. — Bem, tenho de cuidar dos meus afazeres. Te vejo quando chegarmos a Tóquio, creio eu.

— Creio que sim.

Ele sorriu para Deryn.

Ela se virou e voltou a passos largos para a nacela do motor, onde berrou para os engenheiros darem um pouco de sossego ao Sr. Tesla. Alek ficou lá fora, na verga, olhando para a água por um pouco mais de tempo e se perguntando como se sentia por dentro.

Seja lá qual fosse o nome dela, Alek sentia falta do bom amigo nesses últimos dias, muita falta na verdade.

— Uns ajustes cairiam bem — falou Bovril pensativo. — Fim da mensagem.

◈ DEZESSETE ◈

ALEK VESTIU OUTRA jaqueta e fez uma careta para o espelho. O uniforme da Divisão de Blindados dos Habsburgo estava tão esfarrapado quanto as outras roupas, gasto nos cotovelos e sem dois botões. Será que ele realmente passara as últimas semanas andando por aí em estado tão lastimável?

— Isso não me parece prudente — comentou o conde Volger.

Alek passou os dedos pelas dragonas esfiapadas.

— Preciso impressionar um embaixador e duvido que os alfaiates em Tóquio sejam caros.

— Não falo do custo, Alek. De qualquer modo, você está praticamente sem um tostão furado. — O conde deu uma olhadela pela janela; um dos arranha-céus de Tóquio se aproximava perto demais da gôndola. — Eu falo daquela garota.

Alek pegou a jaqueta de piloto feita de seda que usara na noite da Revolução Otomana.

— O nome dela é Deryn.

— Seja lá como se chama, você finalmente se livrou da influência dela. Por que arriscar outra confusão?

— Deryn não é uma confusão. — Alek vestiu a jaqueta e avaliou o efeito. — É uma amiga e uma aliada útil.

— Útil? Só quando ela levou aquele monstrinho embora.

Alek não respondeu. Deryn tinha passado em seu camarote na noite anterior para "pegar emprestado" Bovril. O príncipe descobriu que sentia falta do peso da criatura no ombro e dos sussurros ao pé do ouvido. O lêmur perspicaz oferecera apoio quando todo mundo o traiu.

— Você não pode confiar nela — disse Volger.

— Nem em você, conde. E Deryn, pelo menos, pode me dizer o que os oficiais do *Leviatã* estão pensando.

— Tesla pensa por eles hoje em dia. Imagine só, tentar requisitar esta nave inteira para levá-lo para os Estados Unidos! É uma loucura acreditar que o almirantado permitirá isso.

Alek ergueu uma sobrancelha.

— Isso foi ideia minha, você sabe.

— Ah, claro. — Volger deu um suspiro ao se levantar e foi ao baú de viagem. — Este é um evento diplomático, não uma festa à fantasia.

Alek tirou a jaqueta otomana de piloto.

— Talvez ela seja um pouco pitoresca demais para o embaixador britânico.

— Você está correndo um risco ao acreditar em Tesla.

— Ele quer a paz e detém o poder para que isso aconteça.

— Vamos torcer que sim, Vossa Serena Alteza, porque se você apoiá-lo publicamente e ele vir a ser um louco, o mundo inteiro vai considerá-lo um tolo. Acha que o povo da Áustria-Hungria quer um jovem tolo como imperador?

O olhar feio de Alek foi desperdiçado, pois Volger revirava o baú, de onde tirou uma túnica azul-escuro com um colarinho vermelho.

— Meu uniforme da cavalaria dos Habsburgo.

— Você acha que estou bancando o tolo? — perguntou Alek.

— Eu acho que você está tentando fazer o bem, mas isso raramente é fácil, e nenhuma arma jamais acabou com uma guerra. — O conde Volger entregou-lhe a túnica da cavalaria. — Mas quem sabe? Talvez o grande inventor tenha mudado tudo isso.

— E você queria assassiná-lo. — Alek vestiu a túnica. As mangas estavam compridas demais, obviamente, mas um alfaiate decente daria um jeito nisso. — Ou será que aquela ideia toda foi apenas uma ameaça vazia para me tirar do mau humor?

O conde sorriu.

— Dois coelhos, uma cajadada.

◎   ◎   ◎

As ruas de Tóquio estavam abarrotadas de bondes a vapor, pedestres e bestas de carga. O sol matinal havia subido ao topo dos prédios, mas os fios com lanternas de papel ainda brilhavam no alto. Cada uma estava cheia com um pequeno enxame de insetos cintilantes, como um punhado de estrelas.

Alek sempre se sentia incomodado em multidões e, aqui em Tóquio, se sentia especialmente chamativo. Não havia outro europeu por perto, a não ser o par de fuzileiros que o seguia. Muitos japoneses vestiam roupas ocidentais, mas as mulheres usavam vestidos longos, tingidos de índigo e com desenhos escarlate, e largos cintos de seda que se juntavam em dobras na lombar. Alek tentou imaginar Deryn em uma roupa assim, mas não conseguiu de maneira alguma.

As duas tecnologias se misturavam de uma maneira mais elegante do que ele esperava. Bondes expeliam nuvens de vapor, porém os mais lotados eram puxados por bovinescos para obter mais potência. Alguns riquixás se deslocavam rapidamente ao lado de andadores bípedes movidos a diesel. O resto dos veículos era puxado por criaturas atarracadas

e escamosas que provocaram em Alek a lembrança perturbadora dos kappas. Fios de telégrafos cortavam o céu, mas lagartos mensageiros corriam por eles, e águias mensageiras davam voltas pelas nuvens.

— Já estamos perdidos? — perguntou Deryn.

— Perdidos — declarou Bovril em cima do ombro dela, depois voltou a balbuciar trechos em japonês.

Alek suspirou e abriu o mapa da Dra. Barlow pela quadragésima vez desde que eles saíram do campo de aviação. Era irritante não ser capaz de ler as placas na rua. Ainda por cima, os endereços eram diferentes aqui no Japão. Em vez de números que corriam por avenidas, eles davam a volta nos quarteirões em sentido horário. Insanidade pura.

De acordo com um cientista local que era amigo da Dra. Barlow, uma rua inteira de alfaiates que atendiam a europeus estava escondida no meio desta loucura.

— Acho que estamos perto — respondeu Alek. — Será que aqueles dois não poderiam ajudar?

Deryn deu uma olhadela para os fuzileiros que os seguiam.

— Eles estão aqui apenas para evitar que você fuja.

— Não é necessário. Estou bem contente por estar no *Leviatã* hoje em dia.

Deryn deu um muxoxo de desdém.

— Sim, graças ao seu novo amigo cientista.

— Ele é um gênio e quer acabar com a guerra.

— Ele é um doido varrido, você quer dizer. A Dra. Barlow diz que esse papo de Golias é doidice.

— Doido varrido — repetiu Bovril, com uma risadinha.

— É claro que ela diria isso — falou Alek. — O Sr. Tesla é um mekanista, e ela é uma darwinista; e ainda por cima uma *Darwin*! Eles são inimigos naturais.

Deryn começou a responder, mas virou a cabeça quando uma barraca de comidas passou devagar. A coisa inteira era puxada, com os fregueses e tudo mais, por um atarracado andador bípede. Um dos cozinheiros cortava camadas finas de massa em macarrões finos; os outros cortavam cogumelos, peixes e enguias. O vapor das caldeiras exalava o odor de trigo sarraceno e lagostins, assim como o cheiro forte de vinagre e picles.

— Acho que quero um pouco disso mais tarde — murmurou Deryn.

— Quero — disse Bovril.

Alek sorriu. Ele havia aprendido em Istambul que comida sempre conseguia distrair Deryn em uma discussão. Porém, ela não tinha terminado ainda.

— Você se esqueceu do que encontrei no quarto do Sr. Tesla?

— Você encontrou uma pedra — respondeu Alek secamente.

— Se era apenas uma pedra, por que ele a trouxe a bordo?

— O Sr. Tesla é um cientista. Eles *gostam* de pedras. A Dra. Barlow não sabia o que era?

Deryn balançou a cabeça.

— Ela não tem certeza, mas tudo é muito suspeito. Todas as armas do Sr. Tesla usam eletricidade, e aquilo era uma espécie de... bala de canhão.

— Nenhuma bala de canhão poderia destruir meia Sibéria, *Sr.* Sharp.

— *Sr.* Sharp! — repetiu Bovril.

— Talvez eu simplesmente pergunte a ele. — Alek deu um muxoxo. — Embora o Sr. Tesla possa se perguntar por que você estava escondida embaixo da cama dele à noite.

— Esqueça. Se o Sr. Tesla souber que nós o espionávamos, não vai confiar em você.

Alek balançou a cabeça: como se Deryn fosse capaz de dar conselhos sobre confiança e amizade.

— Assim que chegarmos a Nova York e revelarmos o Golias ao mundo, tenho certeza de que todos esses pequenos detalhes farão sentido.

— Você acha que o almirantado vai realmente nos deixar voar para os Estados Unidos?

— O Sr. Tesla consegue ser bastante convincente — respondeu Alek. — Além disso, esse é meu destino.

— Sim. — Deryn estalou a língua. — Seu destino.

Ela estava prestes a dizer mais, quando Bovril interrompeu:

— Uns ajustes cairiam bem!

— O monstrinho tem razão. — Deryn olhou por cima do ombro de Alek. — Seu destino é uma jaqueta que caia melhor, ao que me parece.

O príncipe se virou. Embaixo do toldo da fachada aberta de uma loja, zunia uma máquina parecida com uma aranha, cheia de carretéis de linha. Enfiadas em um galhardete pendurado, repleto de caracteres japoneses, estavam algumas palavras reconhecíveis: BEM-VINDOS AOS ALFAIATES DE SHIBASAKI.

Alek dobrou o mapa.

— Por agora, isso vai servir.

◎　　◎　　◎

— *Irasshai*. — Veio um chamado quando Alek entrou debaixo do toldo.

Dois homens ficaram de pé atrás das máquinas de costura, um vestindo um robe de algodão branco com uma estampa floral, e outro, um paletó e colete europeus.

— Bem-vindos, cavalheiros — falou o homem de robe, em inglês fluente.

Alek e Deryn devolveram a mesura.

— Nós acabamos de chegar aqui, senhores — falou Alek lentamente. — Não temos dinheiro, mas podemos pagar com ouro.

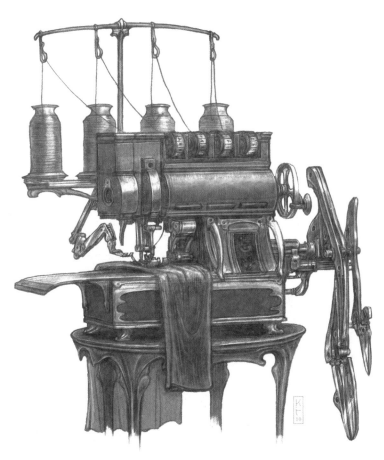

O homem pareceu sem jeito diante dessa franqueza, mas Alek só conseguiu fazer uma nova mesura, oferecendo o uniforme de cavalaria de Volger.

— Se os senhores puderem fazer com que isto caiba em mim.

O outro alfaiate pegou o casaco pelos ombros e sacudiu para abri-lo.

— É claro.

— E meu amigo precisa de uma camisa de gala, seguindo a moda naval britânica, para a tarde de hoje.

— Nós temos muitas camisas para cavalheiros britânicos, se fizermos alterações. — O homem se voltou para Deryn. — Posso tomar suas medidas, senhor?

Ela deu uma olhadela para os fuzileiros que esperavam bem ali fora: perto o suficiente para ouvir qualquer exclamação de surpresa.

— Infelizmente, não — respondeu Alek. — Ele tem um... problema de pele. Talvez o senhor possa tirar as minhas medidas e ajustar um pouco.

O alfaiate franziu a testa.

— Mas o senhor é mais baixo.

— Não *tão* mais baixo assim — respondeu Alek, que ouviu Bovril rir.

O alfaiate fez uma mesura graciosa, depois esticou um pedaço de barbante entre as mãos. Alek tirou o casaco e se virou com os braços esticados.

Deryn se recostou para assistir, com o primeiro sorriso que Alek via em seu rosto havia dias.

◎   ◎   ◎

Depois que as medidas foram tiradas, os alfaiates disseram para Alek e Deryn retornar em duas horas. A aspirante foi infalível ao localizar a barraca móvel de comida que viram mais cedo, e, em pouco tempo, os dois estavam sentados em um banco comprido voltado para os cozinheiros, espremidos com outros fregueses. Os fuzileiros mantiveram guarda logo atrás da barraca e observaram à distância.

Uma dezena de potes de macarrão borbulhava nas caldeiras, que queimavam um óleo feito de nozes fabricadas, segundo Deryn. O combustível soltava um cheiro agradável, que se misturava ao odor salgado de fatias de salmão guarnecidas com laranjas, de um molho vinagrete escuro em tigelinhas e de pequenos peixes secos enrolados em meias-luas prateadas.

Enquanto Deryn falava por gestos com os cozinheiros, Alek percebeu como estava com fome. Ele viu os outros fregueses comerem com pauzinhos e desejou ter trazido garfo e faca do refeitório do *Leviatã*.

— Você soube? — perguntou Deryn. — A reunião foi transferida para o Hotel Imperial.

— Por que um hotel?

— Porque ele tem um teatro berrante! Parece que o embaixador quer mostrar para o mundo inteiro que o grande Nikola Tesla mudou de lado. — Deryn verificou os pauzinhos. — Talvez isso faça os mekanistas tremerem nas botas.

— Tomara que sim — respondeu Alek.

Duas tigelas foram postas diante deles, cheias de um emaranhado de macarrão meio coberto por um caldo espesso. Em cima da massa, havia uma colher de papa branca e um punhado de pequenas rodelas cor de laranja, tão translúcidas quanto rubis. Um prato de salmão fresco foi colocado diante de Bovril.

Quando o monstrinho começou a comer, Alek encarou o próprio prato.

— O que você pediu para nós?

— Não faço ideia — respondeu Deryn ao pegar a colher de madeira. — Parecia bom então eu apontei.

Alek ergueu os pauzinhos e tentou pegar uma das rodelas peroladas cor de laranja. A primeira explodiu, mas ele conseguiu colocar a segunda na boca. A rodela estourou como um pequeno balão entre os dentes, com gosto de sal e de peixe.

— É um caviar tamanho família.

— O que é isso? — perguntou Deryn.

— Ovas de peixe.

Ela franziu a testa, mas a revelação não a impediu de comer.

Alek provou a substância branca, que revelou ser rabanete picado. Havia também lascas de uma fruta perolada, tão ácida quanto cascas de limão. Ele girou os pauzinhos na tigela para misturar os gostos fortes do rabanete, da fruta cítrica e das ovas de peixe com o macarrão de trigo sarraceno.

Enquanto comia, Alek finalmente olhou direito para a cidade que passava lentamente. Os telhados de Tóquio eram curvos e ondulados como o oceano, com lajotas de terracota na superfície. As janelas estavam apinhadas com vasos de árvores em miniatura, que cresciam em formas tortuosas e imitavam as pinceladas de caligrafia que decoravam cada loja. Coberturas de videiras derramavam flores cor-de-rosa no chão, e as lanternas de papel penduradas pareciam estar em todos os lugares, balançando à brisa.

— Bem bonito, considerando — comentou Alek.

— Considerando o quê?

— Que a mesma cultura fabricou aqueles horríveis kappas.

— Menos horrível que uma bomba de fósforo, se quer saber.

Alek deu de ombros, pois não estava disposto a voltar à discussão que tivera com Tesla.

— Você está certo. Matar é horrível, seja de que forma for. É por isso que temos de acabar com essa guerra.

— Não é responsabilidade sua consertar o mundo, Alek. Talvez o assassinato de seus pais tenha sido o estopim, mas o mundo já estava pronto, com máquinas de guerra e monstrinhos! — Ela encarou a tigela e enrolou o macarrão nos pauzinhos. — Um conflito teria acontecido de um jeito ou de outro.

— Nada disso muda o fato de que minha família começou a guerra.

Deryn se virou para encará-lo.

— Não se pode culpar um palito de fósforo pela casa feita de palha, Alek.

— Uma bela frase.

Tudo que sobrou da refeição de Alek foi o caldo. Como os outros fregueses não pareciam achar errado beber da tigela, o príncipe ergueu a dele com as mãos e disse:

— Mas isso não muda o que preciso fazer.

Deryn observou Alek beber, depois respondeu simplesmente:

— E se não conseguir acabar com a guerra?

— Você viu o que nós fizemos em Istambul. Nossa revolução manteve os otomanos fora da guerra!

— Foi a revolução *deles*, Alek. Nós somente ajudamos um pouco.

— É claro, mas o Sr. Tesla pode fazer muito mais. O destino me levou à Sibéria para conhecê-lo, então obviamente o plano *tem de funcionar*!

Deryn suspirou.

— E se o destino não se importa?

— Por que você não quer admitir que a Divina Providência tem guiado meu rumo a cada curva? — Alek contou os argumentos nos dedos. — Meu pai preparou um refúgio para mim nos Alpes, no mesmíssimo lugar onde o *Leviatã* caiu! Então, após minha fuga, acabo parando na sua nave... que por acaso estava a caminho do cerco a Tsingtao. E aquilo me levou ao deserto da Sibéria a tempo de conhecer o Sr. Tesla. Todas essas conexões têm de ter um *significado*!

Deryn abriu a boca para discutir, depois hesitou, com um sorrisinho no rosto.

— Então você deve achar que estávamos destinados a ficar juntos.

Alek pestanejou.

— O quê?

— Eu te contei como fui parar no *Leviatã*. Se uma tempestade maluca não tivesse me carregado pela Grã-Bretanha, eu estaria servindo no *Minotauro* com Jaspert. Jamais teria te conhecido, então.

— Bem, creio que não.

— E quando nós caímos, e você veio nos ajudar com aqueles ridículos calçados de neve, foi direto ao ponto onde eu estava caída na neve. — Ela abriu ainda mais o sorriso. — Você me salvou, em primeiro lugar.

— Só de uma geladura no traseiro.

Alek olhou fixamente para a tigela vazia diante dele. Havia uma ova de peixe colada em um lado. Ele a pegou com os pauzinhos e a examinou.

— E quando abandonou o barco em Istambul, achou que tinha se livrado de mim. — Deryn deu um muxoxo de desdém. — Impossível.

— Você realmente tem o hábito de dar as caras.

— Deve ser difícil para você. Ter seu destino misturado ao de um plebeu berrante!

Ela enfiou o último bocado de macarrão na boca, rindo.

Alek franziu a testa. Nos dois dias de mau humor, de alguma forma não lhe passara pela cabeça que, sem Deryn Sharp, a Revolução Otomana poderia ter falhado, e Alek certamente jamais teria voltado a bordo do *Leviatã*. Portanto, não teria conhecido Tesla e não estaria mais próximo de dar fim à guerra.

Deryn estivera lá em todos os momentos.

— Nós estamos conectados, não é?

— Sim — respondeu Deryn, ainda mastigando. — E para que nós sequer nos conhecêssemos, eu tive de fingir ser um garoto. Imagine só.

— Destino berrante — comentou Bovril, depois arrotou.

Alek ergueu as mãos, derrotado. Havia coisas piores que estar conectado a Deryn Sharp. Na verdade, o simples fato de ela estar sorrindo fez o príncipe sentir uma onda de alívio: Deryn era novamente sua aliada, sua amiga. A Divina Providência parecia estar dizendo que ela sempre seria.

De repente, o aperto no coração diminuiu.

— Foi horrível estar em guerra com você.

Deryn gargalhou.

— Eu também senti sua falta, seu príncipe tapado.

Ela ameaçou falar mais, porém olhou para trás, para os dois fuzilei-ros, e suspirou.

— Melhor pegarmos nossas roupas — falou, afinal. — Tesla vai começar em algumas horas.

Alek concordou com a cabeça.

— Será um espetáculo e tanto.

◆ **DEZOITO** ◆

O TEATRO DO HOTEL Imperial estava enchendo: já havia pelo menos cem pessoas na plateia. Deryn se perguntou se o cientista mekanista tinha convidado todas elas ou se havia sido a embaixada britânica, ou se a notícia se espalhava por conta própria por Tóquio.

Foi fácil notar o embaixador britânico, um homem em um elegante traje civil cercado por almirantes e comodoros. Não muito longe, uma dezena de oficiais da Marinha japonesa usava túnicas pretas e chapéus com guarnição vermelha. Deryn reconheceu outros uniformes — francês, russo, até mesmo um punhado de italianos, embora a Itália darwinista ainda não tivesse se juntado à guerra. Um bando ruidoso de cientistas europeus e japoneses estava por ali com chapéus-coco, alguns com sapos gravadores empoleirados nos ombros.

Entre todos ali, apenas Deryn estava sozinha. A Dra. Barlow a abandonara para ficar com os outros cientistas, e Bovril bisbilhotava embaixo das cadeiras, atento a novos trechos de idiomas.

A maior parte do público parecia composta de repórteres, e alguns já tiravam fotos do palco. Toda espécie de aparato elétriko aguardava ali, esferas de metal e tubos de vidro, rolos de fios, um gerador do

tamanho de um defumadouro e uma enorme lâmpada de vidro pendurada no teto. Deryn não conseguia imaginar como Tesla tinha montado todas essas geringonças tão rápido. O *Leviatã* viera depressa e pousara um pouco antes da meia-noite, e o homem tinha saído como um furacão logo depois. Ele devia ter passado a noite e a manhã inteiras à caça de peças elétrikas.

Deryn viu o mestre Klopp em um canto, trabalhando em um emaranhado de fios. Hoffman estava ao lado dele, com as ferramentas de prontidão. Alek tinha posto seus homens a disposição do grande inventor, obviamente. E, naquele momento, o próprio príncipe parecia ocupado conversando com um grupo de oficiais em uniformes azuis desconhecidos. Americanos, talvez.

Deryn ainda estava surpresa com as próprias palavras naquela manhã, sobre ela e Alek serem destinados a ficar juntos. Deryn ainda não acreditava realmente em nenhuma balela sobre a Divina Providência. Ficar de blá-blá-blá sobre o destino era simplesmente uma maneira de Alek aceitá-la como uma garota, ao encaixá-la no grande plano para salvar o mundo. O príncipe engoliu o fato, obviamente, porque no fundo sabia que era mais forte com Deryn que sem ela.

As luzes piscaram, e o público começou a se sentar. Bovril voltou para o ombro de Deryn, e a Dra. Barlow cruzou o teatro novamente para se sentar ao lado dela.

— Sr. Sharp, já lhe disse que é muito bom vê-lo tão bem-vestido?

Deryn passou o dedo na camisa, que era feita de um algodão mais espesso e macio do que estava acostumada. A roupa lhe caía maravilhosamente bem, apesar de os alfaiates jamais terem tocado nela.

— Os japoneses levam a alfaiataria muito a sério, madame.

— O que é uma boa coisa também, pois o senhor está na presença da grandeza.

Deryn franziu a testa.

— Achei que a senhora não gostasse daquele vagabundo.

— Não do Sr. Tesla, rapaz. — Ela gesticulou com a luva branca. — Ali está Sakichi Toyoda, o pai da mekânica japonesa. E, ao lado dele, Kokichi Mikimoto, o primeiro fabricante de pérolas modeladas. Mekanistas e darwinistas trabalhando juntos.

— To-yo-da — falou Bovril baixinho, separando cada sílaba.

— Melhor que brigando uns com os outros, creio eu — comentou Deryn. — Mas qual é o sentido de tudo isso? O almirantado nem está aqui para ver.

— De certa forma, eles estão. — A Dra. Barlow apontou com a cabeça os bastidores do palco, onde um oficial da Marinha Real estava sentado diante de um telégrafo. — Tóquio está conectada a Londres por um cabo submarino. De acordo com o embaixador, o próprio lorde Churchill acordou cedo para acompanhar os trabalhos.

Deryn franziu a testa. O sistema de cabo submarino, que se estendia da Grã-Bretanha à Austrália ao Japão, era uma das criações mais fabulosas do darwinismo. Feito por filamentos quilométricos de tecido nervoso vivo, unia todo o Império Britânico como um único organismo e levava mensagens codificadas pelo fundo do oceano.

— Mas eles não conseguirão ver nada — protestou Deryn.

— O Sr. Tesla afirma o contrário.

A voz da Dra. Barlow sumiu quando as luzes diminuíram e o silêncio tomou conta do público.

Uma conhecida figura alta andou a passos largos até o centro do palco às escuras, com um longo cilindro na mão. Ele brandiu o objeto no ar, como a saudação de um espadachim, e depois a voz trovejou pelo teatro.

— O tempo urge, então começarei sem preâmbulos. Tenho em mãos um tubo de vidro com gases incandescentes. — Tesla apontou para o teto. — E aqui está um fio com correntes alternadas de grande potencial. Quando eu toco nos dois...

Ele pegou o cabo com uma mão, e o tubo de vidro subitamente se iluminou na outra. Houve um arquejar contido na plateia, e aí uma risada se espalhou, como se algumas pessoas soubessem que vinha um truque.

As sombras andaram sobre as feições de Tesla quando ele pousou o tubo brilhante no ombro, como uma bengala fantasmagórica.

— Isto é meramente uma luz elétrika, é claro, a não ser pela inovação de usar meu corpo como um condutor. Mas isso nos lembra de que a eletricidade pode viajar por mais que fios. Pela atmosfera, por exemplo, ou pela crosta terrestre, e até mesmo pelo éter do espaço interplanetário.

— Ó, céus — falou a Dra. Barlow baixinho. — Não os *marcianos* de novo.

— Marcianos — repetiu Bovril, rindo, e Deryn ergueu uma sobrancelha.

Tesla colocou o tubo na beirada do palco, e a luz se extinguiu no momento em que os dedos o soltaram. Ele deixou o fio cair e ajeitou o paletó.

— De certa forma, nosso próprio planeta é um capacitor, uma bateria gigante. — Ele ergueu o braço para tocar na lâmpada do teto, e uma luz se espalhou dentro dela. — No centro desta esfera existe outro globo, menor. Ambos estão cheios de gases luminosos e, juntos, podem nos mostrar o motor do planeta trabalhando.

O homem então se calou, foi para trás e não disse nada. O globo permaneceu aceso, mas nada mais aconteceu enquanto os minutos se passavam em silêncio. Deryn se remexeu no assento. Era um pouco estranho ver tantas pessoas importantes sentadas, caladas por tanto tempo.

A mente começou a viajar e indagar por que a Dra. Barlow tinha mencionado marcianos. Será que Tesla acreditava neles? Uma coisa era chamar o grande inventor de biruta, mas outra bem diferente se ele fosse realmente louco.

Alek queria tanto acabar com a guerra que estava disposto a acreditar em qualquer promessa de paz. E depois de tudo que havia perdido — a família, o país e o lar —, como seguiria em frente se a esperança fosse perdida também? Mas não havia muito que ela pudesse fazer, imaginou Deryn, a não ser mostrar que havia outras coisas na vida além de salvar o mundo.

Um burburinho correu pela plateia, e Deryn ergueu o olhar. A luz na esfera de vidro tinha assumido uma forma, um pequeno raiozinho, igual àqueles dentro do detector de metais de Tesla. O lampejo se movia e fazia uma lenta varredura pelo globo como o segundo ponteiro de um relógio.

— A rotação ocorre em sentido horário, como sempre — explicou Tesla. — Embora, no hemisfério sul, ela ocorreria na direção contrária, creio eu. Vejam só, este filete de luz é movido pela rotação do planeta.

Outro burburinho correu pelo teatro, um leve tom de incômodo. Deryn franziu a testa. Como isso era diferente de um pêndulo ou de uma agulha de bússola?

— Mas nós não estamos limitados à força bruta da natureza. — Tesla se aproximou da lâmpada pendurada com um pequeno objeto na mão. — Com este ímã eu posso arrancar da própria Terra o controle do lampejo.

Ele se aproximou ainda mais, e a luz parou de girar. Tesla começou a dar a volta na lâmpada, e o lampejo voltou a se mover, sempre apontado para o inventor, não importando se ele parasse ou corresse.

— Estranho, não é? Pensar que alguém pode mirar um raio tão facilmente quanto uma pistola. — Ele tirou o relógio do bolso e viu as horas. — Mas agora é o momento para uma demonstração maior. Bem maior. Há alguns dias, eu mandei uma mensagem via águia-mensageira do *Leviatã* para Tóquio. A mensagem foi encaminhada por cabo submarino para Londres e, finalmente, por ondas de rádio para meus assistentes em Nova York, a mais de meio mundo de distância. Lá, em alguns minutos a partir de agora, eles seguirão minhas instruções.

O inventor sinalizou para Klopp, que começou a fazer ajustes em uma das caixas pretas. Um momento depois, todos os aparelhos no palco começam a piscar e zumbir. O Sr. Tesla ficou entre eles, com o cabelo arrepiado como um gato irritado. Deryn sentiu um arrepio nos próprios cabelos, como se uma tempestade de verão estivesse no ar.

— Os resultados serão visíveis nestes instrumentos aqui — explicou Tesla, depois se virou para o oficial da Marinha Real, no telégrafo. — E também no céu da manhã de Londres, se o senhor fizer a gentileza de pedir para que o lorde Churchill e os lordes do almirantado fossem à janela?

Outro burburinho correu pelo teatro, e Deryn sussurrou para a cientista:

— Sobre o que ele está falando?

— A máquina do Sr. Tesla em Nova York vai mandar um sinal no ar. Como uma onda de rádio, só que mais poderosa. — A Dra. Barlow se aproximou de Deryn. — É dia aqui, portanto nós precisaremos de instrumentos para ver os efeitos, mas em Londres o sol ainda não nasceu.

— A senhora quer dizer que ele acha que o Golias pode alterar o *céu*?

A cientista assentiu em silêncio, e Deryn olhou fixamente para o palco, onde agulhas de luz começaram a piscar em cada objeto. Até mesmo o relógio de bolso do Sr. Tesla brilhava, e um zumbido tomou

conta do ar, como quando as abelhas nas estranhas do *Leviatã* precisavam ser alimentadas.

— A transmissão vai começar em três segundos — anunciou Tesla, que depois fechou o relógio de bolso. — Não levará muito tempo para chegar até nós.

— Transmissão — repetiu Bovril ao se remexer, descontente.

O lêmur começou a ganir baixinho, e, de repente, o zumbido não incomodou tanto o ouvido de Deryn. Ela ergueu a mão para coçar a cabeça do monstrinho em agradecimento.

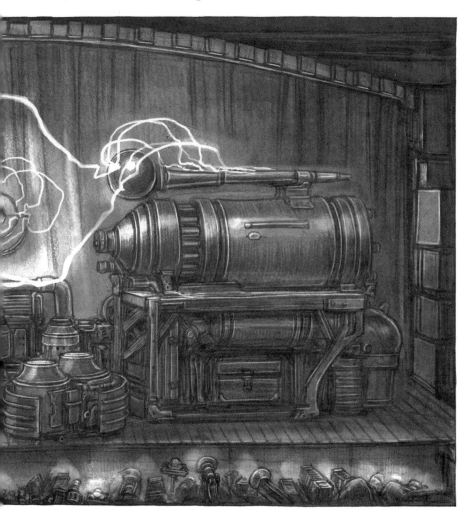

Por um longo momento, nada aconteceu, e Deryn se permitiu ter esperanças de que a experiência estivesse falhando. O grande Tesla seria humilhado, e todo este blá-blá-blá sobre ir aos Estados Unidos acabaria.

Mas aí os raiozinhos no globo pendurado ficaram mais intensos e piscaram na superfície interna do vidro. Então giraram sem direção por um momento, depois ficaram firmes e fortes, e apontaram para o lado esquerdo do palco.

Todos os outros instrumentos ganharam vida e iluminaram o teatro. Os tubos de vidro se encheram de um arco-íris de cores, as esferas de metal foram cobertas por milhares de agulhas de eletricidade. As antenas na caixa preta de Klopp irromperam e dispararam rajadas de raios, que se apagaram no ar. O oficial no telégrafo continuava teclando, os botões do casaco acesos com pequenas fagulhas.

Aos poucos, os inúmeros filetes de luz começaram a se alinhar, e todos apontaram para a esquerda. Deryn sentiu os cabelos sendo puxados naquela direção.

— Norte-nordeste — murmurou a Dra. Barlow. — Diretamente para Nova York, em uma grande curva.

— Como os senhores podem ver — gritou Tesla mais alto que o zumbido —, eu sou capaz de controlar as correntes neste ambiente, mesmo a dez mil quilômetros. Imaginem uma trovoada dominada a essa distância. Ou mesmo as próprias descargas elétrikas da atmosfera terrestre, focalizadas e miradas como um farol.

Bovril balbuciava loucamente. O pelo da criatura estava eriçado, e os olhos, mais arregalados do que Deryn já havia visto antes.

— Não se preocupe, monstrinho — disse ela. — Ele está do nosso lado.

— Vamos torcer que sim — falou a Dra. Barlow.

Tesla ergueu as mãos e as balançou de um lado para o outro. Filetes de luz se agarraram às pontas dos seus dedos, mas depois dispararam na mesma direção: norte-nordeste.

— Esta é a potência do Golias, a que nenhuma outra, mekanista ou darwinista, pode escapar. Então todos temos de aprender a compartilhar o globo terrestre ou perecer juntos!

Ele gesticulou, e Klopp desligou o interruptor principal. Todos os raios desapareceram imediatamente e deixaram o ambiente no escuro. O silêncio foi rapidamente cortado por arquejos contidos e murmúrios. Depois veio um aplauso hesitante, que lentamente ganhou força.

Mil lampejos pareciam pairar no ar, queimados como raios de sol na visão de Deryn. Através deles, ela viu Tesla erguer a mão para segurar o fio pendurado novamente. O inventor pegou o tubo simples de vidro, que ganhou vida.

— Alguma palavra do almirantado? — perguntou ele, o que calou o aplauso.

O oficial da Marinha Real se levantou do telégrafo com um pedaço de papel na mão trêmula.

— O lorde Churchill e os lordes do almirantado mandam saudações e gostariam de relatar que a experiência foi um sucesso. Cores sutis, porém estranhas, apareceram no céu do alvorecer sobre Londres.

A plateia ficou completamente muda.

— Eles mandam calorosas congratulações. — O oficial pigarreou. — Perdoem-me, senhoras e senhores, mas o resto da mensagem é para o capitão do *Leviatã*.

A Dra. Barlow se recostou no assento.

— Bem, este não é um mistério muito grande, não é mesmo, Sr. Sharp? Parece que vamos para Nova York.

— Nova York — falou Bovril pensativo, e depois começou a ajeitar o pelo arrepiado.

● DEZENOVE ●

O OCEANO PACÍFICO era quase metade do mundo, como gostava de dizer o Sr. Rigby. Ele certamente parecia vasto agora, espalhado embaixo da nave como uma chapa ondulada de prata. As ilhas japonesas estavam a menos de um dia atrás deles, mas o simples conceito de terra firme já parecia distante e obscuro.

O *Leviatã* seguia em velocidade máxima e fazia 100 quilômetros por hora. O vento descia pela espinha como um vendaval e zumbia pela superfície da nave como um rio caudaloso.

— É sempre assim? — perguntou Alek, mais alto que o vento.

— Sim — respondeu Deryn. — Brilhante, não é?

Alek apenas fez uma cara feia para ela. As mãos enluvadas agarravam firmemente as enxárcias, e os olhos de Hoffman pareciam arregalados atrás dos óculos de proteção. Os dois mekanistas já haviam ficado anteriormente nas nacelas durante a velocidade máxima, mas nunca ali fora, no espaço aberto da espinha.

— Isto é voar *de verdade*! — Deryn se aproximou. — Mas, se você estiver com medo, Vossa Principeza, pode descer.

Alek balançou a cabeça.

— Hoffman precisa de um tradutor.

— Meu alemão é suficiente — disse Deryn. — Ouvi um mês inteiro de seu falatório mekanista em Istambul!

— *Weißt du, was ein Kondensator ist?*

— Isso é fácil. Você me perguntou se eu sei o que é um *Kondensator*!

— Bem, você sabe?

Deryn franziu a testa.

— Bem, é uma espécie de... condensador. Obviamente.

— Não — discordou Alek. — Um capacitador. Você acabou de explodir a nave, *Dummkopf.*

Ela revirou os olhos. Parecia um pouco injusto esperar que soubesse palavras em alemão para engenhocas que Deryn jamais vira antes. Mas não dava para discutir. Hoffman era o melhor engenheiro para seguir as ordens de Tesla, e apenas Alek era capaz de traduzir o jargão técnico dos mekanistas para o inglês.

Toda essa viagem ao topo havia sido a pedido do grande inventor. Ele queria uma antena de rádio que se estendesse por todo o comprimento do *Leviatã,* mas não desejava que a nave diminuísse sua velocidade. O capitão não teve muita chance senão obedecer — as ordens do almirantado foram para cooperar com Tesla e levá-lo para os Estados Unidos o mais rápido possível.

Trabalhar na espinha em velocidade máxima não era impossível, afinal de contas, apenas um pouco complicado. E também divertidíssimo.

— Leve o fio até a proa, Sharp! — berrou o Sr. Rigby, mais alto que o vento. — E antes de voltar, verifique que aquela ponta esteja firme.

— Eu vou junto — falou Alek.

— Não vai, *não,* garoto! — gritou o Sr. Rigby. — É perigoso demais para príncipes lá em cima.

Alek fez uma cara feia, mas não discutiu. Ali em cima na espinha, o contramestre era a única realeza.

Deryn acenou para Hoffman, depois começou a avançar na direção da cabeça do grande aeromonstro. Prender o mosquetão mais ou menos a cada metro tornava o progresso lento, e o carretel de fio tinha um peso berrante. Mas a coisa mais complicada era rastejar contra um vento de 100 quilômetros por hora.

Hoffman veio atrás, com as ferramentas e um pequeno aparelho que o Sr. Tesla andara mexendo o dia inteiro. O inventor alegara que, com uma antena de 300 metros de comprimento nessa altitude, ele seria capaz de detectar sinais de rádio de qualquer lugar no mundo — até mesmo além.

— Para que ele possa falar com *marcianos* berrantes — reclamou Deryn. — É para isso que estamos aqui em cima!

Hoffman não entendeu ou preferiu não comentar.

Em velocidade máxima, a proa estava deserta. Os morcegos-dardos estavam recolhidos nos esconderijos, e os pássaros, a salvo no aviário. Em pouco tempo, as últimas enxárcias desapareceram, e Deryn rastejou ainda mais lentamente, deitada, com as mãos espalmadas na superfície dura e áspera da cabeça do aeromonstro.

Ela agradeceu pelo peso do carretel agora. Com pelo menos 30 quilos de fios presos às costas, era menos provável que a aspirante fosse levada pelo vento até o oceano. Deryn gritou para Hoffman se manter na horizontal. Com essa velocidade, a brisa forte podia encontrar apoio em qualquer espaço entre o corpo de um tripulante e a pele do aeromonstro — como uma faca abrindo uma craca —, e jogá-la no mar.

Finalmente Deryn alcançou o cabeço de amarração, o pesado arnês no ponto extremo da proa da aeronave. Ela prendeu o mosquetão e suspirou aliviada. Hoffman se juntou à aspirante, e juntos os dois começaram a prender uma ponta do fio.

Conforme trabalhavam no vento implacável, Deryn se viu imaginando se Hoffman sabia quem ela realmente era. Deryn duvidava que Volger tivesse contado para alguém: o homem sempre mantinha segredos para uso próprio. Mas e quanto a Alek? Ele havia prometido não contar para ninguém que ela era uma garota, mas será que aquilo incluía esconder a verdade dos próprios homens?

Quando o fio estava bem amarrado e o aparelho de Tesla, preso, Hoffman deu um tapinha no ombro de Deryn e murmurou ao vento uma boa variedade de xingamentos em alemão. Ela sorriu, subitamente certa de que o homem nada sabia.

Alek podia ser um *Dummkopf* às vezes, mas sempre honrava a palavra.

Os dois começaram a voltar, desenrolando o fio conforme prosseguiam, prendendo-o nas enxárcias a cada poucos metros, para evitar que ele se debatesse. Rastejar a favor do vento foi bem mais rápido, e, em pouco tempo, Deryn e Hoffman alcançaram Alek e o Sr. Rigby novamente. Juntos, os quatro rumaram para a popa.

A jornada ficou mais fácil conforme se aproximavam da cauda. O ronco dos motores mekanistas diminuiu com a distância, e, depois da metade, o corpo do aeromonstro se afinava, e a grande corcova os abrigava do vento. Quando o primeiro carretel ficou vazio, eles pararam. O Sr. Rigby e Hoffman uniram o fio a outro de 150 metros.

Enquanto esperavam, Alek se virou para Deryn.

— Está animado para conhecer os Estados Unidos?

— Um pouco — respondeu ela. — Mas parece ser um local esquisito.

Os Estados Unidos eram outro país meio darwinista, meio mekanista. Mas, ao contrário do Japão, as tecnologias não casavam muito bem ali. As duas metades dos Estados Unidos estavam lutando uma terrível guerra civil quando o velho Darwin anunciara suas descobertas. O Sul tinha adotado as técnicas agrícolas darwinistas, enquanto o Norte industrial se mantivera leal às máquinas. Mesmo depois de 50 anos, a nação permanecia dividida em duas.

— Não é para isso que as pessoas entram para a Força Aérea? — perguntou Alek. — Para ver o mundo?

Deryn deu de ombros.

— No meu caso, eu só queria voar.

— Começo a entender o apelo — comentou Alek sorrindo.

O príncipe ficou meio de pé, a corrente de ar bateu no cabelo e no traje de voo, e ele se inclinou para a frente em um ângulo perigoso e deixou a força do vento mantê-lo ereto.

— Diabos, Alek, fique sentado!

O garoto apenas riu e abriu as mãos como as asas de um pássaro. Deryn se inclinou para a frente e agarrou o cinto de segurança do traje de voo de Alek.

O contramestre tirou os olhos do serviço.

— Parem com as travessuras!

— Desculpe, senhor! — Deryn puxou o cinto do príncipe. — Vamos, seu tapado. Fique *sentado*!

Alek parou de rir e se ajoelhou. Apontou para a frente.

— Aquilo é o que estou pensando?

Deryn se voltou para encarar o vento. O nariz do *Leviatã* estava se abaixando um pouco, e o grande morro da corcova da baleia parecia descer diante deles, o que revelou o céu adiante.

— Sr. Rigby! — chamou Deryn, enquanto apontava para a proa. — O senhor precisa ver isso.

Um momento depois, o contramestre praguejou, e Hoffman soltou um assobio baixo. Diante da aeronave havia uma massa gigante de nuvens de trovoada, enquadrada por uma muralha negra que se estendia pelo horizonte. Era uma tempestade enorme, bem no caminho do *Leviatã*.

"A TEMPESTADE QUE SE APROXIMA."

Deryn sentiu o cheiro de chuva e eletricidade no ar.

— O que devemos fazer, Sr. Rigby?

— Terminaremos o serviço, rapaz, a não ser que recebamos novas ordens.

— Perdão, senhor, mas eles não teriam como mandar um lagarto-mensageiro aqui em cima. Até mesmo um farejador de hidrogênio sairia voando a essa velocidade!

— O capitão sempre pode mandar subir uma equipe de amarradores, se quiser. — O contramestre apontou para o segundo carretel de fio, ainda cheio. — De qualquer forma, não podemos parar agora ou alcançaremos a tempestade com fios voando soltos por aí!

Deryn engoliu em seco.

— Sim, é claro, senhor.

Hoffman terminou de unir os fios, e o quarteto voltou a rumar na direção da traseira. Agora era ainda mais complicado rastejar pela espinha. O vento mudava de maneira imprevisível, as correntes da tempestade se misturavam com o fluxo de ar decorrente da alta velocidade da nave.

Deryn sentiu a membrana se mexer e rolar para o lado. Ela deu uma olhada para trás, na direção da proa, e informou:

— Senhor, estamos virando para estibordo.

O Sr. Rigby praguejou e gesticulou para que continuassem.

— Isso é bom, não é? — perguntou Alek para Deryn. — Eles pretendem evitar o centro da tempestade.

Deryn balançou a cabeça.

— Furacões sempre giram no sentido anti-horário, então nós estamos na direção de um imenso vento de popa. Não vamos evitar a tempestade... vamos usá-la para voar mais rápido. Uma ideia brilhante do Sr. Tesla, sem dúvida.

— Isso não é perigoso?

— A nave deve ficar bem. É conosco que estou preocupado. — Deryn prendeu o mosquetão, com raiva. — Se apenas diminuíssem um pouco, conseguiríamos terminar este serviço!

— Acalme-se, Sr. Sharp — reclamou o contramestre. — Nós temos as nossas ordens, e o capitão tem as dele.

— Sim, senhor —- respondeu Deryn, depois começou a rastejar o mais rápido possível.

Ter um cientista no comando começava a se mostrar irritante.

◉   ◉   ◉

Eles ainda estavam a céu aberto quando a aeronave alcançou a tempestade. A chuva não cresceu gradativamente, mas chegou como uma muralha prateada que despencava sobre a extensão do *Leviatã* a 100 quilômetros por hora.

— Segurem-se! — berrou Deryn, quando o tumulto estridente os cercou.

A membrana se ondulou embaixo dela, movimentada por uma onda de ar frio que veio com a chuva, sem dúvida puxada do Pacífico Norte pelo grande rotor da tempestade. De repente, o vento incessante parecia cheio de gelo e pregos, e as gotas geladas batiam nos óculos de proteção como pedrinhas.

— Ninguém se mova! — berrou o Sr. Rigby. — O capitão deve diminuir a velocidade por nossa causa agora!

Deryn se agarrou às enxárcias com as mãos, cerrou os dentes, e foi apenas momentos depois que o ronco dos motores mekanistas silenciou.

— Sim, eu não *achava* que os oficiais tinham enlouquecido — murmurou o contramestre.

O Sr. Rigby se levantou devagar, com a mão no lado do corpo onde levara um tiro havia dois meses. Deryn sentiu uma nova onda de irritação. Era muito bonito da parte de Tesla mandar homens para o topo da nave em velocidade máxima enquanto ele ficava a salvo tomando conhaque no camarote!

Com os motores desligados, a aeronave rapidamente igualou a velocidade do vento, e uma estranha calmaria se formou em volta dos quatro. Eles correram para a casa do leme; com a chuva, a membrana estava escorregadia. Deryn ficou de olho no Sr. Rigby, pronta para segurá-lo caso ele escorregasse. Mas o velho pisava firme como sempre, e, em pouco tempo, o grupo lotou a casa do leme dorsal, o abrigo mais próximo da popa na nave.

— Prendam aquele fio — ordenou o Sr. Rigby.

Alek traduziu para Hoffman, que começou a trabalhar. O contramestre se sentou pesadamente em uma caixa de peças de motor sobressalentes. Deryn tirou as luvas, esfregou as mãos e apitou para pedir luz às lagartas bioluminescentes.

A casa do leme dorsal não era luxuosa. Estava cheia de peças para os motores de popa da nave e tinha seu próprio timão, caso a ponte perdesse controle do leme, de alguma forma. Ainda bem que a casa era ligada, por passagens, às entranhas do aeromonstro, portanto um tiquinho de calor subia de uma escotilha aberta no piso.

Assim que o cabo foi bem amarrado, Hoffman falou algumas palavras para Alek, depois desceu para o interior da aeronave, soltando ainda mais fio atrás dele.

— Aonde ele vai? — perguntou Deryn a Alek.

— O Sr. Tesla quer que a antena percorra a nave até o laboratório dele.

— Sim, qualquer coisa para manter o *Sr. Tesla* seco — murmurou Deryn.

Ela se perguntou o que exatamente o cientista mekanista estava tramando. Lá em Tóquio, ele provara que podia mandar sinais de rádio pelo mundo. O que mais o inventor conseguiria fazer ali, no alto do céu?

Como o contramestre ainda exibia uma expressão de dor, o trio esperou alguns minutos antes de prosseguir. Cada rajada de vento fez a casa do leme tremer, e as janelas molhadas de chuva chacoalharam nas esquadrias. Deryn sentiu o chão se mexer. O aeromonstro estava dobrando o corpo, virando o rosto para evitar da força da tempestade. Assim tão perto da traseira, era fácil sentir o corpo gigante se mexer; era como estar na ponta de um chicote enorme e lento.

As enxárcias rangeram ao redor, e um estranho gemido de metal veio junto dos sons do vento e da chuva. O fio que saía para a tempestade lá fora ficou tenso ao lado de Deryn, depois estremeceu e caiu frouxo.

— Droga — suspirou o contramestre. — Aquele fio devia ser curto demais.

— Mas as medidas do Sr. Tesla foram bem precisas! — comentou Alek.

— Sim, claro que foram. — Deryn balançou a cabeça. — Precisas *demais*. Ele pensou no *Leviatã* como um zepelim, uma coisa morta, rígida de proa a popa. Mas um aeromonstro se dobra, e mais que o normal nesta tempestade berrante.

Alek ficou de pé e olhou lá fora.

— Talvez alguém pudesse ter *mencionado* isso para ele!

— O seu Sr. Tesla nunca se importou em perguntar — disse o contramestre secamente. — Mas os reparos terão de esperar. Eles ligarão os motores novamente em breve.

Alek exibiu uma expressão como se estivesse prestes a discutir, mas Deryn colocou uma mão no seu ombro.

— Eles estão desligados agora, Sr. Rigby. — Ela foi até as janelas e protegeu os olhos com as mãos. — E o corte no fio pode estar próximo.

O contramestre estalou a língua.

— Tudo bem. Saia e dê uma olhada.

Deryn abriu a porta um pouquinho e saiu espremida para o espaço tempestuoso do topo. Um momento depois, algo chamou a atenção da aspirante. A pelo menos uns 150 metros de distância, perto da base da corcova, um lampejo prateado dançava na chuva.

— Uma das pontas do fio se soltou, senhor — informou Deryn para trás. — Talvez uns 20 metros de fio. E está se debatendo ao vento!

O Sr. Rigby ficou de pé e se juntou a ela na porta, depois praguejou.

— Quando os motores voltarem a funcionar, aquilo vai ficar mais agitado! Pode até cortar a membrana! — Ele foi até a escotilha das estranhas. — Infelizmente o senhor vai precisar voltar lá fora, rapaz, e emendar as duas pontas soltas. Vou procurar um lagarto-mensageiro e dizer para a ponte manter os motores parados por mais um tempo.

— Sim, senhor. — Deryn recolocou as luvas.

O contramestre parou no meio da descida pela escotilha.

— Espere alguns minutos para ter certeza de que receberam a mensagem, depois faça rápido o serviço. Não importa o que acontecer, não quero o senhor lá fora em velocidade máxima!

O Sr. Rigby foi embora, e Deryn começou a vasculhar as gavetas de peças. Tudo que ela precisava era alguns alicates e um pedacinho de fio.

— Eu vou com você — disse Alek.

Deryn começou a dizer não. O contramestre não tinha dado ordens que sim ou que não, e ela podia cuidar do serviço sozinha. Mas se a mensagem do Sr. Rigby chegasse tarde demais e a nave voltasse à velocidade máxima, qualquer um sozinho lá fora seria varrido para o mar.

Além disso, quem saberia dizer no que Alek iria se meter se ela o deixasse ali sozinho?

— Eu não tenho medo — acrescentou o príncipe.

— Pois deveria — respondeu Deryn. — Mas tem razão, é melhor que fiquemos juntos. Me passe aquele cabo.

◈ **VINTE** ◈

– PRONTO? – PERGUNTOU DERYN.

— Creio que sim.

Alek olhou para o cabo amarrado ao cinto de segurança do traje de voo. Ele imaginou o que o conde Volger diria sobre o príncipe estar ligado a uma garota plebeia. Provavelmente algo desagradável.

Mas certamente era melhor que deixar uma amiga sair lá fora sozinha.

Deryn abriu a escotilha, e uma rajada de ar frio provocou um arrepio no traje de voo ensopado de Alek. Conforme ele seguiu a aspirante na chuva, os 5 metros de cabo entre os dois ficaram pesados de água.

— Caso os motores sejam ligados, se deite no chão e se segure nas enxárcias — aconselhou Deryn.

Alek não contestou. Os poucos momentos de enxurrada em velocidade máxima foram bem convincentes.

Ele seguiu Deryn em direção à proa e se manteve no meio da espinha, com os braços abertos para se equilibrar. Lá embaixo, a superfície do oceano se agitava furiosamente, o vento arrancava a crista branca das ondas como se fossem colunas de fumaça.

— "Pacífico" significa "pacato" — comentou ele. — Até agora, esse oceano não honrou o nome.

— Sim, e acredite, é muito pior lá embaixo do que parece. Nós nos igualamos à velocidade do vento, portanto tudo que sentimos é uma rajada ocasional.

Alek concordou com a cabeça. O céu estava escuro, a chuva continuava caindo, e ele pôde sentir o perigoso cheiro de eletricidade. Mas o ar estava estranhamente calmo. Era como estar no plácido olho da tempestade, com as energias fervilhando ao redor, à espera de serem liberadas.

— Então, por que aquele fio solto está se debatendo?

A mão de Deryn desenhou um arco no ar.

— Atrás da corcova sempre há um pouco de fluxo de ar descontrolado quando a nave voa livre como um balão, desde quando os primeiros aeromonstros foram fabricados. Os cientistas nunca conseguiram dar jeito nisso.

— Você quer dizer que o darwinismo tem falhas?

— Assim como a natureza. Alguma vez você já viu um mergulhão-de-pata-vermelha tentar pousar?

Alek franziu a testa.

— Infelizmente, não sei o que é um mergulhão-de-pata-vermelha.

— Bem, eu mesmo nunca *vi* um, mas todo mundo diz que são hilários!

Os dois se aproximavam da corcova do aeromonstro, e Alek sentiu o ar ficar mais irrequieto à sua volta. A parte solta da antena parecia um lampejo prateado que dançava sobre as enxárcias.

— Pise com cuidado aqui — aconselhou Deryn.

A cada metro, o fluxo de ar descontrolado piorava, tornando a chuva difusa nos óculos de proteção de Alek. Mas o príncipe não ousaria tirá-los. O fio solto se debatia como o tentáculo de uma criatura moribunda, e ele não queria deixar os olhos desprotegidos.

Deryn parou.

— Ouviu isso?

Alek prestou atenção. Além do barulho da chuva, escutou uma batida distante.

— Os motores traseiros de arranque?

— Sim, em baixa velocidade. — Ela balançou a cabeça. — Vamos torcer que seja apenas uma manobrinha. Ande!

Ela correu na direção do fio que se debatia, arrastando Alek pelo cinto de segurança. O vento mudava de poucos em poucos segundos agora e criava dezenas de pequenos redemoinhos de chuva. O fio fugiu quando Deryn pulou em cima dele, mas Alek conseguiu pisá-lo com a bota e parar a agitação.

Deryn meteu a mão na bolsa de ferramentas.

— Vou emendar mais 10 metros de fio na antena. Isso deve deixá-la solta o suficiente para nunca mais se romper. Vá encontrar a outra ponta rompida.

— Eu não posso *ir* a lugar algum, Deryn. Estamos amarrados, lembra?

Ela abaixou o olhar para o cabo.

— Ah, certo. Porém é melhor a gente ficar assim.

Alek não discutiu. Se o Sr. Rigby não tivesse avisado os oficiais, os motores seriam ligados a qualquer momento. Deryn trabalhou rapidamente com os alicates, as mãos tão precisas quanto eram com cabos e nós. Alek notou como eram grossas. Claro, as mãos de qualquer marinheiro eram calejadas e marcadas, mas agora que ele sabia que Deryn era uma garota...

O príncipe balançou a cabeça para afastar a ideia. Em momentos como esse, era melhor simplesmente pensar nela como um garoto. Qualquer outra coisa era confusa demais.

— Pronto — falou Deryn. — Vamos encontrar aquela outra ponta solta.

Quando Alek se levantou, um arrepio correu pelo traje de voo molhado.

— Será que o vento ficou mais forte?

Deryn inclinou a cabeça para o lado e prestou atenção.

— Sim, os motores de popa estão mais velozes.

— E estamos perdendo altitude.

Lá embaixo, as ondas gigantes estavam claramente visíveis agora, as cristas brancas reluziam na água escura.

— Bolhas, talvez a gente esteja ferrado. — Deryn se ajoelhou novamente e enfiou o dedo na água que se acumulava na superfície da aeronave. — Já está com mais de um centímetro!

— É claro. Está *chovendo*.

Ela fechou os olhos.

— Deixe-me lembrar das contas. Cada centímetro de água espalhado pela membrana acrescenta... oito toneladas ao peso da nave.

Alek abriu a boca, mas levou um momento para falar.

— Oito *toneladas*?

— Sim. A água é uma coisa que tem um peso berrante. — Deryn começou a descer a espinha em direção à traseira e deixou o fragmento extra de fio para trás. — Ande. Vamos encontrar a outra ponta e terminar o serviço!

Alek seguiu embasbacado, e o olhar percorreu a extensão infinita da nave. O topo do *Leviatã* era imenso, obviamente, então estava claro que uma fina camada de água acrescentaria milhares de litros. E, embora escorresse pelas laterais inclinadas e saísse do aeromonstro, a chuva constantemente acrescentava mais água para repor.

— A esta altura, eles já soltaram todo o lastro — explicou Deryn.

— Mas acho que o peso ainda está aumentando. É por isso que estamos perdendo altitude.

Alek arregalou os olhos.

— Você quer dizer que esta nave não pode voar na chuva *sem cair*?

— Não seja tapado. Nós ainda podemos usar sustentação aerodinâmica, mas é isso que me preocupa. Lá está!

Ela se ajoelhou e pegou uma ponta solta nas enxárcias, a outra extremidade do fio solto. Os dedos trabalharam rapidamente e juntaram o fio com o pedaço extra.

Alek ficou perto para protegê-la da chuva.

— Sustentação aerodinâmica? Tipo quando decolamos nos Alpes e tivemos de voar um pouco para sair do chão?

— Certo. O *Leviatã* é como uma grande asa. Quanto mais rápido vamos, mais sustentação geramos. Pronto!

Ela esticou o fio entre as mãos uma vez e estalou com força — a nova emenda resistiu.

— Então, quando chove, sua nave precisa continuar voando para se manter no ar — disse Alek.

Ele olhou para o oceano lá embaixo. As ondas ganhavam força, a mais alta delas quase alcançando o fundo da nave.

— Não estamos chegando um pouco perto demais da água?

— Sim — respondeu Deryn. — O capitão está esperando o máximo possível, mas duvido que a gente tenha muito...

As palavras sumiram quando os motores mekanistas ganharam vida. Deryn praguejou, depois ficou parada ali um instante, prestando atenção.

— O que você acha, Alek? Um quarto de força?

Ele se ajoelhou para pressionar a palma da mão na membrana.

— Eu diria metade.

— Bolhas. Jamais conseguiremos voltar à casa do leme antes que o vento fique forte demais para nos locomovermos. — Deryn olhou em volta. — Melhor ficar aqui, onde a nave é mais larga. Será mais difícil cair.

Alek olhou o mar negro agitado lá embaixo.

— Muito sensato.

— Mas precisamos sair do canal de enchente.

— O *quê?*

— Você vai ver — disse Deryn.

Ela começou a correr em direção à popa. Alek se apressou em acompanhá-la. A velocidade da nave aumentava rapidamente, o vento às costas do príncipe o empurrava cada vez mais. A chuva parecia agulhas geladas agora, e a visão pelos óculos de proteção era um borrão.

Alek diminuiu o passo para secá-los, mas se esqueceu do cabo entre ele e Deryn. Este foi esticado em um movimento rápido, e as botas de Alek patinaram na superfície da espinha. O príncipe caiu feio, perdeu o fôlego, a cabeça bateu com força. Com o golpe ecoando nas orelhas, Alek percebeu que ainda se movia, que deslizava com o fluxo de água da chuva. Ele tentou agarrar as enxárcias, mas os dedos frios não se fecharam. Por um terrível momento, o declive do flanco do aeromonstro despencou embaixo do príncipe.

Então o cabo em volta da cintura foi tensionado novamente e fez Alek parar. Ele ficou ali, sem saber que direção era para cima e para baixo, com o coração disparado.

Uma voz surgiu no seu ouvido.

— Assim não dá! Prenda o mosquetão!

Alek concordou com a cabeça e tateou às cegas atrás do mosquetão. Ele o prendeu na rede de cabos atrás, depois se sentou, com a cabeça girando. A cada segundo os motores roncavam mais alto, e, conforme a potência aumentava, o mesmo acontecia com a força da chuva. Os óculos de proteção ficaram borrados, e a cabeça ainda estava atordoada pelo impacto da queda.

— Desculpe por eu ter caído.

Falar fazia a cabeça doer.

— Não se preocupe — respondeu Dylan. — Estamos bem longe na popa. Eu só queria ficar fora *daquilo*.

Alek tirou os óculos de proteção e acompanhou o olhar de Dylan. Impulsionado pela passagem da aeronave, um canal de água escorria pela parte traseira da corcova, como uma cascata formada após uma chuvarada.

— O canal de enchente?

Dylan ria loucamente.

— Sim, eu nunca vi o canal dessa maneira — respondeu ela. — E estamos a apenas a três quartos de força!

Alek apertou os olhos, subitamente sem saber como veio parar ali, naquela tempestade. Parecia que ele tinha acabado de acordar e se vira transportado magicamente da cama para o topo.

— Bolhas, Alek, você está sangrando!

— Estou o quê?

Ele pestanejou. Dylan encarava fixamente a testa do príncipe. Alek ergueu a mão para tocar no ponto dolorido, depois olhou os dedos. Eles estavam manchados com um leve indício aguado de sangue.

— Não é nada.

— Você está tonto?

— Por que eu estaria tonto?

Alek levantou os braços para retirar os óculos de proteção, mas viu que já estavam na mão. A visão continuou turva, porém, como se houvesse uma camada de vidro entre ele e o mundo.

— Porque você acabou de quebrar a cabeça, seu tapado!

— Eu fiz o quê?

Era difícil pensar com os motores roncando daquela maneira.

— Aranhas berrantes, Alek. — Dylan pegou as mãos do príncipe e encarou-lhe fixamente os olhos. — Você está bem?

— Estou com frio.

Todo o calor do corpo vazava para a tempestade, a força nos braços e nas pernas era levada embora pela água fria que passava. Alek queria se levantar, mas o vento era forte demais.

Um grande estrondo ecoou, e a nave inteira estremeceu embaixo dos dois.

— Bolhas! — praguejou Dylan. — Uma onda acabou de bater no fundo! Os oficiais ligaram os motores tarde demais!

Alek olhou fixamente para Dylan enquanto a onda de choque ecoava na sua cabeça. Ele queria fazer uma pergunta sobre os motores e a tempestade, mas, de repente, a camada turva em frente à visão pareceu ficar nítida.

— Você é uma *garota*, não é?

— Mas que diabos? — Deryn arregalou os olhos. — Seu cérebro ficou tão quebrado assim? Você sabe disso há uma semana berrante!

— Sim, mas eu consigo... *ver* agora!

Mesmo depois que descobrira a verdade, a mentira havia permanecida presa na mente como uma máscara sobre o rosto de Deryn. Mas, de repente, a máscara tinha se soltado.

Ele tocou a testa.

— Você sempre teve essa cara?

A resposta de Deryn foi abafada pelos motores. Alek conhecia o som das longas horas que passara nas nacelas — o ronco inconfundível de velocidade máxima. O vento aumentou ainda mais, a chuva de repente parecia granizo. Ele recolocou os óculos de proteção.

— Você caiu e quebrou a cabeça! — berrou Deryn. — A nave está pesada com a chuva, lembra? Portanto, acionaram todos os motores em velocidade máxima.

Ela se virou para a tempestade, com o braço em frente ao rosto, e levantou o olhar para a corcova que se erguia sobre os dois.

— E isso não é tudo!

Alek franziu os olhos no vento e viu: uma parede branca que ondulava e descia em direção a eles, pelo declive da espinha.

— O que diabos é *aquilo*?

— Toda a água da proa sendo soprada para trás ao mesmo tempo! — Ela o abraçou. — Agarre as enxárcias antes que ela chegue, caso o nosso cabo de segurança se parta!

Quando Alek enfiou os dedos nos cabos embaixo dos dois, outro estrondo sacudiu a aeronave. Uma enorme onda passou pela membrana e jogou Deryn e Alek meio metro no ar, mas os braços da aspirante seguraram firme o príncipe. O corpo de Deryn era uma sombra de calor no vento gelado.

— Ainda estamos muito baixos! — berrou ela. — Uma onda alta o suficiente pode atingir...

A onda de água da chuva bateu naquele momento, mal chegando à altura dos joelhos, porém veloz. Varreu o local onde os dois estavam e encheu o nariz e a boca de Alek. Ele agarrou as enxárcias com toda a força e sentiu os braços de Deryn se apertarem à sua volta. O cabo de

"CORRENTEZA NA ESPINHA."

segurança ficou teso quando a corrente tentou arrastar os dois pelo flanco inclinado do aeromonstro.

Após alguns longos segundos, a enchente passou, a água escorreu da espinha em ambas as direções. Deryn soltou Alek, que se sentou cuspindo e tossindo.

— Estamos ganhando altitude — informou ela ao olhar lá embaixo, pelo flanco. — Nossa velocidade empurrou um pouco da água para fora.

Alek se encolheu no traje de voo ensopado e se perguntou se o mundo tinha enlouquecido. O vento rugia com a fúria de uma centena de motores, uma chuva parecida com cascalho frio despencava do céu, rios gelados escorriam pela extensão do *Leviatã*...

E seu amigo Dylan era uma garota.

— O que é que há de *errado* com o mundo todo? — exclamou Alek.

Ele se enroscou para se proteger do frio e fechou os olhos. O mundo de Alek desabara na noite em que seus pais morreram e simplesmente parecia que continuava desabando.

Deryn sacudiu o príncipe.

— Você machucou a cabeça, Alek. Não durma!

Ele abriu um olho.

— Está um pouco frio para um cochilo.

— Sim, mas não desmaie! — Deryn se debruçou sobre Alek, as cabeças quase se tocaram. — Continue falando comigo.

Alek ficou ali tremendo e tentando pensar no que dizer. O ronco dos motores parecia estar dentro da sua cabeça e embaralhava-lhe os pensamentos.

— Esqueci que você era uma garota, por um instante.

— Sim. Aquela queda destrambelhou sua cachola, não foi?

Ele concordou com a cabeça. A fala peculiar de Deryn despertou uma velha memória.

— "Com a cachola meio destrambelhada." Você disse isso quando nos conhecemos, depois que caiu nos Alpes.

— Sim, eu estava meio zureta naquela noite, mas você também pareceu maluco ao fingir que era um contrabandista suíço.

— Eu não sabia o que eu estava fingindo ser. Aquele foi o problema.

Ela sorriu.

— Você é um péssimo mentiroso, Vossa Principeza, eu tenho de admitir.

— Falta de prática.

O príncipe sentiu um arrepio, e os dois se aninharam, o rosto de Deryn ficou a centímetros de Alek. O capuz do traje de voo da aspirante estava puxado, o cabelo molhado grudado na testa revelava os ângulos do rosto.

Ela franziu a testa.

— Está ficando tapado novamente?

Alek fez que não com a cabeça, mas as pálpebras estavam pesadas. Ele sentiu o corpo tremer ao desistir de lutar contra o frio. Os pensamentos começaram a sumir diante do ronco do mundo ao redor.

— Fique acordado! — berrou Deryn. — Fale comigo!

O príncipe procurou palavras, mas a chuva parecia levar os pensamentos antes que pudessem ser formados. Enquanto encarava Deryn, Alek sentiu a mente oscilar: ele a enxergava como uma garota, depois como um garoto.

E Alek se deu conta do que precisava dizer.

— Prometa que nunca mais vai mentir para mim.

Deryn revirou os olhos.

— Estou falando sério! — gritou o príncipe, mais alto que o vento. — Você tem de jurar ou não podemos ser amigos.

Deryn olhou fixamente para ele por outro instante, depois concordou com a cabeça.

— Aleksandar de Hohenberg, eu prometo jamais mentir para você novamente.

— E não vai manter segredos de mim também?

— Você tem *certeza* de que quer isso?

— Sim!

— Tudo bem. Não vou esconder nada de você novamente enquanto eu viver.

Alek sorriu e finalmente deixou os olhos se fecharem. Aquilo era tudo que queria, realmente, que os aliados confiassem nele com a verdade. Será que era pedir muito?

Então algo quente fez pressão contra a boca, lábios tocaram os de Alek. Macios a princípio, depois mais fortes, trêmulos com uma intensidade maior que a tempestade. Um arrepio percorreu o corpo do príncipe, como o calafrio de uma queda nos sonhos que o puxava do limite do sono. Ele abriu os olhos e encarou o rosto de Deryn.

Ela se afastou um pouco.

— Acorde, seu príncipe tapado.

Alek pestanejou.

— Você acabou de...

— Sim. Sem segredos, lembra?

— Entendo — respondeu Alek.

Outro arrepio percorreu o príncipe, mas não foi de frio. A mente pensava com clareza agora, e a chuva tamborilava no silêncio entre os dois. Então, falou:

— Você sabe que não posso...

— Você é um príncipe, e eu sou uma plebeia. — Ela deu de ombros. — Mas isso é o que significa não manter segredos.

Alek concordou devagar com a cabeça e ficou pensando no calor do segredo de Deryn, que permanecia nos lábios.

— Bem, eu certamente estou acordado agora.

— Então isso funciona com príncipes adormecidos também? — perguntou Deryn, depois o sorriso sumiu. — Também preciso de uma promessa sua, Alek.

Ele concordou com a cabeça.

— É claro. Eu não manterei segredos de você também, juro.

— Eu sei, mas não é isso. — Deryn virou o rosto, olhou para a escuridão, com os braços ainda em volta dele. — Prometa que você vai mentir por mim.

— Mentir por você?

— Agora que sabe o que sou, não há como fugir disso.

Alek hesitou e pensou que era estranho fazer um juramento para mentir. Mas o juramento era para Deryn, e as mentiras seriam para... qualquer outra pessoa.

— Tudo bem. Eu juro mentir por você, Deryn Sharp, seja lá o que for preciso para proteger seu segredo. — Dizer em voz alta acelerou a respiração de Alek, e a sensação cresceu e acabou em uma risada. — Mas não posso prometer que conseguirei mentir bem.

— Provavelmente vai ser uma porcaria, mas essa é a confusão em que nos metemos.

Alek concordou com a cabeça, embora, naquele momento, ele não tivesse certeza exatamente de que *tipo* de confusão era aquela. Deryn tinha lhe dado um beijo, afinal de contas. Alek se pegou imaginando se ela iria beijá-lo novamente.

Mas Deryn olhava para a tempestade. A expressão cada vez mais séria.

Alek não conseguia enxergar nada além de escuridão e chuva.

— O que foi?

— Resgate, Vossa Principeza. Em outras palavras, os quatro maiores amarradores da tripulação estão rastejando de quatro, com um vento contrário de 100 quilômetros por hora. Estão arriscando suas vidas berrantes para garantir que você esteja bem. — Ela se virou com uma expressão de desdém. — Deve ser bom ser um príncipe.

— Às vezes, sim — falou Alek.

Ele finalmente deixou os olhos se fecharem. Outro arrepio percorreu-lhe o corpo e fez tremer todos os seus músculos.

Deryn o apertou com mais força e cedeu um pouco do próprio calor até que as mãos fortes dos amarradores pegaram o príncipe e o levaram para algum lugar quente e tranquilo.

◆ VINTE E UM ◆

– ESTE SERÁ, ESPERO, o último de seus atos de heroísmo. — O conde Volger falou bem baixinho para a cabeça de Alek não doer, mas as palavras eram irritadiças e precisas.

— Não houve atos de heroísmo. Eu estava lá apenas como tradutor.

— E, no entanto, cá está você com bandagens na cabeça. Traduções um tanto complicadas, devo imaginar.

— Um tanto complicadas — repetiu Bovril, com uma risada.

Alek bebeu um gole d'água do copo ao lado da cama. O príncipe estava confuso sobre boa parte do que aconteceu na noite anterior. Ele se lembrava de que a aeronave voara livre como um balão durante a estranha calmaria na tempestade, e, então, os motores ganharam vida e roncaram, o que transformou a chuva em um temporal. As coisas ficaram complicadas depois disso. Ele havia caído e batido com a cabeça, depois quase se afogara em uma onda de água da chuva.

E Deryn Sharp o tinha beijado.

— Havia reparos importantes a serem feitos — explicou ele. — Uma antena solta.

— Ah, sim. O que pode ser mais importante que o rádio voador gigante de Tesla?

— Está funcionando? — perguntou Alek, com vontade de mudar de assunto.

Pensar sobre a noite anterior fazia a cabeça girar, embora ele estivesse satisfeito por manter um segredo do conde Volger.

— Aparentemente. Tesla está no laboratório, enviando mensagens. — O conde tamborilou os dedos. — Instruções aos assistentes em Nova York para que preparem o Golias a tempo de nossa chegada.

Bovril começou a bater em código Morse na cama.

Alek fez *shh* para o monstrinho.

— Talvez a gente tenha feito uma coisa boa, então, ao levá-lo para casa tão rapidamente. Se ele acabar com a guerra...

Centenas morriam todos os dias. Ter resgatado Tesla da floresta e levá-lo rapidamente aos Estados Unidos poderia salvar milhares de vidas. E se algo tão simples tivesse sido o destino de Alek desde o início?

— "Se" é uma palavra que jamais pode ser dita tão alto. — Volger ficou de pé e olhou para o céu, que permanecia nublado. — Por exemplo, *se* você tivesse morrido ontem à noite, a última década da minha vida teria sido completamente desperdiçada.

— Tenha um pouco de fé em mim, Volger.

— Eu tenho muita fé, atenuada por uma enorme irritação.

Alek deu um sorriso fraco e caiu de volta nos travesseiros. Os motores da nave continuavam em velocidade máxima, e o camarote tremia em volta dele. O mundo estava instável.

Não era *justo* da parte de Deryn beijá-lo. Ela sabia da história do casamento do pai de Alek com uma mulher de prestígio social inferior e de todos os desastres que isso gerara. Aquilo havia dividido a família do príncipe, e, por sua vez, perturbara o equilíbrio da Europa. O único ato egoísta de amor verdadeiro de seu pai custara mais do que qualquer pessoa poderia calcular.

A carta do papa podia fazer de Alek o herdeiro do trono do tio-avô, mas não alterava o fato de que ele tinha sido rejeitado pela própria família. A menor mancha na reputação do menino causaria dúvida sobre sua legitimidade. Alek não podia se permitir pensar a respeito de uma plebeia daquela maneira. Tinha uma guerra para acabar.

O príncipe cerrou o punho e limpou os lábios com as costas da mão.

— Muita fé — repetiu Bovril. — Enorme irritação.

Com um olhar cruel para o monstrinho, Volger falou:

— O capitão me pediu para contar que está vindo vê-lo.

— Ele também deve estar irritado. Teve de arriscar quatro homens apenas para me resgatar. — Alek fechou os olhos e começou a esfregar as têmporas. — Espero que ele não grite.

— Eu não me preocuparia. — Volger começou a andar de um lado para o outro, e os passos ecoaram na cabeça de Alek. — Ao contrário da minha, a irritação do capitão estará bem escondida.

— O que você quer dizer?

— Os darwinistas consideram você uma conexão com Tesla. Ambos são mekanistas e mudaram de lado nesta guerra.

— Tesla não estima muito minhas conexões políticas.

— Não com o governo austríaco, mas ele vê você como uma maneira de divulgar a notícia da arma. — O homem fez a bondade de parar de andar de um lado para o outro. — Você já é famoso, graças àqueles artigos ridículos. E em breve chegará aos Estados Unidos na maior aeronave do mundo.

Alek se sentou reto novamente e encarou Volger para tentar descobrir se o homem estava falando sério.

— Ele sempre foi um sensacionalista. A Dra. Barlow me contou sobre o espetáculo em Tóquio. — Volger deu de ombros. — Faz sentido, creio eu. A melhor maneira de evitar que o Golias seja usado é contar para todo mundo o que a arma pode fazer, e isto significa criar sensação. Então por que não promover a arma para acabar com a guerra com você, o garoto cuja tragédia familiar deu início a ela?

Alek esfregou as têmporas novamente. A batida piorava com cada palavra. Primeiro Deryn, agora isso.

— Toda essa situação parece humilhante.

— Você queria um destino.

— Está dizendo que eu deveria deixar o Sr. Tesla me colocar em exibição?

— Estou sugerindo, Vossa Serena Alteza, que durma o máximo possível nos próximos dias. — Volger sorriu. — Suas dores de cabeça apenas começaram.

Os oficiais da nave vieram algumas horas depois, logo quando Alek finalmente tinha conseguido voltar a dormir.

Um sargento dos fuzileiros sacudiu o príncipe para acordá-lo, depois ficou em posição de sentido com uma dolorosa batida das botas no piso. O Dr. Busk tomou o pulso de Alek enquanto olhava para o relógio e balançava a cabeça com uma expressão séria.

— O senhor parece estar se recuperando bem, príncipe.

— Alguém precisa avisar isso para minha cabeça. — Alek acenou para os visitantes reunidos. — Capitão, imediato, Dra. Barlow.

— Boa tarde, príncipe Aleksandar — cumprimentou o capitão, e os quatro se juntaram em uma mesura.

Alek franziu a testa. A situação toda parecia estranhamente formal, dado que o príncipe estava deitado ali de camisola. Ele queria que todos fossem embora e o deixassem dormir.

O lêmur da Dra. Barlow saiu do ombro para o chão e se enfiou debaixo da cama, onde Bovril se juntou a ele. Os dois monstrinhos começaram a murmurar trechos de conversas um para o outro.

— O que posso fazer pelo senhor? — perguntou Alek.

— O senhor já fez, de certa maneira. — O capitão estava radiante, a voz era alta demais. — O aspirante Sharp nos contou como o senhor bravamente o ajudou, ontem à noite.

— Ajudei? Dylan fez os reparos. Eu apenas caí e bati com a cabeça, pelo que me lembro.

Todos os oficiais riram diante disso, tão alto a ponto de Alek fazer uma careta, mas a expressão da Dra. Barlow permanecia séria.

— Sem o senhor, Alek, o Sr. Sharp não teria estado amarrado a alguém na espinha. — Ela olhou pela janela. — Em um vendaval, nada é mais perigoso que trabalhar sozinho no topo.

— Sim, sou um excelente peso morto.

— Muito engraçado, Vossa Majestade — comentou o capitão Hobbes. — Mas, infelizmente, não daremos ouvidos a esta modéstia.

— Eu apenas fiz o que qualquer integrante da tripulação teria feito.

— Exatamente — concordou o capitão, meneando vigorosamente a cabeça. — Mas o senhor *não* é um integrante desta tripulação e, no entanto, agiu heroicamente. Uma cópia do relatório do Sr. Sharp já foi despachada para o almirantado.

— O almirantado? — Alek se sentou mais ereto. — Isto parece ser um pouco... exagerado.

— De maneira alguma. Relatos de heroísmo são enviados a Londres como coisa rotineira. — Ele bateu os calcanhares e fez uma pequena mesura. — Mas, o que quer que decidam, o senhor tem minha gratidão pessoal.

Os oficiais fizeram então as despedidas, mas a cientista ficou para trás e estalou o dedo para chamar o lêmur. O monstrinho parecia relutante em sair de baixo da cama, onde Bovril tagarelava sobre nomes de peças de rádio em alemão.

— Com licença, Dra. Barlow — perguntou Alek —, mas o que foi aquilo?

— O senhor realmente não sabe? Que encantador. — Ela desistiu do lêmur e se sentou na ponta da cama. — Acho que o capitão pretende lhe dar uma medalha.

Alek sentiu o queixo cair. Uma semana antes, teria ficado radiante em se tornar parte da tripulação, quanto mais ser condecorado como aeronauta, mas os alertas de Volger ainda estavam frescos e sua cabeça latejava.

— Para quê? — perguntou ele. — E não me diga que é em reconhecimento ao meu heroísmo. O que o capitão *quer* de mim?

A cientista suspirou.

— Tão insensível para alguém tão jovem.

— Insensível, é — disse uma vozinha de baixo da cama.

— Não me canse, Dra. Barlow. O capitão já sabe que eu ajudarei a causa do Sr. Tesla. Por que ele precisa me subornar com medalhas?

Ela olhou para as nuvens agitadas lá fora.

— Talvez ele receie que o senhor mude de ideia.

— Por que eu faria isso?

— Porque alguém pode convencê-lo de que o Sr. Tesla é uma fraude.

— Ah. — Alek se lembrou das palavras de Deryn em Tóquio. — E essa pessoa seria a senhora?

— Veremos.

A Dra. Barlow abaixou a mão e estalou os dedos novamente, e finalmente o monstrinho surgiu. Ela pegou o lêmur e colocou-o no ombro.

— Sou uma cientista, Alek. Não trabalho com suposições. Porém, quando tiver provas, eu aviso.

— Foi horrível estar em guerra com você — falou o lêmur no ombro da Dra. Barlow.

Alek encarou o monstrinho e se lembrou de que falara aquelas palavras para Deryn no Japão. Será que Bovril tinha repetido a conversa inteira para o outro lêmur? A ideia de que todos os segredos dos dois eram compartilhados entre as criaturas era muito perturbadora.

A Dra. Barlow balançou a cabeça.

— Não dê atenção. Esses dois monstrinhos foram claramente estragados nos ovos. Um desperdício de anos, tudo graças a uma queda nos Alpes. — Ela esticou as mãos apara ajeitar as bandagens de Alek. — E falando em quedas, durma um pouco ou o senhor vai acabar simplório como eles.

Quando ela saiu, Bovril surgiu de baixo da cama. A criatura subiu no estômago de Alek, rindo.

— O que você achou tão engraçado? — perguntou o príncipe.

A criatura se voltou para Alek, subitamente com uma expressão séria.

— Caiu do céu — disse Bovril.

◈ VINTE E DOIS ◈

LEVOU CINCO DIAS para o céu se abrir novamente.

A tempestade impulsionou o *Leviatã* pelo Pacífico rapidamente e levou a aeronave bem ao sul. A costa da Califórnia se estendia pelas janelas do refeitório dos aspirantes. Alguns picos brancos reluziram ao sol, e, atrás deles, havia morros e gramados com alguns trechos marrons.

— Estados Unidos — falou Bovril baixinho no ombro de Alek.

— Sim, está certo — concordou Deryn.

Ela ergueu a mão para fazer carinho no pelo do monstrinho e se perguntou se ele estava apenas repetindo as palavras ou se tinha noção de que este era um novo lugar, com nome próprio.

Alek abaixou o binóculo de campanha.

— Parece um tanto quanto selvagem, não é?

— Aqui, talvez. Mas estamos a meio caminho entre São Francisco e Los Angeles. Juntas, essas duas cidades têm quase um milhão de pessoas!

— Muito impressionante. Então por que é tão vazio entre elas?

Deryn apontou para os mapas na mesa do refeitório.

— Porque os Estados Unidos têm um tamanho berrante. Um país que é tão grande quanto toda a Europa!

Bovril se debruçou para a frente no ombro de Alek e meteu o nariz no vidro.

— Grande.

— E ficando mais forte — comentou Alek. — Se eles entrarem na guerra, vão desequilibrar a balança.

— Sim, mas para que lado?

Alek se virou, o que mostrou a nova cicatriz na testa. O príncipe recuperara a cor desde o acidente e não reclamava mais de dores de cabeça. Porém, às vezes ficava com aquela expressão tapada no olhar novamente, como se não acreditasse que o mundo em volta era real.

Pelo menos Alek não tinha esquecido outra vez que Deryn era uma garota. Beijá-lo garantira isso.

Deryn ainda não tinha certeza do motivo de ter feito aquilo. Talvez as energias da tempestade tivessem aflorado nela uma loucura que não condizia com o comportamento de um soldado. Ou talvez esse fosse o significado dos juramentos: manter a palavra mesmo quando a vaca fosse para o brejo. Chega de segredos entre eles, não importa o que acontecesse... A ideia tinha um ar assustador.

Nenhum dos dois conversara sobre aquele momento outra vez, obviamente. Não havia futuro em beijar Alek. Ele era um príncipe, e ela, uma plebeia: Deryn já havia se conformado com isso em Istambul. O papa não escrevia cartas que transformavam em realeza garotas escocesas vestidas como garotos. Nunca na vida.

Mas pelo menos ela havia feito aquilo uma vez.

— Os Estados Unidos jamais pegariam em armas contra a Grã-Bretanha — dizia Alek. — Mesmo que sejam meio mekanistas.

Deryn balançou a cabeça.

— Mas os americanos não são apenas uma mistura de mekanistas e darwinistas: são uma mistura de nações. Muitos imigrantes alemães saídos dos navios e ainda leais ao *kaiser*. E um monte de espiões entre eles, aposto.

— O Sr. Tesla vai acabar com a guerra antes que tudo isso tenha alguma importância. — Alek passou o binóculo de campanha para Deryn e apontou. — Naqueles morros.

Levou um instante para ela notar a torre de amarração, que surgia em meio a um estranho conjunto de construções nas encostas à beiramar. Era uma mistura de estilos — castelos medievais, casas caindo aos pedaços, torres mekanistas modernas, tudo semiacabado. Enormes máquinas construtoras andavam entre as edificações, soprando fumaça no céu aberto, e navios de carga lotavam o longo píer que se projetava para o mar, lá embaixo.

— Bolhas, aquilo é a *casa* do sujeito?

— William Randolph Hearst é um homem muito rico — respondeu Alek. — E um pouco excêntrico também, de acordo com o Sr. Tesla.

— O que já diz muita coisa, vindo dele.

— Mas Hearst é o homem certo para o serviço. Ele é dono de meia dúzia de jornais, uma produtora de cinejornal e de alguns políticos também — falou Alek, com a voz firme, depois soltou um suspiro. — Aquela foi uma tempestade de sorte que nos soprou tão ao sul assim, creio eu.

— Jornais — disse Bovril baixinho.

Deryn devolveu o binóculo de campanha e colocou a mão no ombro do garoto. Em Istambul, Alek havia contado seus segredos para Eddie Malone a fim de evitar que o repórter farejasse a revolução, falara sobre a fuga de casa após o assassinato dos pais e a entrada na tripulação do *Leviatã*. Contara tudo, exceto sobre a carta do papa que prometia o trono a Alek, o último segredo. O príncipe odiava cada minuto passado como centro das atenções. E agora Tesla queria exibir a história de Alek em um palco muito maior.

— Não parece justo fazer você passar por todo aquele falatório de novo.

Alek deu de ombros.

— Não pode ser pior uma segunda vez, não é?

Eles observaram em silêncio a aproximação da vasta mansão. O *Leviatã* fez a curva, virou o nariz para a brisa constante que soprava do mar e se aproximou da torre de amarração pelo lado da terra firme.

Um lagarto meteu a cabeça para fora de um tubo de mensagens no teto.

— Sr. Sharp, apresente-se no topo — falou o monstrinho na voz do Sr. Rigby.

— Imediatamente, senhor. Fim da mensagem. — Ela olhou para Alek. — Estarei lá embaixo ajudando com o pouso. Talvez do chão eu consiga ver sua grande entrada.

Ele sorriu.

— Vou tentar parecer destemido — replicou o príncipe.

— Sim, tenho certeza de que vai.

Deryn se virou para a janela e fingiu fazer uma rápida varredura do campo de pouso, dos obstáculos de máquinas e homens, da direção do vento pela grama agitada.

— São apenas repórteres, Alek. Não podem te machucar.

— Vou tentar me lembrar disso, Deryn — respondeu ele.

— Deryn Sharp — falou Bovril, com uma risadinha quando ela foi em direção à porta. — Bem destemido.

◎   ◎   ◎

Ela pousou suavemente no campo de aviação; as asas planadoras estavam rígidas com o vento do oceano. Uma dezena de homens da equipe de solo esperava para estabilizá-la, e um jovem em roupas civis se apresentou.

— Philip Francis, ao seu dispor.

— Aspirante Sharp, do H.M.S. *Leviatã*. — Deryn prestou continência. — Qual é o tamanho de sua equipe de solo?

— Mais ou menos duzentos homens. É suficiente?

Ela ergueu a sobrancelha.

— Sim, é um monte de gente. Mas são todos treinados?

— Todos treinados e têm muita prática. O Sr. Hearst tem uma aeronave própria, sabe. Está em Chicago no momento, passando por reparos.

— Ele tem a própria *aeronave* berrante?

— O Sr. Hearst não gosta de viajar de trem — argumentou o homem simplesmente.

— Sim, claro. — Deryn conseguiu responder ao se virar para avaliar o campo de aviação.

O enxame de funcionários da equipe de solo já estava em posição, distribuídos em um oval perfeito embaixo da gôndola do *Leviatã*. Eles pareciam bem elegantes nos uniformes vermelhos, e a maioria tinha sacos de areia presos aos cintos como um peso extra, sem dúvida para se proteger da forte brisa do oceano.

Deryn ouviu o rugido de motores mekanistas e se virou para ver um trio de máquinas estranhas se aproximando pesadamente: andadores de seis pernas. Os pilotos conduziam pelo lado de fora, e braços de metal se projetavam das traseiras, carregando algum tipo de engenhoca.

— O que diabos é aquilo? — perguntou ela ao Sr. Francis.

— Câmeras de cinema, nas mais modernas plataformas ambulantes. O Sr. Hearst quer que a chegada do *Leviatã* seja registrada para os cinejornais.

Deryn franziu a testa. Tinha ouvido falar da obsessão mekanista com câmeras de cinema, mas jamais havia visto uma. Elas zumbiam e tremiam, pareciam um pouco com as máquinas de costura de Tóquio.

Cada uma tinha três lentes parecidas com olhos de inseto, todas olhavam para a aeronave lá em cima.

— Aquela é a porta de estibordo, correto? — perguntou o Sr. Francis. — Queremos disparar quando estiverem saindo.

— *Disparar?*

— Disparar as câmeras, filmar. — Ele sorriu. — Maneira de dizer.

— É claro. Sim, a prancha desce de estibordo — respondeu Deryn, com a sensação de estar traindo Alek por ajudar. Este Sr. Francis não era de maneira alguma um aeronauta, pois chamara a escotilha da prancha de *porta*. Ele era alguma espécie de repórter de cinema!

Atrás dos andadores, havia mais homens em roupas civis à espera com sapos-gravadores nos ombros e câmeras nas mãos. Eles avançaram quando a aeronave deixou cair os cabos para os homens da equipe de solo, que aguardavam.

— Melhor mandar aqueles repórteres recuarem — alertou Deryn. — Caso haja uma rajada de vento.

— A equipe do Sr. Hearst sabe lidar com isso.

Ela fez uma expressão de desdém. A equipe de solo parecia bem confiante no serviço, mas que abuso ser chamada aqui em baixo para ajudar com enquadramentos berrantes de câmera!

A equipe de solo pegou os cabos e começou a se espalhar e a puxar o *Leviatã* para baixo. Quando a gôndola estava a poucos metros acima do campo de aviação, a prancha desceu até o chão e revelou o capitão Hobbes, o Sr. Tesla e o príncipe Aleksandar. O capitão prestou continência rapidamente, e o inventor acenou com a bengala, mas Alek parecia inseguro. Por um momento, os olhos oscilaram entre as câmeras e a multidão, até que ele conseguiu fazer uma mesura tímida.

As plataformas ambulantes se aproximaram, as câmeras se ergueram e, de repente, pareceram predatórias. Lembraram a Deryn do andador-

"O MAGNATA."

escorpião que havia capturado seus homens em Galipoli. As câmeras até mesmo pareciam um pouco com metralhadoras mekanistas.

Um homem rechonchudo, com um chapéu de abas largas e calças de risca fina, destacou-se do amontoado de repórteres e foi até a prancha. Ele esticou o braço e apertou a mão do capitão.

— Aquele é o Sr. Hearst? — perguntou Deryn.

— O próprio — respondeu o Sr. Francis. — O senhor deu sorte de encontrá-lo em casa. Com a guerra pegando fogo, ele está em Nova York desde o fim do verão, cuidando dos jornais.

— Que sorte a nossa — comentou Deryn, enquanto via Alek cumprimentar o Sr. Hearst.

Na túnica de cavalaria que pegara emprestado de Volger, o príncipe realmente parecia bem destemido. E com o anfitrião diante dele, os reflexos aristocráticos deram a impressão de assumir o controle. Alek fez uma mesura novamente, desta vez graciosa, e até mesmo sorriu para as câmeras que pairavam no alto.

Deryn estava contente por vê-lo entrar no espírito da coisa, mas aí teve uma ideia perturbadora. E se ele começasse a gostar de toda essa atenção?

Não, seria necessário mais que uma pancada na cabeça para mudar Alek *tanto* assim.

Ela desviou o olhar do espetáculo e verificou o campo de pouso mais uma vez. Para seu alívio, os cabos estavam ficando emaranhados.

— Parece que seus homens devem precisar de ajuda, afinal de contas — falou Deryn para o Sr. Francis, e disparou a correr.

◎　◎　◎

O emaranhado de cabos estava próximo à proa da nave, onde a brisa era mais forte. Lá em cima, a equipe do topo já havia lançado um cabo até a torre de amarração, mas eles esperavam que o caos lá embaixo se assentasse antes de amarrar firme a aeronave.

Quando Deryn se aproximou, dois grupos da equipe de solo gritavam um com o outro. Alguém tinha puxado na direção errada, os cabos se cruzaram, e agora ninguém queria soltar. Ela se intrometeu, vociferou ordens enquanto garantia que os homens não largariam todos os cabos simultaneamente. A situação se ajeitou em pouco tempo, e Deryn puxou as bandeirolas de sinalização para mandar um rápido P-R-O-N-T-O para a equipe do topo.

— Infelizmente, aquilo foi culpa minha. — Veio uma voz atrás dela.

Deryn se virou e viu um homem em um uniforme que lhe caía mal, um pouco mais velho que os outros integrantes da equipe. Atrás do bigode, o rosto era familiar, de alguma forma.

— O senhor é... — começou ela, mas aí veio um coaxo de um dos sacos de areia no cinto.

— Calado, Ferrugem — sibilou o homem. — Bom vê-lo novamente, Sr. Sharp. O senhor acha que é possível termos uma palavrinha na privacidade de sua nave?

Ela apertou os olhos ao olhar para a cara do sujeito e o reconheceu quando esticou a mão.

— Eddie Malone. Repórter do *New York World*.

◆ VINTE E TRÊS ◆

– QUE DIABOS O *SENHOR* está fazendo aqui?

Malone considerou a pergunta.

— O que estou fazendo na Califórnia? Ou por que estou disfarçado, em vez de tirando fotos com os outros repórteres?

— Sim, as duas coisas!

— Será um prazer explicar tudo isso — respondeu Malone. — Mas, primeiro, precisamos entrar na sua nave. Caso contrário, aqueles sujeitos vão me dar uma surra.

Deryn se virou para acompanhar o olhar de Malone e viu um trio de homens corpulentos em uniformes azul-escuros cruzando o campo de aviação a passos largos.

— Quem diabos são *eles*?

— São pinkertons, seguranças a serviço do Sr. Hearst. Veja bem, meu jornal teve como dono um sujeito chamado Pulitzer, e ele e o Hearst não eram exatamente bons amigos. Portanto, não percamos tempo.

O homem começou a arrastá-la na direção da gôndola do *Leviatã*.

— Com certeza não vão atacá-lo em plena luz do dia! — protestou Deryn.

— Seja lá o que vão fazer, não será bonito.

Deryn olhou novamente para os homens. Eles levavam cassetetes nas mãos. Talvez fosse melhor prevenir que remediar.

A gôndola do *Leviatã* ainda estava muito alta para pular a bordo, e ela e Malone jamais passariam pelos pinkertons para chegar à prancha do outro lado. Porém, onde a bolha do navegador se projetava embaixo da ponte, havia dois anéis de amarração feitos de aço, um pouco fora de alcance.

— Prepare-se para agarrar um daqueles apoios — ordenou Deryn para Malone, depois se voltou para a equipe de solo que ela acabara de desamarrar, e gritou: — Deem um bom puxão em um... dois... *três*!

Os homens puxaram em massa, e o nariz da nave abaixou apenas o suficiente. Eddie Malone e Deryn pularam para agarrar os anéis de amarração, depois subiram quando a nave ganhou altitude e voltou a se nivelar.

— Por aqui — falou Deryn.

Ela correu para as janelas do paiol de proa, e Malone a seguiu. Os sapatos do repórter quase escorregaram na amurada de metal em volta do fundo da gôndola.

Os pinkertons chegaram embaixo dos dois e olharam Deryn e Malone lá em cima com expressões irritadas.

— Desçam aqui! — berrou um deles.

Deryn ignorou o homem e bateu na escotilha do paiol. A nave se mexeu um pouco embaixo dela — a equipe de solo abaixava lentamente o *Leviatã*. Em um minuto, Deryn e Malone estariam ao alcance dos cassetetes dos pinkertons.

O rosto de um aeronauta apareceu na escotilha, com uma expressão um pouco perplexa.

— Abra. É uma ordem! — gritou Deryn, e a escotilha se abriu.

"PERSEGUIÇÃO DOS PINKERTONS."

Enquanto empurrava Eddie Malone para dentro, ela se perguntou por que o ajudava. Talvez o repórter tivesse feito um favor em Istambul ao não revelar os segredos da revolução, mas havia sido apenas por um preço.

De qualquer forma, ele estava a bordo agora. Cabia ao capitão decidir expulsá-lo ou não.

Deryn entrou correndo atrás de Malone, sem esperar para ver se os pinkertons descontariam a frustração nela. A aspirante desceu pelos barris de mel da nave estocados ao lado da janela, depois prestou continência ao aeronauta confuso que deixara os dois entrar.

— Prossiga, rapaz.

Malone olhava em volta do paiol às escuras, e o lápis já rabiscava no bloco de notas.

— Então é assim que é o porão?

— Infelizmente não temos tempo para uma visita à nave, Sr. Malone. Por que aqueles homens estavam atrás do senhor?

— Como eu disse, trabalho para o *New York World*, e Hearst é dono do *New York Journal*. Arquirrivais, pode-se dizer.

— E aqui nos Estados Unidos, donos de jornais rivais se atacam assim que se veem?

O homem soltou uma gargalhada.

— Nem sempre. Mas Hearst não me mandou um convite de luxo, digamos assim. Tive de me disfarçar apenas para conseguir algumas fotos. Falando nisso...

Ele tirou uma câmera de um dos sacos de areia, depois meteu a mão em outro à procura do sapo-gravador. Ao colocá-lo no ombro, o monstrinho soltou um arroto e piscou para Deryn.

— Achei que o senhor fosse o chefe da sucursal de Istambul — falou Deryn. — De novo, o que está fazendo aqui? Istambul fica a 11 mil quilômetros!

O repórter abanou a mão.

— O príncipe Alek é o melhor furo que já dei. Não vou deixar que alguns oceanos fiquem no meu caminho. Assim que soube que o *Leviatã* ia para o leste, voltei de navio para Nova York. Passei duas semanas ali, esperando para ver se vocês apareciam novamente.

— Mas como o senhor chegou *aqui*?

— Após o espetáculo do Sr. Tesla ter saído nos jornais de Tóquio, pulei em um trem para Los Angeles. É onde fica o maior campo de aviação da Costa Oeste. Porém, na noite de ontem, recebi um aviso de que, em vez disso, vocês vinham para cá.

Deryn balançou a cabeça. O Sr. Tesla só havia convencido os oficiais a reabastecer no campo de Hearst no dia anterior.

— Um aviso? De quem?

— Do grande inventor em pessoa. Ondas de rádio não são como pombos-correio, Sr. Sharp. Qualquer pessoa com uma antena pode captá-las. — O homem deu de ombros. — O senhor não deveria se surpreender que o Sr. Tesla tenha enviado mensagens não codificadas. Por que deixar só um jornal se divertir?

Deryn praguejou e imaginou quem mais estaria acompanhando os movimentos do *Leviatã*. Espiões mekanistas também tinham rádios. Ela se perguntou, ainda, por que havia corrido para resgatar Malone. Arapongas como ele só causavam problemas, no fim das contas.

— Bem, seja lá como o senhor chegou aqui, Sr. Malone, precisaremos perguntar aos oficiais se pode ficar a bordo. Siga-me.

Ela conduziu o homem para a escadaria central, depois subiu e seguiu em frente, na direção da ponte. Os corredores da nave estavam agitados, e o paiol já estava aberto para receber combustível e suprimentos. Era apenas questão de tempo até que os perseguidores de Malone dessem um jeito de entrar a bordo.

[251]

Mas a ponte estava tão agitada quanto o resto da nave, e Deryn se viu sendo jogada de um oficial a outro. O capitão estava ocupado sendo fotografado para os cinejornais, e ninguém mais queria se responsabilizar por um repórter impertinente. Portanto, quando Deryn viu a cientista e o lêmur tomando chá no refeitório dos oficiais, puxou Malone para dentro e fechou a porta ao entrar.

— Boa tarde, madame. Este é o Sr. Malone. Ele é um repórter.

A cientista acenou com a cabeça.

— Que gentileza a do Sr. Hearst, se lembrar de que há mais que apenas cientistas mekanistas para entrevistar a bordo desta nave!

— Mekanistas! — exclamou o lêmur em um tom esnobe.

— Desculpe, madame, mas não é o que a senhora está pensando — explicou Deryn. — Veja bem, o Sr. Malone não trabalha para o Sr. Hearst.

— Eu sou do *New York World* — disse Malone.

— Um invasor, então? — Os olhos da Dra. Barlow passaram pelo uniforme da equipe de solo. — E disfarçado também, percebo. O senhor sabe, Sr. Sharp, que há espiões alemães nos Estados Unidos?

— A senhora está certa quanto a isso, madame — falou Malone, com um sorriso. — Pencas de espiões!

— Sr. Sharp, como exatamente esse homem entrou a bordo?

A voz de Deryn pareceu tímida na garganta.

— Hã, eu meio que o deixei entrar por uma escotilha, madame.

A Dra. Barlow ergueu a sobrancelha ao ouvir isso, e o lêmur exclamou:

— Espiões!

— Mas ele não pode ser um agente alemão! — protestou Deryn.

— Eu o conheci lá em Istambul. Na verdade, a senhora também! No elefante do embaixador, lembra?

Malone deu um passo à frente.

— O garoto está certo, embora não tenhamos conversado muito. E é claro que eu não usava isto aqui.

Ele ergueu a mão e pegou uma ponta do bigode, arrancou-o de uma puxada só e jogou-o na mesa. A cientista ergueu as sobrancelhas, e o lêmur foi inspecionar o falso bigode.

— Ah, o senhor é *aquele* Malone — falou a Dra. Barlow devagar.

— O repórter que anda escrevendo os tais artigos horrorosos sobre o príncipe Aleksandar.

— O próprio. E como eu explicava para o jovem Sharp aqui, não pretendo parar. Se vocês darwinistas acham que podem fazer um acordo de exclusividade com os jornais de Hearst, estão muito enganados!

— Não existe "acordo" entre nós e Hearst. — A Dra. Barlow abanou a mão. — Este desvio foi ideia do Sr. Tesla.

— Hmpf, Tesla — resmungou o lêmur, enquanto prendia o bigode no próprio focinho.

— Eu estou tentando falar com o capitão, madame — falou Deryn.

— A situação pode se complicar um pouco com o Sr. Malone. Os homens de Hearst estão atrás dele.

— Bem, é claro que estão. — A Dra. Barlow fez carinho no lêmur, que agora posava com o bigode. — Esta terra é propriedade privada, o que o torna um invasor.

Deryn gemeu e se perguntou por que a cientista estava sendo tão cansativa. Será que aqueles artigos sobre Alek a aborreceram também?

— Ah, então é assim que vai ser? — Eddie Malone puxou uma cadeira e se sentou do outro lado da mesa, em frente à cientista. — Deixe-me lhe contar uma coisa, doutora. A senhora não vai querer se envolver com esse tal de Hearst. Ele tem alguns amigos desagradáveis.

— Imagino, senhor, que ter amigos desagradáveis é o atributo que define os jornalistas.

— Rá! A senhora me pegou! — Malone bateu na mesa, o que fez o lêmur pular. — Mas existem desagradáveis e existem perigosos. Um sujeito chamado Philip Francis, por exemplo.

— O Sr. Francis? — indagou Deryn. — Eu acabei de conhecê-lo. Ele estava no comando da equipe de solo.

Malone balançou a cabeça.

— O que ele comanda é a produtora de cinejornais Hearst-Pathé. Pelo menos é no que a maioria das pessoas acredita. — Ele se debruçou sobre a mesa e abaixou o tom de voz. — Mas o que elas não sabem é que o nome de verdade não é Francis. É Diefendorf!

Houve um momento de silêncio, depois o lêmur da cientista se pronunciou:

— Mekanistas!

— Ele é um agente alemão? — perguntou Deryn.

Malone deu de ombro.

— Ele nasceu na Alemanha, isso é garantido, e esconde o fato!

— Muitos imigram para os Estados Unidos e mudam os nomes — falou a Dra. Barlow, tamborilando os dedos na mesa. — Por outro lado, nem todos ganham a vida criando filmes de propaganda.

— Exatamente — concordou Malone. — A senhora deve saber que Hearst usa os jornais e os cinejornais para *falar mal* da Grã-Bretanha e do darwinismo também. E agora, de repente, ele está sendo amigável com vocês?

Deryn se virou para a Dra. Barlow.

— Devemos falar sobre isso com o capitão.

— Eu farei as devidas apresentações. — Ela gesticulou para a louça do chá. — Pode levar isto, Sr. Sharp, e o senhor deve vir comigo, Sr. Malone. Se o capitão tiver acabado com aquela encenação, é capaz de nos ceder um momento. Eu talvez consiga explicar o bom senso de não colocar todos os ovos em uma cesta só.

— Madame, acho que nos entendemos — disse o repórter ao ficar de pé, depois deu um tapinha nas costas de Deryn. — Por falar nisso, Sharp, obrigado por sua ajuda lá atrás. Estou muito grato.

— Fico feliz em servir — respondeu Deryn.

Ela começou a empilhar a louça, contente por terem trombado com a cientista, afinal de contas. Todo mundo a bordo parecia deslumbrado demais com o famoso Tesla, e este tal de Hearst, com seus jornais e câmeras, só podia piorar as coisas.

Mas aí algo muito perturbador aconteceu.

Quando Malone puxou a cadeira da Dra. Barlow para ela, o lêmur arrancou o bigode e deixou cair dentro de uma xícara de chá enquanto encarava Deryn com o olhar presunçoso. Sem pensar, a aspirante mostrou a língua para o monstrinho.

— Deryn Sharp — falou o lêmur ao sair pela porta em cima do ombro da cientista, realmente bastante satisfeito consigo mesmo.

◈ VINTE E QUATRO ◈

O SR. WILLIAM RANDOLPH Hearst certamente sabia como armar um banquete.

A sala de jantar lembrava o grande salão de um castelo medieval, com tapeçarias nas paredes e santos entalhados no teto. Os lustres eram italianos, do século XVI, mas reluziam com pequenas chamas elétrikas, e a lareira de mármore era grande o suficiente para Alek ficar de pé sem se curvar. Era tudo bem extravagante e um pouco confuso, como se os decoradores de Hearst tivessem pilhado a Europa inteira, sem levar em consideração preço ou tradição.

O jantar em si, entretanto, foi impecável. Lagosta gigante, perdizes assadas com *grouse chaud-froid* e, para sobremesa, *succès de glace* no estilo do Grand Hotel. Na verdade, foi a primeira refeição decente que Alek teve desde que fugira de casa. Bovril provou cada prato e agora estava dormindo enroscado no espaldar alto da cadeira de Alek, as orelhas ainda se mexendo de vez em quando.

Embora Alek sempre tivesse odiado jantares formais com os pais, este foi completamente diferente. Quando criança, ele não tinha permissão para dar uma palavra assim que o assunto se voltava para a política, mas agora o príncipe era uma parte indispensável da discussão. Na mesa com capacidade para trinta pessoas, Alek se sentou à direita do Sr. Hearst. Tesla ficou à esquerda do anfitrião, com o capitão ao lado e os demais oficiais do *Leviatã* se afastando ao longe. A Dra. Barlow estava tristemente sentada na outra ponta com o resto das mulheres, uma delas repórter de jornal, as demais, atrizes de cinema. Alek fora apresentado a elas antes do jantar sob o olhar das câmeras, e as atrizes sorriram como velhas amigas para as máquinas que zumbiam. Deryn, obviamente, como uma simples tripulante, não estava ali de maneira alguma.

Conforme a refeição foi terminando, o Sr. Hearst deu suas opiniões sobre a guerra.

— Wilson, é claro, ficará do lado de seus amigos britânicos. Ele não irá protestar contra o bloqueio da Alemanha pela Marinha Real, mas criará um estardalhaço se submarinos alemães fizerem o mesmo contra a Grã-Bretanha!

Alek concordou com a cabeça. O príncipe se lembrava de que o presidente Wilson era do sul e um darwinista de criação.

— Mas ele alega que quer a paz — argumentou o conde Volger, que estava sentado à frente do imediato do *Leviatã*, perto o suficiente para participar. — O senhor acredita no presidente?

— Ah, certamente, conde. A única coisa decente a respeito do homem é que ele quer a paz! — Hearst enfiou a colher na sobremesa. — Imagine se aquele caubói, Roosevelt, tivesse sido eleito. Nossos soldados já estariam lá!

Alek deu uma olhadela para o capitão Hobbes, que sorria e concordava com a cabeça, educadamente. Os britânicos certamente aceitariam com prazer os americanos lutando ao seu lado, se conseguissem que isso acontecesse de alguma forma.

— Essa guerra vai arrastar o mundo inteiro, mais cedo ou mais tarde — falou o Sr. Tesla em tom grave. — É por isso que precisa acabar agora.

— Exatamente! — Hearst deu um tapinha nas contas do inventor, que fez uma careta, mas o anfitrião pareceu não notar. — Meus jornais e câmeras o seguirão por todo o caminho. Quando o senhor chegar a Nova York, ambos os lados já estarão bem avisados de que é hora de parar com essa loucura!

Alek notou que o sorriso do capitão Hobbes travou um pouco com aquele papo de "ambos os lados." Obviamente, a arma do Sr. Tesla podia ser usada tão facilmente contra Londres quanto contra Berlim ou Viena. Alek se perguntou se os britânicos tinham planos para garantir que isso não acontecesse.

— Tenho fé de que o mundo vai achar minha descoberta útil — falou o Sr. Tesla simplesmente. — E não um motivo de medo.

— E tenho certeza de que os darwinistas farão isso — afirmou o capitão Hobbes, que, então, ergueu a taça. — À paz.

— À paz! — brindou Volger, e Alek rapidamente o acompanhou.

O brinde rodou a mesa, e, conforme os garçons se aproximaram para servir mais conhaque aos cavalheiros, Bovril murmurou as palavras enquanto dormia. Mas Alek se perguntou se algum dos convidados americanos realmente estava preocupado com uma guerra a milhares de quilômetros de distância.

— Então vamos ao que interessa, capitão — disse o Sr. Hearst. — Onde o senhor vai parar a caminho de Nova York? Tenho jornais em Denver e Wichita. Ou o senhor vai somente parar em cidades grandes como Chicago?

— Ah — respondeu o capitão, enquanto pousava a taça com cuidado na mesa. — Não vamos parar em nenhum desses lugares, infelizmente. Não recebemos permissão.

— O *Leviatã* é uma nave de guerra de uma potência beligerante — explicou Alek. — Só pode ficar em um porto neutro por apenas 24 horas. Não podemos simplesmente voar por seu país e parar onde quer que nos dê vontade.

— Mas qual é o sentido de uma turnê de publicidade se ninguém para a fim de fazer aparições? — reclamou Hearst.

— Esta é uma pergunta que não posso responder — falou o capitão Hobbes. — Minhas ordens são simplesmente levar o Sr. Tesla a Nova York.

O conde Volger se pronunciou:

— E como o senhor pretende fazer isso sem passar pelos Estados Unidos?

— Há duas possibilidades — explicou o capitão. — Nós planejamos ir para o norte: o Canadá faz parte do Império Britânico, é claro. Mas depois de termos sido empurrados pela tempestade, nós percebemos que o México pode ser mais prático.

Alek franziu a testa. Ninguém havia lhe mencionado esta mudança de planos.

— O México também não é neutro? — Quis saber o príncipe.

O capitão virou as mãos com as palmas vazias para cima.

— O México está no meio de uma revolução; assim sendo, eles mal podem impor sua neutralidade.

— Em outras palavras, não podem detê-los — falou Tesla.

— A política é a arte do possível — comentou o conde Volger. — Mas será bem mais quente, pelo menos.

— Uma ideia brilhante! — O Sr. Hearst acenou para um criado, que veio correndo acender seu charuto. — Voar sobre um país dividido pela guerra em uma jornada pela paz dá uma reportagem extraordinária!

Todo mundo encarou o Sr. Hearst, e Alek torceu para que o homem estivesse brincando. Durante a revolta otomana, Alek e Deryn perderam o amigo Zaven, entre milhares de mortos. E pelo que Alek sabia, a Revolução Mexicana era uma guerra ainda mais sangrenta.

Quando o silêncio incômodo durou demais, ele pigarreou.

— Vejam só, antigamente um tio-avô meu foi imperador do México.

Hearst encarou o príncipe.

— Pensei que seu tio-avô fosse o imperador da Áustria.

— Sim, um tio-avô diferente — explicou Alek. — Estou falando de Ferdinando Maximiliano, o irmão mais novo de Francisco José. Ele durou apenas três anos no México, infelizmente. Depois atiraram no meu tio-avô.

— Talvez o senhor pudesse voar sobre o túmulo dele — sugeriu Hearst ao tragar a ponta do charuto. — Jogar algumas flores ou coisa assim.

— Ah, sim, talvez.

Alek tentou não demonstrar espanto e se perguntou se o homem não estava brincando.

— O corpo do imperador voltou à Áustria — informou o conde Volger. — Era uma época mais civilizada.

— Ainda assim, pode render alguma reportagem por lá. — Hearst se voltou para o homem sentado entre Alek e o conde Volger. — Não deixe de tirar algumas fotos de Sua Majestade em solo mexicano.

— Vou tirar, com certeza — respondeu o Sr. Francis.

Ele tinha sido apresentado a Alek como o presidente da produtora de cinejornais de Hearst. Juntamente a uma jovem repórter e alguns assistentes de câmera, o Sr. Francis iria acompanhá-los a Nova York no *Leviatã*.

— Vamos cooperar de toda forma possível — disse o capitão Hobbes ao cumprimentar o Sr. Francis com a taça.

— Bem, chega de política — falou o Sr. Hearst. — É hora do entretenimento da tarde de hoje!

Com essa ordem, os garçons avançaram e recolheram os últimos pratos da mesa. As chamas elétrikas dos lustres se apagaram, e a tapeçaria na parede atrás de Alek se recolheu e revelou um grande tecido branco prateado.

— O que está acontecendo? — sussurrou Alek para o Sr. Francis.

— Estamos prestes a ver a mais nova obsessão do Sr. Hearst. Possivelmente um dos melhores filmes jamais feitos.

— Bem, certamente será o melhor que já vi na vida — murmurou Alek ao virar a cadeira para a tela.

O pai tinha proibido esse tipo de entretenimento em casa, e obviamente os teatros públicos estavam fora de cogitação. Alek tinha de admitir que estava curioso para ver qual era o motivo de tanto alvoroço.

Dois homens em paletós brancos empurraram uma máquina pela mesa e apontaram para a tela. Ela era muito parecida com as câmeras de cinema que seguiram Alek o dia inteiro, porém tinham apenas um olho na frente. Quando a máquina ganhou vida zumbindo, um raio de luz cintilante irrompeu do olho e encheu a tela. Então palavras se materializaram...

Os perigos de Paulina[2] — disseram as letras brancas que tremeram e ficaram ali tempo suficiente para uma criança de 5 anos ler uma dezena de vezes. A seguir, veio o logotipo da produtora Hearst-Pathé, desenhado pelo projetor na fumaça de charuto que pairava sobre a mesa de jantar, como um farol que cortava a bruma.

Os atores finalmente apareceram, saltitando loucamente. Alek levou muitos minutos para reconhecer que a atriz sentada ao lado da Dra. Barlow era a própria Paulina. Ao vivo, a mulher era bem bonita, mas o

---

2 Seriado cinematográfico de 1914 que deu origem a um longa-metragem homônimo em 1967. (*N. do T.*)

brilho fraco da tela de alguma forma transformou a atriz em um carniçal de cara branca, com os olhos grandes agredidos pela maquiagem negra.

As imagens em movimento lembraram Alek do teatro de sombras que ele e Deryn viram em Istambul. Mas aquelas sombras nítidas eram elegantes e graciosas, com silhuetas definidas. Este filme era uma coisa borrada e confusa, cheio de tons turvos de cinza e limites indefinidos, parecido demais com o mundo real para o gosto de Alek.

O show de luz intrigou os lêmures perspicazes, entretanto. Bovril estava acordado e assistindo, e os olhos do monstrinho da Dra. Barlow brilhavam na escuridão, sem piscar.

Os personagens na tela se beijavam, jogavam tênis em absurdos casacos listrados e acenavam uns para os outros. As cenas eram pontuadas por palavras que explicavam a história, que também era uma coisa confusa — chantagem, doenças fatais e criados traiçoeiros. Tudo horrível, mas de alguma forma a própria Paulina atraiu Alek. Ela era uma jovem herdeira que receberia uma fortuna assim que se casasse, mas que queria ver o mundo e viver aventuras antes de se estabelecer.

Paulina era um pouco como Deryn, engenhosa e destemida, embora não precisasse fingir que era um garoto, graças à riqueza. Por uma estranha coincidência, a primeira aventura foi uma subida em um balão de hidrogênio, e os eventos aconteceram da mesma maneira que Deryn descrevera no primeiro dia na Força Aérea: uma moça sendo levada pelo vento completamente sozinha, com apenas a inteligência, um pedaço de cabo e alguns sacos de lastro para se salvar.

Sem a mínima sombra de pânico, Paulina jogou a âncora do balão para fora e começou a descer pelo cabo, e Alek se viu imaginando Deryn no lugar dela. De repente, as imperfeições trêmulas do filme desapareceram como as páginas de um bom livro. O balão passou por um rochedo íngreme, e a heroína pulou no declive rochoso e começou a subir para o

"JANTAR COM PAULINA."

topo. No momento em que Paulina estava pendurada na beirada, com o noivo correndo para salvá-la em seu andador, o coração de Alek disparou.

Então, subitamente, o filme acabou, a tela ficou branca, e os rolos de filme estalaram como brinquedos de corda sendo soltos. Os lustres elétrikos voltaram à vida no teto.

Alek se voltou para o Sr. Hearst.

— Mas com certeza aquele não era o fim! O que acontece depois?

— É por esse motivo que chamamos isso de "gancho", porque faz ponte com o episódio que vem a seguir. — Hearst riu. — Nós deixamos Paulina em grandes apuros no fim de cada episódio: amarrada ao trilho do trem, digamos, ou em uma cadeira de rodas. Isso faz o público voltar para ver mais e significa que nunca precisamos dar fim a essa porcaria!

— Gancho — repetiu Bovril, com uma gargalhada.

— Muito engenhoso — disse Alek, embora na verdade achasse um esquema desleal fazer o público esperar por uma conclusão que jamais viria.

— Uma de minhas melhores ideias! — exclamou Hearst. — Uma maneira completamente nova de contar histórias!

— Apenas tão velho quanto *As mil e uma noites* — murmurou Volger.

Alek deu um sorrisinho ao ouvir isso, mas precisava admitir que o filme possuía uma qualidade hipnotizante, como uma história contada à luz de uma fogueira. Ou talvez a mente ainda estivesse viajando — desde que quebrara a cabeça, as fronteiras entre a realidade e a fantasia haviam ficado difusas.

— Aposto que vocês dois mal podem esperar para se ver na tela! — falou Hearst, esticando os braços para pegar Alek e o Sr. Tesla pelos ombros.

— Como um vislumbre do futuro — disse Tesla, com um sorriso. — Um dia seremos capazes de transmitir imagens em movimento sem fio, assim como fazemos com o som.

— Que ideia intrigante — comentou Alek, embora o conceito parecesse apavorante.

— Não se preocupe, Vossa Majestade — falou o Sr. Francis baixinho.

— Vou garantir que o senhor cause uma boa impressão. É meu trabalho.

— Fico mais tranquilo.

Alek se lembrou da ocasião em que vira a própria foto pela primeira vez no *New York World*. Ao contrário de qualquer quadro decente, a fotografia foi realista de um modo desagradável e até mesmo tinha ampliado suas orelhas exageradas. O príncipe se perguntou como suas feições mudariam nessas imagens em movimento e se ele pareceria tão agitado e trêmulo na tela quanto Paulina e seus colegas.

Pensar na heroína fez Alek se voltar para o Sr. Francis novamente.

— As mulheres nos Estados Unidos realmente voam de balão?

— Bem, elas devem querer! *Os perigos de Paulina* é tão popular que nossos rivais estão entrando no negócio e produzindo algo chamado *Os apuros de Helen*. E nós já estamos planejando *As aventuras de Elaine*.

— Que... imaginativo — comentou Alek. — Mas fora dos filmes, as mulheres realmente fazem essas coisas?

O homem deu de ombros.

— Claro, creio que sim. Já ouviu falar da Bird Millman?

— A equilibrista de corda bamba? Mas ela é artista de circo.

Alek suspirou. Neste sentido, Lilit sabia usar um planador, mas ela era uma revolucionária.

— O que quero dizer é se as mulheres *normais* voam? — perguntou o príncipe.

O conde Volger se pronunciou:

— Acho que o que o príncipe Aleksandar quer perguntar é se as mulheres americanas fingem ser homens. Atualmente é um assunto de muito interesse para ele.

Alek olhou feio para o conde, mas o Sr. Francis apenas riu.

— Bem, eu não sei quanto a voar — disse ele —, mas nós certamente temos um monte de mulheres usando calças hoje em dia. E eu acabei de ler que um em cada vinte pilotos de andador é mulher! — O homem se aproximou. — O senhor está pensando em arrumar uma noiva americana, Vossa Majestade? Uma com espírito desbravador, talvez?

— Isso não estava nos meus planos, infelizmente. — Alek viu a expressão presunçosa de Volger e acrescentou: — Ainda assim, cinco por cento já são alguma coisa, não é?

— O senhor quer conhecer a Srta. White novamente? — perguntou Francis ao dar uma piscadela. — Ela é bem parecida com a personagem. Faz todas as próprias cenas perigosas!

Alek olhou para o fim da mesa, onde estava a atriz que interpretou Paulina — tinha o nome um tanto esquisito de Pearl White, lembrou-se o príncipe. A mulher estava muito envolvida em uma conversa com a Dra. Barlow e o lêmur, e Alek imaginou o que o trio estava falando.

— Pode render uma notícia — comentou o Sr. Francis. — Uma estrela de cinema e um príncipe!

— Estrela — repetiu Bovril ao descer para o ombro de Alek.

— Obrigado, mas não — recusou Alek. — Falar com ela pode estragar a ilusão.

— Muito sensato, Vossa Serena Alteza — falou Volger, concordando com a cabeça solenemente. — É melhor não misturar fantasia com realidade. No momento, o mundo é um caso muito sério para isso.

◈ VINTE E CINCO ◈

O REABASTECIDO *LEVIATÃ* decolou antes do meio-dia do dia seguinte, horas antes do limite de 24 horas. Observando das janelas do camarote, Alek pôde ver a estranha verdade por trás da propriedade de Hearst. As edificações não eram somente inacabadas, como também rasas e ocas, projetadas para serem filmadas de certos ângulos, mas jamais habitadas.

Elas eram falsas, em outras palavras.

Alek ficou dentro do camarote boa parte do dia, para evitar as câmeras de cinejornais que andavam pelos corredores da nave. Uma de suas tias-avós acreditava que fotografias tiravam pedaços da alma, e talvez ela estivesse certa. A 16 quadros por segundo, uma câmera de cinema podia disparar como uma metralhadora. Talvez fosse o conhaque da noite anterior na cabeça, mas Alek se sentia vazio como as falsas edificações do Sr. Hearst.

A aeronave seguiu para o sul da costa da Califórnia a três quartos de força, apontada contra a brisa fresca que soprava na direção da terra firme. Los Angeles ficou para trás no fim da tarde, e, poucas horas depois, Alek sentiu a nave virar para sudeste. De acordo com o mapa na escrivaninha, a cidade que se estendia lá embaixo era Tijuana.

Um súbito clangor de cornetas e tambores cortou o barulho do motor, e Bovril correu para o peitoril. Alek olhou pela janela: havia um estádio enorme abaixo, lotado de espectadores que vibravam. Alguma espécie de touro de duas cabeças levantava areia no centro da arena e encarava um toureiro quase pequeno demais para ser visto na luz difusa.

Alek percebeu que, por mais rápida que fosse a viagem por aeronave, muito se perdia do cenário na imponente altura de 300 metros.

Quando ele se vestiu para jantar, o deserto lá embaixo estava envolto pela escuridão. Bovril continuava no peitoril, olhando para baixo. Sem dúvida os grandes olhos conseguiam enxergar na luz das estrelas.

— Meteórico — disse o monstrinho.

Alek franziu a testa. Era a primeira palavra que Bovril dizia o dia inteiro, e certamente não era alguma que o príncipe tivesse proferido.

Mas Alek já estava atrasado para o jantar, portanto colocou a criatura no ombro e foi para a porta.

◎   ◎   ◎

A cientista havia requisitado o refeitório dos oficiais para a noite, sem dúvida o primeiro de vários jantares enfadonhos. Com tantos civis a bordo, a jornada do *Leviatã* para Nova York corria o risco de virar um cruzeiro. Pelo menos o jantar daquela noite era apenas para cinco pessoas, e não para duas dezenas, como o evento de Hearst.

Deryn aguardava à porta do refeitório, vestida no uniforme de gala. Quando Bovril esticou a patinha para a aspirante, ela acariciou-lhe o pelo e depois abriu a porta com uma mesura. Deryn deu um sorrisinho, e Alek se sentiu um pouco bobo no traje a rigor, como se os dois fossem crianças brincando de se vestir de adultos.

Os outros convidados já haviam chegado: o conde Volger, o Sr. Tesla e a repórter do jornal de Hearst, de São Francisco. A Dra. Barlow conduziu

a moça adiante. Ela usava um vestido vermelho-claro com um colar franjado, e uma pena cor-de-rosa de pavão se curvava no chapéu de feltro rosado.

— Vossa Serena Alteza, esta é a Srta. Adela Rogers.

Alek fez uma mesura.

— Eu tive o prazer de conhecê-la ontem à noite, mas apenas brevemente.

A Srta. Rogers estendeu a mão para ser beijada, e Alek hesitou: ela nem de longe era do mesmo status social que o príncipe. Mas os americanos eram famosos por ignorar tais conceitos, portanto Alek pegou a mão da repórter e beijou o ar.

— O senhor errou — falou ela, com um sorriso confuso.

— Errei? — perguntou Alek.

— A mão dela — explicou a Dra. Barlow. — O costume na Europa, Srta. Rogers, é que apenas mulheres casadas são beijadas diretamente na pele. Vocês, jovenzinhas, são consideradas fáceis de ser dominadas pelo toque dos lábios.

Alek ouviu Deryn estalar a língua, mas conseguiu ignorá-la.

— Jovenzinha? Mas eu já tenho 20 anos — disse a Srta. Rogers. — Minha mão já foi beijada várias vezes sem problemas!

O lêmur da Dra. Barlow riu, e Alek tossiu educadamente.

— É claro.

— E eu *quase* casei uma vez — falou a Srta. Rogers. — Mas um antigo pretendente surgiu no último momento e rasgou o contrato de casamento. Acho que ele ainda era apaixonado por mim.

— Sério? — Alek conseguiu dizer. — Ele era, sem dúvida.

— A senhorita não podia ter arrumado outro contrato? — perguntou a Dra. Barlow.

— Creio que sim, mas a interrupção me deu tempo para pensar. Decidi colocar o jornalismo em primeiro lugar. A pessoa *sempre* pode conseguir um marido, afinal de contas.

A Dra. Barlow riu ao conduzir a jovem à mesa. Alek ficou corado e afastou o rosto, apenas para ver um risinho no de Deryn — e no de Volger também. Ele se perguntou se todas as americanas eram assim ousadas, tão dispostas a envergonhar os homens quanto eram para fugir em balões.

— Fáceis de ser dominados — repetiu Bovril.

O monstrinho se enfiou embaixo da mesa para se juntar ao lêmur da cientista. Quando Alek se sentou, ele notou um sexto prato diante de uma cadeira vazia.

— Aparentemente nós esperamos um convidado misterioso — disse o conde Volger, enquanto inspecionava a taça de vinho, à procura de manchas.

— O Sr. Francis? — perguntou Alek para a Dra. Barlow.

— Ele não foi convidado. O senhor em breve verá por quê.

A cientista acenou com a cabeça para Deryn, que abriu a porta. Um homem em um paletó meio mal-ajambrado entrou.

— Você!

— Não se levante, Vossa Alteza. — Eddie Malone fez uma mesura. — Senhoras e senhores, me desculpem o atraso.

Alek desmoronou na cadeira.

— Convidado misterioso — murmurou o monstrinho.

— Sr. Malone, creio que o senhor conheça o conde Volger e Sua Serena Alteza. — A Dra. Barlow era toda sorrisos. — Sr. Nikola Tesla, Srta. Adela Rogers, este é Eddie Malone, repórter do *New York World*.

— O *World*? — exclamou a Srta. Rogers. — Oh, céus.

— Edward Malone — murmurou Tesla. — O senhor não é aquele repórter que entrevistou o príncipe Aleksandar em Istambul?

— Fui eu, isso mesmo. — Malone se sentou. — Estou atrás dele desde então, digamos assim. E graças ao seu rádio voador, finalmente o encontrei!

O inventor sorriu.

— Uma experiência muito recompensadora.

Os dois homens riram, e Alek subitamente desejou que ele e Deryn tivessem deixado a tempestade destruir a antena. O único objetivo daquilo era gerar mais publicidade.

A Srta. Rogers parecia horrorizada.

— Alguém contou ao chefe que um dos homens do Pulitzer está a bordo?

— O Sr. Hearst não pensou em perguntar. — A cientista gesticulou para Deryn, que se aproximou para servir o vinho. — E a senhorita vai ver que o Sr. Malone tem algumas notícias interessantes.

Malone se voltou para a Srta. Rogers.

— As notícias têm a ver com seu amigo Philip Francis. Nós vínhamos investigando há algum tempo e descobrimos que este não é o nome dele de verdade. Ele nasceu como Philip Diefendorf, um nome tão alemão quanto possível!

Alek franziu a testa e se lembrou do Sr. Francis, da noite anterior.

— Ele não tem sotaque alemão — comentou.

— Talvez ele também tenha mudado o jeito de falar.

A Srta. Rogers revirou os olhos.

— Philip nasceu em Nova York.

— É o que ele diz — retrucou Malone.

— Rá! Vocês do *World* estão sempre inventando que o chefe é um traidor. Só o odeiam porque ele vende mais jornais que vocês!

— Eu não disse que Hearst sabia algo a respeito disso — falou Malone, erguendo as mãos. — Mas o presidente da produtora de cinejornais é alemão, e ele se esforçou para esconder o fato.

— A maioria dos americanos não veio de outro lugar? — perguntou o conde Volger.

O Sr. Tesla concordou com a cabeça.

— Eu mesmo sou um imigrante.

— Um excelente argumento — concordou a Dra. Barlow. — Mas o capitão está preocupado. Na noite de ontem, trouxemos a bordo uma grande quantidade de suprimentos com muita pressa e nem tudo foi vistoriado ainda.

— Vistoriado para quê? — perguntou a Srta. Rogers.

— Sabotagem é a forma mais fácil de destruir o *Leviatã* — explicou a Dra. Barlow. — Uma pequena bomba de fósforo no lugar certo pode causar uma morte flamejante para todos nós.

A mesa ficou em silêncio, e Alek sentiu a dor de cabeça ameaçando retornar.

— Isso é improvável, é claro — Deryn se pronunciou. — Nós passamos a manhã inteira com os farejadores no porão, e eles não encontraram explosivo algum. Mas alguma coisa perigosa pode ter sido trazida a bordo na surdina.

— Tal como? — perguntou o conde Volger.

Deryn deu de ombros.

— Uma arma de alguma espécie?

— Ora, isso é simplesmente um absurdo — falou a Srta. Rogers. — Um homem não pode enfrentar a tripulação inteira, não importa que tipo de arma ele tenha.

— Com a ferramenta certa, um homem pode fazer muita coisa — comentou o Sr. Tesla, que suspirou. — Eu recentemente projetei um aparelho que seria muito útil nesta situação. Mandei construir e enviar para mim mesmo na Sibéria, mas, infelizmente, ele não chegou antes de sua nave fazer a gentileza de me resgatar.

Alek deu uma olhadela para Deryn ao se lembrar da engenhoca que ainda estava na despensa dos oficiais.

— Parece ser uma máquina fascinante — falou a Dra. Barlow, com um sorriso. — Talvez o senhor possa fazer uma demonstração para nós, Sr. Tesla.

— Uma demonstração? Mas o aparelho nunca... — Ele estreitou os olhos para a cientista. — Ah, entendo. Eu teria o maior prazer.

— Depois do jantar, é claro. Sr. Sharp?

Deryn fez uma mesura, depois se virou para abrir a porta novamente. Os comissários da nave esperavam do lado de fora.

Conforme os pratos entraram fazendo barulho, as tampas de metal fumegando o aroma de bifes e batatas, Alek refletiu sobre o que acabara de acontecer. A cientista jamais deixava escapar alguma coisa sem um bom motivo, mas revelou as suspeitas sobre Philip Francis para a Srta.

[273]

Rogers, que também era repórter de Hearst. E depois a Dra. Barlow permitiu que o Sr. Tesla soubesse que a máquina detectora de metal estivera a bordo do *Leviatã* o tempo todo.

Será que havia decidido que cooperação era melhor que sigilo?

— Jantar — repetiu Bovril alegremente ao subir no colo de Alek.

◉   ◉   ◉

A porta da despensa dos oficiais rangeu ao ser aberta e revelou a máquina do Sr. Tesla entre caixotes de saquê e sedas japonesas. O grupo desceu ao paiol após o jantar, e o sexteto parecia deslocado nos trajes a rigor. A Srta. Rogers ainda bebia goles de xerez, e Volger e Malone trouxeram as taças de conhaque.

— Isto estava aqui? — perguntou Tesla. — E vocês o esconderam de mim?

— Foi o senhor que o escondeu de nós — devolveu a Dra. Barlow. — Por que diabos o senhor mandou que fosse contrabandeado a bordo?

Tesla gaguejou um momento, depois jogou os braços para o alto.

— Contrabandeado? Por que eu faria isso? Deve ter sido um mal-entendido com os russos.

— Talvez o senhor simplesmente tenha pedido que fossem discretos? — sugeriu a Dra. Barlow para ajudá-lo.

— Bem, é claro. Tantas ideias foram roubadas de mim. E a senhora conhece os russos, são um povo muito sigiloso. — O inventor foi à frente e inspecionou o painel de controle. — Mas como vocês conseguiram montar sem as instruções?

— Meus homens e eu consideramos o projeto bem intuitivo — explicou Alek. — Ainda somos mekanistas, sabe.

— Mekanistas! — repetiu Bovril.

— Bem lembrado — murmurou o conde Volger, mas Alek o ignorou.

[274]

— Exatamente como eu visualizei o aparelho. — As mãos de Tesla acariciaram a madeira. — Um belo serviço, Vossa Alteza.

Alek bateu os calcanhares.

— Eu transmitirei seus elogios ao mestre Klopp.

— O que *é* exatamente esse treco? — perguntou a Srta. Rogers.

Tesla se voltou para a ela.

— Um magnetômetro de altíssima sensibilidade, que usa os princípios da condução atmosférica.

— Em outras palavras, o aparelho detecta metais — resumiu Deryn.

Tesla abanou a mão.

— Um de seus usos mais mundanos.

— Mas, no momento, o mais pertinente — disse a Dra. Barlow.

A cientista se aproximou e acionou o interruptor; a máquina ligou com um zumbido. Os dois lêmures começaram a imitar o som.

— Parece estar completamente carregado — comentou Tesla ao franzir os olhos para os mostradores.

A Dra. Barlow sorriu.

— Quase completamente.

— Quase — repetiu o lêmur da cientista.

Alek deu uma olhadela para Deryn, que dava um sorrisinho de novo. A Dra. Barlow, obviamente, deixava Tesla saber que eles já haviam usado a máquina. E para que propósito, ele bem podia imaginar.

O príncipe se lembrou da discussão com Deryn em Tóquio, quando ele afirmou que o espécime no camarote de Tesla não era nada além de uma pedra interessante. Mas se o inventor tinha criado essa máquina com o único propósito de encontrar metal, então a pedra deve ter sido o objetivo de toda a expedição. Aquela misteriosa massa de ferro podia muito bem ser a chave do Golias.

E, por alguma razão, Tesla quisera manter tudo em segredo.

— Bem — resmungou o inventor. — Vamos ver se pelo menos funciona.

Tesla era um virtuose nos controles da máquina. Ele podia programá-la para procurar por metal em pequenas ou grandes quantidades, longe ou perto. Cada um dos três globos possuía características ligeiramente diferentes e podia ser ajustado separadamente. Enquanto assistia, Alek se deu conta de que havia operado o aparelho da forma mais atrapalhada, como um gato tocando piano.

A Dra. Barlow chamou dois tripulantes para carregar a máquina, e, em pouco tempo, os globos dançavam e guiavam Tesla através das pilhas de suprimentos que foram carregados na propriedade de Hearst. Os convidados do jantar seguiram atrás, e o flash do Sr. Malone ocasionalmente agitava as sombras do grupo no paiol às escuras.

Eles finalmente foram levados pelas vibrações da máquina para os fundos de uma despensa lotada, na direção de uma pilha de barris soterrada debaixo de caixas de tâmaras e maçãs.

O Sr. Tesla franziu os olhos sob a luz das lagartas bioluminescentes e estalou a língua em tom de desaprovação.

— Esses barris contêm mais que açúcar, ao que parece.

— Ó, céus! — exclamou a Srta. Rogers.

A Dra. Barlow gesticulou para Deryn, que mandou os tripulantes levarem a máquina embora. Alek a ajudou a tirar as caixas de cima, e, quando o caminho estava livre, ela foi à frente com um pé de cabra na mão. Deryn abriu a tampa de madeira de um barril com um golpe só.

— Cuidado, Dylan — alertou Alek. — Se isso for sabotagem, pode haver uma armadilha.

Os outros deram um passo para trás, mas Bovril fungou e disse:

— Açúcar.

Deryn empurrou a madeira quebrada, depois enfiou no barril o pé de cabra, que parou com um baque abafado.

— Bem, isso é interessante.

Ela tirou as luvas brancas, enrolou uma manga e meteu a mão lá dentro. Um momento depois, Deryn retirou algo longo e fino embrulhado em trapos oleosos. Açúcar caiu no chão quando a aspirante soltou o objeto. Desembrulhado, o cilindro de metal reluziu sob a luz das lagartas. Alek olhou para o conde Volger, que concordou com a cabeça e falou:

— Sim, parece um pouco com o cano de uma Spandau, mas é uma Colt-Browning, provavelmente de 1895.

— Uma metralhadora? — perguntou a Srta. Rogers. — Ó, céus.

A câmera de Malone espocou novamente e cegou Alek por um momento. Quando ele terminou de piscar para afastar os pontinhos pretos da visão, Deryn puxou outro achado. Ela desembrulhou os trapos e revelou uma caixa de metal do tamanho de um prato de jantar.

— Um tambor de munição? — perguntou Alek.

Volger deu um passo à frente.

— Não é um modelo que eu conheça.

— Espere. Não abra... — a Srta. Rogers começou a falar, mas Deryn já havia aberto a caixa em duas metades.

Um disco preto caiu para fora e bateu no chão com um estalo que assustou todo mundo. Ele rolou para a escuridão, e uma tira de algo reluzente foi ficando para trás.

A Srta. Rogers se ajoelhou para examinar mais de perto.

— Isto é uma película de cinema que não foi exposta. Ou *era*, mocinho, antes de o senhor abrir. Agora está estragada.

— Película? — perguntou Alek. — Mas por que alguém contrabandearia mais desse material a bordo? Já há pilhas no camarote do Sr. Francis.

O conde Volger concordou com a cabeça.

— Por falar nisso, por que uma metralhadora? A Colt-Browning pesa 15 quilos. Um pouco grande para um sabotador usar.

— E também não encontraremos balas para ela — acrescentou Deryn. — Nossos monstrinhos teriam sentido o cheiro da pólvora.

— Que mistério — falou a Dra. Barlow ao se virar para a Srta. Rogers. — Embora, de certo modo, eu esteja aliviada. Talvez o seu Sr. Francis seja apenas um contrabandista de armas. — Ela franziu a testa. — E um fornecedor de... película de cinema.

A Srta. Rogers deu de ombros.

— Não faço ideia do que está acontecendo, juro. Mas darei uma pesquisada amanhã e verei o que posso descobrir

— Só não se esqueça de que a reportagem é minha — falou Malone.

A Srta. Rogers franziu o cenho, mas concordou levemente com a cabeça.

— Vamos verificar o resto desses barris, madame — disse Deryn para a cientista. — Depois mandarei o carpinteiro da nave fechá-los novamente para que ninguém descubra.

Alek concordou com a cabeça. Se a nave não corria um perigo imediato, não havia necessidade para uma confrontação. A melhor maneira de revelar os planos do Sr. Francis era deixá-lo dar o próximo passo.

• VINTE E SEIS •

NA MANHÃ SEGUINTE, Deryn ficou perto do Sr. Francis e dos assistentes de câmera.

Ela serviu café da manhã para o grupo no refeitório dos aspirantes, depois os levou para uma visita à nave — "pesquisa de locações", como eles chamaram. O capitão permitiu livre acesso ao convés superior para os cinejornalistas, de maneira a não relevar qualquer suspeita, e os guardas que vigiavam os barris no paiol receberam ordens para não serem vistos.

Deryn notou que Adela Rogers, a jovem repórter, também ficou de olho no Sr. Francis. Ela fingiu perambular pela nave sozinha, mas ficou sempre ao alcance da voz de Francis e dos operadores de câmera. E quando Deryn deixou o grupo almoçando no refeitório dos aspirantes, viu a Srta. Rogers bisbilhotando do lado de fora.

Ao fechar com cuidado a porta do refeitório, Deryn sussurrou:

— Perdão, senhorita, mas não podemos deixar que o Sr. Francis saiba que desconfiamos dele.

— Ora, claro que não.

A mulher ajeitou o chapéu. Assim como na noite anterior, estava impecavelmente vestida, desta vez com um conjunto de saia e blusa listradinho, e um chapéu preto de feltro de pelo de castor fabricado.

— O senhor acha que eu nasci ontem? — perguntou a Srta. Rogers.

— Não, mas a senhorita está sendo um pouco óbvia ao segui-lo por toda parte.

— O *senhor* está seguindo Francis, não eu.

Deryn puxou a repórter pelo corredor.

— É meu dever berrante acompanhá-lo! Mas a senhorita está vindo atrás como uma mocinha de vila, toda apaixonada.

A Srta. Rogers gargalhou.

— Sério, rapaz, duvido que o *senhor* fosse capaz de reconhecer os sinais de tal estado. De qualquer forma, não é o Sr. Francis quem eu estou seguindo. É o senhor.

— Perdão, senhorita?

— Porque o senhor é obviamente o chefe dos porteiros dessa nave.

Deryn pestanejou.

— Que papo é esse?

A mulher deu um passo para trás e olhou Deryn de cima a baixo, como um alfaiate medindo um cliente.

— Eu cresci em um hotel, veja bem. Papai era péssimo em cuidar da casa, e minha mãe não queria saber da gente, então aquilo foi a única esperança de termos uma vida civilizada. Eu aprendi desde a mais tenra idade que a pessoa mais importante em um hotel não é o dono, nem o gerente ou mesmo o detetive. É o chefe dos porteiros. É ele quem sabe onde estão enterrados os corpos. Ele recebe uma boa gorjeta para enterrá-los, se é que me entende.

— Não, senhorita, eu *não* entendo — respondeu Deryn. — Eu sou um aspirante, não um porteiro.

— Ah, sim. Eu vi sua encenação na noite de ontem, todo cheio de luvas brancas e servindo conhaque alegremente. Porém, por baixo do disfarce, o senhor sabe os *segredos* de todo mundo, não é? E todos o procuram quando têm um abacaxi para descascar. A Dra. Barlow, o príncipe Aleksandar, até mesmo aquele velho conde rabugento... todos querem saber o que o chefe dos porteiros pensa.

Deryn engoliu em seco. Esta mulher era muito doida ou perigosamente esperta. A Srta. Rogers já havia provado que levava muito jeito para constranger Alek na noite anterior, o que tinha sido bastante divertido. Mas agora ela estava sendo um pouco... perspicaz demais.

— Tenho absoluta convicção de que não sei o que a senhorita quer dizer, Srta. Rogers.

— A única coisa que minha mãe me ensinou na vida é que os criados sempre têm as chaves.

— Eu *não* sou um criado. Tenho um cargo de chefia!

— E o chefe dos porteiros de qualquer bom hotel também! Note o emprego da palavra "chefe". Eu não o confundiria com um simples *menino* de recados, jamais.

Deryn deu um passo para trás. O que ela quis dizer com isso, exatamente?

— Só porque sou uma "repórter mulher", não pense que o senhor pode...

As próximas palavras da Srta. Rogers foram cortadas pelo som de um alerta, três toques em rápida sucessão.

Deryn franziu a testa.

— Este é o sinal de "inimigo à vista."

— Que inimigo? Estamos sobre território neutro.

— Com certeza. A senhorita terá de me dar licença.

Deryn deu meia-volta, feliz por ter uma desculpa qualquer para fugir da repórter. Enquanto seguia em direção à escadaria central, os corredores se encheram de homens correndo para os postos de combate.

— Importa-se se eu for junto? — perguntou a Srta. Rogers que, na verdade, já vinha junto.

— Não pode, senhorita! Meu posto é na espinha, e os passageiros precisam ficar na gôndola. A senhorita deveria voltar ao seu camarote.

Sem esperar uma resposta, Deryn disparou pelos corredores agitados. Com a nave em alta velocidade, não haveria como subir pelas enxárcias, então ela foi diretamente para as passagens interiores. Na verdade, o vento no topo seria forte demais para que houvesse lagartos-mensageiros perambulando. Deryn pegou um monstrinho e enfiou no casaco, caso precisasse mandar um recado para a ponte rapidamente. Afinal de contas, havia agentes alemães perambulando pela nave, repórteres em todos os cantos e, agora, um inimigo no céu.

Território neutro, pois sim.

O deserto passava lá embaixo, pontuado por cactos, desfiladeiros com encostas vermelhas e algumas fazendinhas cortadas em retângulos verdes. A três quartos de força, a vista passava voando a quase 80 quilômetros por hora, e apenas o amarrador-mestre, o Sr. Roland, e alguns de seus homens estavam no topo. Deryn foi até eles meio abaixada, pronta para agarrar as enxárcias caso uma rajada a fizesse cambalear.

— Aspirante Sharp se apresentando, senhor!

O Sr. Roland devolveu a continência, depois apontou.

— Foi vista há vinte minutos. Alguma espécie de aeronave arraia. Bandeira local, motores mekanistas.

Uma silhueta elegante de asas largas se destacava no céu a oeste; os balões de gás nos pontões embaixo das asas tinham faixas vermelhas e

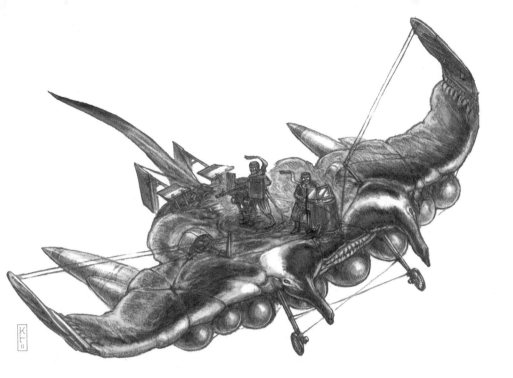

verdes. Ela deixava um rastro de fumaça, embora o México fosse uma potência darwinista.

— Será que aquele motor é alemão, senhor?

— Não dá para dizer a esta distância — respondeu o Sr. Roland. — Mas estão igualando nossa velocidade.

Deryn observou a sombra da aeronave mexicana ondular sobre o deserto e calculou que a envergadura não passava dos 30 metros.

— É pequena demais para nos incomodar, porém. Talvez estejam apenas curiosos, senhor.

— Sem problemas, desde que não se aproximem demais. — O Sr. Roland franziu a testa e ergueu o binóculo de campanha. — É outra ali?

Uma segunda silhueta com asas reluziu sob o sol, logo atrás da primeira. Deryn protegeu os olhos e vasculhou o horizonte, e logo localizou uma terceira aeronave arraia a estibordo. A aspirante apontou para ela.

— Mais do que apenas curiosidade, senhor.

— Talvez — disse o Sr. Roland. — Mas mesmo em três contra um, eles não têm chance contra nós.

Deryn assentiu. Perseguições pela popa eram complicadas no ar. Monstrinhos ou foguetes lançados pelas naves perseguidoras enfrentariam um vento contrário de 80 quilômetros por hora, enquanto o *Leviatã* poderia jogar um viveiro de gaviões-bombardeiros em cima delas a qualquer instante.

No momento seguinte, os motores do *Leviatã* roncaram e entraram em velocidade máxima.

— Parece que o capitão não foi com a cara deles! — berrou o Sr. Roland mais alto que o barulho trovejante.

Ele e Deryn se ajoelharam nas enxárcias à medida que o vento ficou mais forte. Porém, as aeronaves mexicanas não pareciam estar perdendo muito terreno. O rastro de fumaça ficou mais espesso e se espalhou pelo horizonte como nuvens de tempestade.

Um dos amarradores berrou atrás deles, e o Sr. Roland se virou para encarar o vento contrário.

— Quem diabos é aquela ali?

Deryn se virou e viu uma figura avançando pela espinha em direção a eles. Ela segurava o chapéu com uma mão, e a saia esvoaçava em volta das pernas com meias.

— Bolhas! Aquela repórter deve ter me seguido! Desculpe, senhor. Vou cuidar dela.

— Cuide disso, Sharp.

A Srta. Rogers estava com o vento pelas costas e parecia bem equilibrada ao andar. Mas quando Deryn fez menção de se levantar, ela cambaleou para trás por causa do vento contrário. A aspirante praguejou e prendeu o cabo de segurança à antena do Sr. Tesla. Era mais fácil que ficar se prendendo de poucos em poucos passos.

Ela avançou, correndo abaixada, até chegar à repórter.

— O que diabos a senhorita está fazendo aqui?

— Eu gostaria de entrevistar o senhor! — gritou a mulher.

A Srta. Rogers puxou um bloquinho, mas as páginas bateram ao vento furiosamente. Sem estar seguro, o chapéu de feltro decolou e saiu voando.

— Ó, céus.

— Agora não é o momento berrante! — gritou Deryn. — Como a senhorita pode ver, temos um pequeno problema se formando!

A Srta. Rogers olhou ao longe.

— Suas naves "inimigas" parecem ser mexicanas. O senhor acha que pretendem nos fazer mal?

Deryn pegou a repórter pelo braço, mas puxá-la de volta à escotilha provou ser impossível. A saia da mulher pegou o vento contrário como a vela de uma fragata. Era de admirar que ela sequer estivesse de pé.

— O senhor não vai se livrar assim tão facilmente de mim, Sr. Sharp. — A Srta. Rogers franziu a testa. — Tem algo se mexendo no seu casaco?

— Sim, um lagarto-mensageiro.

— Que estranho. Agora, por favor, conte-me sobre aquelas aeronaves.

Deryn voltou a olhar para os perseguidores do *Leviatã*, depois suspirou.

— Se eu responder a algumas perguntas, a senhorita terá o bom-senso de voltar e descer?

— Combinado. Digamos... três perguntas.

— Tudo bem, então! Mas *corra*!

— Quem está nos seguindo?

— Os mexicanos.

— Sim, mas sob o comando de qual general? — perguntou a Srta. Rogers. — O senhor sabe que está acontecendo uma revolução, não é?

— Eu não sei qual o general, e sim, sei que há uma revolução acontecendo. Essas foram três perguntas. Agora *vamos*!

Ela tentou puxar a Srta. Rogers para a escotilha, mas a mulher permaneceu firme.

— Que absurdo da sua parte! Aquela foi apenas uma pergunta, que
precisou de duas subsequentes graças às suas divagações. Meu pai era
um advogado, sabe.

— Aranhas berrantes, moça! Por que a senhorita simplesmente não...

Um guincho metálico cortou o ar, e uma nuvem de fumaça cáustica
passou pelas duas. Deryn se virou na direção do vento e viu o motor
mekanista de estibordo cuspindo chamas. Com um gemido horrível, a
hélice parou e lançou uma última rajada de faíscas.

— Que diabos...

Deryn começou a praguejar, mas com um motor parado, a nave fez
uma súbita curva a estibordo. A espinha rolou, e Deryn agarrou o braço
da Srta. Rogers, puxando as duas para que ficassem de joelhos. A antena
de Tesla serpenteou ao lado delas e se esticou mais quando o aeromonstro dobrou muito o corpo.

Um momento depois, o motor de bombordo parou, e a nave começou
a se endireitar novamente.

— O que está acontecendo? — perguntou a Srta. Rogers.

— Não faço ideia! Mas a senhorita terá de esperar aqui.

O fluxo de ar estava sumindo conforme o *Leviatã* diminuía a velocidade. Deryn soltou o mosquetão e correu para a frente, na direção das
nacelas. Será que o capitão tinha forçado demais os motores mekanistas
na semana anterior? Ou aquilo era sabotagem?

Mas o Sr. Francis foi seguido desde o primeiro minuto que pisara a
bordo, e os motores eram guarnecidos o tempo todo. Tinha de ser uma
coincidência...

Deryn chegou à corcova em cima dos motores e tirou o lagarto-mensageiro do casaco.

— Nacela do motor de estibordo, aqui é o aspirante Sharp. Relatório!

Ela pousou o monstrinho, que correu rapidamente para a nacela. Mesmo com os motores elétricos ainda funcionando, o vento da passagem da nave morria rapidamente. Os cílios do aeromonstro nunca empurravam quando os motores mekanistas funcionavam em velocidade máxima, portanto eles estavam quietos por quase dez dias. Talvez levasse uma hora para acordá-los novamente.

— Mekanistas berrantes! — praguejou Deryn. Aquelas engenhocas tornaram preguiçoso o aeromonstro.

A oeste, as aeronaves mexicanas se espalharam e cercaram a presa lentamente. A tal distância, Deryn foi capaz de enxergar as asas inteiras e as caudas compridas, parecidas com chicotes, definitivamente baseadas nas cadeias vitais de uma arraia. Uma armação com balões de gás dava força de sustentação, com motores mekanistas pendurados no meio. Ela se lembrou de algo parecido no *Manual de Aeronáutica*, uma nave experimental italiana, talvez.

As naves-arraias não eram grandes: sequer carregavam uma gôndola. A tripulação viajava nas enxárcias sobre as costas, com rifles na mão. O único armamento de cada nave era um par de metralhadoras rotativas, montadas na proa e na popa.

Uma linha de gaviões-bombardeiros saía do *Leviatã*, mas ainda não em formação de ataque. Os pássaros davam voltas pela nave mãe com um anel de garras reluzentes.

O motor de bombordo parou de cuspir fumaça, e Deryn viu um conhecido capacete pontudo na nacela: o do mestre Klopp. A maquinaria mekanista já devia estar falhando, então. Desde que o velho Klopp se ferira, os engenheiros jamais o chamavam às nacelas a não ser que as coisas estivessem indo para o brejo.

O lagarto-mensageiro voltou correndo e falou no alemão grosseiro do mestre de mekânica:

— Tem algo errado com o combustível, Dylan. Está com um gosto estranho.

Deryn franziu a testa. Embora já tivesse visto Klopp mergulhar o dedo no combustível para cheirá-lo, ela jamais havia visto o sujeito *provar* aquela coisa.

— O motor de bombordo também vai ficar danificado se continuar funcionando — continuou o lagarto. — Diga para eles desligarem.

— Qual é o problema com essa criatura? — Veio uma voz atrás de Deryn. — Parece que está falando alemão.

Deryn suspirou ao pegar o lagarto.

— Sim, Srta. Rogers. Um dos homens de Alek está trabalhando lá embaixo. Aquele é um motor mekanista, afinal de contas.

— E o *senhor* fala alemão?

— Falo bem o suficiente. Eu trabalho com o mestre Klopp há mais de dois meses.

— Que bela coincidência! O senhor tem um sujeito alemão trabalhando no motor *que acaba de quebrar*!

— O mestre Klopp é austríaco! — falou Deryn ao passar pela mulher, a caminho da corcova.

A Srta. Rogers veio atrás, com o bloquinho na mão.

— Sr. Sharp, o senhor ainda suspeita que o Sr. Francis seja um simpatizante alemão? Enquanto ignora os *verdadeiros* mekanistas na sua nave?

Deryn acenou para os amarradores, na esperança de que um deles levasse a repórter embora, mas eles estavam agitados montando o canhão de ar comprimido. A aspirante praguejou e foi de rompante ao outro lado da corcova, para pousar o lagarto novamente.

— Nacela do motor de bombordo — falou Deryn para o monstrinho. — Aqui é o aspirante Sharp. Klopp afirma que há algo de errado com o suprimento de combustível. Não acelerem a não ser que seja absolutamente necessário! Fim da mensagem

Ao empurrar o lagarto para que fosse embora, Deryn se deu conta de que os engenheiros jamais obedeceriam a suas ordens por cima das ordens do capitão. Talvez, ao contrário, ela devesse ter enviado o monstrinho para a ponte.

A Srta. Rogers rabiscava no bloquinho.

— Suprimento de combustível, hein?

— Exatamente. — Deryn ficou de pé. — Esse é o combustível que o Sr. Hearst nos deu e que danificou os motores bem no meio de uma emboscada! Agora, será que *isso* soa como uma coincidência para você?

A Srta. Rogers coçou o nariz com o lápis.

— Difícil dizer.

Deryn olhou novamente para as aeronaves mexicanas. Uma delas se emparelhava com o *Leviatã*, a não mais que 1 quilômetro e meio de distância, e uma fileira de bandeirolas de sinalização corria pelas asas.

S-A-U-D-A-Ç-Õ-E-S—L-E-V-I-A-T-Ã, diziam elas.

— E agora vocês estão sendo amigáveis — murmurou ela.

— Quem?

Deryn apontou para as bandeirolas.

— Eles estão enviando saudações.

Outra mensagem veio a seguir, e a aspirante leu em voz alta para a repórter.

P-R-O-B-L-E-M-A—N-O—M-O-T-O-R—N-Ó-S—
P-O-D-E-M-O-S—A-J-U-D-A-R

— Bem, isso soa amigável — comentou a Srta. Rogers.

Deryn franziu a testa.

— Talvez seja, mas toda essa situação é muito conveniente. Eles sabiam exatamente onde nos encontrar, e este é um enorme deserto berrante.

— Mocinho, esta também é uma aeronave enorme.

Deryn começou a retrucar, mas outra fileira de bandeirolas se agitou.

— A mensagem diz que essas aeronaves obedecem ao general Villa.

— Pancho Villa? Bem, isso vem a calhar. — A repórter escreveu. — O chefe o admira muito.

Deryn estalou a língua.

— Sem dúvida os dois são velhos amigos. Agora os mexicanos dizem que têm um campo de aviação por perto, com tudo que precisamos para fazer reparos. E teriam prazer em nos rebocar. — Ela franziu os olhos ao ler o resto e praguejou. — E tudo que querem em troca é uma coisinha só.

— O quê?

— Um pouco de açúcar para os monstrinhos famintos.

— Ó, céus — exclamou a Srta. Rogers.

Deryn balançou a cabeça e se lembrou do que Alek lhe disse: que Hearst ficara maravilhado quando descobriu que o *Leviatã* ia cruzar o México. E, de algum modo, ele havia desencadeado toda essa situação — o combustível adulterado, as armas contrabandeadas, as aeronaves que os seguiram — em uma única noite.

Ela olhou em volta. Homens e farejadores subiam pelas enxárcias agora, e alguns lagartos-mensageiros também. Deryn puxou o apito de comando e soprou para chamar um lagarto. A ponte precisava de um relatório completo.

— A senhorita diz que conhece esse tal de general Villa?

A repórter deu de ombros.

— Apenas a reputação, mas conheço muito bem alguns de seus parceiros comerciais.

— Muito bem, então. Fique perto de mim e mantenha os olhos berrantes abertos.

— Mocinho, o senhor nem precisa me dizer *isso*.

◈ VINTE E SETE ◈

OS CÍLIOS ACORDARAM mais rápido que Deryn imaginara; talvez as arraias tivessem assustado o aeromonstro. Os motores de arranque funcionavam com baterias orgânicas, obviamente, e não sofreram com o combustível contaminado de Hearst. Portanto, em pouco tempo o *Leviatã* voava por conta própria e seguia as aeronaves mexicanas a uma distância cautelosa.

Deryn mandou um lagarto-mensageiro à ponte para contar a notícia de que Hearst e o general Villa eram amigos. O monstrinho voltou e falou com a voz do próprio capitão Hobbes, mandando que ela cuidasse da amarração. Isto era geralmente tarefa de um amarrador, mas o capitão queria um oficial na proa. Se os anfitriões do *Leviatã* fizessem qualquer gesto hostil, a nave derramaria todo o lastro e dispararia no céu. Os cabos de amarração precisariam ser cortados — e rapidamente.

— Estarei de prontidão, senhor — disse Deryn. — Fim da mensagem.

— Isto apenas prova meu argumento anterior — falou a Srta. Rogers, quando a criatura foi embora correndo. — Se a pessoa quer algo feito direito, sempre chame o chefe dos porteiros.

— Pare de me *chamar* desse termo berrante.

— Eu lhe garanto, jovem, que é o maior elogio que uma garota criada em um hotel pode dar.

Deryn revirou os olhos. E tinha pensado que Eddie Malone era irritante!

Quem quer que tenha adulterado o combustível do *Leviatã* fizera um trabalho preciso. O motor de estibordo havia parado a apenas uma hora do campo de aviação de Villa. O topo da torre de amarração surgiu em um desfiladeiro íngreme, fundo o suficiente para o *Leviatã* se esconder. O desfiladeiro tinha apenas uma única entrada estreita, mas uma centena de esconderijos nas laterais.

— Uma fortaleza natural — comentou Deryn. — Imagino que esse general Villa seja um dos revolucionários.

— Ele é um rebelde, no fundo. — A Srta. Rogers deu de ombros. — Embora a situação seja complicada hoje em dia, é mais uma guerra civil que uma revolução.

— Mas o general está usando motores mekanistas. Será que os alemães estão metidos nisso?

— Todas as potências estão abastecendo uma facção ou outra. A Grande Guerra apenas aumentou o que está em jogo.

Deryn suspirou. Alek estava certo sobre uma coisa: de uma maneira ou de outra, a guerra cravara as garras em todas as nações da Terra. Até mesmo este conflito distante foi moldado pelas máquinas de guerra e monstrinhos de combate da Europa.

Outro motivo para Alek se sentir mal, para pensar que todos os problemas do mundo eram culpa sua. Às vezes, Deryn desejava que pudesse queimar a culpa no coração do príncipe ou protegê-lo do aspecto terrível da guerra. Ou pelo menos fazê-lo esquecer, de alguma forma.

Conforme o *Leviatã* foi diminuindo a velocidade até parar, o fundo do desfiladeiro apareceu. Tirando alguns motores mekanistas, esses rebeldes eram definitivamente darwinistas. Trechos com milho fabricado cobriam o solo com cores intensas, e um muro alto de pedra cercava uma manada de touros fabricados do tamanho de bondes. Burros de seis patas carregavam pacotes por trilhas íngremes que levavam ao desfiladeiro, e um par de aeromonstros lulescos pastava nos picos dos morros próximos, os tentáculos lânguidos arrancando cactos e grama-do-cerrado.

Mas em um afloramento alto de rocha, a um quilômetro e meio, havia outro aparelho de tecnologia mekanista: uma torre de rádio.

— Então foi assim que o Sr. Hearst combinou tudo isso.

A Srta. Rogers estalou a língua em desaprovação.

— Alguém não me disse que o seu Sr. Tesla era um gênio do rádio?

— Sim, mas ele não leva jeito para contrabandista de armas. O Sr. Tesla não para com o blá-blá-blá sobre paz.

— Mas o Golias é uma arma, não é?

Deryn nem perdeu tempo negando o fato.

O *Leviatã* se virou na direção do vento, e os cílios ondularam para descer o aeromonstro. As naves-arraias se mantiveram educadamente a certa distância, mas Deryn se perguntou se elas possuíam algum armamento escondido. Se os mexicanos importavam motores mekanistas, talvez tivessem conseguido alguns foguetes também. Os gaviões-bombardeiros do *Leviatã* ainda estavam no ar, obviamente, prontos para atacar em todas as direções.

Em pouco tempo, as laterais do desfiladeiro cresceram em volta de Deryn, fazendo com que ela se sentisse aprisionada. Era estranho estar lá em cima, na espinha, e mesmo assim ter paredões de pedra em ambos os lados. Se houvesse alguma traição, a única saída seria direto para o alto.

O nariz do aeromonstro apontou na direção da torre enquanto uma equipe de amarradores estava de prontidão na balista de amarração. Havia um gancho na balista.

— Preparar... — gritou Deryn, conforme a torre se aproximava. — Fogo!

A balista disparou, e o gancho voou. O metal e a corrente chacoalharam, e as pontas se prenderam aos suportes da torre.

— Puxem a nave! — berrou Deryn.

Os amarradores enroscaram o cabo e assim firmaram o gancho.

— Agora, amarrem!

Em pouco tempo a nave estava presa, e, dos paredões do desfiladeiro, veio o eco dos cabos sendo jogados da gôndola, lá embaixo. O capitão usaria os guinchos para descer a nave em vez de expelir hidrogênio. Isso manteria a flutuação do *Leviatã*, parado no desfiladeiro como uma rolha no fundo de uma banheira, pronto para disparar para cima e sair em caso de perigo.

Os olhos de Deryn vasculharam o solo rochoso abaixo. Os homens que recolhiam os cabos do *Leviatã* mantinham rifles nas costas, mas não havia sinal de armamento pesado, a não ser por meia dúzia de canhões que guardavam a boca do desfiladeiro. Eles apontavam para longe da aeronave e pareciam sobras de uma guerra esquecida.

— Não admira que seu chefe queira dar uma mãozinha ao general Villa — falou Deryn ao abaixar o binóculo de campanha. — O general tem muitos monstrinhos, mas nenhuma arma decente.

— Ouvi o chefe dizer exatamente isso. — A Srta. Rogers suspirou.

— Eu só queria que ele tivesse me dito o que estava tramando.

— Sim, ele podia ter dito para nós também!

A equipe de solo puxava os cabos em todas as direções. Deryn viu Newkirk descendo em asas planadoras para ajudá-los. Em pouco tempo, o garoto agitava os braços ao organizar os homens de Villa.

— Sabe falar espanhol, Srta. Rogers?

— Como qualquer garota do sul da Califórnia, o que significa que sei mais que um pouco de espanhol, porém menos do que eu gostaria.

Deryn assentiu.

— Talvez a senhorita seja a única pessoa na nave que fale espanhol. Fique preparada.

— Por mais que eu gostasse de revisar meus verbos reflexivos, Sr. Sharp, isso não será necessário. Tenho certeza de que todos os contratos de cinema do general Villa estão em inglês.

— Os *o quê*?

— Eu não contei? É assim que o Sr. Hearst conhece o general. Ambos trabalham com cinema! — A Srta. Rogers varreu o acampamento com um gesto. — É assim que Villa financia tudo isso. Ele filma as batalhas e manda para Los Angeles. É praticamente um astro de cinema!

— Então Hearst tem um contrato de *cinema* com ele?

A repórter meneou a cabeça.

— O contrato de Villa é com a Mutual Films, mas creio que o chefe queira se intrometer. Ele é esperto, não é?

— Um pouco esperto demais para o meu gosto — murmurou Deryn.

Se Hearst fosse assim tão pacifista, por que mandaria armas para o México? Ou será que ele só se importava em produzir cinejornais?

— Tem algo acima de nós, senhor — gritou um dos amarradores. — Lá no alto, nos morros!

Deryn ergueu o olhar. Uma coluna de fumaça subia da beira do desfiladeiro. Ela fechou os olhos para ignorar os berros dos homens lá embaixo e escutou: o ronco de um motor mekanista.

Será que os rebeldes tinham um andador lá em cima? Deryn não tinha visto nada do ar, embora pudesse haver vários andadores escondidos no terreno rochoso.

— E ali, senhor! — berrou outro homem.

Deryn se virou e viu uma segunda nuvem de fumaça de motor que subia do outro lado do desfiladeiro. Havia uma nuvem de poeira também, um sinal claro de pernas em movimento. As pequeninas aeronaves-arraias podiam ter apenas metralhadoras rotativas, mas andadores eram capazes de carregar canhões pesados.

Deryn puxou o apito de comando e soprou para chamar um lagarto-mensageiro.

— Estamos sendo cercados, e os oficiais lá embaixo na ponte não conseguem enxergar!

— Mas por que o Villa nos trairia? — perguntou a Srta. Rogers. — O general quer aquelas armas que estamos trazendo para ele.

— Villa também pode querer o *Leviatã*! — exclamou Deryn. — É uma das maiores aeronaves em toda a Europa. Imagine como o tornaria poderoso aqui no México!

A Srta. Rogers abanou a mão.

— Mas o Sr. Hearst só quer uma reportagem dramática. Se os rebeldes nos destruírem, ele não terá reportagem alguma!

— Sim, mas será que alguém explicou isso para os rebeldes berrantes?

— Esses são rebeldes *civilizados*, mocinho. Eles têm *contratos de cinema*!

— Isso não é garantia de sanidade!

Deryn sentiu a puxada de um lagarto-mensageiro na perna da calça. Ela se abaixou e disse:

— Ponte, aqui é o aspirante Sharp. Há pelo menos dois andadores nos morros acima de nós. Pode ser uma emboscada! Fim da mensagem.

O monstrinho foi embora correndo, mas levaria pelo menos um minuto para chegar à ponte. Até lá, o enorme topo do *Leviatã* estaria na mira dos canhões dos andadores, tão fácil de ser atingido quanto um campo de críquete.

Deryn deu meia-volta e olhou as naves-arraias. Elas não pareciam estar se aproximando. Não ainda, de qualquer maneira.

— Se ao menos eu pudesse mandar um batedor — murmurou Deryn.

Mas todos os Huxleys estavam armazenados nas entranhas da nave para ficarem protegidos dos ventos da velocidade máxima.

— Senhor — falou o amarrador ao lado dela. — O Sr. Rigby mandou um par de asas planadoras, caso o capitão quisesse o senhor no solo. O senhor poderia usá-las.

— Sim, mas eu preciso *subir* ao...

Deryn começou a explicar, mas aí viu a poeira subindo dos pés da equipe de solo. Ela subia pelas laterais do desfiladeiro, levada por uma corrente de ar ascendente...

— Dê-me aquelas asas! — berrou Deryn. — Agora!

Enquanto o homem saía correndo, ela observou a corrente de ar no desfiladeiro. O vento soprava pela entrada e ia direto ao nariz do *Leviatã*. Se Deryn decolasse bem em frente, talvez conseguisse altitude suficiente para subir acima dos paredões do penhasco.

— Eu ainda digo que o senhor está sendo desconfiado demais — comentou a Srta. Rogers.

Deryn ignorou a repórter e se voltou para a equipe da balista.

— Se jogarmos fora um pouquinho sequer de lastro, corte este cabo. Não espere por ordens!

— Sim, senhor.

Dois homens chegaram com asas planadoras na mão, e Deryn colocou o aparelho com dificuldade. Ela pegou emprestado um par de bandeirolas de sinalização, depois deu dez passos a partir da proa, pronta para tomar impulso. Só havia um problema.

A torre de amarração estava no caminho.

— Ah, dane-se. — Ela abriu os braços e correu para a borda. — Cuidado!

Os amarradores e a Srta. Rogers se abaixaram sob as asas, e Deryn passou por eles, pulando pela beirada da proa, bem na direção do vento. A torre surgiu diante dela, mas a aspirante fez força para virar a estibordo e se livrou por pouco dos suportes.

Virar para a direita tirou Deryn do vento contrário, e ela desceu em círculos. Porém, com outra guinada forte, o ar encheu as asas planadoras novamente. Deryn subiu um pouco, logo acima dos paredões do desfiladeiro.

Um dos andadores surgiu à vista: uma máquina bípede do tamanho do velho Ciclope Stormwalker de Alek. Ele tinha o visual quadradão de uma engenhoca alemã e corria em linha reta para a beirada do penhasco.

Deryn virou com força as asas na direção do andador, mas desceu abaixo do topo do penhasco novamente. Ela voava diretamente para um paredão de pedra...

No último minuto, Deryn jogou o peso para trás, e as asas subiram com força, quase perdendo a sustentação em pleno ar. O ímpeto a levou pelos últimos metros, e ela pousou na beirada do rochedo. As botas escorregaram na pedra solta, mas, de alguma forma, Deryn manteve o equilíbrio.

O andador era mais alto que ela e abaixou a cabeça como se fosse examiná-la melhor. A bocarra de um canhão apontou diretamente para Deryn.

— Aranhas berrantes!

Não era uma arma: era uma câmera de cinema. Deryn ouviu o zumbido e o estalo do aparelho capturando sua imagem 12 vezes por segundo.

O vento mudou de direção e puxou Deryn novamente para a beirada do penhasco. Ela deu meia-volta e olhou o outro lado do desfiladeiro. O segundo andador era igual, uma grua bípede de câmera.

Os rebeldes queriam filmar o *Leviatã*, não destruí-lo.

"O ANDADOR FILMA DERYN."

O lagarto-mensageiro chegaria à ponte a qualquer momento agora, e, se o capitão ficasse assustado e despejasse o lastro, os cabos de pouso correriam pelas mãos de uma centena de amadores lá embaixo. Pior, alguns homens se agarrariam e seriam levados para o alto, depois cairiam de 300 metros sobre os colegas. Se o general Villa não quisesse destruir o *Leviatã* agora, certamente iria querer depois daquilo.

Deryn deu meia-volta com as asas e se jogou do penhasco.

◈ VINTE E OITO ◈

– AQUELES HOMENS NOS cabos parecem muito eficientes — falou o capitão Hobbes. — E este desfiladeiro mantém o vento bem constante.

Nenhum dos oficiais respondeu. Estavam espalhados pela ponte, cada um em uma janela diferente, à espera de sinais de traição. Bovril se remexia nervosamente no ombro de Alek, sentindo o cheiro de inquietação no ar.

Do lado de fora, os rebeldes trabalhavam sem parar, prendiam cabos no solo duro e amarravam-nos em postes de metal cravados na rocha. Os cabos tremiam conforme o *Leviatã* descia, sendo puxado por guinchos, e a sombra imensa da nave se espalhava metro a metro no chão do desfiladeiro. O capitão não havia expelido hidrogênio, caso fosse necessário fazer uma decolagem rápida. Aos olhos de Alek, parecia que o aeromonstro lutava contra os cabos, como Gulliver entre os liliputianos.

— A senhora realmente acha que esses rebeldes irão nos ajudar? — perguntou ele à Dra. Barlow.

— Assim espero, depois de nos fazer passar por todo este inconveniente. — Ela estalou a língua. — Tenho certeza de que o Sr. Hearst só queria um pouco de drama para o cinejornal.

— Cinejornal — falou o lêmur, baixinho, e depois desdenhou.

— E pensar que confiei no sujeito — disse o Sr. Tesla.

O inventor estava de mau humor desde o defeito, especialmente depois que a nacela do motor informou que a culpa era do combustível de Hearst.

— Ele pode querer a paz — argumentou a Dra. Barlow —, mas guerra vende jornais.

— Já ouviu falar deste tal de Pancho Villa, não é? — indagou Alek.

— Ele está em todos os jornais no momento. — O Sr. Tesla olhou pela janela para a equipe de solo. — O nome dele é Francisco Villa, mas o general usa o apelido de Pancho porque é amigo dos pobres. Ele confisca plantações ricas e dá para os camponeses.

— Um hábito bem comum entre rebeldes — comentou a Dra. Barlow, e o lêmur fez um som de desdém. — Torcemos que ele não pratique o confisco de aeronaves.

Alek balançou a cabeça. Por mais caótico que o mundo pudesse ser, sabia que a Divina Providência o guiava na direção da paz. Sua missão não poderia terminar ali, naquele desfiladeiro poeirento.

— Ponte, aqui é o aspirante Sharp! — A voz de Deryn surgiu do nada.

Todos os olhos se voltaram para o lagarto-mensageiro pendurado no teto.

— Há pelo menos dois andadores nos morros acima de nós — disse o monstrinho. — Pode ser uma emboscada!

Uma agitação percorreu a ponte, e Bovril sentiu um arrepio nos ombros de Alek. Os oficiais se reuniram em volta do capitão.

— Andadores? — perguntou Alek. — Mas eles são darwinistas.

— Aquelas aeronaves tinham motores mekanistas — argumentou Tesla.

A Dra. Barlow deu uma olhadela pela janela.

[302]

— Isto é preocupante. O *Leviatã* é muito vulnerável a um ataque de cima.

Alek tentou olhar para os penhascos em volta, mas o balão de gás bloqueava o céu. Ele se sentiu preso embaixo do enorme tamanho da aeronave.

Maldito Hearst e seus joguinhos para gerar notícias.

— Preparar para soltar todo o lastro — anunciou o capitão.

— Cortar os cabos de pouso, senhor? — perguntou um oficial.

— Não se incomode. Com esta flutuação, eles vão se romper.

— Isto é um pouco hostil — murmurou a Dra. Barlow. — Aqueles cabos podem decapitar um homem quando se rompem.

Lá fora, a equipe de solo ainda trabalhava pacientemente para prender os cabos, sem suspeitar do caos prestes a eclodir. Havia uma figura em traje de voo entre os homens, com um par de asas planadoras dobrado às costas.

Alek se virou para a Dra. Barlow.

— Mas o Newkirk está lá fora. Não podemos deixá-lo para trás!

— Infelizmente, teremos de deixar. — A cientista balançou a cabeça. — Se isto for uma emboscada, não podemos nos dar ao luxo de alertá-los.

— A senhora quer dizer que nós simplesmente...

Alek começou a falar, mas uma figura escura flutuava sobre o chão: uma pequena sombra alada logo além da borda da nave, a estibordo.

— Ao meu comando. — O capitão Hobbes ergueu a mão.

Alek franziu os olhos e viu a sombra voar em círculos cada vez menores. O formato lembrava as asas planadoras nas costas de Newkirk.

— Deryn Sharp — sussurrou Bovril.

— Espere! — berrou Alek.

Ele deu meia-volta para encarar o capitão e se aproximou com dois passos, mas um fuzileiro bloqueou o caminho.

— É Dylan!

O capitão se virou, com a mão ainda erguida.

— O aspirante Sharp está descendo! — gritou Alek. — Deve haver uma razão!

Os oficiais estavam a postos, de olho no capitão. O homem hesitou por um momento, depois se voltou para o imediato e ordenou:

— Dê uma olhada.

Alek voltou às janelas e apontou para a sombra que esvoaçava em círculos. Os homens nos cabos de pouso tinham visto a silhueta agora — eles olhavam para cima e chamavam uns aos outros.

— Como o senhor sabe que é Sharp? — perguntou o imediato.

— Porque é... é... — gaguejou Alek.

— Sr. Sharp! — anunciou Bovril.

A forma alada de Deryn passou voando à vista, embaixo da borda do balão de gás, e adernou em um ângulo absurdo para baixo, com duas bandeirolas de sinalização tremulando nas mãos. Ela disparou pelas janelas da ponte em um instante, debatendo os braços, e depois sumiu.

— Alguém captou aquele sinal? — perguntou o capitão.

— *E-M*, senhor — falou um dos navegadores. — É só o que peguei.

— "Emboscada" — disse o capitão. — Preparem-se, rapazes.

— Perdão, senhor — falou o imediato. — Mas havia um *C* no começo.

O capitão Hobbes hesitou e balançou a cabeça.

Alek correu para o outro lado da ponte. A sombra de Deryn fez a curva, e, um instante depois, a garota voltou a ser vista. Ela voou baixo pelas janelas da frente e espalhou a equipe de solo.

As bandeirolas de sinalização continuavam tremulando, mas aí as botas bateram no chão duro. Deryn ergueu os braços para recuperar o controle, e as bandeirolas caíram das suas mãos.

As asas levaram a aspirante para o alto pela última vez, depois entraram em colapso e se contorceram. Ela foi derrubada, cambaleou e parou.

A equipe de solo veio correndo de todas as direções, e Deryn sumiu entre os homens, em uma nuvem de poeira.

— Alguém pegou aquele sinal? — berrou o capitão.

— *E-R-A?* — perguntou o imediato.

— *C-A-M* — murmurou Bovril, e tudo se encaixou.

— Os andadores nos penhascos — explicou Alek. — São gruas de câmeras!

— Andadores com câmeras? — O capitão balançou a cabeça. — Por que os rebeldes teriam este tipo de equipamento?

— Com Sharp voando por aí, os rebeldes devem saber que descobrimos o plano deles — comentou o imediato. — Senhor, devemos soltar...

— O filme! — gritou a Dra. Barlow. — Aqueles barris contêm rolos de filmes que não foram expostos. Portanto os rebeldes *só podem* ter câmeras de cinema. Isto não é um ataque!

A ponte ficou em silêncio por um momento, com todos os olhos voltados para o capitão. O homem ficou ali parado, de braços bem cruzados, tamborilando os dedos.

— Os rebeldes ainda não atiraram em nós — disse ele finalmente.

— Mas fiquem prontos para soltar todo o lastro se os senhores ouvirem o disparo de uma arma sequer.

Alek suspirou lentamente, e Bovril diminuiu a pressão das garras no ombro do príncipe. Mas então o Dr. Busk se pronunciou:

— Sharp parece ferido.

Alek correu para a frente da ponte e abriu caminho pelos fuzileiros aos empurrões. Das janelas frontais, o príncipe viu Deryn caída e encolhida no chão, a 100 metros de distância.

— Eu vou lá fora.

O capitão pigarreou.

— Não posso permitir isso, Vossa Alteza.

— Alguém mais nessa nave sabe falar espanhol? — perguntou Alek, confiante de que, entre italiano e latim, ele conseguisse se virar.

O capitão olhou para os oficiais, depois balançou a cabeça.

— Talvez não, mas se a situação degringolar, teremos de soltar o lastro.

— Exatamente. Qualquer mal-entendido pode ser um desastre, então me dê uma chance de esclarecer essa situação!

O capitão pensou por outro momento, depois suspirou e se virou para o Dr. Busk.

— Vá com ele e leve cinco fuzileiros.

◎　◎　◎

Newkirk já estava ao lado de Deryn. Uma multidão de homens de Villa cercava os dois, um gesticulava e gritava *"médico"* em espanhol, que certamente também queria dizer "médico" — pelo menos em italiano. Alguns cabos de pouso balançavam livremente, e um oficial tentava fazer com que os homens voltassem a eles.

— Dylan! — berrou Alek ao avançar pela multidão.

Os rebeldes se afastaram e encararam Bovril de olhos arregalados.

Newkirk ergueu os olhos, com o rosto sujo de poeira.

— Ele está consciente, mas quebrou a perna.

— Claro que estou consciente! — gritou Deryn. — Mas dói como o diabo!

Alek se ajoelhou ao lado dela. O braço esquerdo do uniforme estava rasgado e sujo de sangue, e ela segurava o joelho contra o peito. Os olhos estavam bem fechados para conter a dor.

Bovril fez um suave som triste, e Alek pegou a mão de Deryn.

— Eu trouxe o Dr. Busk — falou ele.

A aspirante abriu os olhos de supetão e sussurrou:

— Seu *Dummkopf*!

Alek ficou paralisado. Ferida ou não, Deryn não podia se dar ao luxo de ser examinada por um médico-chefe.

— Newkirk, leve esses homens de volta aos cabos! — ordenou Alek, que sussurrou para Deryn. — Pegue meu braço. Se você conseguir ficar de pé, ele pode não examinar com tanta atenção.

— Fique à minha direita — falou Deryn ao agarrar o ombro do príncipe.

Alek contou em voz baixa até três, depois se levantou e puxou Deryn, que ficou apoiada em uma perna. Juntos os dois encararam o Dr. Busk, que avançava pela multidão com os fuzileiros.

Deryn jogou o peso para a perna boa ao lado de Alek, e o gesto ameaçou derrubar o príncipe. Ela *era* bem mais alta, percebeu Alek, e mais pesada do que parecia — músculos adquiridos nas escaladas, imaginou. Bovril foi prestativo e pulou para o chão.

Alek cerrou os dentes e acenou com a cabeça para o Dr. Busk.

— O Sr. Sharp parece muito bem — disse o príncipe.

O médico-chefe olhou Deryn de cima a baixo.

— O senhor deveria estar de pé, Sr. Sharp? Aquela foi uma queda e tanto.

— Está tudo bem, senhor. É apenas um joelho ralado. — Ela escorregou um pouco à frente, e Alek a ajudou a dar um passo. — Eu me curo andando.

— Diabos, Sharp. Sente-se. — O Dr. Busk enfiou a mão na valise preta de couro e tirou uma tesoura comprida. — Deixe-me dar uma olhada nesta perna.

Deryn olhou para Alek, acenou levemente com a cabeça, e os dois foram com dificuldade à uma pedra plana ali perto. A aspirante desmoronou, e

Bovril subiu-lhe no colo. Ela fez uma careta com o peso do monstrinho, mas engoliu qualquer grito de dor.

Uma estaca de metal tinha sido enfiada na rocha sedimentar ao lado de Deryn, e o cabo de pouso amarrado à estaca tremia com energia. Alek imaginou o cabo sendo rompido com força suficiente para cortar a cabeça e ergueu os olhos para as janelas da ponte. Ele só conseguiu distinguir o capitão olhando para baixo, cercado pelos oficiais.

— Nós recebemos sua mensagem bem na hora — falou Alek.

— C-Â-M-E-R-A — disse Bovril, com orgulho.

— Eu queria não ter mandado a primeira. — Deryn balançou a cabeça e fez carinho no pelo de Bovril. — De acordo com a Srta. Rogers, o general Villa trabalha com cinema berrante! É por isso que Hearst estava contrabandeando armas e rolos de filme para ele. Hearst quer cenas de batalhas para os cinejornais.

— Cinejornais, bá! — reclamou Bovril.

— Fique parado, rapaz — mandou o Dr. Busk.

O médico cortou a perna da calça de Deryn acima do joelho. A pele parecia branca em volta de uma mancha roxa.

Ela ergueu o olhar preocupado para Alek. Se a perna estivesse quebrada, manter a mentira seria impossível.

— Senhor! — chamou um dos fuzileiros. — Alguém está vindo.

O Dr. Busk não olhou para cima.

— Um pouco de diplomacia, Vossa Alteza, por obséquio.

— É claro.

Alek deu um aceno de cabeça para Deryn, na esperança de que o gesto passasse coragem, depois ficou de pé e se virou. Duas criaturas grandes se aproximavam e abriam caminho entre a equipe de solo.

A multidão se afastou e revelou um par de touros fabricados gigantescos. Eles tinham 3 metros de altura, metal na ponta dos chifres, e

"PANCHO VILLA."

ombros tão largos quanto locomotivas. Havia homens montados nas costas, segurando correntes de aço que passavam por anéis prateados nos focinhos dos monstrinhos. Atrás de cada homem, ficava montada uma plataforma com outro soldado: um touro tinha uma metralhadora rotativa, o outro, uma câmera de cinema.

Quase perdido entre os dois monstrinhos enormes, estava um homem a cavalo. Ele usava botas de equitação e calças claras, um chapéu de aba curta e um casaco marrom pequeno, com duas bandoleiras de balas cruzadas por cima. As roupas pareciam amarrotadas como se o sujeito tivesse acabado de sair da cama, e, acima do bigode eriçado e malcuidado, espiavam dois olhos castanhos cheios de vida.

Alek sabia apenas algumas palavras em espanhol, mas fez uma mesura e arriscou:

— *Sono Aleksandar, príncipe de Hohenberg.*

O homem riu e disse em um inglês cauteloso, porém correto:

— Acho que o senhor queria dizer *"soy."* General Francisco Villa, governador revolucionário de Chihuahua, ao seu dispor.

— É uma honra, general — respondeu Alek, fazendo outra mesura.

Então este era o famoso líder rebelde, o Robin Hood dos camponeses mexicanos. Alek se perguntou o que o homem deveria pensar do jovem príncipe rico diante de si, e se ele tinha escolhido um lado na Grande Guerra na Europa.

A pistola no cinto era uma Mauser — de fabricação alemã.

— Seu homem está ferido? — perguntou Villa.

Alek se virou. Deryn contorcia o rosto com dor enquanto o Dr. Busk aplicava algum tipo de compressa no joelho.

— Torcemos que não, senhor.

— Meu médico pessoal está vindo. Mas, por favor, por que ele pulou da nave? Seu homem nos deixou muito nervosos por um momento.

— Foram os andadores com câmeras. — Alek ergueu os olhos. — Houve alguma confusão em relação ao objetivo deles.

O homem estalou a língua.

— Ah, eu deveria imaginar. No inverno passado, um daqueles andadores capturou um pelotão inteiro de *federales*. Eles pensaram que a máquina iria disparar!

Alek comparou a metralhadora rotativa e a câmera nos dois touros monstruosos.

— Um erro compreensível — replicou. — Parece uma máquina estranha para acompanhar um exército.

O homem apontou para a gôndola do *Leviatã*.

— Mas não é problema para sua aeronave?

Alek olhou para cima e viu o Sr. Francis e sua equipe filmando o encontro pelas janelas abertas do refeitório dos aspirantes. Aqui estava ele em frente às câmeras, atuando novamente.

— Parece que não há como escapar delas — comentou Alek. — O senhor pode nos ajudar a reparar os motores?

O homem fez uma mesura na sela.

— É claro. Tudo faz parte do meu acordo com o *Señor* Hearst. Ele pede desculpas pelo inconveniente.

Alek estava prestes a dizer algo desagradável, mas aí veio um grito de Deryn, e ele deu meia-volta. O Dr. Busk estava tirando a jaqueta dela naquele momento, o que revelou uma mancha vermelha que descia pelo braço esquerdo. Em mais um instante, ele tiraria a camisa de Deryn.

Alek se virou para o general Villa.

— Por favor, senhor. Se seu médico pudesse agir rápido. Infelizmente, o médico-chefe da nave é... um pouco incompetente.

— O senhor está com sorte, então. O Dr. Azuela tem muita experiência com ferimentos de batalha. — Villa apontou para um homem que chegava entre a multidão. — Leve-o ao seu amigo.

Alek fez uma rápida mesura e correu de volta para onde Deryn estava sentada. Ele colocou uma mão firme no ombro do Dr. Busk.

— O general Villa prefere que o próprio médico atenda ao Sr. Sharp.

— Por quê, pelo amor de Deus?

— Ele insiste, como nosso anfitrião — murmurou Alek. — Não devemos insultá-lo.

— Isso é muito irregular — reclamou o Dr. Busk, mas ele se levantou e se afastou.

O Dr. Azuela vinha pela multidão. Um homem com menos de 40 anos, vestia um paletó de *tweed* e usava pequenos óculos redondos.

Alek foi até o médico, pensando como manter Deryn escondida. Ele ergueu os olhos para o sol intenso e revirou o cérebro atrás de algumas palavras em espanhol.

— *El sol. Malo.*

O médico mexicano olhou para Deryn, depois para a sombra do *Leviatã* a apenas 10 metros.

— Ele consegue andar? — perguntou o homem em um inglês excelente.

— Não podemos removê-lo. Tem alguma maneira de conseguir uma cobertura?

— Claro — respondeu o médico, que começou a berrar ordens.

Em pouco tempo, a equipe de solo jogou lonas sobre os cabos de pouso e colocaram Deryn sob a sombra de uma tenda improvisada, sem ser vista da gôndola do *Leviatã*.

Enquanto eles trabalhavam, Alek puxou o Dr. Busk para o lado.

— O general Villa quer mandar uma mensagem para o capitão. Ele diz que fará o que for necessário para reparar a nave.

— Bem, isso é uma boa notícia, creio eu. Mandarei um dos fuzileiros.

Alek balançou a cabeça.

— Ele quer que um oficial leve a mensagem.

O Dr. Busk franziu a testa e olhou para as lonas.

— Entendo. Cuide do Sharp, por favor.

— É claro, doutor.

Alek se virou e soltou um suspiro de alívio. O único truque que sobrava era evitar que o médico rebelde descobrisse o segredo de Deryn ou, pelo menos, que fizesse um escarcéu a respeito.

A meio caminho da tenda improvisada, Alek se deu conta de que tinha mentido para três homens em uns três minutos. E, pior, fizera isso com muita habilidade.

O príncipe balançou a cabeça e ignorou a sensação de enjoo no estômago. Deryn tinha alertado Alek a respeito disso, afinal de contas, e ele dera sua palavra. Esta era a batalha que ela lutava diariamente, e Alek era parte da mentira agora.

◈ VINTE E NOVE ◈

QUANDO ALEK ENTROU sob as lonas esvoaçantes, encontrou apenas Deryn e o Dr. Azuela. A equipe de solo tinha rapidamente montado um catre para a aspirante e uma bancada para os instrumentos do médico. Mas agora os homens voltaram aos cabos, e o rugido dos guinchos que puxavam a nave para baixo havia recomeçado. Bovril estava enroscado no pescoço de Deryn, ronronando baixinho.

— Você está bem?

— Já passei por coisa pior — respondeu Deryn, mas os olhos permaneceram atentos aos dedos do doutor, conforme lhe examinavam o braço.

— Não está quebrado — disse o homem —, mas o corte é grave. Vou precisar suturar. Tire a camisa.

— Não posso — falou Deryn baixinho. — O braço não se mexe.

O doutor franziu a testa e apalpou o antebraço novamente.

— Mas há um momento o senhor fez um punho.

— Só corte a manga — sugeriu Alek ao se ajoelhar ao lado dos dois. — Eu ajudo.

O olhar desconfiado do Dr. Azuela foi de Deryn para Alek enquanto esticava a mão para a valise. O médico tirou uma tesoura e cortou a man-

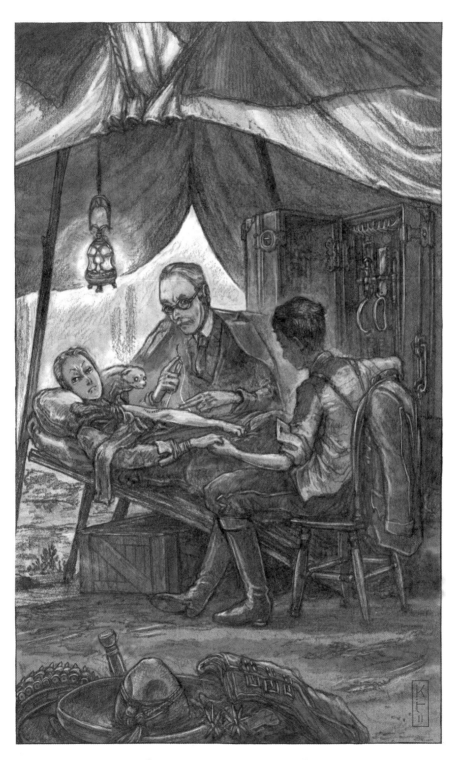

"AS SUSPEITAS DO MÉDICO."

ga do uniforme de aspirante, subindo pelo braço. A pele branca estava pegajosa de sangue.

Deryn respirou fundo — a mão livre do doutor havia lhe roçado o peito. Azuela franziu a testa e hesitou por um momento. Depois, em um relance, inverteu a tesoura. As pontas tremeram na garganta de Deryn.

— O que há debaixo da camisa? — exigiu saber o doutor.

— Nada! — afirmou Deryn.

— Tem alguma coisa amarrada aí. O senhor está com uma bomba! *¡Asesino!*

— Você está errado — falou Bovril muito claramente.

Azuela olhou bestificado para o monstrinho e ficou paralisado.

— Está tudo bem, doutor. — Alek ergueu as mãos ao desistir. — Deryn, tire logo a camisa.

Ela o encarou, calada, e fez que não com a cabeça.

O Dr. Azuela tirou os olhos do lêmur.

— O senhor está aqui para matar Pancho! Sua intenção era voar em cima dele com uma bomba!

— Ela não é uma assassina — disse Alek.

O doutor ergueu o olhar para o príncipe.

— Ela — falou Bovril.

— Deryn é uma garota. É por isso que está amarrada assim. — Alek ignorou a expressão de desespero no rosto dela. — Veja por si mesmo.

Com a tesoura ainda na garganta de Deryn, o Dr. Azuela a apalpou novamente. A aspirante se retraiu, e os olhos do médico se arregalaram quando ele retirou a mão.

— *¡Lo siento, señorita!*

Deryn abriu a boca, mas não emitiu som. A aspirante cerrou os punhos e começou a tremer. Alek se ajoelhou ao lado dela e abriu uma das mãos com delicadeza para segurá-la.

— Por favor, não conte a ninguém, senhor — pediu o príncipe.

O doutor balançou a cabeça.

— Mas por quê?

— Ela queria servir... queria voar.

Alek enfiou a mão no bolso interno, aquele que era sempre ocupado pela carta do papa. Ao lado do papiro, os dedos encontraram uma pequena bolsinha de pano e a puxaram para fora.

— Aqui. — Alek entregou a bolsinha para o homem. — Pelo seu silêncio.

O Dr. Azuela abriu a bolsa e viu uma lasca de ouro: tudo que sobrara dos 250 quilos que o pai de Alek havia lhe deixado. O médico encarou o ouro por um momento, depois fez que não com a cabeça.

— Eu preciso contar a Pancho.

— Por favor — implorou Deryn baixinho.

— Ele é nosso comandante. — O Dr. Azuela se voltou para ela. — Mas apenas a ele, prometo.

O Dr. Azuela chamou um dos rebeldes que estavam do lado de fora e disparou uma ordem em espanhol. Depois começou a trabalhar: limpou a ferida com um trapo e um líquido de um pequeno cantil prateado, esterilizou linha e agulha, e então entregou o cantil para Deryn. Enquanto ela bebia, o médico passava a agulha pela pele do braço, fechando a ferida ponto por ponto.

Alek assistia segurando a mão de Deryn. Ela apertou com força, e as unhas cortaram meias-luas na pele do príncipe.

— Vai ficar tudo bem — falou Alek. — Não se preocupe.

Afinal de contas, por que um grande líder rebelde se importaria com uma garota escondida na Força Aérea Britânica?

Antes de Azuela terminar, uma rajada de ar veio de fora e fez a lona em volta dos três esvoaçar. Era a respiração de um dos grandes touros, que parecia vapor sendo expelido de um trem de carga.

A lona se abriu, e o general Villa entrou.

— *¿Está muriendo?*

— Não, vai sarar, mas tem um segredo interessante para lhe contar.

— Os olhos do médico não abandonaram o serviço. — Talvez seja melhor o senhor se sentar.

Villa suspirou e se sentou de pernas cruzadas ao lado de Alek. Montado no cavalo, o general pareceu ser bem altivo, mas agora dava a impressão de ser um pouco barrigudo. Ele se movia lentamente, talvez com um toque de reumatismo.

— Conte a ele — disse o Dr. Azuela.

Deryn parecia exausta, mas a voz saiu firme:

— Eu sou Deryn Sharp, um oficial condecorado na Força Aérea de Sua Majestade, mas não sou um homem.

— Ah. — Villa ergueu um pouco as sobrancelhas ao olhar Deryn de cima a baixo. — Desculpe-me, *señorita* Sharp. Eu não sabia que os britânicos usavam mulheres nas tropas planadoras. É porque vocês são pequenas, sim?

— Não é isso, senhor — respondeu ela. — É um segredo.

— O pai da Deryn era um aeronauta — explicou Alek. — O irmão também. Deryn se veste como um garoto porque é a única maneira de ela poder voar.

O general Villa encarou Deryn por um momento, depois tremeu com uma gargalhada.

— *¡Qué engaño!*

— Por favor, não conte para ninguém — pediu Alek. — Pelo menos não por algumas horas, até termos ido embora. Não significa nada para o senhor, entregá-la ou não, mas para ela significa tudo.

O homem balançou a cabeça, abismado, e depois ergueu a sobrancelha para Alek.

— E qual é seu papel nessa brincadeira, pequeno príncipe?

— Ele é meu amigo — explicou Deryn.

O rosto ainda estava pálido, mas a voz soou mais forte agora. Ela ofereceu o cantil para Villa.

O general dispensou com um gesto.

— Apenas um amigo?

Deryn não respondeu e olhou para os pontos recentes no braço. Alek abriu a boca, mas Bovril falou primeiro:

— Aliado.

O general Villa olhou o lêmur com curiosidade.

— Que bicho é esse?

— Um lêmur perspicaz. — Deryn ergueu a mão e fez carinho na cabeça da criatura. — Ele repete coisas, um pouco parecido com um lagarto-mensageiro.

— O monstrinho não apenas repete — comentou o Dr. Azuela. — Ele me disse que eu estava errado.

Alek franziu a testa: também tinha reparado naquilo. Conforme as semanas se passaram, as memórias dos lêmures ficaram mais longas. Eles às vezes repetiam coisas antigas ou que ouviram uns dos outros. Agora não ficava claro de onde uma palavra ou frase vinham.

— É porque que ele é perspicaz — falou Deryn. — Em outras palavras, é esperto.

— Muito esperto — disse Bovril.

Villa encarou o monstrinho novamente, com uma expressão maravilhada nos olhos castanhos.

— *Tienen oro* — disse o Dr. Azuela no silêncio.

O italiano de Alek foi suficiente para entender a palavra para "ouro". Ele tirou novamente a bolsinha do bolso.

— Não é muito, mas nós podemos pagar pelo seu silêncio.

O general pegou a bolsinha e a abriu, depois riu.

— O homem mais rico da Califórnia me envia armas! E o senhor me tenta com este palito de ouro?

— Então o que o senhor quer?

O homem franziu os olhos para Alek.

— O *señor* Hearst diz que o senhor é sobrinho do velho imperador, Maximiliano.

— Sobrinho-neto, mas sim.

— Imperadores são coisas inúteis e fúteis. Nós não precisávamos de um, então atiramos nele.

— Sim, conheço a história. — Alek engoliu em seco. — Talvez tenha sido um pouco presunçoso colocar um austríaco no trono do México.

— Foi um insulto ao meu povo. Porém, seu tio foi corajoso no fim. Diante do pelotão de fuzilamento, ele desejou que seu sangue fosse o último a correr pela liberdade. — O general Villa olhou para o trapo sujo de vermelho na mão do Dr. Azuela. — Infelizmente, não foi.

— Realmente — concordou Alek. — Aquilo foi há 50 anos, não é?

— *Sí*. Sangue demais correu desde então. — Villa jogou a bolsinha de volta para Alek e se voltou para Deryn. — Fique com seu segredo, irmãzinha, mas tenha mais cuidado da próxima vez que pular de sua nave.

— Sim, tentarei.

— E tenha cuidado com jovens príncipes. O primeiro homem em quem atirei na vida era tão rico quanto um príncipe, e foi pela honra da minha irmã. — O general riu novamente. — Mas a *señorita* é um soldado... consegue atirar em homens por conta própria, não é?

Deryn ergueu um ombro.

— A ideia já me passou pela cabeça, uma vez ou outra — respondeu ela. — Mas, perdão, se o senhor não gosta de imperadores, onde arrumou esses andadores alemães?

— O *kaiser* vende armas para nós. — O general Villa deu um tapinha na pistola Mauser no cinto. — Às vezes, ele *dá* as armas para que sejamos seus amigos quando os ianques se juntarem à guerra, creio eu. Porém, jamais nos curvaremos a ele.

— Sim, imperadores são um pouco inúteis, não? — Deryn se sentou reto e esticou a mão direita. — Obrigada por não contar.

— Seu segredo está seguro, *hermanita*.

O general Villa cumprimentou Deryn, depois ficou de pé, mas de repente franziu os olhos e levou a mão à arma. Uma sombra cresceu na lona.

Villa esticou a mão, jogou a lona de lado e apontou a pistola para o rosto sorridente e com a barba por fazer de Eddie Malone.

— Dylan Sharp, *Deryn* Sharp... é claro! Bem, não posso dizer que eu fazia ideia, mas isso explica *muita coisa*, com certeza. — O homem esfregou as mãos e ofereceu uma para Pancho Villa. — Eddie Malone, repórter do *New York World*.

⬡ **TRINTA** ⬡

O CORTE NO BRAÇO de Deryn não foi muita coisa no fim das contas, apenas 11 pontos que mal coçavam. Porém, ela sentiria o joelho machucado por muito tempo.

A maior parte da dor era simples e direta, como se Deryn tivesse batido na quina de uma cama de ferro. Em outros momentos, a perna latejava, como as dores crescentes que ela sentia quando tinha apenas 12 anos e já era mais alta que metade dos garotos em Glasgow. Mas a pior agonia vinha à noite, quando o joelho tremia e zumbia como uma garrafa cheia de abelhas.

O zumbido provavelmente ocorria graças à compressa do Dr. Busk. Não era semente de mostarda ou aveia, como as tias preferiam, mas um monstrinho pequenino de alguma espécie. Ele se prendera à perna de Deryn como uma craca, com tentáculos que penetraram na pele para curar os ligamentos rompidos na queda. O médico-chefe não informara quais cadeias vitais formavam a criatura, mas ela vivia à base de água com açúcar e um pouco de luz do sol todo dia — meio planta e meio animal, provavelmente.

Seja lá o que fosse o monstrinho, ele se irritava quando Deryn se mexia. Mesmo um pouco de peso sobre a perna era punido com uma hora de abelhas raivosas. Andar era um pesadelo e se vestir era complicado, e claro que ela nem podia pedir ajuda para isso.

Se não tivesse sido por Alek, a tripulação inteira teria descoberto o segredo naquele primeiro dia. Fora Alek que persuadira o general Villa a ficar calado e convencera os oficiais de que Deryn podia ficar na própria cabine, e não na enfermaria, embora isso significasse que o príncipe tinha de pegar as refeições na cozinha por ele mesmo. Era em Alek que Deryn se apoiava no caminho até os banheiros, através da escuridão do canal gástrico, várias vezes ao dia — e quem mantinha guarda a uma distância cavalheiresca enquanto ela usava o reservado. E era Alek que fazia companhia para que Deryn não enlouquecesse.

Ele havia feito tanta coisa apenas para garantir que Deryn passasse os últimos dias a bordo do *Leviatã* como um legítimo aeronauta, e não como uma garota maluca marginalizada pelos oficiais e pela tripulação.

Aquele vagabundo do Eddie Malone não tinha contado para ninguém, não ainda. Após a traição do Sr. Hearst, os repórteres não tinham permissão de chegar perto do rádio de Tesla ou dos pássaros mensageiros, e Malone estava preocupado demais que Adela Rogers roubasse sua reportagem. Mas Nova York estava a apenas dois dias de distância. Mais dois dias de uniforme, e então o segredo seria revelado para o mundo. Não havia como escapar do fato de que esta era a última jornada de Deryn Sharp a bordo do *Leviatã*.

Era como esperar pela execução, cada segundo demorado e doloroso, mas à noite, às vezes, ela dava graças a Deus por ser mantida acordada pelas abelhas. Pelo menos era possível passar mais algumas horas sentindo as vibrações da nave e ouvindo os sussurros do fluxo de ar em volta da gôndola.

A maior parte do tempo, porém, Deryn se perguntava o que faria a seguir. Obviamente, teria de inventar novas mentiras para manter o irmão Jaspert fora de uma enrascada por alistá-la na Força Aérea. Mas a notoriedade passaria com o tempo, e ela precisaria achar um emprego de verdade.

Deryn ainda entenderia de aeronáutica, mesmo que a Força Aérea tirasse seu uniforme. E mesmo que o joelho não sarasse completamente, ela se tornara forte o suficiente para trabalhar lado a lado com a maioria dos homens. Alek comentou que ela deveria ficar nos Estados Unidos onde, segundo ele, mulheres que sabiam operar balões de hidrogênio estavam na moda.

Alek explicou sobre Paulina e seus perigos. A garota não era nada além de um personagem de filme, sombras que piscavam em uma tela, mas havia entrado na cachola tapada de Alek de alguma forma.

— Paulina está prestes a herdar muito dinheiro — explicou o príncipe no segundo dia no campo de aviação do general Villa. — Milhões de dólares americanos, creio eu. Mas eis a pegadinha: ela não leva um centavo até se casar.

Deryn se recostou nos travesseiros e olhou para o alto. O Golfo do México brilhava embaixo do *Leviatã* e reluzia no teto. Alek estava sentado ao pé da cama, enquanto Bovril ficava empoleirado na cabeceira e balançava os bracinhos como se praticasse usar bandeirolas de sinalização.

— Pobre garota — falou Deryn. — A não ser pela parte dos milhões de dólares.

Alek riu.

— É um melodrama, não uma tragédia.

— Melodrama — repetiu Bovril no jeito pausado e claro que os lêmures usavam quando aprendiam novas palavras.

— Mas em vez de se casar — continuou Alek —, Paulina embarca em aventuras. E ninguém a impede, apesar de ela ser uma garota!

Deryn franziu a testa. A história não parecia provável, ainda que, se a mulher tivesse alguns milhões no banco, talvez as pessoas a tratassem um pouco mais como um homem.

— Bem, eu só vi o primeiro episódio. Não tinha um final apropriado, pois é o que eles chamam de "gancho". — Alek pensou um momento. — Embora eu ache que o Sr. Hearst mencionou algo sobre a Paulina ser amarrada ao trilho do trem ou a uma cadeira de rodas.

— Amarrada ao trilho do trem? Parece uma carreira brilhante para mim.

— Preste atenção, Deryn. Não importa que *Os perigos de Paulina* seja uma besteira. A questão é que é imensamente popular. Portanto, mesmo que as mulheres americanas não estejam pilotando balões ainda, pelo menos elas *querem*. Você poderia mostrar como se faz.

— Às vezes, querer não é suficiente, Alek. Você sabe disso.

— Creio que sim. — Ele se recostou na parede da cabine. — Por exemplo, você não *quer* ser animada, não é?

Deryn deu de ombros. No momento, ela sabia exatamente o que queria: que Eddie Malone não tivesse ouvido escondido a conversa com o general Villa. Ou que ela não tivesse caído com as asas planadoras. Ou, melhor ainda, que o berrante do Hearst não tivesse arruinado os motores do *Leviatã* para início de conversa!

Se qualquer uma dessas coisas tivesse acontecido de maneira diferente, ninguém jamais teria descoberto que Deryn era uma garota. A não ser Alek e aquele vagabundo do conde Volger, é claro.

— Você vai ficar nos Estados Unidos? — perguntou ela. — Quando o *Leviatã* continuar viagem?

Alek franziu a testa para ela.

— Será que o capitão vai permitir?

— Você está fazendo o que o almirantado quer: ajudar o Sr. Tesla a divulgar a arma. Por que te arrastariam de volta à Europa?

— Creio que você tem razão.

Alek ficou de pé e foi até a janela. Os olhos verdes brilharam quando o príncipe olhou para o céu. Era óbvio que ele não pensara muito a respeito da vida após o *Leviatã*. Bem no fundo, Alek provavelmente ainda torcia que pudesse permanecer a bordo. Mas, mesmo que ele não desembarcasse em Nova York, o príncipe e seus homens só seriam passageiros no máximo até Londres.

— Você pode estar apaixonado pelo *Leviatã*, Alek, mas a nave não corresponde a esse amor.

Ele deu um sorriso triste.

— Era uma relação fadada ao fracasso desde o início. Para mim e você, creio.

Deryn olhou para o teto. Um príncipe mekanista e uma garota disfarçada de garoto — nenhum dos dois poderia durar para sempre naquela nave. Apenas pura sorte mantivera os dois juntos por tanto tempo assim.

— Eu já te contei como descobri seu verdadeiro nome? — perguntou Alek.

— Você tinha um monte de pistas — respondeu Deryn, depois franziu a testa. — Mas você me enganou ao dizer "Deryn", não foi? Onde ouviu isso?

— Foi tudo culpa de Eddie Malone.

— Aquele vagabundo! — exclamou Bovril.

— Ele havia esgotado meus segredos — continuou Alek —, então escreveu um artigo sobre você salvando o *Destemido*. Eu sempre tive a intenção de te mostrar a fotografia. Você parecia bem heroica.

— Espere aí, você está dizendo que Malone sabia meu nome *naquela época*?

— Claro que não, mas ele fez alguma pesquisa sobre sua família e o acidente do seu pai. O Malone escreveu como você, quero dizer, uma filha chamada Deryn, tinha sobrevivido.

— Ah, sim. — Ela suspirou. — É por isso que eu jamais contei aquela história para ninguém, a não ser você. E aquilo foi suficiente para você adivinhar que a Deryn era eu?

Alek olhou de lado para o lêmur perspicaz.

— Bem, eu tive uma ajudinha.

— Traidor berrante — disse Deryn.

Ela bateu na cabeceira da cama. Bovril cambaleou por um instante, com as patinhas para fora como um equilibrista na corda bamba, depois caiu no colo de Deryn.

— Ufa — disseram os dois ao mesmo tempo.

Alek tirou o monstrinho de cima dela.

— Você nunca me contou como Volger descobriu.

— Aulas de esgrima. Todos aqueles toques e posicionar meu corpo para lá e para cá. — Deryn torceu a cara. — E eu berrei demais com ele.

— Você berrou com ele?

— Quando você fugiu em Istambul e Volger ficou para trás, ele estava sendo um pouco presunçoso. Como se estivesse *contente* por se livrar de você!

— Posso imaginar — falou Alek. — Mas o que isso tem a ver com você ser uma garota?

— Eu fiquei... — Ela olhou para a parede. Admitir aquilo era um tanto constrangedor. — Talvez eu tenha ficado um pouco histérica por sua causa.

Deryn fez um esforço para olhar para Alek. Ele estava sorrindo.

— Você não queria que eu me machucasse?

— Claro que não, seu príncipe tapado.

Ela se viu devolvendo o sorriso para Alek. Apesar de toda a tristeza por sair do *Leviatã*, era um alívio poder falar com o príncipe desse jeito. Como seria quando o segredo fosse revelado para o mundo inteiro?

— Nós dois poderíamos ficar em Nova York, creio eu — sugeriu Deryn baixinho.

— Parece perfeito.

Essas simples palavras aceleraram um pouco o pulso de Deryn, o suficiente para agitar as abelhas atrás da patela.

— Sério? Você quer que nós sejamos imigrantes juntos?

Alek riu e colocou Bovril no peitoril.

— Não exatamente imigrantes. Os americanos não podem se tornar imperadores, pelo que me lembro.

— Mas com a arma do Sr. Tesla, você não precisa ser imperador para acabar com a guerra!

Ele franziu a testa.

— Alguém precisa liderar meu povo depois disso.

— Sim, é claro — admitiu Deryn, se sentindo uma idiota.

Alek podia fingir que era um aeronauta de vez em quando, mas a carta do papa sempre estava em seu bolso, e ele havia desejado ser o herdeiro do pai a vida inteira. Qualquer coisa além de amizade com Deryn destruiria as chances do príncipe de tomar o trono.

Mas todas as vezes que um dos dois tinha caído — nas neves dos Alpes, em Istambul, na tempestade do topo, naquele desfiladeiro poeirento —, o outro sempre estivera lá para levantá-lo. Deryn não conseguia imaginar ser abandonada por Alek em nome de uma coroa e de um cetro tapados.

— Você está certa, Deryn. Nós dois estamos presos em Nova York pelo resto da guerra. — Ele se virou da janela, e o sorriso cresceu. — Você deveria se juntar a mim e a Volger!

— Sim, sua nobreza *adoraria* isso!

— Volger não decide quem são meus aliados. — Alek fez carinho na cabeça do lêmur. — Se dependesse dele, teríamos estrangulado Bovril na noite em que ele nasceu.

— Aquele vagabundo! — exclamou o monstrinho.

Deryn franziu a testa. Alek tinha acabado de compará-la a *Bovril*?

— Nós sequer sabemos onde moraremos — continuou ele. — Mal tenho ouro sobrando, e o Sr. Tesla gastou todo o dinheiro que tinha construindo o Golias. Mas será fácil arrecadar mais, agora que ele provou o que a arma pode fazer.

— Sem dúvida. Mas você quer depender da caridade daquele cientista louco?

— Caridade? Besteira. Será igual a Istambul, todos nós trabalhando juntos para pôr as coisas em ordem!

Deryn assentiu, embora estivesse óbvio que Alek mal sabia o que era caridade. Ele tinha passado a vida inteira em uma bolha de prosperidade. Entendia tanto de dinheiro quanto um peixe podia entender de água.

Mas uma noção muito pior entrou na mente da aspirante.

— Talvez não me expulsem da nave, Alek. Podem me levar de volta a Londres para um julgamento.

— Você violou alguma lei?

Deryn revirou os olhos.

— Pelo menos uma dezena, seu príncipe tapado. O almirantado pode não querer fazer um escarcéu a respeito, mas há chance de me jogarem na prisão. E se fizerem isso, nós nunca mais nos veremos novamente.

O príncipe ficou calado por um momento, com os olhos fixos no olhar dela. Era como algum daqueles transes tapados em que Alek entrava, só que a expressão dele permaneceu seriíssima.

Deryn precisou desviar o olhar.

— Você deve levar Bovril. Estava lá quando ele saiu do ovo, e eles não deixarão que eu fique com um monstrinho na prisão.

— Você pode fugir — sugeriu Alek. — Se eu consegui escapar dessa nave, você certamente consegue!

— Alek. — Ela apontou para o joelho. — Vai levar dias até eu poder andar direito, e semanas antes que eu consiga escalar.

— Ah. — O príncipe se sentou com cuidado na cama novamente e olhou fixamente para a perna machucada. — Sou um idiota por ter esquecido.

— Não. — Deryn sorriu. — Bem, sim, mas não de uma maneira ruim. Você é apenas...

— Um príncipe inútil.

Deryn fez que não com a cabeça. Alek era um monte de coisas, mas jamais inútil.

— Eu já sei — falou Alek. — Direi ao capitão que o Sr. Tesla precisa de sua ajuda. Você *terá* de se juntar a mim!

— Ele pedirá ordens a Londres. Não é como se o *Manual de Aeronáutica* tivesse algum capítulo sobre garotas com calças!

— Mas e se eu... — começou o príncipe, depois suspirou.

Ela riu secamente.

— O berrante *príncipe* Alek, sempre achando que consegue dar jeito em qualquer coisa.

— O que há de errado em tentar dar jeito nas coisas?

— Você sempre...

Ela balançou a cabeça. Não havia sentido em desencavar tudo aquilo. Só deixaria o garoto irritado; ou pior, triste.

— Nada — completou Deryn.

— Sr. Sharp — disse Alek, com a sobrancelha erguida. — O senhor está mantendo segredos de mim?

— Sem segredos — falou Bovril, com uma risadinha.

— Promessas berrantes e idiotas — gemeu Deryn.

Deitada ali no camarote nos últimos dois dias, passaram-lhe inúmeras ideias malucas pela cabeça. Será que ela deveria contar *todas* a Alek?

— *Sr.* Sharp? — instigou Bovril.

Deryn olhou feio para calar o monstrinho e depois se virou para Alek.

— A situação é essa, Vossa Alteza. O mundo desmoronou quando seus pais morreram e continua caindo. Deve ser horrível pensar nisso todo dia, mas acho que você confunde as duas coisas.

— Que duas coisas?

— Seu mundo e o mundo das outras pessoas. — Deryn esticou o braço e pegou a mão dele. — Você perdeu tudo naquela noite: seu lar, sua família. Nem é mais um mekanista direito. Mas acabar com a guerra não dará jeito nessa situação, Alek. Mesmo que você e aquele cientista salvem o planeta berrante inteiro, você ainda precisará... de algo mais.

— Eu tenho você — respondeu Alek.

Deryn engoliu em seco e torceu que ele estivesse sendo sincero.

— Mesmo que me obriguem a usar saias novamente?

— É claro. — Ele olhou Deryn de cima a baixo. — Embora de alguma forma eu não consiga imaginar isso.

— Então não tente.

Ambos olharam para Bovril, esperando que ele desse sua opinião. Porém, o monstrinho apenas devolveu o gesto, com os grandes olhos brilhando.

Depois de um instante, Alek falou:

— Eu tenho de acabar com essa guerra, Deryn. É a única coisa que me faz ir em frente. Você entende?

Ela concordou com a cabeça.

— É claro.

— Mas farei qualquer coisa que estiver em meu alcance para evitar que levem você embora.

Deryn tremeu ao respirar fundo, depois deixou os olhos se fecharem.

— Promete?

— Qualquer coisa. Como você disse em Tóquio: nós estamos destinados a ficar juntos.

Deryn queria concordar, mas prometera que não mentiria e não tinha certeza de que aquilo era verdade. Se *realmente* estivessem destinados a ficar juntos, por que tinham nascido como um príncipe e uma plebeia? E se não estivessem, por que ela achava que sim, por dentro?

Mas Deryn finalmente concordou com a cabeça. Talvez a sorte do príncipe tapado continuasse e ela não fosse jogada em uma cela em Londres. E talvez fosse suficiente ficar ao lado dele, como aliado e amigo.

◈ TRINTA E UM ◈

A COSTA LESTE DOS Estados Unidos esteve à vista o dia inteiro, com praias brancas e árvores podadas pela maresia, pântanos e pequenos morros verdejantes, algumas ilhas ao largo da costa da Carolina do Sul e do Norte. Não houve atrasos nos últimos 1.500 quilômetros, e o *Leviatã* se aproximava do objetivo. Deryn ouviu a tripulação começando a se agitar nos corredores. O som deixou-a desanimada.

Mais tarde, à noite, Eddie Malone estaria na redação do *New York World* e entregaria a reportagem sobre Deryn Sharp, a corajosa mulher aeronauta que tinha enganado a Força Aérea Britânica. Amanhã o segredo estaria no *World*, e, no dia seguinte, apareceria em todos os jornais dos Estados Unidos.

Deryn exercitava o joelho, ignorando as abelhas que zumbiam, e se preparava para usar a bengala que o velho e adorável Klopp fizera para ela. Era coberta por madeira fabricada, mas tinha um punho pesado de latão, bem mekanista. Deryn não fazia ideia se o capitão a expulsaria como um passageiro clandestino ou a jogaria na prisão, mas fosse lá o que acontecesse, ela não queria estar impotente.

Veio uma batida na porta.

Ela se abriu antes que Deryn pudesse atender, e a cientista entrou puxando Tazza e com o lêmur no ombro. O tilacino se soltou e enterrou o focinho na palma de Deryn.

— Boa tarde, Sr. Sharp.

— Boa tarde, madame. — Deryn ergueu a bengala. — Desculpeme por não levantar.

— Não se preocupe. Parece que Tazza sentiu sua falta.

— A senhora não sentiu também, madame?

A Dra. Barlow estalou a língua.

— Do que senti falta foi dos passeios de Tazza em intervalos regulares. O Sr. Newkirk se mostrou bem irresponsável.

— Sinto muito em ouvir isso, madame, mas ele acumulou minhas tarefas, assim como as dele — explicou Deryn. Ela fechou a cara. Não havia muito sentido em se desdobrar em gentilezas, agora que sua carreira tinha acabado. — A senhora nunca pensou em passear com Tazza por si mesma?

A Dra. Barlow arregalou um pouco os olhos.

— Que sugestão curiosa.

— Bem desagradável — comentou o lêmur.

— Pobre monstrinho. — Deryn fez carinho na cabeça do tilacino. — Bem, chame o Sr. Newkirk, e direi que ele é um vagabundo.

— Vagabundo — riu Bovril.

— Que *modos*, Sr. Sharp! — exclamou a Dra. Barlow. — Tem certeza de que está se sentindo bem?

Deryn olhou a perna. O uniforme cobria a compressa, mas o inchaço ainda era visível.

— O corte no braço está bom, mas o Dr. Busk não tem certeza sobre o joelho.

— Foi o que ele me contou. — A cientista se sentou à escrivaninha de Deryn e estalou os dedos para Tazza voltar. — Se o senhor rompeu os ligamentos atrás da patela, seus dias de subir pelas enxárcias podem muito bem ter acabado.

Deryn afastou o rosto e sentiu uma ardência repentina atrás dos olhos. Não que fossem permitir que ela chegasse perto de alguma enxárcia, assim que os oficiais soubessem que era uma garota. Mas ainda era doloroso pensar que a mãe e as tias podiam estar certas, afinal de contas. E se ela não *conseguisse* mais ser uma aeronauta?

— O Dr. Busk ainda não tem certeza disso, madame.

— Não, não tem. Mas com a fatalidade surge a oportunidade.

— Perdão, madame?

A Dra. Barlow se levantou e começou a inspecionar o camarote. Passou o dedo da luva branca pela madeira.

— Nos últimos dois meses, o senhor se mostrou útil, Sr. Sharp. Vem bem a calhar em situações desagradáveis e sabe improvisar muito bem. O senhor até mesmo leva, quando não está tristonho no leito, um certo jeito para diplomacia.

— Sim, creio eu.

— Deixe-me perguntar, o senhor já pensou em servir ao Império Britânico de uma maneira mais ilustre que correr por um aeromonstro dando nós?

Deryn revirou os olhos.

— É um pouco mais que apenas dar nós, madame.

— Por ter visto seus talentos pessoalmente, não posso discordar. — A cientista se voltou para Deryn e sorriu. — Porém, se aceitar minha oferta, o senhor aprenderá que *des*atar nós, os metafóricos, é claro, pode ser mais recompensador.

— Sua oferta, madame?

— Estou sendo tão vaga? — perguntou a Dra. Barlow. — Estou lhe oferecendo um cargo, Sr. Sharp. Um cargo fora dos limites da Força

Aérea. Embora, eu lhe garanto, haja o envolvimento de certa quantidade de viagens em aeronaves.

— Um cargo, *Sr.* Sharp — falou o lêmur da cientista, e Bovril assobiou baixinho.

Deryn se recostou nos travesseiros. Muito subitamente, o zumbido atrás da patela havia se redobrado.

— Mas que tipo de cargo? A senhora é... a diretora do zoológico de Londres, não é?

— Tratadora de animais, bá! — disse o monstrinho da Dra. Barlow.

— Este é meu título, Sr. Sharp, mas o senhor achou que nossa missão em Istambul foi de cunho zoológico?

— Er, creio que não, madame.

Ocorreu a Deryn que ela não fazia ideia do cargo verdadeiro da Dra. Barlow, a não ser que envolvia mandar e desmandar nas pessoas, e bancar a superior. A cientista era a neta do grande fabricante, obviamente, e fora capaz de requisitar o *Leviatã* bem no meio de uma guerra berrante.

— A senhora trabalha para alguém em especial, madame? Tipo o almirantado?

— Aqueles miolos moles? Acho que não. A Sociedade Zoológica de Londres não é uma agência do governo, Sr. Sharp. Ela é, na verdade, uma instituição científica beneficente. — A Dra. Barlow se sentou novamente e começou a fazer carinho na cabeça de Tazza. — Mas a zoologia é o sustentáculo do nosso império, e, portanto, a Sociedade têm muitos integrantes em cargos elevados. Conjuntamente, temos uma força considerável.

— Sim, eu notei. — A cientista tinha praticamente comandado a nave até o Sr. Tesla vir a bordo falando de superarmas. — Mas que tipo de cargo sua Sociedade teria para *mim*? Não sou cientista.

— De fato, não é, mas o senhor parece aprender rápido. E há ocasiões em que meu trabalho científico me leva a situações que são, como o Sr. Rigby gosta de dizer, bem *animadas*. — A Dra. Barlow sorriu. — Em ocasiões assim, um assistente pessoal engenhoso como o senhor pode ser útil.

— Hã? — Deryn franziu os olhos. — Assistente pessoal em que nível, madame?

— O senhor não chegaria a ser meu criado, Sr. Sharp. — Ela vasculhou o camarote com o olhar. — Embora eu perceba que o senhor mesmo precise de um.

Deryn revirou os olhos. Não era fácil manter uma arrumação berrante quando mal conseguia ficar em pé. Mas este cargo parecia uma chance de escapar da prisão — ou pior, de ser mandada de volta a Glasgow e obrigada a usar saias.

— A proposta parece boa, madame, mas...

A Dra. Barlow ergueu a sobrancelha.

— O senhor tem algo contra?

— Não, madame. Mas a senhora pode ter, depois... Veja bem, há uma coisa que a senhora não sabe a meu respeito.

— Diga *logo*, Sr. Sharp.

— Diga *logo* — repetiu o lêmur. — *Sr.* Sharp.

Deryn fechou os olhos e decidiu mandar tudo para o inferno.

— Eu sou uma garota.

Quando Deryn abriu os olhos, a cientista a encarava sem mudança na expressão.

— Certamente — comentou a Dra. Barlow.

Deryn ficou boquiaberta.

— A senhora quer dizer que... a senhora *sabia*?

— Eu não fazia a menor ideia, mas tenho como política jamais aparentar surpresa. — A cientista suspirou e olhou pela janela. — Embora nesta ocasião esteja sendo mais difícil que o normal. Uma garota, diz o senhor? Tem certeza?

— Sim. — Deryn deu de ombros. — Da cabeça aos pés.

— Bem, preciso dizer que isso é extraordinário. E um tanto inesperado.

— *Sr.* Sharp — repetiu o lêmur no ombro, de um jeito bem presunçoso.

Deryn se viu sorrindo um pouco diante do incômodo da Dra. Barlow. Era um prazer revelar um segredo a uma sabichona tão grande. Poderia não ser tão ruim ver a surpresa em todos os rostos da tripulação. E o que os oficiais seriam capazes de fazer com ela, agora que Deryn tinha a proteção da cientista?

— E por que exatamente o senhor cometeu essa farsa?

— Para voar, madame. E pelos nós.

A cientista estalou a língua.

— Bem, este *é* um novo problema, Sr. Sharp... ou *Srta.* Sharp, creio eu, mas talvez seja útil. As ações da Sociedade às vezes usam a arte do disfarce. Realmente, é muito impressionante que ninguém tenha percebido a farsa.

— Bem, infelizmente, esse não foi o caso. — Deryn pigarreou. — O conde Volger percebeu primeiro, depois uma moça em Istambul chamada Lilit. E, mais recentemente, Alek. Ah, e Pancho Villa e o médico dele, e finalmente aquele repórter vagabundo, Eddie Malone.

Os olhos da cientista estavam bem arregalados agora.

— Tem certeza de que não há mais ninguém, mocinha? Ou sou a última pessoa na nave inteira a saber?

— Bem, esse é o problema, madame. Em breve o *World*, isto é, o jornal do Sr. Malone, vai saber também. O repórter planeja contar para eles quando chegarmos a Nova York hoje à noite

— Bem, isso coloca a situação de pernas para o ar. — A Dra. Barlow balançou a cabeça devagar. — Infelizmente, terei de retirar a oferta.

Deryn endireitou o corpo.

— O que a senhora quer dizer?

— Quero dizer, Srta. Sharp, que a senhorita ganhou alguma notoriedade em determinados círculos. A senhorita ajudou a fomentar uma revolução no Império Otomano. Uma ação ambiciosa, mesmo pelos padrões da Sociedade Zoológica de Londres! — A cientista suspirou. — Mas quando vier a público a notícia sobre o que a senhorita realmente é, sua celebridade apenas aumentará o escândalo.

— Bem, sim — concordou Deryn. — Por uma semana ou duas.

— Por algum tempo, infelizmente. Mocinha, a senhorita ridicularizou esta nave e seus oficiais. E escolheu um momento quando todos os olhos do mundo estão voltados para nós. Pense no que as pessoas dirão sobre o capitão Hobbes, que não sabia que um dos próprios tripulantes era uma garota!

— Ah. — Deryn pestanejou. — Tem isso.

— E a vergonha não acaba aí, Srta. Sharp. A Força Aérea é um ramo muito recente das forças armadas, e o almirantado... bem, *eles* acabaram de lhe dar uma medalha!

— Mas a senhora disse que eles eram miolos moles!

— Miolos moles muito poderosos, Srta. Sharp, que a Sociedade não pode se dar ao luxo de antagonizar. — Ela fez que não com a cabeça. — Mas tenho certeza de que *alguém* ficará feliz com essa revelação.

— A senhora quer dizer as sufragistas, madame?

— Não, quero dizer os alemães. Que reforço para as ações de propaganda! — A Dra. Barlow ficou de pé. — Sinto muito, Srta. Sharp, mas infelizmente essa situação não serve, de maneira alguma.

Deryn engoliu em seco e tentou pensar em algum tipo de argumento, mas a verdade esmagadora era que a Dra. Barlow estava certa. Deitada na cama nos últimos dois dias, Deryn se preocupara apenas com o que a revelação de Malone significaria para ela mesma, não para o capitão e os colegas de nave, muito menos para a Força Aérea e o Império Britânico.

E pior, Alek não tinha ponderado a respeito disso também. Será que o príncipe ainda iria querer Deryn na vida dele, assim que ficasse famosa por ter humilhado a Força Aérea e a nave?

— Não me entenda mal, Srta. Sharp, o que a senhorita fez é muito corajoso. É um motivo de orgulho para nosso gênero e tem minha maior admiração.

— Sério?

— Com certeza. — A cientista estalou os dedos para Tazza e abriu a porta. — E se não tivesse sido descoberta, teria sido um prazer trabalhar com a senhorita. Talvez quando esta guerra acabar, nós possamos falar novamente a respeito do cargo.

— Talvez — repetiu o lêmur no ombro. — *Srta.* Sharp.

◈ TRINTA E DOIS ◈

– AINDA HÁ TEMPO para se afastar da loucura de Tesla.

Alek olhou para a escuridão fora da janela do camarote.

— Você não acha que é um pouco tarde para isso, Volger?

— Nunca é tarde para se admitir os erros, mesmo em frente a uma multidão.

Alek repuxou e ajeitou o smoking.

Espalhados nas águas escuras lá embaixo, havia pelo menos uma centena de barquinhos para saudar o *Leviatã*. As luzes de navegação brilhavam como estrelas em movimento. Entre eles se agigantava um reluzente navio de cruzeiro, com a sirene de neblina urrando na noite. O gemido baixo cresceu e virou um coro quando as outras grandes embarcações no porto se juntaram a ele.

Empoleirado na escrivaninha de Volger, Bovril tentou imitar as sirenes, mas acabou soando como uma tuba mal tocada.

Alek sorriu.

— Mas eles já estão nos exaltando!

— Eles são americanos — falou Volger. — Buzinam por qualquer coisa.

Bovril ficou em silêncio e enfiou o nariz na vidraça.

— Aquela é quem penso que é? — perguntou Alek, franzindo os olhos na escuridão.

Ao longe, uma forma humana gigante surgia à vista. Ela era tão alta quanto o *Leviatã*, e a tocha erguida brilhava ao mesmo tempo com uma suave bioluminescência e uma cintilante bobina elétrica.

— A Estátua da Liberdade. — Volger se afastou da paisagem. — Alguns cinejornais com você cumprimentando Tesla são uma coisa, mas ficar ao lado do inventor enquanto ele exalta a arma parece imprudente.

— Você ainda acha que o Golias não vai funcionar?

— Eu falei com a Dra. Barlow hoje à noite, e ela diz que não. — Volger abaixou a voz. — Mas e se o Golias funcionar *mesmo*, Alek? E se ele usá-lo em uma cidade?

— Eu já disse que Tesla prometeu não atacar a Áustria.

— Então você vai contribuir feliz da vida com a destruição de Berlim? Ou de Munique?

Alek balançou a cabeça.

— Eu não vou contribuir com coisa alguma. Estou ajudando a divulgar a arma de Tesla para que ele não *precise* usá-la. Os alemães vão suplicar por paz quando perceberem o que o inventor pode fazer. Eles não são loucos, sabe.

— O *kaiser* é um absolutista. Ele pode ser tão louco quanto quiser. Sua gravata está torta.

Alek suspirou e ajeitou a gravata no reflexo na vidraça.

— Você possui o mau hábito de listar tudo que tem chance de dar errado, Volger.

— Sempre considerei isso um bom hábito.

Alek ignorou a resposta e se olhou na vidraça. Era revigorante ter roupas decentes novamente. O Sr. Hearst podia ter sabotado o *Leviatã*, mas pelo menos oferecera alguns belos smokings de quebra.

O chão se moveu um pouco: a aeronave se virava para o norte novamente. Alek se debruçou mais perto da janela e viu Manhattan à frente. Um aglomerado de prédios surgia no extremo sul da ilha, alguns com quase 200 metros de altura, tão altos quanto as torres de aço de Berlim.

Alek imaginou o céu escuro acima deles pegando fogo, as janelas reluzentes dos prédios explodindo, as armações de metal sendo retorcidas.

— Tesla usará a máquina se for preciso, esteja eu ao lado dele ou não.

— Exatamente — concordou Volger. — Então por que não se afasta? Quer ser lembrado por assassinato em massa, Vossa Serena Alteza?

— Claro que não, mas uma chance de paz me é mais importante que minha reputação.

Volger soltou um longo suspiro.

— Talvez isso seja uma boa coisa — comentou o conde.

— O que você quer dizer?

— A Dra. Barlow também falou comigo sobre Dylan; ou melhor, Deryn. Parece que a doutora já sabe do segredo da garota.

— Deryn deve ter contado. A verdade virá à tona amanhã de qualquer maneira, portanto pouco importa agora.

— A Dra. Barlow parece pensar que importa, sim. Ela diz que o capitão e a nave serão humilhados, que o almirantado ficará indignado. E, mais importante, que sua amiga se tornará alvo da propaganda alemã. O altivo Império Britânico envia garotas de 15 anos para lutar suas batalhas? Que vergonha.

— Deryn está longe de ser uma vergonha.

— Mas os alemães farão dela uma. É melhor você manter seu nome fora do escândalo. Tesla lhe agradecerá por isso.

Alek cerrou o maxilar e não respondeu enquanto observava a cidade se aproximar. De 300 metros de altura, conseguiu ver uma malha de ruas traçada pelos pontinhos brilhantes dos postes elétrikos. Os píeres estavam lotados de gente reunida para assistir à chegada da grande aeronave.

Será que todo mundo ficaria mesmo contra Deryn, assim que soubessem? Talvez os oficiais do *Leviatã* e, obviamente, o almirantado. Mas certamente um monte de mulheres iria compreender por que ela havia feito aquilo.

Obviamente, mulheres não podiam votar.

A buzina tocou no padrão longo-curto, o sinal de amarração em grande altitude. Volger colocou o casaco de cavalaria, depois escolheu um sobretudo escuro e brilhoso para Alek, feito de pele de zibelina, entre os muitos presentes do Sr. Hearst.

Alek não se mexeu, ficou encarando fixamente os olhos de Bovril.

— Você está preocupado com Deryn? — perguntou Volger.

— Claro. E também... — Ele não conseguiu terminar.

— A situação não vai ser agradável para ela, mas se insiste em ajudar Tesla, é melhor que mantenha sua reputação intacta por mais tempo.

Alek assentiu, sem dizer o que mais tinha percebido. Ele e Volger estavam a caminho de um redemoinho de diplomacia e publicidade, enquanto o *Leviatã* seria reabastecido em um campo de aviação decente em Nova Jersey e deixaria o país em apenas 24 horas. Quando ele veria Deryn novamente?

Os dois não tinham chegado a se despedir para valer...

Alek fechou os olhos e sentiu o ronco dos motores, a leve puxada da desaceleração conforme a nave se aproximava de Manhattan.

— Vamos — murmurou o príncipe.

Ele pegou Bovril e se dirigiu para a porta.

— Podemos trocar uma palavrinha, Vossa Alteza?

Alek se virou. A Srta. Rogers estava vestida em um casaco de inverno vermelho-escuro; a raposa nos ombros era de um tom cor-de-rosa fabricado. A pele tremulava no vento do paiol aberto.

— Mais algumas, a senhorita quer dizer? — perguntou Alek.

O príncipe tinha passado duas horas com a mulher no dia anterior, recontando o resgate de Tesla na Sibéria pelo *Leviatã*. Pegara emprestada a versão de Deryn, obviamente, pois tinha dormido durante toda a operação.

— Nossa entrevista foi adorável — a Srta. Rogers se aproximou e baixou o tom de voz —, mas eu me esqueci de perguntar uma coisa. Como o senhor se sente a respeito do perigo que corre?

Alek franziu a testa.

— Perigo?

A Srta. Rogers olhou por cima do ombro de Alek. Entre as pessoas que aguardavam no paiol estavam quatro fuzileiros da nave. Os homens estavam armados com rifles e alfanjes, e um trazia um farejador de hidrogênio na guia.

— Como o senhor pode ver, o capitão está preocupado — falou ela. — Há agentes alemães em Nova York, afinal de contas.

— Havia mais em Istambul — respondeu Alek. — Sem falar na Áustria. Eu dei conta deles até agora.

Ela rabiscou no bloquinho.

— Hmm, muito corajoso.

— Muito — disse Bovril. — Ele pode ser tão louco quanto quiser.

— As frases dessas criaturas estão ficando mais longas, não? — perguntou a Srta. Rogers.

Alek deu de ombros, embora fosse verdade.

As engrenagens da porta do paiol rangeram ao se moverem, e, quando ela abriu, o vento começou a girar e trouxe do porto o cheiro de maresia. Alek fechou mais o sobretudo, e Bovril tremeu no ombro do príncipe.

Através da porta que se escancarava, Alek viu o micro-ônibus aéreo se aproximar. Quatro pequenos balões de ar quente brilhavam embaixo da plataforma de passageiros, e três hélices verticais saíam das laterais. O micro-ônibus era grande o suficiente para levar não mais que uma dúzia de passageiros. Alek e a Srta. Rogers iam à terra firme naquela noite com o Sr. Tesla, conde Volger, Eddie Malone, Dr. Busk, capitão Hobbes e quatro fuzileiros. A Dra. Barlow havia anunciado que não queria ser fotografada com Tesla e esperava para desembarcar até que o *Leviatã* pousasse em Nova Jersey.

O micro-ônibus diminuiu a velocidade e parou a 10 metros, e a prancha começou a se desdobrar. As hélices propulsoras tremeram um pouco e giraram preguiçosamente como pratos de equilibrista rodopiando em varetas.

— Ficarei contente de pôr os pés em chão firme — comentou a Srta. Rogers.

— Eu fui feliz no ar — respondeu Alek.

Quando viu a repórter anotando suas palavras, ele resolveu ficar calado.

A prancha fez um baque ao se conectar ao paiol, e os amarradores começaram a prendê-la rapidamente. Então, sem cerimônia ou despedidas, o destacamento de terra firme cruzou a prancha, correndo até o micro-ônibus.

Um momento depois, Alek viu o *Leviatã* se afastar.

Os demais se amontoaram na outra ponta da plataforma e ficaram admirando como bobos o Woolworth Building, o prédio mais alto do mundo, e o resto de Manhattan. Mas Alek olhava de volta para a aeronave.

— Feliz no ar — repetiu Bovril.

"CHEGADA A MANHATTAN."

Alek fez carinho no queixo da criatura.

— Às vezes você devia ser chamado de lêmur *óbvio*.

Enquanto o monstrinho ria da piada, Alek sentiu o micro-ônibus subir um pouco, desequilibrado pela massa de passageiros na outra ponta. A tripulação pediu educadamente para que todo mundo espalhasse o peso pela plataforma, e, um momento depois, o príncipe viu Eddie Malone ao seu lado.

— Boa noite, Vossa Majestade. Está quente e agradável, graças a esses balões de ar quente, não é?

Alek olhou para baixo. O queimador do balão embaixo dele mandava uma onda de calor para o céu escuro. Bovril estava com as patinhas esticadas, como um soldado ao lado de uma fogueira.

— Quente o suficiente, Sr. Malone. Mas "Vossa Majestade" é errado; o certo é "Vossa Serena Alteza". E se for escrever sobre mim, por favor, se lembre de que meu sobrenome não é Ferdinando.

— Não é? — Surgiu o bloquinho, e as páginas tremularam no vento frio. — Qual é seu sobrenome, então?

— Nobres não têm sobrenome. Nossos títulos nos definem.

— Bem, isso é o que o senhor diz. — Após um instante anotando, o homem falou novamente. — Talvez o senhor queira comentar sobre Deryn Sharp?

Alek hesitou. Esta era a chance de explicar quem Deryn realmente era. Ele podia contar para Malone, e para o mundo, sobre a bravura e a competência de Deryn, revelar o *motivo* de ela voar. Mas o príncipe viu Volger olhando para ele do outro lado da plataforma.

O escândalo de Deryn seria somente uma distração para a missão de Tesla ali em Nova York. E se ele fizesse uma declaração sobre o assunto, as manchetes sobre Deryn apenas seriam maiores.

— Nada a declarar — falou Alek.

[348]

— Isto parece meio esquisito, considerando como vocês dois trabalharam juntos em Istambul.

Alek se afastou do repórter. Odiava isso, não poder ajudar a contar a história de Deryn, mas a reputação de ninguém era mais importante que a paz. Ou essa era apenas uma desculpa conveniente? Uma forma de escapar de ser envolvido em uma revelação embaraçosa? A princípio, Alek tinha ficado tão envergonhado por não saber quem e o que ela era de verdade. Porém, não havia vergonha alguma em ser um amigo de Deryn Sharp. Talvez devesse esquecer os alertas de Volger e explicar a Malone o que realmente sentia por Deryn.

Alek engoliu em seco. E o que *sentia* por ela, exatamente?

Lá no céu, o *Leviatã* se afastava, agora era apenas uma silhueta contra a escuridão estrelada. Quando Alek veria sua melhor amiga novamente?

Ele ouviu o ronco de um motor e abaixou o olhar para o porto. O micro-ônibus descia rapidamente, na direção dos aeropíeres no extremo sul de Manhattan. Uma espécie de lancha cruzava a água escura e disparava entre as luzes que boiavam.

— E pelo que ouvi lá no desfiladeiro de Pancho Villa — continuou Malone —, *parecia* que o senhor já sabia quem ela era. Há quanto tempo adivinhou?

Alek franziu a testa. A lancha fez uma curva fechada e vinha diretamente para o micro-ônibus agora. De repente, um lampejo brilhou no convés, e uma nuvem de fumaça serpenteou, escondendo o barco por um momento.

— Eu acho que aquilo é uma espécie de...

Alek começou a falar, mas a voz foi sumindo conforme alguma coisa saía da fumaça e cuspia fogo atrás.

— Foguete — concluiu Bovril, que entrou no sobretudo de Alek.

◈ TRINTA E TRÊS ◈

ALEK DEU MEIA-VOLTA, porém ninguém mais estava vendo. Até mesmo Malone olhava para o bloco de notas.

— É um foguete — falou ele, sem soar alto o suficiente.

Aí o príncipe encontrou a voz e berrou:

— Estamos sob ataque!

Cabeças se viraram para ele, tão lentamente quanto tartarugas, mas finalmente um tripulante viu o foguete subir na direção do micro-ônibus. Berros correram pela plataforma, e um dos motores de propulsão roncou ao ser ligado. A embarcação inclinou, e as botas de Alek derraparam.

O foguete estava quase em cima deles e zumbia como um trem a vapor. O príncipe se jogou no convés da plataforma e protegeu Bovril com o corpo enquanto o foguete passou rugindo.

Uma explosão espocou no ar acima de Alek e jogou filamentos de fogo sobre o micro-ônibus. Uma brasa do tamanho de uma abóbora quicou no convés, assobiando e soltando fumaça. Ela derrubou um tripulante, depois rolou para fora da plataforma e atingiu um dos balões de ar quente. O envelope fino, cheio de ar superaquecido, entrou em combustão.

Os olhos de Alek foram fechados à força pelo calor que subia. Ele cobriu o rosto e espiou por entre os dedos enluvados. Conforme a tripulação e os passageiros fugiam do fogo, o micro-ônibus rolou com o peso deles e pendeu para o lado. Porém, um momento depois, o envelope foi consumido, e o fogo ardeu e sumiu em segundos.

Com apenas três balões sobrando, o micro-ônibus começou a pender novamente, mas agora na direção oposta — na direção da ponta onde não havia sustentação. Os passageiros cambalearam para lá, então uma pessoa caiu e escorregou, e Alek vislumbrou aonde aquela situação daria. Conforme o peso fosse reunido na ponta danificada do micro-ônibus, a inclinação aumentaria até a embarcação virar.

Tesla percebeu isso também.

— Segurem-se em alguma coisa! — berrou o homem ao pegar na grade da plataforma. — Fiquem neste lado!

Caído ao lado de Alek, Eddie Malone começou a deslizar e se afastar, mas o príncipe segurou a mão do homem. Em volta dos dois, outros passageiros deslizavam: alguns conseguiram pegar a grade, outros distribuíram o peso deitados no convés. Bovril choramingou dentro do sobretudo de Alek, e a mão de Malone apertou com força a do príncipe. O capitão Hobbes berrava ordens para a tripulação do micro-ônibus.

A embarcação começou a rodopiar como uma folha caindo. Prédios passaram voando e se alternavam com o céu vazio. Será que o grupo cairia na água gelada? Ou se chocaria com as torres de aço e mármore de Manhattan?

A queda parecia não acabar nunca — os três balões restantes ainda estavam cheios e funcionavam, e o micro-ônibus não era muito mais pesado que o ar em volta. Alek viu o capitão Hobbes em um dos motores de propulsão, tentando controlar a descida da nave.

Em pouco tempo, estavam sobre terra firme. Prédios passaram girando por todos os lados, e as janelas acesas deixaram rastros na visão de Alek.

Então o micro-ônibus colidiu com algo sólido, e o convés de madeira embaixo do príncipe se quebrou e lascas voaram. A parte inferior da embarcação guinchou ao derrapar de lado. Então veio uma batida como um trovão, e uma chaminé de tijolos se despedaçou quando o micro-ônibus passou por seu cume. O capitão tinha aterrissado em um enorme telhado.

Fragmentos de tijolos da chaminé se espalhavam pelo convés, mas o micro-ônibus continuava derrapando. À frente, Alek viu uma antena de rádio que corria em sua direção. Ele cobriu a cabeça, mas a antena se dobrou sob a massa do micro-ônibus. O gemido da derrapagem durou mais alguns segundos, então parou com outra batida. A embarcação arruinada finalmente colidiu com algo pesado o suficiente para pará-la.

Alek ergueu os olhos. Uma pequena torre de madeira se agigantava sobre o convés do micro-ônibus. A base dos suportes da torre estava quebrada, e ela se inclinava de forma precária sobre o príncipe, mas não caiu.

— Fogo! — gritou alguém.

Outro balão se incendiara. O combustível do queimador vazava do convés do micro-ônibus e arrastava o fogo para o telhado. Os fuzileiros e o capitão batiam nas chamas, mas o fogo simplesmente pulava para os casacos, levado pelo combustível.

— Aquilo é uma torre de água!

Malone apontou para a estrutura que o micro-ônibus quase derrubara na queda.

Alek olhou ao redor. Ele não viu ferramenta alguma no micro-ônibus, mas uma das hélices de propulsão estava em pedaços. O príncipe pegou uma das pás, que tinha um metro de comprimento e não parecia afiada,

mas era pesada. Alek a empunhou como um machado e começou a bater na lateral da torre de água. O calor das chamas aumentou atrás dele.

A torre começou a se quebrar com os golpes. A madeira era velha e podre, os pregos, enferrujados, e, em pouco tempo, as tábuas se romperam.

Mas não saiu água alguma do buraco.

Malone conteve a mão de Alek, depois subiu e olhou lá dentro.

— Está vazia, diabos!

Alek gemeu e se voltou para o fogo, que tinha alcançado o convés de madeira do micro-ônibus. Os tripulantes do *Leviatã* estavam recuando das chamas.

— Vossa Alteza! — berrou o capitão. — Por aqui! Há uma saída de emergência!

Alek pestanejou. Eles não podiam deixar o prédio queimando, podiam?

— Vamos, Vossa Majestade! — falou Malone ao pegá-lo pelo braço.

Então Alek sentiu uma gota d'água bater-lhe no rosto. Ele ergueu a mão e tocou-a com o dedo. Mais gotas surgiram, e, por um instante, o príncipe achou que uma chuva improvável e perfeita caía do céu aberto.

Mas então o nariz de Alek sentiu o cheiro familiar...

— Excremento — disse Bovril do interior do sobretudo.

— Isso mesmo.

Alek sentiu os eflúvios de centenas de espécies intercruzadas, tudo misturado nas entranhas de uma aeronave viva. Ele protegeu os olhos e focou a visão na parte inferior do *Leviatã* a cem metros no ar, com os tubos de lastro inchados. A chuvarada aumentou em volta de Alek, e o rugido do aguaceiro se juntou ao assobio melancólico das chamas.

Alguém a bordo devia ter observado o micro-ônibus desaparecer e virar um pequeno lampejo no meio das luzes da cidade. Alguém vira o ataque e tinha avisado a ponte para dar meia-volta.

— *Sr.* Sharp — falou Bovril, que depois deu uma risadinha.

O calor do fogo passava agora, e Alek se viu encharcado no vento frio de outono. Ele tirou o sobretudo arruinado de pele de zibelina, e Bovril subiu correndo para seu ombro. A chuvarada diminuía rapidamente, e o *Leviatã* ficava menor no céu. Sem o lastro, o aeromonstro subia rapidamente, a salvo de mais algum ataque de foguete.

— Dois coelhos com uma cajadada só — murmurou Alek.

Ele olhou em volta do telhado. O Dr. Busk cuidava do Sr. Tesla e de um tripulante do micro-ônibus, porém ninguém parecia gravemente ferido. Alek ouviu a sirene de uma brigada de incêndio vindo das ruas lá embaixo.

— Olhe aqui, Majestade!

Eddie Malone dava passos para trás, e a mão livre protegia a câmera do resto de lastro que caía. Ele tirava uma foto do micro-ônibus acidentado, com Alek como estrela.

Era inútil fazer cara feia, imaginou o príncipe. Ele obedientemente cerrou o maxilar. A câmera espocou, e Alek piscou para clarear a visão. Quando conseguiu enxergar novamente, o príncipe notou que Malone estava perto da beirada do telhado.

Alek percebeu algo estranho. Quando o micro-ônibus estava caindo, ele havia salvado Malone da queda. Se não tivesse visto o repórter, ou os dedos tivessem escorregado, o homem poderia ter deslizado para a morte. Então o segredo de Deryn estaria a salvo novamente.

Mas Alek *tinha* salvado Malone, assim como deixara de falar em defesa dela. Era como se ele não conseguisse parar de trair Deryn.

Então, de repente, uma ideia simples e perfeita entrou-lhe na mente. Sem se permitir pensar duas vezes, Alek atravessou o convés quebrado e escorregadio do micro-ônibus até chegar perto o suficiente do repórter para falar baixinho. A câmera espocou novamente.

— Eu salvei sua vida no acidente, não foi, Sr. Malone?

O homem pensou por um segundo, depois concordou com a cabeça.

— Creio que sim. Obrigado!

— De nada. O senhor consideraria como pagamento, digamos, *não* publicar o que sabe sobre Deryn?

Malone gargalhou.

— Improvável, Vossa Majestade.

— Eu imaginava. — Alek sorriu e colocou a mão no ombro do homem. — Por sorte, eu tenho um plano B.

[355]

◈ TRINTA E QUATRO ◈

O PESADELO TINHA VOLTADO.

Era o mesmo de sempre — o calor, o cheiro de propano, o terrível estalo dos cabos se rompendo. Depois sua queda ao chão, empurrada da gôndola pelo pai, e vê-lo ir embora, voando e queimando em pleno ar.

Deryn sabia que o sonho viria no momento em que fechara os olhos. Afinal de contas, ela estivera observando quando o foguete saiu da água escura e acertou o micro-ônibus, o que acendeu um dos frágeis balões. A imagem terrível não saíra da mente mesmo quando a águia-mensageira chegou uma hora depois, com a notícia de que todos os tripulantes tinham sobrevivido.

Então ela ficou deitada ali a noite inteira, entrando e saindo de grandes incêndios.

Quando o sol finalmente nasceu, Deryn jogou para longe as cobertas. Era inútil fingir que dormia. Aquele dia seria um pesadelo em si.

"Todos os tripulantes" significava que Eddie Malone ainda estava vivo. Ele, com certeza, chegara à redação do *World* com a reportagem da garota aeronauta em mãos. O *Leviatã* estava amarrado a apenas 65 quilômetros de Nova York. Assim que o consulado britânico visse a reportagem, a notícia chegaria ali pela águia-mensageira mais rápida que conseguissem encontrar.

Pelo menos o capitão estava fora da nave. Deryn duvidava que o imediato teria coragem de jogá-la na prisão, sem ordens.

Ainda assim, a expressão no rosto dos colegas de tripulação seria ruim o suficiente.

Com o joelho torcido ou não, Deryn decidiu que usaria um uniforme decente para o momento em que fosse chamada pelos oficiais. Havia acabado de se vestir quando bateram na porta.

Deryn ficou ali parada, olhando pela janela. Será que seria agora, então? O fim de tudo que trabalhara para conquistar?

— Entre — falou Deryn baixinho.

Mas era apenas a cientista, o lêmur e Tazza.

— Bom dia, Sr. Sharp.

Deryn não respondeu, apenas esticou a mão para Tazza esfregar o focinho.

A Dra. Barlow franziu a testa.

— O senhor não está bem, Sr. Sharp? Parece um pouco agitado.

— Apenas... dormi mal essa noite.

— Pobrezinho. Nossa recepção em Nova York foi perturbadora, não foi? Mas pelo menos demos um pouco de sorte.

— Sim, madame. — Deryn suspirou. — É claro que, se aquele vagabundo do Eddie Malone tivesse um pouco menos de sorte, eu poderia estar mais feliz.

— Ah, entendo.

A Dra. Barlow puxou uma cadeira da escrivaninha de Deryn e se sentou.

— O senhor considera preocupante a notícia de hoje de manhã?

Deryn engoliu em seco.

— Notícia?

— É claro. A nave inteira está agitada com a reportagem.

Sorrindo, a cientista tirou um jornal impecavelmente dobrado da bolsa.

— Então já... — gaguejou Deryn. — E os oficiais mandaram a *senhora*?

— Ninguém mandou alguém, mocinho.

A Dra. Barlow entregou-lhe o jornal.

Deryn abriu bem as páginas, o coração disparado no peito e as abelhas dentro da patela acordadas e furiosas. No meio da primeira página, havia uma foto de Alek parecendo ensopado diante do micro-ônibus aéreo em ruínas, e, embaixo daquilo, uma enorme manchete dizia:

HERDEIRO SECRETO DO TRONO DA ÁUSTRIA SOBREVIVE A ATAQUE DE FOGUETE

Não admira que o atentado à vida de Alek fosse a reportagem principal. E conforme os olhos vasculharam a página, Deryn encontrou artigos que perguntavam se agentes alemães estiveram envolvidos, se eles também queriam matar Nikola Tesla e sobre uma eleição para a prefeitura da cidade.

Não havia, porém, uma única palavra sobre o assunto Deryn Sharp.

Ela folheou as próximas páginas, viu fotos do *Leviatã* sobre Tóquio, o encontro da aeronave com Pancho Villa e o embaixador alemão denunciando as ameaças do grande inventor contra as potências mekanistas. Havia até uma ilustração alegórica confusa de Tesla domando as potências darwinistas e mekanistas com eletricidade.

Mas, ainda assim, nenhuma garota aeronauta maluca.

Deryn gemeu.

"PRIMEIRA PÁGINA."

— Malone está apenas *esperando*, não é?

— Acho que o senhor não entendeu a questão, mocinho. A primeira manchete diz tudo.

Deryn voltou para a primeira pagina e estudou-a fixamente.

— "Herdeiro secreto do trono da Áustria" — murmurou ela, e as palavras finalmente fizeram sentido. — Mas como Eddie Malone descobriu sobre a carta do papa?

A Dra. Barlow estalou a língua.

— A carta do papa? Rá! Eu suspeitava que o senhor soubesse disso!

— Sim, madame. Alek me contou em Istambul.

— Realmente. É de se perguntar se *todo mundo* nesta nave tem uma identidade secreta?

— Espero que não, madame. É um fardo, sabe. — Deryn balançou a cabeça. — Mas por que ele contaria isso...

— Aquele vagabundo — ofereceu o lêmur da cientista, com educação.

Então, em um estalo, Deryn compreendeu. Alek tinha feito outra troca. Assim como em Istambul quando Malone estava prestes a revelar os planos da revolução e o príncipe concordou em contar a história de sua vida em troca do silêncio do homem.

Mas, desta vez, ele havia trocado seus segredos por *ela*.

— Ah — falou Deryn baixinho.

— "Ah", realmente. *Demorou* muito, Sr. Sharp. Tem certeza de que não bateu a cabeça juntamente com o joelho?

Deryn desviou os olhos do jornal.

— Por que a senhora está me chamando de Sr. Sharp?

— Porque o senhor parece ser o aspirante com esse nome. E devido a *isto* — a Dra. Barlow bateu no jornal com o dedo —, ninguém deve acreditar no contrário. Agora, por favor, apronte-se. Nós viajaremos dentro de uma hora.

— Viajaremos, madame?

— Para Nova York. O consulado sérvio está oferecendo uma festa para o Sr. Tesla e o príncipe Aleksandar hoje à tarde. Um uniforme de gala é obrigatório, naturalmente. Vejo que o senhor conseguiu se vestir sozinho.

— Sim, mas por que a senhora está *me* arrastando junto?

— Sr. Sharp, aparentemente o senhor tem a confiança ou, talvez até mesmo, a *paixão*, embora eu trema ao pensar assim, do herdeiro legal do trono da Áustria-Hungria. — A Dra. Barlow estalou os dedos para chamar Tazza. — Desde que mantenha seus segredinhos bem escondidos, a Sociedade Zoológica de Londres terá *muitos* usos para o senhor. Agora, apronte-se, Sr. Sharp.

— *Sr.* Sharp — disse o lêmur.

◎　◎　◎

A viagem pelo rio Hudson fora esplêndida: a Estátua de Liberdade em destaque no sul, os gigantescos arranha-céus de Manhattan adiante. Até mesmo a fumaça do motor da barca que jorrava no céu azul parecia um tanto quanto grandiosa. Deryn tinha ficado acostumada aos motores mekanistas nos últimos três meses, imaginava ela, assim como Alek havia se tornado um pouco darwinista. O ronco dos motores pelo corpo era uma sensação quase natural agora e parecia acalmar o joelho machucado.

Ela e a Dra. Barlow — bem como a escolta de fuzileiros — foram recebidos por um andador blindado no ancoradouro das barcas. Ele era menor que uma verdadeira máquina de guerra, ágil o suficiente para as ruas apinhadas de gente de Nova York, mas definitivamente à prova de balas. Após o ataque na noite anterior, ninguém do *Leviatã* sairia desprotegido. A faca de amarração de Deryn aguardava em uma bainha dentro do casaco, e a bengala que Klopp fizera para ela trazia uma bola de latão do tamanho de uma ameixa rainha-cláudia no punho.

Deryn podia estar meio mal de uma perna, mas ainda achava que lhe sobrava um pouco de espírito de luta.

O andador avançou pelas multidões e passou embaixo dos viadutos dos trens. Conforme seguiam para o norte, os prédios ficavam menores e pareciam mais as casas enfileiradas de Londres do que arranha-céus. O ar era mais limpo ali que em Istambul, a cidade era mais movida a eletricidade que a vapor, graças à influência de Tesla e do outro grande inventor americano, o Sr. Thomas Edison.

Finalmente o andador chegou ao consulado sérvio, um prédio grande e solene com uma fileira de policiais distribuídos pela rua de pedestres do lado de fora.

— Bolhas. Eles parecem prontos para encrencas. — Deryn se voltou das janelinhas. — Mas os alemães não seriam tapados o suficiente para começar uma briga no meio de Manhattan, seriam?

— Os alemães vão testar a paciência do presidente Wilson, tenho certeza — respondeu a cientista. — Porém, o país está dividido. Pode ter havido palavras duras direcionadas à Alemanha no *New York World* hoje de manhã, mas os jornais do Sr. Hearst chamaram o ataque de obra de anarquistas, não de mekanistas.

— Hmpf. Talvez aquele vagabundo seja *mesmo* um agente alemão.

— O Sr. Hearst certamente tem antipatia pelos britânicos.

O andador se locomoveu pesadamente até parar, e a Dra. Barlow começou a se ajeitar.

— E os alemães sabem que um foguete isolado não arrastará os Estados Unidos à guerra.

Deryn franziu a testa.

— Madame, a senhora acha que os alemães estavam atrás de Alek ou preocupados com o Sr. Tesla?

— Na noite de ontem, eu apostaria que queriam Tesla. — A Dra. Barlow suspirou. — Mas após a leitura os jornais de hoje de manhã, as prioridades podem ter mudado.

◎   ◎   ◎

Dentro das paredes do consulado, foi fácil esquecer os policiais armados do lado de fora. Mordomos com luvas brancas e fraques de veludo recolheram o chapéu e o sobretudo de viagem da cientista, e melodias de música dançante ecoavam das paredes de mármore. Em uma pequena escadaria depois da entrada, a Dra. Barlow gentilmente pegou o braço de Deryn e aliviou um pouco o peso sobre o joelho machucado da menina.

O monstrinho na ferida da aspirante tinha trabalhado rapidamente, e ela conseguia andar sem mancar agora, mas ainda agradecia por estar com a bengala. Os sons de vozes e música aumentaram quando um mordomo conduziu as duas pelo consulado até um imenso salão de baile abarrotado.

A festa estava no auge. Metade dos cavalheiros usavam uniformes militares, a outra metade estava em trajes a rigor — calças listradas e fraques. As damas vestiam tons pastéis suaves, e algumas barras de saia subiam à altura ousada da metade da panturrilha. As tias de Deryn ficariam escandalizadas, mas talvez esse fosse apenas outro sinal de que as mulheres americanas estavam mudando rapidamente.

Obviamente, tudo isso importava menos para Deryn, agora que o segredo estava a salvo novamente. Ela não ficaria ali nos Estados Unidos, mas iria embora com a Dra. Barlow para trabalhar na misteriosa Sociedade. Deryn tinha estado tão aliviada naquela manhã que levara o dia inteiro para assimilar aquele simples fato — quando o *Leviatã* fosse embora para Londres naquela noite, ela deixaria Alek para trás.

Assim que Deryn pensou nisso, lá estava o príncipe, do outro lado do salão de baile, com Bovril no ombro, ao lado de Tesla em um grupo de civis bajuladores.

— Perdão, madame.

A Dra. Barlow acompanhou o olhar de Deryn.

— Ah, sim, claro. Mas seja... diplomático, Sr. Sharp.

— Perdão, madame — respondeu Deryn —, mas fui *diplomático* o suficiente para enganar a senhora nos últimos três meses.

— Contar vantagem não é atitude de um cavalheiro, mocinho.

Deryn apenas respondeu com um som de desdém e cruzou o salão. Em pouco tempo, a aspirante estava ao alcance de ouvir Tesla, que explanava o potencial comercial do Golias: como ele poderia usá-lo não somente para destruir cidades, mas também para transmitir filmes e energia gratuita para o mundo inteiro.

Ela ficou circulando em volta dos ouvintes arrebatados até ser percebida por Bovril. O monstrinho murmurou alguma coisa no ouvido de Alek, e, em pouco tempo, o garoto saiu de mansinho do lado do Sr. Tesla, que mal percebeu.

Um instante depois, os dois estavam juntos em um canto.

— Deryn Sharp — disse Bovril baixinho.

— Sim, monstrinho. — Ela sustentou o olhar de Alek enquanto fazia carinho na cabeça do lêmur. — Obrigada.

Alek estava com o mesmo sorriso suave que sempre dava quando estava muito orgulhoso de alguma coisa.

— Eu prometi que protegeria seu segredo, não foi?

— Sim, protegeria *mentindo*, não contando a verdade berrante!

— Bem, eu não poderia deixá-la ser execrada. Você é o melhor soldado que conheço.

Deryn virou o rosto. Havia muita coisa que ela queria dizer para Alek, mas tudo era muito complicado e indigno de um soldado para ser falado ali.

Ela começou com:

— O Volger deve estar um pouco irritado com você.

— Ele está estranhamente calmo a respeito.

Alek olhou sobre o ombro de Deryn, mas ela não se virou para ver.

— Na verdade — continuou o príncipe —, o conde está trabalhando neste momento, encantando o embaixador francês. Precisaremos do reconhecimento dos franceses se algum dia eu quiser tomar o trono.

— Dane-se o trono berrante. Estou feliz por você não estar morto!

O olhar de Alek voltou para Deryn.

— Eu também.

— Desculpe pela irritação — murmurou ela. — Eu não consegui dormir ontem à noite.

— Foi quase igual ao acidente com seu pai, não foi? — Ele mostrou as mãos. — Mas eu saí sem um arranhão. Talvez a maldição tenha acabado. Divina Providência.

— Sim, não há como negar que você sofre de um caso crônico de boa sorte. — Ela afastou o olhar. — Mas agora que sou novamente o aspirante Dylan Sharp, preciso ir embora com o *Leviatã*. Nossas 24 horas terminam hoje à noite.

— Ah, esqueci que aqui ainda é um porto neutro.

O olhar de Alek tremeu, como se somente agora o príncipe tivesse se dado conta de que, ao proteger o segredo de Deryn, ele a havia mandado embora.

— Não há muita chance de te expulsarem agora, não é? — perguntou Alek.

— Não.

Ela olhou em volta para todas as pessoas em roupas elegantes. Ninguém observava os dois, mas ainda assim parecia errado se despedir em uma multidão.

— Você ainda pode... — Ele pigarreou. — E se, de qualquer maneira, você ficasse?

— O quê? Você quer dizer abandonar a nave?

— Por que não? Mais cedo ou mais tarde vão descobrir quem você é, Deryn. E agora que seu segredo está seguro, pode se juntar a nós sem um escândalo.

— Deserção é pior que um escândalo, Alek. Eu não posso abandonar a tripulação.

— Mas se soubessem quem você é, eles *te* abandonariam.

Deryn encarou Alek por um bom tempo, depois deu de ombros. Ele estava certo, mas não era isso que importava.

— Meu país está em guerra, e não sou uma desertora.

— Você pode ajudar seu país *acabando* com a guerra. Fique comigo, Deryn.

Ela balançou a cabeça, sem conseguir falar. Queria ficar, obviamente, mas não por alguma razão nobre. Por mais horrível que essa guerra fosse, Deryn não era guiada por algo tão grandioso como fazer a paz. Ser conduzido pela Divina Providência era para *príncipes* berrantes, não para soldados comuns.

E o que Deryn queria estava fora de alcance, quer ficasse aqui ou fosse para 10 mil quilômetros de distância.

Alek não era capaz de ler seus pensamentos, obviamente. Ele se ajeitou e falou baixinho:

— Desculpe-me. Isso foi tolice da minha parte. Nós dois temos nossos deveres. Na verdade, o Sr. Tesla está falando com alguns homens muito ricos ali. Precisaremos do dinheiro deles para fazer melhorias no Golias.

— Você deve voltar lá e impressioná-los com seu latim, então.

— Quanto mais rápido essa guerra acabar, mais rápido nós podemos...

A voz dele sumiu.

— Nos ver novamente, sim.

Alek bateu os calcanhares.

— Adeus, Deryn Sharp.

— Adeus, Aleksandar de Hohenberg.

Deryn sentiu um nó crescer na garganta. Isso estava realmente acontecendo. Eles ficariam separados por anos agora, e tudo que ela conseguira pensar em dizer foi:

— Você não vai ficar piegas e beijar minha mão, não é?

— Nem sonhando.

A mesura de Alek virou um lento passo para trás, como se ele tentasse ir embora, mas não conseguisse. Aí o olhar passou por Deryn, e ele deu um sorriso de alívio.

— De qualquer forma, tem mais alguém que quer um momento com você.

Deryn fechou os olhos.

— Por favor, não me diga que é aquele vagabundo do Malone.

— De maneira alguma — respondeu Alek. — É o embaixador da República Otomana e sua jovem e linda assistente.

— Quem e o quê? — indagou Deryn ao dar meia-volta.

Parados diante dela estavam Lilit e o *kizlar agha*.

"VELHOS ALIADOS."

◈ TRINTA E CINCO ◈

LILIT ERA A FILHA de Zaven, o revolucionário que fizera amizade com Alek e Deryn em Istambul. O *kizlar agha*, por sua vez, havia ocupado o cargo de conselheiro pessoal do sultão. Zaven morrera lutando pela revolução, e o governo do sultão tinha sido derrubado.

Portanto, o que esses dois inimigos faziam aqui em Nova York... *juntos?*

— Sr. Sharp!

Lilit abraçou Deryn com força. Por um momento, Deryn ficou com medo de que a garota fosse beijá-la como da última vez em que as duas se viram. Mas quando Lilit se afastou, ela apenas deu um sorriso compreensivo.

— Ah, o aeronauta enjoado — falou o *kizlar agha* ao dar um passo à frente para cumprimentar Deryn. — É um prazer vê-lo novamente.

Ele estava vestido em traje a rigor, muito diferente do uniforme otomano. Mas a coruja mecânica de gravação ainda permanecia no ombro, com as engrenagens girando.

— Sim, e o senhor também! Vocês dois. — Deryn balançou a cabeça. — Porém, foi um pouco inesperado.

— Inesperado para todos nós, creio eu — respondeu Lilit, enquanto observava Alek voltando para o grupo de Tesla.

Deryn se forçou a não fazer o mesmo. Talvez a guerra fosse realmente terminar logo, e eles poderiam se ver novamente. Mas, por enquanto, pensar em Alek só tornaria a vida mais complicada, dolorosa e propensa a desmoronar.

— Pensei que você estivesse ocupada governando a República Otomana — disse Deryn para Lilit.

— Eu também. — A garota praguejou de uma maneira indigna de uma dama. — Mas o Comitê diz que sou mais apropriada para a rebelião do que para o governo. Então me mandaram o mais longe possível.

— Isso nem chega a ser uma punição, no entanto — falou o *kizlar agha*, com um sorriso. — Pelo menos torço que não, uma vez que estou aqui também.

— Alek mencionou que o senhor é o embaixador? — perguntou Deryn.

O homem se empertigou.

— Embaixador da República Otomana nos Estados Unidos da América. Um título um tanto quanto longo para recompensar um pequenino favor.

— Nem tão pequenino, senhor — respondeu Deryn ao fazer uma mesura. — Calculo que o senhor salvou alguns milhares de vidas.

Na noite da Revolução Otomana, o *kizlar agha* levara embora o sultão no aeroiate, sequestrando o próprio soberano. Graças a isso, a rebelião havia terminado em uma única noite.

— Eu simplesmente fiz meu trabalho e protegi o sultão. Ele vive feliz na Pérsia, agora.

Lilit deu um muxoxo de desdém.

— Ele trama feliz contra a rebelião, você quer dizer. Seus espiões estão por toda parte!

— O sultão não é o único — comentou Deryn. — Como descobrimos ontem à noite.

— Realmente — concordou o *kizlar agha*.

Ele ergueu a mão para desligar a coruja mecânica de gravação; as pequeninas engrenagens que zumbiam no interior pararam. A voz do homem virou um sussurro:

— Como pode se lembrar, Sr. Sharp, o *kaiser* era um amigo íntimo do meu antigo sultão. Ainda tenho muitos contatos entre os alemães.

Lilit se aproximou.

— Recentemente descobrimos certos segredos dos alemães. Segredos que o governo da república não pode passar para os britânicos. Não de maneira oficial.

— Mas de maneira não oficial? — perguntou Deryn.

— Desde que ninguém descubra de onde vieram... — O *kizlar agha* olhou em volta do salão. — Talvez vocês dois devessem dar uma volta e recordar os bons tempos. Reviver o esplendor da revolução!

— Uma ideia excelente.

Lilit pegou Deryn pelo ombro.

— Eu não deveria me ausentar sem avisar à Dra. Barlow.

— Não é uma boa ideia fazer um escarcéu — disse Lilit baixinho.

— Voltaremos dentro de uma hora. E prometo: o que tenho para contar vale um pouco de maus modos.

Fugir sem ser notada não foi difícil. A Dra. Barlow tinha encontrado um grupo de cientistas de chapéus-coco para conversar, e Lilit parecia saber andar pelo consulado. Ela levou Deryn pela cozinha e por uma porta dos fundos, onde um par de policiais pareceu um pouco surpreso ao vê-las, mas aparentemente os dois não tinham ordens de impedir alguém de sair.

Conforme elas andavam pelas ruas asfaltadas de Manhattan, Deryn começou a sentir o joelho. Não tinha doído o dia inteiro, mas o friozinho do outono e o passo rápido de Lilit fizeram com que começasse a zumbir novamente. Quando Deryn jogou mais peso sobre a bengala, Lilit ergueu a sobrancelha.

— Isto não era só por aparência?

— Eu fiz uma aterrissagem complicada com asas planadoras. Provavelmente não devíamos andar tão rápido.

— É claro. — Lilit minimizou o passo. — Mas você ainda consegue lutar?

Deryn estalou a língua.

— Você não mudou nada, não é?

— O mundo não mudou — respondeu Lilit. Ela levantou o ousado vestido de corte para revelar uma pequena pistola Mauser presa à perna com uma liga. — Eu queria que você não estivesse nesse uniforme da Força Aérea. É um pouco chamativo.

Deryn olhou em volta. As ruas estavam cheias de pessoas agitadas, bondes a vapor e carrinhos de mão. Ela ouviu trechos de conversas em várias línguas, enquanto as duas andavam, e viu até mesmo alguns letreiros de loja em alemão. A aspirante deu de ombros.

— Sou um aeronauta. Este é meu uniforme.

— Eu preferia você em roupas turcas — comentou Lilit. — Talvez a gente devesse sair da rua e ir para algum lugar escuro. Quer ver um filme?

— Sim, eu gostaria.

Deryn estava curiosa sobre aquilo tudo desde que Alek ficara tão fascinado.

— Há um cinema por perto? — perguntou ela.

Lilit sorriu.

— Em Nova York? Sim, alguns.

Elas viraram na próxima esquina à direita, e, um quarteirão depois, Deryn se viu olhando para um imenso letreiro no alto. Ele estava coberto por pequenas luzes elétricas, que piscavam em sequência, como se pequeninos monstrinhos percorressem agitados sua superfície. No centro, letras gigantes diziam CINEMA EMBASSY – CINEJORNAIS O DIA INTEIRO.

Quando as duas se aproximaram da bilheteria, Deryn meteu as mãos nos bolsos, mas obviamente não tinha uma única moeda.

— Sinto muito, Lilit, mas não tenho dinheiro americano.

— Bem, você arriscou a vida lutando pela revolução — falou a garota ao retirar uma nota dobrada de um bolso escondido. — Creio que a República Otomana possa lhe pagar uma entrada de cinema.

◎　　◎　　◎

O cinema era, em grande parte, parecido com um teatro normal, com algumas centenas de assentos espalhados diante de um amplo arco proscênio. Porém, em vez de um palco, um retângulo branco prateado estava voltado para a plateia. Ainda era o fim da tarde, e apenas um punhado de pessoas estava presente. Conforme Deryn e Lilit avançaram até os assentos perto do fundo, as luzes a gás começaram a diminuir.

— Por que exatamente estamos andando escondidas? — perguntou Deryn, assim que as duas se instalaram. — Está com medo de irritar os alemães?

— O povo otomano se aproveitou da generosidade do *kaiser* por muito tempo. Ainda precisamos dos engenheiros alemães para fazer as máquinas funcionarem.

— Sim, é claro.

Todo pedacinho de Istambul que Deryn vira estava envolvido por tubulação de vapor e por outras engenhocas mekânicas.

— Os alemães estão desesperados atrás de mais aliados. — Lilit se aproximou. — A Áustria-Hungria está caindo aos pedaços. Há algumas semanas, eles repeliram um ataque russo, mas os ursos de combate apenas se espalharam nas florestas. E as criaturas ainda precisam comer.

Deryn engoliu em seco ao se lembrar dos ursos famintos na Sibéria. Em uma zona rural populosa, os monstrinhos seriam bem piores. Seria como viver em algum velho conto de fadas horrível, com toda floresta cheia de monstros.

Lilit deu de ombros.

— Então fingimos que consideramos nos juntar aos mekanistas. Um estratagema lucrativo, até agora.

Um ruído repentino surgiu atrás das duas, e Deryn se virou. Atrás da plateia, uma máquina grande com um único olho estava estalando e girando. Luz surgiu da engenhoca e se espalhou na tela.

A princípio, o filme era turvo e cheio de sombras, como Alek dissera. Mas, depois de alguns momentos, os olhos de Deryn se ajustaram, e um auditório esfumaçado apareceu diante dela, com dois boxeadores pálidos em um ringue, sendo ovacionados por uma plateia silenciosa.

Lilit estava recostada no assento, com olhos arregalados e cintilantes. Disse:

— Não é apenas a fraqueza da Áustria que preocupa os alemães. Eles estão convencidos de que o Golias vai funcionar.

— Sim, você devia ter visto na Sibéria. Não sobrou nenhuma árvore em pé por *quilômetros*.

— Eu vi. Todo mundo viu. — Lilit gesticulou para a tela. — O Sr. Tesla filmou na Sibéria, sabe. O primeiro de seus cinejornais apareceu há duas semanas. Talvez a gente veja um hoje.

— Sim, ele quase derrubou nossa nave ao trazer todas as câmeras e o equipamento científico! — reclamou Deryn.

Mas talvez fizesse sentido agora. Como Alek vivia dizendo, o objetivo de uma arma como Golias era assustar todo mundo a tal ponto que a pessoa jamais precisasse usá-la.

Lilit assistia à luta de boxe agora e mexia um pouco os ombros, como se ela mesma estivesse dando os socos. Porém, a garota continuou falando:

— Na semana passada o embaixador perguntou aos amigos alemães: "Como é possível ficar do seu lado? Não queremos que Istambul exploda em uma bola de fogo." Eles disseram que não se preocupasse, que tinham planos para o Sr. Tesla.

— Sim, o ataque de foguete.

— Aquilo foi apenas um aviso — respondeu Lilit.

Ela vasculhou a plateia com o olhar. Duas meninas em idade escolar estavam sentadas a algumas fileiras de distância, mas não havia mais ninguém ao alcance para escutar.

— E se o Tesla não der importância ao alerta, os alemães pretendem destruir o Golias de uma vez por todas. Com uma invasão, se necessário.

— Uma invasão! — exclamou Deryn. — Bem aqui? Isso não arrastaria os Estados Unidos para a guerra?

— Um inimigo do outro lado do oceano é melhor do que ter as cidades destruídas. — A voz de Lilit virou um sussurro. — Um *Wasserwanderer* está a caminho. É tudo que sabemos.

— Um andador aquático? — perguntou Deryn.

— O embaixador acha que é alguma espécie de submarino, mas anfíbio.

Deryn franziu a testa. Nunca ouvira a palavra "anfíbio" ser aplicada a uma máquina antes, mas tinha certa lógica. O Golias estava em uma ilha perto de Nova York: à distância de um pequeno passeio pelo mar, como sempre dizia o Sr. Tesla.

O inventor podia pensar em se proteger de sabotadores, mas de um andador blindado saindo da água?

— Ele irá atacar sem aviso uma noite — disse Lilit. — Depois vai escapulir para o oceano novamente, deixando apenas destroços e um mistério. Os americanos talvez jamais percebam o que aconteceu.

— Você avisou a Tesla?

Lilit fez que não com a cabeça.

— Ele apenas fofocaria com a imprensa a respeito. O inventor não tem como bancar um exército privado, afinal de contas. E contar aos americanos é inútil. Eles não mandarão um navio de guerra para proteger as posses de um homem baseados em um rumor. Especialmente quando aquele homem quer fazer guerra como alguma espécie de semideus!

Deryn assentiu. Alguns jornais já questionavam se Tesla deveria ser proibido ou não de controlar tamanho poder. Afinal de contas, se o Golias funcionasse da maneira como o inventor alegava, ele podia se tornar o senhor do mundo ao toque de um interruptor.

— Então vocês querem nossa ajuda?

— Estariam ajudando a si mesmos — respondeu Lilit.

Ela se voltou para a tela. A sombra do boxeador tremeluziu e parou, e, enquanto o projetor era recarregado, as duas garotas próximas começaram a conversar sobre meninos. Lilit continuou:

— O *Leviatã* é poderoso o suficiente para deter um andador e furtivo o bastante para ficar à espreita enquanto Tesla completa os testes. E devo lembrá-lo, Sr. Sharp, que o sucesso do inventor é de total interesse da Grã-Bretanha.

— Sim, verdade.

— Pode repassar essa mensagem sem entregar a fonte?

Deryn concordou com a cabeça. Apenas a cientista precisava saber. Agora que Tesla estava fora da nave, a Dra. Barlow teria plena liberdade para mandar e desmandar.

— Eu sabia que podia contar com você. — Lilit sorriu. — Você ainda está apaixonada pelo Alek, não está?

Deryn abriu a boca, mas atrás dela o projetor começou a estalar novamente e encheu o cinema com luz tremeluzente. A aspirante pigarreou, pois a boca ficou seca demais para falar.

— Ele parece ter amadurecido um pouco, agora que tem um objetivo de vida — comentou Lilit.

Deryn achou a voz.

— Sim, ele se convenceu de que está destinado a acabar com a guerra. É tudo parte de um plano.

— Ah, então ele se esqueceu da regra mais importante da guerra.

— Que é...

— Que nada *jamais* acontece de acordo com o plano. Mas ele finalmente sabe seu segredo, certo?

Deryn respirou fundo. Ela tinha se esquecido de como Lilit podia ser irritantemente perspicaz.

— Sim. Isso tornou as coisas um pouco complicadas entre nós.

— Não deveria. Agora pode contar para ele o que quer.

— Sim, mas para fazer isso *eu teria* de saber o que quero — respondeu Deryn.

Parte dela queria, mais que qualquer coisa, permanecer nos Estados Unidos com Alek, porém isso significaria descartar a carreira. Deryn podia aceitar a oferta da cientista, de trabalhar para a Sociedade Zoológica de Londres ou até mesmo permanecer na Força Aérea, mas sempre haveria o perigo de ser descoberta e perder tudo.

Era tudo uma grande confusão berrante.

Ela desviou o olhar do de Lilit e encarou o próximo cinejornal que começava...

E lá estava ele diante de Deryn: o *Leviatã* pairava sobre uma cadeia de morros no deserto. A imagem era turva e sem cor na tela, mas vívida na memória dela. O ponto de vista se inclinou e fez uma curva, e Deryn se deu conta de que haviam colocado câmeras a bordo das naves-arraias do general Villa.

Então ela viu o *Leviatã* de cima quando a câmera, do alto de um penhasco íngreme, espiou a descida da aeronave no desfiladeiro de Pancho Villa. Tripulantes e monstrinhos corriam pelo topo como insetos, e as garras de aço do anel de gaviões-bombardeiros reluziam ao sol.

De repente, surgiu uma figura alada, um aeronauta que encarou a câmera de olhos arregalados. Deryn pestanejou, mal conseguindo acreditar: era o próprio rosto ali na tela.

A imagem foi substituída por um letreiro... O BRAVO AERONAUTA TESTA SUAS ASAS!

— "*Testa* suas asas?" — disse Deryn, em voz alta.

Como se ela tivesse estado de brincadeira em vez de evitando um desastre! Risinhos vieram do par de garotas ali perto quando o letreiro desapareceu. As duas apontavam para Deryn na tela.

— Elas parecem achar que você dá um belo garoto destemido — comentou Lilit. — Concordo. Quando vai partir?

— Nossas 24 horas acabam hoje à noite.

— Que pena. E Alek vai ficar, não é?

— Sim, ele trabalha para Tesla agora.

— Ah, pobre Dylan.

A imagem tremeluzente então mostrou Alek, face a face com os enormes touros de combate de Pancho Villa.

— Mas Dylan não é seu nome de verdade, certo?

Deryn fez que não com a cabeça, porém não disse mais nada. Lilit parecia ter adivinhado tudo sobre ela; era melhor que descobrisse o resto por si mesma.

— Você quer permanecer como homem para sempre?

— Não parece possível. Gente demais já sabe. — Deryn olhou para as colegiais, que estavam desacompanhadas e não pareciam ter vergonha disso. — Embora talvez não precise. As mulheres andam de balão aqui e podem pilotar andadores. A Dra. Barlow diz que as britânicas poderão votar assim que a guerra acabar.

— Bá! O Comitê prometeu a mesma coisa, na época em que éramos rebeldes. — Lilit balançou a cabeça. — Mas agora que estamos no poder, parece não haver pressa. E quando reclamei, fui mandada para 8 mil quilômetros de distância.

— Sim, mas estou contente que você esteja aqui — falou Deryn baixinho.

Ela nunca tinha falado sobre Alek em voz alta antes, não com alguém. Este era o problema de levar uma vida secreta. Todo aquele desejo por Alek, que era indigno de um soldado, acontecia entre as próprias orelhas, a não ser por aquele breve momento no topo do aeromonstro.

— Eu beijei Alek uma vez — sussurrou Deryn.

— Muito bem. O que ele fez?

— Hã... — Ela suspirou. — Ele acordou.

— Acordou? O senhor entrou de fininho na cabine de Alek, Sr. Sharp?

— Não! Ele tinha caído e batido aquela cabeça tapada. Foi uma emergência médica!

Lilit riu pelo nariz, e Deryn desviou o olhar carrancudo para a tela. Talvez ela devesse confessar o que era para o mundo; assim poderia parar de ter segredos para sempre.

Mas o motivo pelo qual Deryn não podia confessar estava bem diante dela, escrito na luz tremeluzente. O ar era o ar, e cada minuto a bordo do *Leviatã* valia uma vida inteira de mentiras.

— Você ama Alek?

Deryn engoliu em seco, depois apontou para a tela.

— Ele me faz sentir daquele jeito, como se estivesse voando.

— Então você tem de contar para ele.

— Eu disse que beijei Alek!

— Não é a mesma coisa. Eu beijei *você*, afinal de contas. Aquilo não era amor, Sr. Sharp.

— Sim, e o que foi aquilo exatamente?

— Curiosidade. — Lilit sorriu. — E, como eu disse, você dá um belo garoto destemido.

— Tenho certeza de que Alek não *quer* um garoto destemido!

— Você não pode ter certeza até perguntar.

Deryn balançou a cabeça.

— Você foi criada para jogar bombas — respondeu. — Eu, não.

— Você foi criada para usar calças e ser um soldado?

— Talvez não, mas as duas coisas são facílimas comparadas com essa situação!

Uma das colegiais olhou para trás, e Deryn abaixou a voz.

— De qualquer forma, não importa o que Alek quer. Ele é o herdeiro do trono austríaco, e eu sou uma plebeia.

— Aquele trono pode não existir assim que a guerra terminar.

— Bem, que animador — comentou Deryn.

— A guerra é assim.

Lilit puxou um relógio de bolso e leu sob a luz vacilante da tela.

— É melhor voltarmos.

Deryn concordou com a cabeça, mas ao seguir Lilit pelo corredor, deu uma última olhadela para trás. O *Leviatã* voava sobre o deserto, com os motores consertados.

A aspirante prometeu para si mesma deixar tudo claro na próxima vez que estivesse sozinha com Alek. Afinal de contas, tinha feito um juramento solene de jamais esconder segredos do príncipe.

Obviamente que aquele momento poderia não ocorrer até o fim da guerra, dali a anos, quando o mundo fosse um lugar bem diferente.

◈ TRINTA E SEIS ◈

AS PRÓXIMAS DUAS SEMANAS de Alek foram um turbilhão de coquetéis, coletivas de imprensa e demonstrações científicas. Dinheiro precisou ser arrecadado, repórteres, atendidos, e diplomatas, apresentados ao jovem príncipe com um direito duvidoso ao trono da Áustria-Hungria. Era tudo tão diferente do ritmo do *Leviatã*, com o padrão de turnos, alarmes e horários de refeição. Alek sentia falta do ronco constante dos motores e do movimento suave do convés debaixo dos pés.

Ele sentia falta de Deryn também, até mesmo mais que naqueles dias terríveis após descobrir o segredo da aspirante. Pelo menos os dois andavam pelos mesmos corredores, mas agora o *Leviatã* também havia ido embora, e todos os contatos com a melhor amiga e aliada foram rompidos.

Em vez de Deryn, Alek tinha Nikola Tesla, cuja companhia constante era cansativa. Tesla lutava contra os segredos do universo, mas também passava horas selecionando o vinho certo para o jantar. Ele lamentava a perda diária de vidas na guerra, mas perdia tempo bajulando repórteres, extraindo cada gota de fama daqueles momentos de notoriedade.

O inventor vivia tomado por paixões esquisitas, nenhuma mais estranha que seu amor por pombos. Uma dezena daquelas criaturas cinzentas que arrulhavam habitava as suítes de Tesla no hotel Waldorf-Astoria. Ele estava cheio de alegria por ver os animais novamente após meses na Sibéria, durante os quais os funcionários do hotel cuidaram zelosamente das aves, a um alto custo.

E, no entanto, Tesla sabia como transformar as excentricidades em charme, especialmente quando havia investidores presentes. Ele fazia demonstrações elétrikas no laboratório em Manhattan, oferecia jantares extravagantes no Waldorf-Astoria e rapidamente arrecadava dinheiro suficiente para fazer modificações na arma.

Mas parecia que se passaram séculos até que Tesla e Alek completaram a jornada a Long Island. Em um andador blindado dos pinkertons, pago pelos Cinejornais Hearst-Pathé, o inventor finalmente levou Alek e seus homens à enorme torre que se agigantava sobre a pequena cidade costeira de Shoreham.

◎   ◎   ◎

O Golias era tão alto quanto um arranha-céu, um primo gigante do canhão Tesla do sultão, em Istambul. Quatro torres menores cercavam a estrutura central, coroada por uma meia cúpula de cobre, que brilhava intensamente sob o sol. Trabalhadores subiam pela arma para fazer os ajustes finais antes do teste da noite de hoje. Embaixo das torres ficava a casa de força do complexo, feita de tijolos, com chaminés cuspindo fumaça.

O andador dos pinkertons entrou no complexo através de uma cerca alta de arame farpado. Ela era alta o suficiente para evitar a entrada de turistas e invasores, mas Alek não viu nada que detivesse um andador militar.

Dois dias após a partida do *Leviatã*, uma águia-mensageira chegou com uma carta de Deryn. Ela havia transmitido o aviso de Lilit, assim

"VISITANDO A SEGUNDA TORRE."

como a promessa de que o *Leviatã* estaria à espreita na costa, em vigília secreta atrás de qualquer sinal de submarinos — ou "andadores aquáticos", fossem lá o que fossem.

Deryn pedira a Alek que não contasse a ninguém sobre a ameaça alemã. Mas, quando o príncipe viu um par de guardas fechar o portão novamente, com rifles obsoletos apoiados na guarita, o sigilo não pareceu uma boa ideia. Se ele e seus homens fossem ficar ali sentados em perigo, um pouco mais de informação seria útil.

Alek sacudiu a grande figura que cochilava ao lado dele.

— Mestre Klopp? Chegamos.

Klopp ergueu os olhos sonolentos para o Golias.

— Parece que uma criança enlouqueceu com um kit mekânico de montar.

— Uma criança com admiradores muito ricos — murmurou Volger.

O conde mexia na bagagem abundante que trouxera e dividia o peso entre Hoffman e Bauer.

Alek deu uma olhadela para Tesla, que ia à frente com o piloto, e abaixou a voz:

— Você já ouviu falar, mestre Klopp, de algo chamado um andador aquático? Um submarino que pode andar sobre a terra?

— Andador aquático — repetiu Bovril.

O velho bocejou e esfregou os olhos para espantar o sono.

— Eu vi um protótipo de um quarto de escala, mas é o contrário, jovem mestre.

— O que você quer dizer?

— Um andador aquático não é um submarino com pernas: é uma máquina terrestre à prova d'água. Anda pelo fundo de um rio ou lago, como um caranguejo metálico.

Alek franziu a testa.

— Uma máquina como essa jamais poderia cruzar um oceano inteiro, certo?

Klopp olhou para Hoffman, que falou:

— Impossível, senhor. Seria esmagado a poucas centenas de metros.

— Esmagado! — exclamou Bovril.

— Então é uma ameaça vazia — disse Alek para si mesmo, soltando um suspiro de alívio.

Mas aí Hoffman falou novamente:

— Obviamente, senhor, seria possível levá-lo de navio, depois soltá-lo sobre a plataforma continental.

Klopp pensou por um momento, depois assentiu.

— E deixá-lo andar a partir de, digamos, uns 50 quilômetros de distância?

— Entendi.

Alek duvidava que os alemães conseguissem passar escondidos com um navio tão grande assim pelo bloqueio britânico, mas o andador aquático podia ser levado por alguma espécie de submarino.

— Entendeu o quê, exatamente? — perguntou Volger. — Onde ouviu falar desta máquina?

— Nos jornais.

Alek descobrira que mentir tinha ficado mais fácil ultimamente. Era perturbador, mas bem útil.

— Eles discutiam as ameaças do *kaiser* contra Tesla — respondeu o príncipe.

— E esse tabloide barato sabia de armas secretas alemãs? — perguntou Volger.

Alek deu de ombros.

— Apenas rumores.

Volger apertou os olhos quando a máquina parou. A porta da prancha se abriu, e Alek pulou fora para ajudar Klopp a descer. Os repórteres saíam aos borbotões do automóvel que seguiu o andador e apontavam as câmeras para o Golias.

O cheiro de maresia era forte no ar. O mar aberto estava do outro lado da ilha, a 20 quilômetros de distância, mas o estuário Long Island

Sound estava a uma curta caminhada de distância. De acordo com as cartas náuticas que Alek tinha verificado, o estuário era raso, facílimo de navegar para um andador aquático.

Alek olhou para o céu, embora soubesse que o *Leviatã* estava distante, à espreita perto da passagem entre o oceano e o estuário. Mas talvez do alto da torre central do Golias, com um bom binóculo de campanha, conseguisse dar uma olhada...

Volger encarava o príncipe, portanto Alek abaixou o olhar e foi correndo à frente. Tesla já estava a caminho da torre, pronto para colocar a

arma na etapa final. Se as melhorias do Golias funcionassem como esperado, o teste daquela noite mudaria a cor do nascer do sol em Berlim: um justo aviso do que poderia se seguir.

Os alemães teriam de tomar conhecimento.

⬢ ⬢ ⬢

A sala de controle do Golias parecia a versão mekanista da ponte do *Leviatã*. Ela se projetava do telhado da casa de força, com janelas altas que ofereciam uma ampla visão das torres e do céu que escurecia. No

centro da sala, ficava uma enorme bancada de alavancas e mostradores; em volta havia um apinhado de caixas pretas sobre rodas, cobertas por tubos brilhantes e esferas de vidro.

Tesla fez uso de uma dúzia de telefones conectados a outras partes do complexo para berrar ordens aos homens. Em alguns minutos, a fumaça das chaminés da casa de força duplicou. Um zumbido elétriko tomou conta da sala de controle, e o pelo de Bovril começou a se eriçar.

— Muito inebriante, não é, Vossa Alteza?

Alek se virou e ficou surpreso ao ver Adela Rogers falar com ele. A repórter de Hearst passou as duas últimas semanas furiosa com o príncipe por Alek ter vazado a carta do papa para Eddie Malone, um dos homens de Pulitzer, em vez de para ela. Mas a Srta. Rogers parecia envolvida pela empolgação do momento, os olhos reluziram quando as esferas e os tubos começaram a brilhar em volta deles.

— É mais um alívio do que outra coisa — respondeu Alek. — Talvez estejamos chegando ao fim desta guerra, finalmente.

— Não existe dúvida quanto a isso — vociferou Tesla, dos controles.

— Sua fé em mim será recompensada hoje à noite, Vossa Alteza.

A Srta. Rogers ergueu a prancheta.

— Sr. Tesla, como veremos o teste daqui?

— O Golias é um canhão de ressonância terrestre, que usa o próprio planeta como capacitor. O que vocês verão é uma faixa de energia pura que se estenderá do solo abaixo de nós até a troposfera.

Alek franziu a testa.

— Isso não seria um perigo para aeronaves?

— Não esse teste. — As mãos de Tesla fizeram uma pausa sobre os controles. — Mas se eu um dia disparar o Golias para valer, avisaremos para que fiquem longe. Por um raio de 10 quilômetros, penso eu.

— Vamos torcer para que isso não seja necessário, senhor — disse a Srta. Rogers.

— Realmente — concordou Alek, e registrou para alertar Deryn na próxima carta.

Bovril se remexia nervosamente no ombro do príncipe e tentava alisar o pelo. Alek ergueu a mão e sentiu o estalo de estática ao acariciar o monstrinho. O ar tinha cheiro de eletricidade, como na ocasião em que ele e Deryn estiveram no topo da nave sobre o Pacífico, diante da tempestade que se aproximava. A noite em que ela o beijara.

— O *kaiser* consegue ser muito impertinente, o senhor sabe — comentou a Srta. Rogers. — Quanto tempo o senhor dará até que ele ceda?

— Isto depende da experiência da noite de hoje. — Tesla tirou os olhos da máquina, com um sorriso no rosto. — Se o Golias funcionar como deve, uma única demonstração deve ser convincente o suficiente.

◎ ◎ ◎

Mesmo um teste de disparo exigia quantidades enormes de energia, e levaria horas para os capacitores da arma estarem cheios. Portanto, enquanto as chaminés cuspiam fumaça e os ponteiros dos mostradores subiam devagar, o Sr. Tesla serviu uma ceia para os convidados em uma luxuosa sala de jantar logo abaixo da sala de controle.

O inventor se sentou à cabeceira da mesa, sempre pedindo vários pratos e vinhos, embora já fosse bem tarde. Alek aguentou demonstrações no laboratório de Manhattan que duraram até as primeiras horas da manhã.

Ele se voltou para Volger, sentado ao lado.

— Isto vai levar a noite toda, não é?

Do outro lado da mesa, Bauer pigarreou.

— Na verdade, senhor, o nascer do sol em Berlim é às 7 da manhã. Isso é meia-noite aqui.

— É claro — concordou Alek. — Está certíssimo, Hans.

— Você acha que ele acabaria com a guerra com o toque de um interruptor? — perguntou Volger.

Alek não respondeu e se recostou quando o primeiro prato da noite foi servido, um consomê de tartaruga. Hoffman e Bauer olharam para as tigelas com uma expressão de incerteza. Eles foram poupados dos banquetes de Tesla em Manhattan, mas ali no ermo de Long Island, como havia menos repórteres e investidores perambulando, os dois tinham sido promovidos a convidados. Os principais engenheiros de Tesla também estavam presentes, tão impecáveis nos trajes a rigor quanto estiveram nos jalecos brancos.

Como sempre, à mesa do inventor, monstrinhos fabricados eram proibidos. Alek se viu sentindo falta do peso de Bovril no ombro e dos sussurros sem sentido, especialmente dos trechos com o sotaque escocês de Deryn.

— Você parece menos que sereno, Vossa Alteza — comentou Volger.

— Que tal um passeio à beira-mar após o jantar?

— Está meio frio para isso.

— Creio que sim, e há muitas coisas desagradáveis na água.

Alek suspirou. Tinha falado muito a respeito do andador aquático na frente de Volger. O homem não pararia de cavucar até descobrir.

— Eu estava pensando sobre visitantes — disse Alek, em voz baixa. — Alemães.

— Não sabia que algum alemão havia sido convidado.

— Eles se convidaram.

Volger deu uma olhadela para a outra ponta da mesa, onde Tesla divertia o punhado de repórteres ao mandar que os talheres fossem rearrumados. Ele sempre insistia que os garfos, facas e colheres fossem dispostos em múltiplos de três. Os funcionários do Waldorf-Astoria já tinham se acostumado com as excentricidades, mas os criados ali em Shoreham ainda estavam aprendendo.

— Quem lhe contou sobre esses andadores aquáticos? — perguntou Volger baixinho.

— Deryn. E não posso dizer quem contou a ela. De qualquer maneira, não há muito que possamos fazer a não ser esperar.

— Não lhe ensinei absolutamente nada? — falou o conde. — Sempre há maneiras de se preparar.

— O *Leviatã* está postado aqui perto, pronto para nos proteger. E preparativos são superestimados. O fato de que estamos aqui nos Estados Unidos em vez dos Alpes é prova disso.

— O fato de que você está vivo é exatamente prova do contrário — argumentou Volger, que depois se afastou para murmurar com Bauer, Hoffman e Klopp.

Alek se permitiu relaxar e aproveitar a comida, aliviado por ter confessado o segredo para Volger. No fundo, o homem podia ser um manipulador, um conspirador ardiloso que jamais seria digno de plena confiança, mas havia um juramento que o conde jamais quebraria: aquele que fizera ao pai de Alek. Todas as coisas irritantes que Volger fizera na vida, das exaustivas aulas de esgrima à chantagem de Deryn, foram para proteger Alek e vê-lo um dia no trono.

Quando o conde se voltou novamente para o príncipe, após deixar os outros homens ainda murmurando, falou:

— Estaremos prontos, Vossa Alteza.

— Eu devia saber que você teria alguma coisa na manga.

— Não tenho outra escolha — respondeu Volger. — Não importa a que distância nós corramos da guerra, ela sempre nos alcança.

◈ TRINTA E SETE ◈

DERYN ESTAVA EM POSIÇÃO de sentido contra a parede do camarote, respirando fundo, sem pressa. Finalmente ela dobrou os joelhos e deslizou pela parede até se sentar nos calcanhares. Os músculos tremeram, e o ferimento ardeu.

Era um movimento lento e agonizante, mas Deryn conseguiu fazê-lo sem gritar ou cair. Ficou ali ofegando, com os olhos fechados contra a dor.

— Exercitando-se, Sr. Sharp?

Abriu os olhos e viu a silhueta da Dra. Barlow na porta, com Tazza ao lado. O lêmur da cientista estava empoleirado no lugar de sempre, olhando de modo arrogante a pequenina cabine da aspirante.

Mas Deryn não estava com disposição para os três.

— É uma tradição bater, madame, mesmo quando a porta está aberta.

— Tem razão. — A Dra. Barlow bateu duas vezes no umbral de madeira. — Embora o senhor mesmo não seja exatamente um escravo da tradição, *Sr.* Sharp.

O lêmur riu, mas não repetiu as palavras. Ele havia ficado mais calado nessas últimas duas semanas, quase pensativo. Talvez sentisse falta de Bovril.

— É bom ver que está deixando o joelho em forma, Sr. Sharp.

— Eu tenho de escalar as enxárcias novamente — explicou Deryn.

— Estou ficando louco, preso aqui na gôndola.

— Entendo. — A Dra. Barlow franziu a testa. — O senhor vai querer brincar no topo de cada aeronave que viajarmos, não é?

— Sim, madame. — Deryn respirou fundo e flexionou os joelhos novamente. — Eu amo mesmo dar aqueles nós.

— Eu amo — repetiu o lêmur, baixinho.

Deryn parou no meio da descida e encarou o monstrinho.

A Dra. Barlow sorriu.

— Ah, o senhor *ama*, não é, Sr. Sharp?

— Madame?

— Voar. O senhor ama o céu.

Deryn deslizou o resto do caminho, depois ergueu o corpo sem fazer uma pausa e deixou a dor esconder-lhe a expressão. Cientistas intrometidos e seus lêmures espertos.

Obviamente, pouco importava o que a Dra. Barlow realmente pensava. Alek tinha ido embora, levado por um mundo distante de poder, influência e pacifismo, talvez para sempre. Como alguém que estava nos jornais todos os dias teria algo mais a ver com Deryn Sharp?

— Não se preocupe, mocinho. Minhas obrigações com a Sociedade Zoológica envolvem muitas viagens. O senhor verá aeronaves de sobra.

— Tenho certeza, madame.

Deryn se lembrou com tristeza da sorte que tinha pela oferta de emprego da cientista. O quase desastre com Malone ensinara uma coisa: se ela fosse descoberta, aquilo humilharia os oficiais e colegas de tripulação. Deryn não podia arriscar isso, e estava claro que a misteriosa Sociedade da cientista era um lugar mais fácil de manter segredos que a Força Aérea. Na Sociedade, calculou ela, ter mais de uma identidade não seria problema algum. A Dra. Barlow até mesmo brincara que Deryn poderia precisar se disfarçar de garota, de vez em quando.

Mas isso significava que ela não apenas havia perdido Alek; Deryn perdera o lar também.

Ela deslizou pela parede mais uma vez e ignorou a dor crescente no joelho. Estava desesperada por uma última subida nas enxárcias antes que voltassem a Londres, danem-se o Dr. Busk e seu conselho medroso. Nada no céu estava à altura do *Leviatã*.

— Desconsolado — falou o lêmur, baixinho.

A Dra. Barlow mandou o monstrinho se calar.

— O senhor deveria se juntar a nós na ponte, Sr. Sharp. A vista deve ser interessante hoje à noite.

— Isso mesmo. Eles estão testando o Golias, não é? — perguntou Deryn.

A última carta de Alek tinha vindo cheia de empolgação.

— Mas pensei que a senhora havia dito que a arma não funcionaria, madame.

A cientista deu de ombros.

— Eu apenas disse que o Golias não faria chover fogo do céu. Jamais insinuaria que o Sr. Tesla é incapaz de armar um circo.

⚙　⚙　⚙

Quando as duas estavam a meio caminho da ponte, a sirene começou a soar.

— Este é o chamado para os postos de combate? — perguntou a Dra. Barlow. — Que interessante.

— É sim, madame, mas provavelmente é um exercício. Ficar sentado parado por duas semanas não ajudou muito o moral.

Deryn fez uma careta ao andar mais rápido e desejou que não tivesse forçado tanto o joelho.

— O senhor pode ter razão, Sr. Sharp, mas será que os alemães não pensariam que esta é uma bela noite para atacar?

As duas saíram do caminho quando um esquadrão de amarradores passou com um estrondo.

— O que a senhora quer dizer, madame?

Elas voltaram a andar, e a cientista respondeu:

— O Sr. Tesla avisou o mundo para esperar por alarmes e explosões no céu. Qualquer acidente pode ser descartado como um erro da máquina, especialmente se tudo terminar sem sobreviventes para contar a história.

— Sem sobreviventes — repetiu o lêmur da cientista.

Deryn redobrou o passo.

A sirene foi abafada no meio do toque quando ela e a Dra. Barlow chegaram à ponte. Os oficiais estavam reunidos nas janelas de estibordo, com os binóculos de campanha erguidos. Uma dezena de lagartos-mensageiros corria no teto.

Não era um exercício.

O Dr. Busk se virou das janelas e acenou com a cabeça para Deryn.

— Devo admitir, Sr. Sharp, que eu começava a duvidar de sua história, mas isto é realmente extraordinário.

Deryn se postou ao lado do homem e acompanhou o olhar dos oficiais. Embaixo do *Leviatã*, três rastros de bolhas se estendiam na água.

Ela balançou a cabeça enquanto imaginava máquinas gigantes embaixo da superfície, com pernas se debatendo no frio e na escuridão.

— Eu mesmo estou um pouco surpreso, senhor.

— As duas escoltas não são maiores que corvetas terrestres, capitão — dizia o imediato. — Mas a embarcação do meio deve ser do tamanho de uma fragata.

Deryn se debruçou para fora do corrimão e se perguntou como o homem era capaz de dizer tanto a partir de simples bolhas. A água era negra como piche, e os rastros pareciam com diamantes espalhados à luz da meia-lua crescente, delicados demais para ser o gás do escapamento de enormes motores mekanistas.

A agitação dos postos de combate tomou conta do ambiente — gritos, guinchos e o ronco dos motores —, e Deryn segurou firme no corrimão. Ela ficou trocando de pé de apoio, com o corpo inteiro furioso por estar ali na ponte, em vez do topo.

— Nossa fé no senhor foi recompensada, Sr. Sharp — disse a cientista bem atrás de Deryn. — Mas, *por favor*, pare de nervosismo.

— Como um macaco berrante — comentou o lêmur.

— Desculpe, madame.

Deryn se controlou. Se fosse mandada de volta ao camarote, poderia muito bem explodir.

— Menos de 300 metros de profundidade aqui — falou o navegador, com cartas náuticas espalhadas diante dele na mesa de decodificação. — Este é o trecho mais raso de água em quilômetros, senhor.

O capitão assentiu.

— Então, vamos começar o ataque. Diminua para um quarto de força, piloto. Deixe que o vento nos leve.

O ronco dos motores diminuiu, e a aeronave começou a ser levada para estibordo. O rastro de bolhas estava chegando a um canal estreito entre as ilhas, na entrada de Long Island Sound.

— Aquelas bolhas devem estar sendo levadas pela corrente ao subir — disse o capitão. — Qual é a velocidade da corrente?

O piloto abaixou o binóculo de campanha.

— Cerca de cinco nós, senhor.

— E quanto tempo leva para as bolhas subirem 300 metros?

Nenhuma resposta veio, e todo mundo olhou para a cientista.

— Depende do tamanho — explicou a Dra. Barlow. — Bolhas do tamanho de champanhe, como todos nós já vimos, podem levar vários segundos para subir um centímetro.

Um momento de silêncio pensativo foi se estendendo, até que Deryn se pronunciou:

— Aquelas não são bolhas de champanhe, madame. São gases de escapamento de grandes motores berrantes a diesel. Do tamanho de bolas de críquete, pelo menos!

— Ah, é claro. — A Dra. Barlow abaixou o olhar para a água negra. — Talvez 3 metros por segundo, então.

— Obrigado, doutora — falou o capitão. — Disparar bombas ao meu sinal. Três... dois...

O convés tremeu um pouco quando o peso das bombas aéreas caiu, e Deryn sentiu uma pontada no joelho. Ela se debruçou nas janelas inclinadas para tentar ver diretamente embaixo da nave.

Por um instante, não havia nada além do oceano calmo e escuro, mas aí uma coluna de água subiu ao céu quando a bomba entrou. A detonação veio segundos depois, uma flor prateada que se abriu ao luar. Finalmente, os gases liberados pela explosão alcançaram a superfície e subiram em um domo de espuma branca. Ondas enormes percorreram a água, se encresparam e se agitaram até chegar às sombras.

— Vire a nave — ordenou o capitão.

O *Leviatã* virou lentamente no mesmo lugar até que as janelas da ponte estavam voltadas novamente para o canal. A superfície se acalmou, e Deryn olhou lá embaixo, à procura de rastros de escapamento.

Uma das máquinas estava em apuros — o fluxo de bolhas aumentou, com estalos e esguichos. E aí outro domo gigante de água se elevou, branco e agitado.

— Explosão secundária — anunciou o imediato. — Aquilo é sinal de que uma das escoltas foi esmagada pela onda de choque.

— Presas fáceis — falou o capitão.

Deryn tentou imaginar os homens dentro do andador aquático, lutando uma batalha perdida para evitar que o oceano entrasse. Agora a outra escolta estava falhando, o fluxo de gases de escapamento estalava de maneira irregular. Porém, essa embarcação morreu sem estardalhaço, e o fluxo de bolhas foi parando até sumir.

— Foram as duas pequenas, senhor — informou o imediato.

Deryn estremeceu. Ficaria escuro lá embaixo quando as luzes e os motores falhassem, e a água estaria gelada.

Ela jamais vira um combate da posição privilegiada e serena da ponte do *Leviatã*. Correndo no topo, o horror da batalha era perdido no turbilhão de empolgação e perigo. Isto parecia desumano, ver homens morrerem enquanto ela mesma não sentia medo.

Não que a sensibilidade de Deryn fizesse a menor diferença para os marinheiros lá embaixo.

— A fragata é feita de material mais resistente, capitão. — O imediato se voltou das janelas. — Devemos fazer novo bombardeio?

O capitão sacudiu a cabeça em negativa.

— Aguardem, mas permaneçam nos postos de combate.

Deryn se voltou para a Dra. Barlow e perguntou baixinho:

— Por que não liquidamos eles, madame?

— Porque eles estão submersos, Sr. Sharp. Um navio de guerra alemão que não pode ser visto não tem utilidade para nós.

— Não tem *utilidade*, madame?

— Este é um ataque mekanista ao território soberano dos Estados Unidos. Não podemos deixar que ocorra sem ser notado.

Deryn olhou para Long Island Sound e arregalou os olhos. O rastro dos gases de escapamento do andador sobrevivente continuava se movendo e seguia a costa na direção da máquina de Tesla.

"BOMBAS AO MAR."

— Mas não podemos simplesmente...

O protesto de Deryn sumiu quando viu os olhos dos oficiais voltados para ela. A aspirante abaixou o olhar e falou baixinho:

— Alek está lá embaixo.

— De fato. — A Dra. Barlow pigarreou. — Capitão, talvez nós devêssemos mandar um aviso para Sua Alteza.

O capitão Hobbes pensou um pouco, depois concordou com a cabeça.

— Por obséquio, Sr. Sharp.

Deryn pegou um pedaço de papel da mesa de decodificação e começou a rabiscar.

— Vai levar uma hora para uma águia chegar lá!

— Calma, Sr. Sharp — disse a cientista. — O andador mal está fazendo 25 quilômetros por hora. É metade da velocidade de uma águia à noite.

— Mas Alek acha que está sendo protegido por nós, madame. Ele não sabe que vamos esperar até que aquela engenhoca esteja à sua porta!

A mulher suspirou.

— É uma pena, mas essas são as ordens do lorde Churchill em pessoa.

Deryn ficou paralisada e cerrou o punho em volta da pena. Então este era o plano desde o início: destruir o último andador apenas quando emergisse na terra. O almirantado, obviamente, queria uma máquina de guerra alemã parada em solo americano para o mundo inteiro ver, e não um destroço qualquer embaixo de 30 metros de água.

A questão toda era arrastar os Estados Unidos para a guerra.

Mas o Golias estava a apenas 800 metros da costa. O *Leviatã* mal teria tempo para um bombardeio. Se errassem, o andador aquático destruiria a arma de Tesla e todo mundo no interior.

Alek estava lá embaixo, entre as luzes espalhadas de Long Island, sem Deryn Sharp para protegê-lo.

◈ TRINTA E OITO ◈

O JANTAR FOI inacreditavelmente tedioso. A sopa de tartaruga levou a um lombo de cordeiro em *sauce béarnaise*, que por sua vez levou a um peito de tetraz. Agora que acabaram os queijos, a sobremesa era "vaca preta" — sorvete flutuando em algo chamado refrigerante, um preparado que provocou uma alegria de criança no Sr. Tesla e no mestre Klopp.

— Sugiro uma aula de esgrima amanhã — falou o conde Volger ao se recostar na cadeira e soltar os botões inferiores do paletó.

— Uma ideia excelente — respondeu Alek.

O príncipe olhou para a sobremesa que sobrou. O sorvete estava derretendo e virando uma papa. Alek sentia-se impaciente demais para comer muito, mas os reflexos estavam ficando enferrujados com festas e jantares. Ele precisava da sensação de uma espada na mão.

Adela Rogers parecia estar em seu ambiente, porém. Falava sem parar à direita de Tesla e contava para a ponta da mesa do anfitrião que Hearst tinha conseguido fechar um novo contrato de cinema com o famoso Pancho Villa. A Srta. Rogers não parecia incomodada por ser a única mulher no ambiente. Na verdade, parecia tirar proveito disso. A repórter descrevia a bajulação e os subornos de Hearst para Villa como se tudo fosse uma aventura romântica, o que dava uma autoridade incontestável ao seu ponto de vista feminino.

Alek tentou imaginar Deryn usando a mesma estratégia, se alguma vez ela fosse obrigada a usar saias novamente. Será que um dia a valentia de Deryn viraria o tipo de charme e estilo que a Srta. Rogers empregava?

Talvez, pensou Alek. Mas Deryn também estaria pronta para dar um bom soco se fosse necessário. Isso ele mesmo podia garantir.

— Vossa Serena Alteza? — falou-lhe um criado ao ombro, apresentando uma carta em uma pequena bandeja de prata. — Isto acabou de chegar via águia-mensageira, senhor.

O envelope tinha o tom de maçã verde dos papéis de carta do *Leviatã*, e o nome de Alek estava escrito com a letra de Deryn. Mas ela acabara de mandar uma carta no dia anterior...

A Srta. Rogers havia feito uma pausa, e Tesla encarava o príncipe. Alek pediu desculpas com a cabeça para os dois, depois abriu a carta com um rasgo.

O texto era apressado, pior ainda que o garrancho habitual de Deryn.

> *Andador aquático indo na sua direção.*
> *Você tem uma hora, no máximo.*
> *O almirantado é um bando de vagabundos,*
> *portanto não atacaremos até que o andador*
> *chegue à costa. Mas estaremos aí.*
> *Cuide-se,*
> *Dylan*

— Ah — exclamou Alek, com o pulso acelerado.

— Notícias de nossos amigos no *Leviatã*? — perguntou Tesla. — Eles devem estar em Londres a esta altura.

— Não, senhor — respondeu Alek.

Ele hesitou um pouco e deu uma olhadela para a Srta. Rogers — mas todos os repórteres no mundo saberiam em breve.

— Eles estão posicionados a apenas 50 quilômetros, na boca de Long Island Sound.

A agitação correu pela mesa.

— Mas por quê? — perguntou Tesla.

— Estão tomando conta de nós. Há rumores de um ataque surpresa alemão.

— Um ataque surpresa? — disse Tesla, que depois sorriu. — Vossa Alteza, por favor, informe a Dra. Barlow que ela está convidada para observar minhas experiências a qualquer momento, sem precisar inventar desculpas.

— Infelizmente a questão não é essa, senhor. — Alek ergueu a carta. — O que eles temiam provou ser verdade. Um andador aquático alemão estará aqui dentro de uma hora.

A mesa ficou em silêncio, e todos os convidados se voltaram para o Sr. Tesla. O inventor olhou fixamente para Alek por um longo momento, depois abaixou o olhar para a mesa e começou a rearrumar os garfos.

— Um andador aquático? Que ideia absurda!

— Eles existem, senhor. Klopp, meu homem de confiança, viu protótipos.

Tesla olhou para Klopp, que aparentava estar acompanhando apenas um pouco o inglês, depois virou os olhos escuros novamente para Alek.

— Qual o tamanho desta máquina?

— Grande o suficiente para destruir o Golias. De outra forma, por que os alemães perderiam tempo?

Tesla disparou um som irritado e afastou a sobremesa.

— Perdoem-me, cavalheiros e Srta. Rogers, mas a não ser que isso seja alguma espécie de brincadeira, preciso preparar minhas defesas.

O inventor pegou a bengala e ficou de pé. Os engenheiros pularam da mesa simultaneamente.

— Defesas? — perguntou a Srta. Rogers.

— Eu não sou ingênuo, minha cara. Eu sabia que os alemães fariam planos contra mim. — Tesla gesticulou na direção no complexo. — É por isso que o Sr. Hearst nos providenciou aquele pinkerton.

— Mas, senhor — disse Alek —, aquela máquina pinkerton foi feita para assustar trabalhadores em piquetes. Ela não consegue encarar um andador militar de verdade.

Os repórteres começaram um burburinho nervoso, e alguns deles foram para as portas que davam para o deque de observação. Outros pediam aos garçons para serem levados a um telefone.

Alek ficou de pé e sacudiu a carta de Deryn.

— Todos os senhores, ouçam. Tenho certeza de que o *Leviatã* está a caminho. Ele é mais que capaz de enfrentar um único andador.

Adela Rogers gargalhou.

— Então ficaríamos aqui bebendo conhaque?

— De maneira alguma, senhorita — falou o conde Volger. — Devemos recuar para uma distância sensata e deixar o *Leviatã* cuidar isso.

— Isto não será necessário. — Tesla se voltou para a escada que subia para a sala de controle. — Eu mesmo irei detê-los.

— Senhor... — chamou Volger, mas o conde foi ignorado pelo inventor.

— Não adianta. — Alek suspirou. — Este é o homem que peitou três ursos de combate com nada além de uma bengala.

— Isso está longe de me inspirar confiança — comentou a Srta. Rogers.

— Nem para mim. Vou falar com ele. — Alek foi para a escada. — Nem que seja para garantir que o Sr. Tesla não tome uma decisão brusca.

— Vossa Alteza — falou o conde —, nós ainda podemos nos distanciar deste local, mesmo que tenhamos de andar.

Alek balançou a cabeça.

— Isso não será necessário, Volger. O *Leviatã* nos protegerá.

◎ ◎ ◎

A sala de controle estava agitada com ordens gritadas e peças elétrikas que soltavam fagulhas. Os engenheiros corriam de um lado para o outro e empurravam equipamentos para uma nova configuração. Tesla estava no centro de tudo, com um telefone em cada mão e vários outros enfiados embaixo dos braços.

— Lancem os botes! — berrou ele em um telefone. — Vamos destruí-los assim que os alemães saírem da água!

Ele bateu com o fone no gancho e olhou feio para Alek.

— Há quanto tempo o senhor sabia disso?

— Como eu disse, eram apenas rumores — respondeu Alek calmamente. — O Sr. Sharp tinha ouvido algo há duas semanas.

— O mesmíssimo dia em que chegamos a Nova York.

Tesla se voltou para as janelas da sala de controle. O oceano mal era visível ao longe, uma superfície plana, prateada com o luar refletido.

— Toda vez que estou à beira de uma descoberta de verdade, alguém tenta roubá-la — falou o inventor.

— Senhor, não precisa se preocupar. O Sr. Sharp me garantiu que o *Leviatã* vai cuidar desse andador.

— Depois, virão mais. — A fúria deixou a voz de Tesla imediatamente, e então ele apenas pareceu cansado. — Eles continuarão vindo atrás de mim, de uma maneira ou de outra.

— Isso é um pouco dramático, senhor. Esses andadores aquáticos são armas experimentais. Não consigo imaginar que a Alemanha tenha muitos.

— O senhor não sabe do que são capazes esses homens inferiores, Alek. Edison, Marconi e agora o *kaiser*! — Tesla começou a recolocar os telefones nos ganchos, até que sobrou apenas um na mão, que ele levou à boca. — Caldeira? Por favor, força máxima.

— Sr. Tesla, nós deveríamos abandonar o teste de hoje à noite. Por favor!

— Eu estou abandonando o teste.

Alek franziu a testa.

— Mas o senhor mandou que a caldeira...

— Não entende? Aqueles homens, aqueles *homenzinhos*, querem destruir a obra da minha vida, querem roubar o mundo de tudo aquilo que o Golias um dia dará. Energia de graça em qualquer lugar, todo o conhecimento do homem cruzando as ondas aéreas! Não posso permitir que tudo isso seja destruído por esta guerra idiota.

O inventor se voltou para encarar as janelas, com os olhos brilhando, e Alek sentiu uma gota fria descer pela espinha quando Tesla colocou o último telefone no gancho, com firmeza.

— Infelizmente, isso não é mais um teste.

◈ TRINTA E NOVE ◈

O ANDADOR AINDA ESTAVA a 800 metros da costa, mas o topo já surgia na superfície. A água escorria pelos conveses e girava, escurecida pela salmoura e algas marinhas. Porém, embaixo do detrito do oceano, o metal molhado reluzia. Com o ronco dos motores, as garras dos braços antikraken se ergueram acima das ondas.

Deryn levantou o binóculo de campanha para procurar por canhões no convés.

— Não parece danificado — dizia o Dr. Busk para o capitão. — Deve ter sido projetado para pressões imensas.

O imediato soltou um muxoxo de desdém.

— Um impacto direto deve deixá-lo um pouco menos à prova d'água.

— Melhor explodir as pernas. — O capitão abaixou o binóculo. — Vamos deixar algo ameaçador para os americanos e os jornais de amanhã, hein?

Alguns risos se espalharam pela ponte, mas a boca de Deryn ficou seca. A torre de Tesla já era visível ao longe, com luzes brilhantes em cada janela. Aquele grande tolo berrante do inventor não tinha saído, afinal de contas.

— Alek ainda está lá, não é?

— Nosso jovem príncipe dificilmente deixaria um aliado para trás. — A Dra. Barlow encarou o Golias e suspirou. — Eu esperava que o Sr. Tesla não cedesse à bravura.

— Vai dar tudo certo, madame — falou Deryn, tentando manter a voz firme. — Pelo menos o andador não tem canhões de grande calibre.

O topo inteiro da máquina estava acima da superfície agora, e Deryn enxergou apenas canhões de 90 milímetros, como o armamento do convés de um submarino. Os primeiros tripulantes saíam das escotilhas agora e trabalhavam para retirar as tampas que mantinham o cano à prova d'água.

— Isto é o que esperávamos — disse a cientista. — Os alemães pretendem derrubar a torre com os braços antikraken. Um tanto brutal da parte deles.

— Sim, mas funcionou para nós em Istambul — comentou Deryn.

O capitão viu o canhão no convés também.

— Um pouco mais de altitude, piloto. Preparar o compartimento de bombas.

O *Leviatã* estava quase em cima do inimigo agora: Deryn podia sentir os grandes motores mekanistas do andador reverberando nas botas. As chaminés tinham expelido as tampas à prova d'água, e a máquina rugia a pleno vapor.

Mas havia algo reluzente na arrebentação, a meio caminho entre a praia e o andador. A aspirante ergueu o binóculo de campanha novamente.

Parecia uma frota de pequeninos botes de metal, cada um com pouco mais de 1 metro de comprimento. Antenas balançaram nos conveses quando as ondas do andador que emergia alcançaram os botes. Eles rumavam diretamente para a embarcação alemã.

"ENFRENTANDO DE LONGE UMA AMEAÇA EMERGENTE."

— A senhora vê aquilo, madame?

A Dra. Barlow estreitou os olhos na escuridão, depois concordou com a cabeça.

— Ah, sim, os botes de controle remoto do Sr. Tesla. Ele vem tentando vender para a Marinha Real há anos. Como deve estar contente de finalmente poder usá-los.

Quando os primeiros botes desapareceram embaixo do andador, luzes brilharam na água, e um jato de chamas envolveu o metal. Alguns tripulantes no convés superior se encolheram de medo, mas a máquina sequer parou a marcha em direção à praia.

— Um pouco decepcionante — disse a cientista.

— Algumas bananas de dinamite e um pouco de querosene, calculo eu. — Deryn franziu a testa. — Será que Tesla achou que enfrentaria barcos de madeira?

A Dra. Barlow deu de ombros.

— O forte dele nunca foi a química.

— Não se preocupe — falou o capitão. — Mostraremos a ele como se faz. Motor de estibordo à meia força. Compartimento de bombas, soltem quando estiverem prontos!

Deryn se aproximou na janela e se debruçou para fora a fim de ver embaixo da nave.

A perna dianteira esquerda do andador aquático estava acabando de pisar na praia quando um tremor percorreu o convés. Deryn sentiu uma pontada de dor no joelho e prendeu a respiração até a bomba acertar em cheio.

Ela caiu entre as duas pernas direitas do andador e aterrissou em alguns metros de água. Uma coluna escura de areia foi disparada no ar, decorada com a borda prateada de um jato de água iluminado pelo luar. Os botes de Tesla foram arremessados longe e entraram em chamas que se espalharam pela superfície do estuário. A máquina mekanista foi jogada de lado e quase virou, mas finalmente caiu de volta, com as pernas direitas retorcidas e quebradas.

A onda de choque alcançou então o *Leviatã*, e um grande tremor percorreu a nave e fez as janelas da ponte estremecerem como xícaras de chá. Deryn manteve o olhar fixo no andador. Ele ainda tentava se mexer, mas as duas pernas que funcionavam só podiam arrastá-lo por alguns metros a cada passo.

— Por favor, transmita meus elogios ao compartimento de bombas — falou o capitão Hobbes. — Eles deixaram o andador bem inteiro.

— E quanto ao canhão, senhor? — perguntou o imediato.

— Fique de olho nele. Se mais algum tripulante puser a cabeça para fora, nós os apresentaremos aos nossos morcegos-dardos.

Mais ordens foram dadas, e um farol disparou na escuridão. O casco queimado e amassado do andador de repente brilhou intensamente.

Os olhos de Deryn capturam um lampejo ao longe. A torre central do Golias continuava às escuras, mas as quatro estruturas menores começaram a brilhar.

— Dra. Barlow? — chamou ela. — Acho que a engenhoca de Tesla está carregando.

— Ele pretende completar o teste? — A cientista estalou a língua. — Capitão, talvez devêssemos dar algum espaço para o Sr. Tesla. Até mesmo um teste de disparo pode se mostrar desagradável aqui em cima.

— Realmente, doutora. Motores à meia força em reverso.

O *Leviatã* hesitou por um momento no ar, depois Deryn sentiu o puxão sutil da nave dando ré. A água escura de Long Island Sound surgiu, e as torres cintilantes e a cena do andador danificado se descortinaram diante deles.

— Senhor! — chamou o piloto. — Temos outro rastro de escapamento!

Os oficiais se amontoaram nas janelas, e Deryn deu um passo à frente. Algo de metal rompia a superfície perto da praia.

Era um andador menor, com quatro pernas que se debatiam na água escura do estuário, e ia na direção da praia.

— Uma das escoltas? — O capitão balançou a cabeça. — Mas onde estava escondido?

— Deve ter se desligado depois do ataque — explicou a Dra. Barlow. — Somente por tempo suficiente para nós seguirmos o grandão. Ou talvez tenha vindo nas costas do andador maior, misturando os rastros do escapamento.

— Quem se importa! — reclamou Deryn. — Precisamos deter aquela coisa berrante!

— Muito bem colocado, Sr. Sharp — disse o capitão. — Força máxima à frente.

Um momento depois, o ronco dos motores ecoou na ponte, e o *Leviatã* voltou a ir para frente.

Mas o pequeno andador já havia chegado à terra firme. Ele corria rapidamente entre as árvores e ia diretamente para as torres, a 800 quilômetros de distância. A máquina mal parecia capaz de destruir o Golias, mas certamente poderia causar alguma confusão.

De repente, um jato de fagulhas e chamas surgiu da traseira do andador e desenhou um arco na escuridão. Uma explosão retumbou ao longe.

— Ele tem um canhão! — anunciou o imediato. — Capitão?

— Morcegos-dardos. — Veio a resposta. — Vamos varrê-los do topo!

Os dedos de Deryn formaram um punho. A aeronave se aproximava do andador, e os faróis se mexeram para encontrá-lo na escuridão. Ela ouviu o estalo de um canhão de ar comprimido lá em cima e viu a primeira nuvem de morcegos-dardos sair.

Mas quando os olhos enxergaram adiante do andador alemão, Deryn ficou aflita.

As torres externas da arma do Sr. Tesla brilhavam mais intensamente agora, cobertas por cobras nervosas feitas de fogo e relâmpago. A torre alta central, o Golias em si, começou a brilhar suavemente na escuridão, como o envelope de um balão de ar quente quanto o queimador era ligado à toda.

Deryn sentiu um gosto ácido na garganta e o medo terrível e paralisante dos pesadelos. Ela se lembrou de que o canhão Tesla do *Goeben* quase reduzira todos eles a cinzas. Mas o Golias era muito mais possante, poderoso o suficiente para incendiar o céu a milhares de quilômetros de distância.

E o *Leviatã* seguia diretamente para ele.

◈ QUARENTA ◈

O PRIMEIRO PROJÉTIL CAIU no limite do complexo e jogou para o alto um trecho da cerca de arame farpado, que se debateu e enroscou no ar. Uma nuvem de poeira rolou para fora da explosão, e Alek ouviu pedaços de metal destroçado bater nos telhados em volta.

Ele colocou as mãos em concha no vidro, quando a poeira abaixou, e viu o agressor passando pelas árvores: um andador menor, uma corveta quadrúpede. Dois faróis do *Leviatã* caíram sobre ele e revelaram um canhão na traseira da máquina, com fumaça saindo do cano.

— Sr. Tesla — chamou Alek. — Talvez devêssemos evacuar.

— Seus amigos britânicos podem ter nos abandonado, mas eu não farei o mesmo com a obra da minha vida.

Alek se virou. As mãos de Tesla estavam nas alavancas da bancada central de controles, e o cabelo do inventor estava arrepiado. Fagulhas voavam pela sala, e Alek sentiu que o ar zumbia de energia.

— O senhor não foi abandonado! — O príncipe apontou para a janela. — O *Leviatã* ainda está aqui.

— O senhor não vê que chegaram tarde demais? Não tenho outra escolha a não ser disparar.

Alek abriu a boca para discutir, mas outro estrondo soou ao longe, e o guincho de um projétil a caminho fez com que o príncipe se abaixasse. Esse caiu dentro do complexo e jogou terra e entulho nas janelas da sala de controle.

De repente, a noite ficou vermelha lá fora quando os faróis do *Leviatã* mudaram de cor, e aí lampejos de metal rasgaram o céu. Os homens no convés do andador se contorceram e caíram quando os dardos acertaram em cheio. Um momento depois, o canhão ficou desguarnecido e rolou de um lado para o outro com a caminhada da máquina.

A chuva de metal ficou cada vez mais próxima, atravessou o arvoredo e levantou nuvens de terra. Quando a torrente diminuiu, um último dardo acertou a janela com um estalo. Uma rachadura serpenteou pelo vidro, e Alek rapidamente deu alguns passos para trás, mas o ataque tinha acabado.

Ele pigarreou e se esforçou para manter a voz firme.

— O *Leviatã* silenciou aquele canhão alemão, senhor. Podemos desligar a arma.

— Mas o andador ainda está vindo, não está?

Alek deu um passo cauteloso e se aproximou mais da janela. Os dardos não fizeram nada contra a blindagem de metal da corveta, naturalmente. Porém, lá em cima no céu, o *Leviatã* ainda encurtava a distância, com as portas do compartimento de bombas já abertas.

Então ele se lembrou do que Tesla dissera sobre disparar o Golias para valer: qualquer aeronave em 10 quilômetros estaria em perigo. O *Leviatã* não estava a mais de 1 quilômetro de distância, e Deryn continuava a bordo, graças a Alek e ao acordo com Eddie Malone.

Essa loucura teria de acabar.

Alek deu meia-volta e foi a passos largos à bancada principal de controles, onde pegou Tesla pelo braço.

— Senhor, não posso permitir que faça isso. É horrível demais.

Tesla ergueu os olhos.

— O senhor não acha que eu sei? Destruir uma cidade inteira... é a coisa mais horrível que qualquer ser humano pode conceber.

— Então, por que está fazendo isso?

Tesla fechou os olhos.

— Levará um ano para reconstruir esta torre, Alek. E nesse período, quantas pessoas morrerão em batalha? Centenas de milhares? Um milhão?

— Talvez, mas o senhor está falando de Berlim... Dois milhões de pessoas.

Tesla abaixou o olhar para os controles.

— Acho que consigo enfraquecer o efeito.

— O senhor *acha*?

— Eu não destruirei a cidade inteira, apenas o suficiente para provar minhas teorias. Caso contrário, o Golias estará perdido para sempre! Ninguém investirá dinheiro em uma cratera fumegante! — Ele olhou pela janela para o andador, que se arrastava pelas dunas. — E os alemães apenas ficarão mais ousados. Se não forem detidos agora, o senhor acha que os assassinos deixarão qualquer um de nós sobreviver até o fim do ano?

Alek deu um passo à frente.

— Sei o que é ser caçado, senhor. Eu tenho sido perseguido desde a noite em que meus pais morreram. Porém, provar sua invenção não vale isso!

Um barulho de tiros surgiu atrás de Alek, e ele deu meia-volta. No brilho vermelho dos faróis do *Leviatã*, o andador pinkerton se arriscou lá fora para enfrentar a máquina alemã. Uma metralhadora rotativa surgira na traseira e estava disparando.

Mas balas eram inúteis contra blindagem de aço, e o pinkerton era pequeno demais para impedir o andador aquático com força bruta. Só poderia ganhar tempo para eles.

A enorme figura do *Leviatã* tinha diminuído a velocidade até parar e começava a reverter o curso. A corveta estava dentro das muralhas do complexo agora: perto demais do Golias para o *Leviatã* soltar uma bomba aérea. Os oficiais da aeronave tinham de saber que a arma de Tesla seria mortal para qualquer coisa no céu.

Porém, não havia tempo para se afastarem 10 quilômetros pelo céu. O ar na sala de controle começou a estalar, e Alek sentiu o cabelo se eriçar. Os botões do paletó brilharam suavemente conforme as luzes elétrikas se apagavam em volta.

A arma estaria pronta para disparar em breve.

Alek se voltou para Tesla.

— O povo de Berlim não foi avisado a tempo! O senhor disse que daria uma chance para evacuarem!

O homem colocou um par de luvas grossas de borracha.

— Aquela chance foi roubada, não por mim, mas pelo próprio *kaiser* dos alemães. Por favor, volte para a sala de jantar, Vossa Alteza.

— Sr. Tesla, insisto que pare com isso!

Sem tirar os olhos dos controles, Tesla gesticulou uma mão enluvada para seus homens.

— Levem Sua Alteza de volta à sala de jantar, por favor.

Alek levou a mão à espada, mas não estava com ela naquela noite. Os dois homens que se aproximavam eram bem maiores que ele, e havia outra dezena que Tesla poderia chamar à sala de controle.

— Sr. Tesla, por favor...

O inventor balançou a cabeça.

— Eu temi por este momento durante anos, mas o destino tomou o controle.

Os homens pegaram Alek com firmeza pelos braços e o conduziram às escadas.

⊙ ⊙ ⊙

A maioria dos convidados tinha fugido da sala de jantar, mas Klopp continuava ali, com um charuto em uma mão, e a bengala na outra. A Srta. Rogers estava sentada com ele, rabiscando loucamente.

— Parece haver uma batalha e tanto lá em cima — comentou ela.

Alek se sentou pesadamente e encarou as cadeiras vazias em volta da mesa, todas viradas. Até mesmo ali embaixo o piso zumbia.

— Ele vai disparar contra Berlim. Não é um teste, é para valer. O que foi que eu fiz?

Klopp respondeu em alemão:

— Os demais estarão de volta em um instante, jovem mestre.

— De volta? Aonde diabos eles foram?

— Verificar a bagagem — respondeu Klopp simplesmente.

— *O quê?*

— Vossa Alteza? — perguntou a Srta. Rogers. — O senhor diria que o Sr. Tesla ficou destrambelhado?

Alek se voltou para encará-la.

— Ele pretende destruir uma cidade, sem aviso ou negociação. O que a *senhorita* diria?

— Que o senhor concordou com esta situação. O senhor e o chefe, e todos aqueles investidores em seus automóveis, a caminho de Manhattan neste exato momento. Isso é algo que todos os senhores sabiam que poderia acontecer.

— *Não* foi o que planejamos! — berrou Alek. — Isso é assassinato!

— A cidade inteira de Berlim... — falou a Srta. Rogers, enquanto balançava a cabeça e anotava.

Mas Alek não imaginava uma cidade destruída pelo fogo. Ele só conseguia pensar no *Leviatã* lá no céu e nos pesadelos de Deryn sobre a morte do pai.

O vinho tremeu nas taças abandonadas em volta dele. A mesa inteira vibrava.

— Não podemos deixar que Tesla faça isso.

— Não se preocupe, jovem mestre. Cá estão eles.

Alek se virou. Volger, Hoffman e Bauer entraram de rompante, carregando caixotes compridos que eles trouxeram de Nova York.

O conde jogou um dos caixotes sobre a mesa de jantar. Pratos quebraram e bateram, taças viraram e derramaram líquido vermelho na toalha de mesa branca.

— Imagino que não tenhamos muito tempo?

— Apenas alguns minutos — respondeu Alek.

— E você quer detê-lo?

— É claro!

— Que bom ouvir isso.

Volger abriu o caixote. No interior havia um par de espadas de duelo. Alek balançou a cabeça.

— Ele tem pelo menos uma dezena de homens lá em cima.

— Você se esqueceu do lema de seu pai? — indagou o conde.

— A surpresa é mais valiosa que a força — citou Klopp.

O homem meteu a mão dentro do caixote trazido por Hoffman e retirou um cilindro negro com um longo pavio.

— Eu mesmo fiz essa surpresinha, no próprio laboratório de Tesla.

Klopp mancou até a escadaria que subia para a sala de controle, depois tocou a ponta do charuto no pavio e sorriu quando ele acendeu.

— Meu Deus do céu! — A Srta. Rogers tirou os olhos da prancheta. — Isto é uma bomba?

— Não se preocupe, mocinha — respondeu Volger, enquanto amarrava um guardanapo sobre o nariz e a boca. — É apenas fumaça, só que muita.

— Ó, céus! — exclamou a repórter.

Hoffman jogou um guardanapo para Alek enquanto Bauer abria o outro caixote com espadas.

Um ronco mais alto subiu pelo chão e fez as paredes tremerem. O próprio ar parecia turvo agora.

— Prepare-se, Vossa Alteza — avisou Volger ao empunhar uma das espadas.

Alek ergueu a outra arma do caixote do conde. O punho era enfeitado com ouro, e a lâmina era entalhada com engrenagens e mecanismos.

— Outra relíquia de família do meu pai?

— Nem chega a um século de idade, mas é bem afiada.

Alek enfiou a espada no cinto e amarrou correndo o guardanapo sobre a boca. A bomba de fumaça começou a estalar e soltar fagulhas na mão de Klopp, com apenas alguns centímetros de pavio sobrando. Porém, o velho esperou enquanto olhava calmamente para ela. Finalmente, Klopp jogou a bomba escada acima.

Uma rajada de ar veio do alto, depois um coro de gritos. Klopp se afastou quando alguns engenheiros desceram cambaleando as escadas, tossindo e cuspindo.

— Eu queria poder me juntar aos senhores — falou o velho ao pegar a bengala.

Alek balançou a cabeça.

— Você fez mais por mim do que posso retribuir.

— Permanecemos ao seu serviço, senhor — disse Volger.

O conde fez uma mesura para Alek, depois subiu correndo as escadas, com Hoffman e Bauer no encalço.

Enquanto Alek seguia, a fumaça descia rolando e irritava os olhos e pulmões. O zumbido no ar aumentava a cada degrau.

A sala de controle estava tomada pela fumaça e confusão. Voavam fagulhas elétrikas, e alguém gritava "defeito", o que só aumentava o caos.

"O ATAQUE APÓS O JANTAR."

Os homens de Tesla pareciam pensar que a arma em si tinha sobrecarregado e incendiado o ambiente. O chão tremia, como se o prédio inteiro tivesse virado um enorme motor.

Alek conduziu Volger e seus homens através da fumaça até o painel central de controles. Tesla estava ali, ignorando calmamente o pandemônio à sua volta.

— Senhor, desligue a máquina! — ordenou Alek.

— O senhor, obviamente. — O inventor não ergueu os olhos. — Eu devia saber que não se deve confiar em um austríaco.

— Confiança, Sr. Tesla? O senhor foi contra todos os nossos planos! — Alek ergueu a espada, e seus homens fizeram o mesmo. — Desligue a máquina.

Tesla olhou para a ponta das espadas e gargalhou.

— Tarde demais para mudar de ideia, príncipe.

Com a mão na luva de borracha, ele girou um seletor e depois se abaixou atrás do painel. A crepitação no ar de repente aumentou e virou um grande estalo, e uma teia de raios pulou da fumaça em todas as direções e acertou as pontas das espadas desembainhadas.

O punho da arma de Alek ficou incandescente, mas ele não a soltou — todos os músculos da mão de repente se cerraram. Uma força frenética e irredutível tomou conta dele e torceu seu coração no peito. Uma pontada de agonia saiu da mão e desceu pelo corpo até a sola dos pés.

Alek cambaleou para trás até escorregar, e a corda agitada de eletricidade se rompeu quando ele caiu no chão. Os pulmões pareciam chamuscados pela fumaça, e a palma da mão com a espada estava tostada e dolorida. O cheiro de cabelo e carne queimados entrou pelo nariz do príncipe.

Ele ficou caído ali por um momento, mas não havia tempo para permanecer atordoado. O chão continuava tremendo, com mais intensidade a

cada segundo. Alek se levantou com dificuldade e procurou pela espada, mas a sala de controle era uma massa de fumaça e luzes que piscavam.

Tropeçou sobre um corpo caído: Bauer, que segurava a mão da espada junto ao peito, queimada.

— Você está bem, Hans?

— Lá, senhor!

Bauer apontou os dedos escurecidos para uma silhueta na fumaça. Era Tesla, que trabalhava nas alavancas com os braços compridos, e, apoiada nos controles ao lado do inventor, estava a bengala elétrika. Alek foi agachado na direção de Tesla e pegou a bengala, depois ficou ereto.

Ele colocou o dedo no gatilho e apontou a bengala para o inventor.

— Pare, senhor.

O homem encarou a ponta de metal por um momento, depois deu um muxoxo arrogante e calmamente esticou a mão para a maior alavanca entre os controles...

— Não — falou Alek, que puxou o gatilho.

Um raio cruzou a sala. Acertou o corpo de Tesla e sacudiu o inventor como um boneco. Filetes de chamas brancas saíram da bengala e dançaram sobre os controles. Fagulhas saíram para todas as direções, e o cheiro de metal e plástico queimado tomou a sala.

Em segundos, a bengala estalou e se apagou. Tesla ficou tombado sobre os controles, sem se mexer. Pequenos raios percorriam-lhe o corpo, e o cabelo se contraía e tremia.

O ronco no chão atrás de Alek começou a tremer, aumentou e diminuiu, e sacolejou o prédio inteiro com ondas de choque, uma atrás da outra, como se um gigante passasse por perto, cambaleando. A visão do príncipe ficou turva com cada pulsação, e ele ouviu todas as janelas se estilhaçarem ao redor.

Alek chamou o nome de Volger, mas o próprio ar trêmulo parecia despedaçar o som. A fumaça ficou mais rala à medida que a maresia entrava pelas janelas quebradas, e o príncipe cambaleou até a janela mais próxima. Os pulmões gritavam por ar puro. As botas escorregaram, e cacos de vidro cortaram os pés de Alek através das solas queimadas. Mas pelo menos ele conseguia respirar.

Alek ergueu os olhos para o Golias, que se agigantava sobre o complexo. A batida pulsante embaixo dos pés reverberava nos estalos de eletricidade que percorriam a extensão da torre. A máquina inteira estava lotada de energia, e o príncipe se deu conta do que fizera...

O Golias era como uma caldeira a vapor sob pressão. Estava prestes a disparar, mas Alek tinha impedido que Tesla liberasse a imensa energia que se acumulava no interior. As chaminés continuavam a cuspir fumaça, e os geradores mandavam mais força para os capacitores já no limite. Enquanto observava, o príncipe viu mais janelas se estilhaçarem no complexo.

No meio daquilo tudo, a corveta alemã estava sobre os destroços do andador pinkerton. Ela tinha arrancado as pernas da máquina menor e parecia fazer uma bizarra dança da vitória. As pernas tremiam, o corpo dava uma guinada para a frente e para trás.

Então Alek viu as teias de relâmpagos na pele de metal: os sistemas de controle do andador foram bagunçados pela energia frenética que agitava o ar. Olhou para o céu.

O *Leviatã* em si brilhava como uma nuvem sob a luz do sol poente. Os cílios da aeronave ondulavam, lentamente se afastando, mas os motores estavam quietos, a parte elétrika também fora sobrecarregada.

Será que o hidrogênio pegaria fogo? Alek agarrou a beirada da janela e mal sentiu o vidro quebrado na palma das mãos.

— Deryn — choramingou ele.

Tudo, menos isso.

Então outra silhueta surgiu ao longe, algo enorme que cambaleava no horizonte. Era o primeiro andador, quatro vezes o tamanho da corveta, com uma bandeira alemã rasgada que tremulava no convés superior. A máquina avançava devagar, com as duas pernas direitas balançando inutilmente. Porém, os braços antikraken se debatiam no chão e arrastavam o andador pelas dunas como se fosse uma fera moribunda.

Alek se perguntou por um momento como o sistema elétriko ainda não tinha entrado em curto, mas aí o andador esbarrou no metal emaranhado da cerca do perímetro, e o circuito se fechou. Um único raio agitado pulou da torre menor mais próxima e bateu no braço antikraken erguido da máquina alemã.

Os raios das outras torres vieram em seguida, as energias acumuladas estavam ansiosas atrás de uma saída, e em um piscar de olhos, cinco fluxos de eletricidade entraram no enorme andador aquático. A máquina estremeceu por um tempo, os braços e pernas se debateram sem controle enquanto fagulhas percorriam a pele metálica. O ar em si se rompeu em um longo estrondo de um trovão. As árvores rasteiras em volta do andador pegaram fogo, e a chama branca consumiu até o solo e a areia embaixo delas.

Os projéteis de munição deviam ter pegado fogo então. O andador começou a sacolejar com mais força, e jatos de fogo irromperam das escotilhas. Chamas foram cuspidas das chaminés quando todos os tanques

de combustível pegaram fogo ao mesmo tempo, e fumaça negra saiu dos respiradouros do motor.

Quando os estrondos das explosões finalmente passaram, Alek mal conseguia escutar, mas sentiu que o tremor embaixo dos pés havia parado. A sala de controle atrás dele estava às escuras e em silêncio, a não ser por vozes humanas desorientadas. O Golias tinha esgotado as energias no andador alemão.

Alek ergueu os olhos novamente. O brilho do *Leviatã* diminuía, a aeronave estava inteira e viva com toda a tripulação.

Ele estremeceu com outro soluço, se apoiou em um joelho só e percebeu que a sobrevivência daquela nave — daquela garota, na verdade —, tinha sido, por um instante, mais importante que a própria guerra ou que as milhares de pessoas de uma cidade. Então o vento mudou de direção, e Alek respirou os cheiros de carne queimada que tomavam a sala atrás dele.

Importante o suficiente para matar um homem, ao que parecia.

◈ QUARENTA E UM ◈

O ALMIRANTADO, SABE-SE LÁ por que cargas-d'água, aprovou a medalha por bravura de Alek no mesmíssimo dia em que os Estados Unidos entraram na guerra.

A coincidência pareceu suspeita aos olhos de Deryn, e obviamente a medalha não fora dada por algo útil, como desligar a arma de Tesla para salvar o *Leviatã*. Em vez disso, Alek seria condecorado por meter os pés pelas mãos no topo da nave durante a tempestade e pelo grande talento em cair e bater com a cabeça. Bem típico do almirantado.

Mas pelo menos isso significava que o *Leviatã* estava a caminho de Nova York e que ela veria Alek pela última vez.

Depois de lutar com os andadores aquáticos alemães em Long Island, a aeronave tinha sido convidada para ir a Washington. Lá, o capitão e os oficiais depuseram diante do Congresso cujos integrantes agora debatiam como responder a esse ataque ultrajante em solo americano.

Foi preciso um pouco de falatório e negociação, mas finalmente se julgou que os alemães tinham ido longe demais, e os políticos darwinistas e mekanistas votaram conjuntamente para o país se juntar à guerra. Agora mesmo, jovens lotavam os postos de alistamento e clamavam para enfrentar o *kaiser*. Enquanto o *Leviatã* rumava para o norte, as ruas embaixo ficavam apinhadas de bandeiras, desfiles e vendedores de jornais que anunciavam a guerra aos berros.

◉   ◉   ◉

Deryn estava na ponte quando chegou uma segunda mensagem de Londres, marcada como *confidencial*.

Ela havia se recuperado o suficiente para abandonar a bengala, mas ainda não tinha se arriscado nas enxárcias. A aspirante passava o tempo auxiliando os oficiais e a Dra. Barlow. Ficar presa na gôndola era chatíssimo, mas servir na ponte ensinara Deryn mais um pouco sobre a forma como o *Leviatã* era comandado.

Seria muito útil, se algum dia ela mesma viesse a comandar uma aeronave.

A águia-mensageira chegou no momento em que os arranha-céus de Nova York foram vistos, no dia em que Alek receberia a medalha. O monstrinho passou disparado pelas janelas da ponte, depois tomou a direção da escotilha de pássaros, a estibordo.

O oficial da vigília chamou um instante depois:

— Para a Dra. Barlow apenas, senhor.

O capitão se voltou para Deryn e acenou com a cabeça.

Ela prestou continência, depois foi para o camarote da cientista com o tubo de mensagem na mão. Ele chacoalhava um pouco.

A batida na porta foi respondida pelo ganido de Tazza lá dentro, o que Deryn considerou como permissão para entrar.

— Boa tarde, madame. Mensagem de Londres para a senhora. — Ela franziu os olhos para o texto no tubo. — De um tal P.C. Mitchell.

A cientista tirou os olhos de um livro.

— Ah, finalmente. Por favor, abra.

— Com seu perdão, madame, mas aqui diz "confidencial".

— Tenho certeza, mas o senhor se mostrou ser um especialista em manter segredos, *Sr.* Sharp. Prossiga.

O lêmur riu e depois repetiu:

— Segredos!

— Sim, madame.

Deryn abriu o tubo de mensagem. Ele continha um único papel de carta transparente de correio aviário, enrolado em volta de uma bolsinha de feltro com algo pequenino e duro dentro.

A aspirante desenrolou o papel e leu:

— "Cara Nora, é como você suspeitava: ferro e níquel, com traços de cobalto, fósforo e enxofre. Tudo bastante natural na formação." E está assinado. "Saudações, Peter."

— É como eu pensava — suspirou a cientista. — Mas é tarde demais para salvá-lo.

— Salvar quem?

Deryn perguntou, mas aí percebeu que era óbvio: Nikola Tesla era a única pessoa que precisara ser salva ultimamente. Ninguém sabia exatamente o que havia acontecido na noite em que ele morrera, mas era bem capaz que o grande inventor tivesse sido eletrocutado pelo próprio Golias quando a máquina deu defeito graças aos projéteis alemães e ao caos generalizado da batalha.

Deryn virou de cabeça para baixo a bolsinha de feltro sobre a palma da mão, e lá estava ele: o pedacinho que tinha cortado do objeto embaixo da cama de Tesla.

— Então a mensagem é sobre a rocha daquele cientista louco? — Ela olhou a carta novamente. — Níquel, cobalto e enxofre? O que isso significa?

— Meteórico — comentou o lêmur.

Deryn encarou a criatura. Havia lido a palavra em algum lugar nos capítulos de filosofia natural do *Manual de Aeronáutica*, mas não conseguia identificá-la.

— Significa, Sr. Sharp, que Tesla era uma fraude. — A Dra. Barlow deu de ombros. — Ou talvez um louco: ele parecia *pensar* que era capaz de destruir Berlim.

— A senhora quer dizer que o Golias não teria funcionado? — Deryn balançou a cabeça. — E quanto à Sibéria?

A Dra. Barlow apontou para a mão de Deryn.

— Na Sibéria, uma pedra caiu do céu.

— Uma pedrinha fez tudo aquilo?

— Um meteoro, para ser exata. E não um pequeno, mas um gigantesco pedaço de ferro que viajava a muitos milhares de quilômetros por hora. O que Tesla encontrou foi apenas uma fração do todo. — A Dra. Barlow colocou o livro de lado. — Imagino que o inventor estivesse testando a máquina quando o meteoro caiu, e enfiou na cabeça que detinha o poder cósmico. Bem típico de Tesla, na verdade.

Deryn olhou para o pedacinho de ferro na mão.

— Mas o Sr. Tesla mandou que enviassem aquele detector de metal para ele, portanto estava à procura de ferro. O Sr. Tesla devia saber que era um meteoro!

— A maior parte da loucura é esconder a verdade de si mesmo. Ou talvez Tesla imaginasse que a máquina poderia invocar ferro do céu. — Ela pegou a pedra para olhar melhor. — De qualquer maneira, o que aconteceu em Tunguska foi meramente um acidente. Uma piada cósmica, por assim dizer.

Deryn balançou a cabeça ao se lembrar das árvores caídas que se estendiam por quilômetros em todas as direções. Era demais acreditar que um mero acidente pudesse ter causado tanta destruição.

— É apropriado, porém — disse a cientista, com um sorriso triste —, que o Golias fosse derrubado por uma pedra.

— Mas a máquina de Tesla fez o céu mudar de cor. O lorde Churchill em pessoa viu acontecer!

A cientista imediatamente soltou uma gargalhada ao ouvir isso.

— Sim, Tesla fez o céu mudar de cor... na alvorada. Não é um truque muito difícil, se a pessoa tiver uma plateia crédula. Ou talvez o Golias realmente pudesse mudar as condições atmosféricas, mas isso é muito diferente de destruir uma cidade, Sr. Sharp.

— Crédula — falou o lêmur, com um risinho.

— A senhora quer dizer que foi tudo besteira? Tudo que fizemos, tudo que Alek...

Deryn fechou os olhos. Alek tinha sido enganado, exatamente como ela sempre temeu.

— Um argumento interessante, Sr. Sharp. Se um meteoro cai na floresta e ninguém percebe, será que ele acaba com a guerra? — A cientista devolveu a pedra. — Os alemães acreditavam no Golias, e, com essa convicção, fizeram os Estados Unidos se juntarem à nossa causa. Aquela pedra cadente pode ter trazido a paz para nós, de uma forma ou de outra.

Aquele pedaço negro de ferro de repente pareceu estranho na mão de Deryn. Era algo de outro mundo, não era? Ela guardou de volta na bolsinha, enrolou a carta e enfiou ambos no tubo de mensagem. Com um passo à frente, Deryn colocou o tubo na escrivaninha da cientista.

— Isto vai permanecer confidencial, não vai, madame?

— É claro — respondeu a Dra. Barlow. — Com o Golias sendo reconstruído, a Sociedade Zoológica terá de manter a verdade em sigilo. Nem mesmo o governo de Sua Majestade poderá saber.

Deryn franziu a testa.

— Mas e quanto a Alek? Ele ainda está arrecadando dinheiro para a Fundação Tesla.

— Consertar o Golias deixará os alemães ansiosos para implorar por um acordo de paz. — A Dra. Barlow olhou fixamente para Deryn. — Contar a Alek seria um enorme erro.

— Mas ele não é seu fantoche, Dra. Barlow! Pode imaginar como Alek se sente? Ele pensou que a guerra estaria terminada, a essa altura.

— Realmente — concordou a cientista. — Então por que piorar a situação ao revelar que ele foi feito de bobo por Tesla?

Deryn começou a protestar, mas a Dra. Barlow tinha razão. Alek ficaria arrasado ao descobrir que seu destino era uma mentira, nada além de um acidente cósmico.

— Mas Alek pensa que é por culpa *dele* que a guerra ainda continua, porque ele desligou a máquina após a morte de Tesla!

— Nada disso foi culpa dele, Deryn — disse a cientista. — E a guerra acabará um dia. As guerras sempre acabam.

◉   ◉   ◉

Eles colocaram a medalha no peito de Alek no paiol, com metade da tripulação em traje de gala e em posição de sentido. O capitão Hobbes leu as honras enquanto vinte repórteres batiam fotos, incluindo um certo vagabundo do *New York World*. Klopp, Hoffman e Bauer estavam presentes em novas roupas civis, enquanto o conde Volger ainda vestia o uniforme de cavalaria. Até mesmo alguns diplomatas do consulado austro-húngaro apareceram, para deixar uma porta aberta caso o direito de Alek ao trono prevalecesse.

Deryn conseguiu não rolar os olhos durante a cerimônia, até mesmo quando o capitão mencionou os ferimentos graves que Alek tinha sofrido.

— Ele caiu e bateu com a cabeça — murmurou ela.

— Perdão? — Veio um sussurro atrás de Deryn.

A aspirante se virou e viu que era Adela Rogers, a repórter que trabalhava para Hearst.

— Nada.

— Com certeza é *alguma* coisa. — A mulher se aproximou. — O chefe dos porteiros jamais se pronuncia sem motivo.

Deryn mordeu o lábio, pois queria explicar que *não* era um chefe dos porteiros, mas sim um aspirante, um oficial condecorado. E, em breve, um agente secreto a serviço da berrante Sociedade Zoológica de Londres!

Mas Deryn virou o rosto e falou baixinho:

— Ele fez coisas melhores, só isso.

[437]

— O senhor pode ter razão quanto a isso. Eu estava lá na noite em que Tesla morreu.

Deryn olhou para a Srta. Rogers novamente e se perguntou o que a repórter queria dizer.

— Da última vez que vi o príncipe — continuou a mulher —, Sua Alteza parecia *muito* determinado em deter o Sr. Tesla.

— Alek salvou a nave naquela noite.

— E Berlim também, pelo que ouvi. — O bloquinho da mulher surgiu. — Na verdade, algumas pessoas andam dizendo que a guerra já poderia estar encerrada, se o Golias tivesse disparado, mas o príncipe Aleksandar não queria isso. Ele é um mekanista, afinal de contas.

— Ninguém sabe se aquela engenhoca...

Deryn começou a responder, mas se deteve. Aquilo era próximo demais do novo segredo da Dra. Barlow para dizer em voz alta.

Por que ninguém conseguia ver que Alek tinha feito mais para acabar com a guerra que qualquer outra pessoa? Ele dera o ouro para a Revolução Otomana e os motores para o *Leviatã*, que resgatou Tesla de ser comido no ermo. Aquilo tinha feito toda a diferença, não tinha?

— O senhor sabe de algum segredo, não é, chefe dos porteiros? — perguntou a mulher. — O senhor sempre sabe.

Deryn deu de ombros.

— Tudo que sei é que Sua Serena Alteza Aleksandar quer a paz, exatamente como ele diz. Pode me citar na reportagem.

⬡ QUARENTA E DOIS ⬡

APÓS A CERIMÔNIA, DEPOIS que todas as fotos foram tiradas e os diplomatas e pessoas ilustres deram as congratulações, Alek foi à procura de Deryn. Porém, antes que conseguisse dar dois passos na multidão, se viu preso entre o capitão Hobbes e a cientista.

— Vossa Serena Alteza, congratulações novamente! — falou o capitão, que prestou continência em vez de fazer uma mesura.

Quando Alek devolveu o gesto, ele se imaginou por um breve momento como um integrante da tripulação, mas aquele sonho acabou.

— Obrigado, senhor. Por isto e... — Ele deu de ombros. — Por nunca ter nos jogado na prisão.

O capitão Hobbes sorriu.

— Foi complicado para o senhor naqueles primeiros dias, não? E um pouco estranho para nós, ter mekanistas na nave.

— Mas eu sempre soube que faríamos do senhor um belo darwinista no fim das contas — disse a Dra. Barlow, olhando enfaticamente para a medalha de Alek.

Ele havia recebido a Cruz da Bravura Aérea, a maior honraria que as Forças Armadas britânicas podiam conceder a um civil, e bem ali na superfície estava o retrato do velho Charles Darwin em pessoa.

— Um belo darwinista — repetiu o lêmur da cientista, e Bovril riu.

— Não tenho certeza do que sou, hoje em dia — admitiu Alek. — Mas tentarei me mostrar à altura dessa honra.

— Um belo lema nesses tempos estranhos, Vossa Alteza — disse o capitão. — Se me dá licença, preciso cuidar de nossos convidados americanos. Suas aeronaves mekanistas se juntarão a nós no retorno à Europa. Muito extraordinário.

— Com certeza é.

Alek fez uma mesura quando o homem foi embora a passos largos, na direção de um aglomerado de oficiais em azul-escuro americano.

— Como as coisas mudaram rápido — comentou a Dra. Barlow. — Os otomanos permanecem neutros, a Áustria-Hungria procura uma saída, e agora os Estados Unidos entraram na briga. Tesla pode não ter acabado com a guerra, mas sua morte parece tê-la encurtado consideravelmente.

— Vamos torcer que sim. — Alek conseguiu responder e olhou em volta à procura de uma maneira de mudar de assunto.

— Klopp! — exclamou Bovril.

— Ah, sim. — Alek chamou seus homens com um gesto. — O mestre Klopp, Bauer e Hoffman não estão mais a meu serviço. Eles ficarão aqui nos Estados Unidos.

— A terra da oportunidade — disse a cientista, em um alemão excelente.

Klopp concordou com a cabeça.

— E o único lugar no mundo mekanista onde não seremos chamados de traidores e conspiradores, madame.

— Essa situação é apenas momentânea, mestre Klopp — falou Alek. — Nós voltaremos para casa um dia, tenho certeza.

Aos olhos do príncipe, os três homens ainda pareciam esquisitos em trajes civis e gravatas, mas estariam de macacões muito em breve. Alek continuou:

— Eles começam a trabalhar na segunda-feira para um fabricante de andadores de passeio.

— Isto não seria um pouco entediante? — perguntou a cientista. — Após meses andando a esmo com o jovem príncipe?

— De maneira alguma, madame — respondeu Bauer. — O Sr. Ford paga 5 dólares por dia!

A Dra. Barlow arregalou os olhos.

— Que extraordinário.

Alek sorriu. Tinha tentado dar a Klopp o restante do ouro do pai, mas o homem não aceitara. De qualquer maneira, o palito pesava menos de 20 gramas, o que não valia mais que 15 dólares. Trabalhando para a Andadores Ford, os três juntos receberiam aquilo todo dia.

— Terra da oportunidade — repetiu o lêmur da cientista, com uma expressão de desdém. O alemão da criatura também era excelente.

— Onde está seu conde Volger? — perguntou a Dra. Barlow. — Guardei um monte de periódicos para ele.

— O conde está aqui em algum lugar.

Alek olhou em volta e viu Volger à espreita em um canto escuro do paiol. As sobrancelhas tinham sido queimadas quando o raio de Tesla acertara as espadas, o que deixou a expressão do conde parecida como a de um louco de um filme.

Ou, talvez, ele simplesmente estivesse em um de seus estados de espírito. Quando Alek mandara que seus homens arrumassem vidas novas aqui nos Estados Unidos, apenas Volger havia resistido. O conde tinha jurado trabalhar pela elevação do príncipe ao trono da Áustria-Hungria, caso Alek quisesse ou não.

Mas quando a Dra. Barlow foi até o conde, a expressão do homem se abrandou, e, em pouco tempo, os dois conversavam intensamente na privacidade do canto.

— Talvez eu esteja falando o que não devo, senhor — comentou Hoffman, olhando para os dois —, mas eles formam um casal estranho, não?

Klopp riu pelo nariz.

— Feitos um para o outro.

— O senhor sabe o que sempre pensei? — perguntou Bauer. — Que essa guerra estava praticamente acabada desde que eles ficaram do mesmo lado!

— Conspiradores — sussurrou Bovril no ouvido de Alek.

⊙ ⊙ ⊙

Alek levou outra hora para se livrar dos simpatizantes e repórteres atrás de entrevistas, e para sair do paiol e entrar na despensa menor, por onde o príncipe tinha visto Deryn fazer uma saída discreta. Ela ainda estava ali esperando, sentada em um barril de mel das abelhas fabricadas do *Leviatã*.

Era a primeira vez que ele e Bovril viam Deryn desde a despedida no consulado sérvio, e o monstrinho praticamente se jogara nos braços dela. Alek desejou que também pudesse fazer o mesmo, mas o paiol cheio de gente ficava do outro lado de uma escotilha destrancada. Em vez disso, ele a cumprimentou com a cabeça e imaginou como começar.

Alek pensou que levaria anos até se encontrarem novamente, mas mesmo três semanas pareceram muito tempo. Não podia dizer nada disso, porém, não ainda.

Deryn olhava fixamente para a medalha enquanto fazia carinho na cabeça de Bovril. Era, obviamente, a mesma condecoração que Deryn usava no próprio uniforme de gala.

— Um pouco tapado ganhar uma medalha por cair — disse ela finalmente.

Alek engoliu em seco.

— Eu realmente não mereço, não é?

— Você merece uma *pilha* de medalhas, Alek! Por ter salvado a nave lá nos Alpes e em Istambul e novamente quando desligou a máquina de Tesla! — Ela fez uma pausa por um momento. — Não que em algum dia o almirantado fosse te dar essa última medalha, visto que você salvou Berlim.

— Você esteve presente em todas essas ocasiões, Deryn, e não vejo medalhas preenchendo seu...

Ele pigarreou e afastou o olhar.

— Peito! — completou Bovril.

Deryn gargalhou à menção da criatura, mas Alek não a acompanhou.

— Estou contente com essa única aqui, obrigada — respondeu ela.

— E eu não estava ao seu lado quando você deteve o Golias.

— De certa forma, esteve — falou Alek, baixinho, olhando para o chão.

Apenas o fato de que ele estaria salvando Deryn tornara possível apertar o gatilho.

Deryn sorriu e balançou a cabeça.

— Você nunca se recuperou mesmo daquela batida na cabeça, não é?

— Um pouco tapado! — disse Bovril.

— Talvez não. Um monte de coisas tem sido um pouco confusas desde então. — Alek ergueu o olhar para ela. — Obviamente, outras se tornaram mais claras.

Bovril riu ao ouvir isso, mas Deryn afastou o olhar. Um silêncio se estendeu, e Alek se perguntou se agora a conversa seria sempre assim entre eles, hesitante e incerta.

— Tem uma coisa que devo contar a você — falou ele. — Um segredo sobre Tesla.

Deryn arregalou os olhos.

— Bolhas!

— Em algum lugar mais discreto — disse Alek.

O príncipe se perguntou se estava apenas ganhando tempo, mas, de repente, ele soube aonde queria ir.

— Eu sei que não estou mais a serviço desta nave, Sr. Sharp, mas acha que eles me deixariam ir ao topo pela última vez?

— Se o senhor for escoltado por um oficial condecorado, talvez. — Um sorriso se abriu no rosto de Deryn. — E creio que já é hora de eu tentar subir as enxárcias.

— Seu joelho ainda dói? Mas a bengala...

No primeiro momento em que Alek viu Deryn na multidão, notou que a aspirante estava sem a bengala.

— Está muito melhor, obrigada. Ainda estou descansando a perna, apenas isso, e esquecendo todos os meus nós! — Ela deu de ombros.

— Mas se você não se importa de subir com suas roupas elegantes, eu topo tentar.

● QUARENTA E TRÊS ●

O *LEVIATÃ* ESTAVA ESTACIONADO sobre o East River e fazia questão de ser visto patrulhando em busca de qualquer andador aquático alemão que pudesse atacar Manhattan, por mais improvável que isso parecesse. A brisa do oceano soprava do sul e mantinha constante a vista das torres da cidade. Deryn se perguntou o que o aeromonstro achava dos estranhos arranha-céus gigantes: quase do próprio tamanho, só que plantados de lado no chão e apontados para cima.

O joelho doeu quando eles subiram as enxárcias juntos, é claro, mas a ardência era uma velha amiga agora. A sensação da corda na mão e o tremor do aeromonstro embaixo de si superavam qualquer outra coisa. E quando os dois chegaram à espinha, os músculos dos braços doíam mais que o ferimento.

— Aranhas berrantes, eu fiquei mole!

— Longe disso — falou Alek, enquanto desabotoava o traje a rigor.

Os observadores de submarino trabalhavam na gôndola, e metade da tripulação tinha participado da cerimônia de Alek, portanto mal havia alguém no topo naquele momento. Deryn levou Alek para a proa, longe dos poucos amarradores que trabalhavam no meio da nave. Quando passaram pela colônia de morcegos-dardos, Bovril se remexeu no ombro e imitou os estalinhos que os monstrinhos soltavam.

A proa estava vazia, mas Deryn hesitou por um momento antes de falar. Já era suficiente apenas estar ali com Alek, na brisa salgada. E ela suspeitava que o segredo sobre Tesla envolvia um certo pedaço de meteoro, e falar sobre aquilo apenas azedaria as coisas.

Mas os dois não podiam ficar ali para sempre, por mais que ela quisesse.

— Muito bem, Vossa Principeza, que segredo é esse?

Alek virou o rosto para encarar o céu que escurecia, na direção da máquina destruída de Tesla, a 80 quilômetros dali.

— Os alemães não mataram Tesla — falou ele simplesmente. — Eu matei.

A mente de Deryn levou um tempo para entender as palavras.

— Não era isso que eu... — começou ela. — Ah.

— Não havia outra maneira de detê-lo. — Alek olhou para as mãos. — Eu o matei com sua própria bengala.

Deryn se aproximou e pegou o braço de Alek. Ele parecia tão triste quanto da primeira vez que viera a bordo do *Leviatã*, na época em que a morte dos pais ainda o atormentava.

— Sinto muito, Alek.

— Quando eu estava ajudando Tesla, jamais encarei a verdade do que era o Golias. — Ele olhou fixamente nos olhos de Deryn. — Mas com os alemães atacando a praia, tudo se tornou real rápido demais. De repente, o inventor estava ali, pronto para destruir uma cidade, e eu não poderia permitir.

— Você fez a coisa certa, Alek.

— Eu matei um homem desarmado! — berrou Alek, que depois balançou a cabeça. — Mas Volger continua argumentando que Tesla não estava exatamente desarmado. O Golias era uma arma, afinal de contas.

— E tanto — comentou Bovril.

Deryn engoliu em seco ao perceber que a Dra. Barlow estava certa. Elas não podiam contar a Alek sobre o meteoro agora. O príncipe jamais poderia saber que havia matado um homem para deter uma arma que não funcionava.

Mas ela havia prometido a Alek que jamais esconderia segredos dele novamente...

— Mentir foi ideia de Volger — continuou o príncipe. — Nós contamos a verdade sobre eu ter desligado o Golias, porque salvar Berlim me tornaria um herói nas nações mekanistas. Porém, nunca podemos contar exatamente *como* eu fiz aquilo.

— Sim, e ele está certo! — Deryn pegou as mãos do príncipe e se lembrou das suspeitas que Adela Rogers tinha expressado. — Não conte para ninguém que você matou Tesla, Alek. Eles vão pensar que você está em conluio com os alemães e vão culpá-lo pelo resto da guerra!

Alek concordou com a cabeça.

— Mas eu tinha de contar para você, Deryn, porque nós prometemos não ter mais segredos.

Ela fechou os olhos.

— Ah, seu príncipe tapado.

Não havia saída agora.

— Você tinha razão a respeito disso. — Alek olhava para as botas de gala, que estavam meio gastas por causa da subida. — Eu pensei que meu destino era terminar com essa guerra, e, no fim das contas, bastava eu não me envolver e tudo estaria terminado. Porém, em vez disso, continuei em frente. Portanto, realmente a culpa é minha, a partir de agora.

— Não, não é! — gritou Deryn. — Nunca foi. E, de qualquer maneira, você não teria conseguido terminar com a guerra porque a máquina de Tesla *não funcionava*!

Alek pestanejou. Ele deu um passo para trás, mas Deryn o deteve ao apertar-lhe as mãos com força.

Bovril riu um pouco e falou:

— Meteórico.

— Você se lembra do meu pedaço da pedra de Tesla? — perguntou Deryn. — A Dra. Barlow enviou para um cientista qualquer em Londres, e a lasca veio de um meteoro. Você sabe o que é isso, certo?

— Uma estrela cadente? — Alek deu de ombros. — Então, é como eu imaginava: a pedra era apenas um espécime científico.

— Aquilo não era apenas uma estrela cadente qualquer! — Deryn tentou se lembrar de tudo que a Dra. Barlow tinha dito. — O que Tesla encontrou foi apenas um pedacinho do meteoro, mas a coisa inteira era enorme, talvez tivesse quilômetros de uma ponta à outra. E vinha com uma velocidade tão berrante que explodiu quando bateu na atmosfera. Foi isso que derrubou aquelas árvores, não uma engenhoca mekanista qualquer! Tunguska foi apenas um acidente, e Tesla estava apenas cantando de galo!

Alek encarou Deryn com olhos que brilhavam.

— Então por que ele tentou disparar o Golias?

— Porque ele era *louco*, Alek, estava fora de si querendo acabar com a guerra!

"Igualzinho a você", ela não disse.

— E a Dra. Barlow tem certeza disso? — perguntou o príncipe.

— Completamente. Portanto, a culpa *não* é sua que a guerra continua! Ela teria continuado, ano após ano, diabos, não importa o que você fizesse. — Deryn deu um abraço apertado nele. — Mas você não sabia disso!

Alek ficou ali parado no abraço dela, com os músculos retesados. Finalmente, ele afastou Deryn com delicadeza, e a voz saiu praticamente como um sussurro:

— Eu teria feito aquilo de qualquer maneira.

Ela engoliu em seco.

— O que você quer dizer?

— Eu teria matado Tesla para salvar o *Leviatã*. Para salvar você. — Alek colocou as mãos nos ombros de Deryn. — Era a única coisa na minha mente quando chegou o momento de escolher: que eu não podia perder você. Foi aí que eu soube.

— Soube o quê?

Ele se inclinou para a frente a fim de beijá-la. Os lábios do príncipe eram macios, mas acenderam algo intenso e forte dentro dela, algo que havia esperado impacientemente todos esses meses desde que o garoto viera a bordo.

— Ah — disse Deryn, quando o beijo acabou. — Isso.

— Aranhas berrantes — acrescentou Bovril, baixinho.

— Quando nós estávamos no topo, na tempestade, foi isso que você... — começou a dizer Alek. — Quero dizer, eu fiquei maluco?

— Não ainda.

Ela puxou Alek, e os dois se beijaram novamente.

Finalmente, Deryn deu um passo para trás e olhou em volta, preocupada por um instante que pudessem ter sido vistos. Mas os amarradores mais próximos na espinha estavam a 150 metros, em volta de um farejador de hidrogênio que tinha encontrado um rasgo na membrana.

— É um pouco complicado, não é? — perguntou Alek ao acompanhar o olhar de Deryn.

Ela concordou com a cabeça, em silêncio, com medo de que uma palavra errada pudesse estragar tudo.

O príncipe tirou algo do bolso, e, ao ver aquilo, Deryn ficou abatida. Era o canudo de couro para pergaminhos, aquele que continha a carta do papa. Deryn tinha esquecido por um único instante absurdo que Alek era um futuro imperador, e ela, uma plebeia.

— Complicado — repetiu Bovril.

— É claro. — Deryn abaixou o olhar e se afastou do abraço. — Ninguém vai *me* escrever uma carta para me tornar nobre, não é? E eu jamais seria uma princesa de verdade, mesmo que o papa em pessoa costurasse um vestido para mim. Isso tudo é ridículo.

Alek olhou fixamente para o canudo.

— Não, a resposta é muito simples.

Deryn cerrou os punhos para conter o excesso de esperança.

— Você quer dizer que poderíamos manter toda essa situação em segredo? Teríamos de nos esconder por um tempo de qualquer maneira, visto que estou usando calças. E você está mentindo melhor hoje em dia...

— Não foi isso que eu quis dizer.

Ela encarou Alek, que tinha aquele olhar tapado novamente.

— O que é, então?

— Nós manteremos alguns segredos, por enquanto. E talvez você precise de seu disfarce até que o mundo se torne evoluído como você. — Alek respirou fundo. — Mas eu não tenho utilidade para isso.

E com essas palavras, o príncipe Aleksandar de Hohenberg jogou o canudo de pergaminhos para estibordo, e ele foi girando no horizonte de Manhattan enquanto o couro lustroso brilhava sob a luz do sol. A brisa do oceano catou o objeto e o levou para a proa, mas o canudo giratório ainda se afastou bastante da parte mais larga do corpo do aeromonstro, e, da proa, Deryn conseguiu ver muitíssimo bem onde deu um pequeno e perfeito tapa na água.

— Meteórico! — exclamou Bovril um pouco agitado.

— Sim, monstrinho — concordou Deryn.

O mundo de repente ficou claro e frágil, como se relâmpagos iluminassem o céu sobre Manhattan. Mas ela não conseguia tirar o olhar do rio escuro.

— Aquela carta era todo seu futuro, seu príncipe tapado.

— Era meu passado. Eu perdi aquele mundo na noite em que meus pais morreram. — Alek se aproximou novamente. — Mas encontrei você, Deryn. Talvez eu não estivesse destinado a acabar com a guerra, mas estava destinado a conhecer você. Tenho certeza disso. Você me salvou de não ter motivos para prosseguir.

— Nós salvamos um ao outro — sussurrou Deryn. — É assim que funciona.

Com uma rápida olhadela para o grupo distante de amarradores, beijou Alek novamente. Este foi um beijo mais longo, melhor, com as mãos entrelaçadas ao lado do corpo, e o constante vento contrário deu a sensação de que a nave estava indo para um lugar qualquer, novo e maravilhoso, com apenas os três a bordo.

Esse pensamento fez Deryn se afastar.

— Mas que diabos você vai *fazer*, Alek?

— Acho que vou ter de arrumar um emprego de verdade. — Ele suspirou e olhou para o rio. — Meu ouro acabou, e não é provável que me deixem entrar para a tripulação.

— Imperadores são coisas inúteis e fúteis — falou Bovril.

Alek olhou feio para o monstrinho, mas Deryn sentiu outro sorriso no rosto.

— Não se preocupe — disse ela. — Eu mesma estou pensando em ir embora.

— O quê... você, ir embora do *Leviatã*? Mas que absurdo.

— Não exatamente. Ocorre que a cientista tem o emprego ideal para mim. Para nós dois, creio eu.

"UM FIM E UM BEIJO."

◈ QUARENTA E QUATRO ◈

Em um pronunciamento surpresa hoje, Sua Serena Alteza Aleksandar de Hohenberg, suposto herdeiro do império da Áustria-Hungria, renunciou à reivindicação de todos os títulos e terras da linhagem de seu pai, incluindo o próprio trono imperial. Esta notícia extraordinária abalou seu país devastado pela guerra, cujos cidadãos tinham abraçado discretamente o príncipe foragido como um símbolo da paz.

De qualquer maneira, era duvidoso que o príncipe Aleksandar tomasse o trono. Sua reivindicação era baseada em uma bula papal que não foi verificada pelo Vaticano e é contestada pelo atual imperador, Francisco José. Na verdade, conforme as vitórias russas se acumulam na linha de frente oriental, é duvidoso que o Império Austro-

Húngaro sequer continue a existir assim que a Grande Guerra acabe.

Em uma declaração de menor importância, Aleksandar também renunciou ao envolvimento com a Fundação Tesla, que está arrecadando dinheiro para reparar o complexo do falecido inventor, em Shoreham, Nova York. A relação do príncipe com a organização esteve sob tensão desde o anúncio de que foi ele que desligou a arma depois da morte de Nikola Tesla, por temer pela segurança das aeronaves próximas e da cidade de Berlim. De acordo com seu porta-voz, o conde Ernst Volger, Aleksandar aceitou um cargo na Sociedade Zoológica de Londres, uma organização científica de patrocínio real, mais conhecida pela conservação do Zoológico de Londres.

Correm rumores sobre o motivo pelo qual um herdeiro de uma das grandes dinastias da Europa trocaria seu trono, terras, e títulos pelo cargo de tratador de zoológico. Porém, perguntado por este repórter durante a viagem para a Inglaterra, via o H.M.S. *Leviatã*, Aleksandar só fez o seguinte comentário: *"Bella gerant alii, tu felix Austria, nube."*

A frase é o lema em latim dos Habsburgo e se refere à tradição da dinastia de ganhar influência por alianças, em vez de conflitos. A tradução é: "Deixe os outros travarem guerras. Tu, sortuda Áustria, case." Não se sabe o que isso quer dizer no contexto, embora seja uma indicação a esse repórter de que o jovem príncipe encontrou o apoio de novos e poderosos aliados.

Eddie Malone
New York World
20 de dezembro de 1914

◈ **POSFÁCIO** ◈

GOLIAS É UM ROMANCE de história alternativa, portanto a maioria dos personagens, criaturas e mecanismos é invenção minha. Porém, as locações históricas e os eventos são inspirados nas realidades da Primeira Guerra Mundial, e alguns dos personagens são pessoas reais. Eis uma rápida análise do que é verdadeiro e o que é ficcional.

Aproximadamente às 7h14 do dia 30 de junho de 1908, uma enorme bola de fogo explodiu no ermo da Sibéria. A centenas de quilômetros de distância, pessoas foram derrubadas, e janelas, estilhaçadas pela explosão. Devido à remota localização, o evento de Tunguska sequer foi estudado por cientistas durante muitos anos, e apenas recentemente foi determinado que o impacto de um meteorito causou a destruição. (Ou talvez tenha sido um fragmento de cometa; não temos *tanta* certeza assim.) Muitas hipóteses para a causa foram propostas nas décadas seguintes — de alienígenas a buracos negros à antimatéria, e até mesmo experimentos foram feitos pelo grande inventor Nikola Tesla.

Tesla era mundialmente famoso em 1914. Um imigrante sérvio que vivia em Nova York, trabalhava em inúmeras invenções, incluindo um "raio da morte" com que ele esperava tornar impossíveis as guerras. Seu grande projeto desde 1901 era a Torre Wardenclyffe, um enorme aparato elétrico em Long Island, com que esperava transmitir energia elétrica gratuita para o mundo inteiro (e muito mais). Porém, em 1914, as finanças de Tesla desmoronaram, e ele começou a fazer promessas cada vez mais loucas sobre o que era capaz de realizar. A torre nunca foi completada, e, em 1915, o terreno onde se situava foi passado ao hotel Waldorf-Astoria para perdoar dívidas. (Isso mesmo, o covil de um cientista louco foi entregue para pagar uma *conta de hotel*.) A torre foi destruída em 1917 pelo governo americano, que temia que os alemães pudessem usá-la como transmissor ou marco de navegação.

William Randolph Hearst e Joseph Pulitzer foram magnatas rivais do jornalismo por muitas décadas. Ambos eram conhecidos pelo chamado jornalismo-marrom, com reportagens que privilegiavam o sensacionalismo aos fatos. Como em *Golias*, Hearst era firmemente contra a entrada dos Estados Unidos na Primeira Guerra Mundial. Ele também amava cinema e criou o seriado *Os perigos de Paulina*, cujo primeiro episódio é descrito no livro e contém o "gancho" que lança a série. (Digamos que eu devo ao sujeito.)

Adela Rogers St. Johns foi uma repórter dos jornais de Hearst e de outros periódicos dos 19 anos de idade até bem depois dos 60 anos. Ela tem 20 anos em *Golias*, e, embora fosse casada na época, eu, de certa forma, tomei a liberdade de mudar a história para mantê-la solteira. O caso do contrato de casamento ter sido rasgado ao meio é verdade, porém. Sua autobiografia, *The Honeycomb* [O Favo de Mel] (1969), ainda é facilmente encontrada e muito impressionante.

Francisco "Pancho" Villa é uma figura importante na Revolução Mexicana de 1910-1920. Villa realmente tinha um contrato com Hollywood para filmar suas batalhas, e agentes alemães realmente forneceram suprimentos para várias facções revolucionárias na esperança de ganhar influência no México. Quando os Estados Unidos finalmente entraram na Primeira Guerra Mundial em 1917, foi em parte devido à descoberta do Telegrama Zimmerman, uma oferta do Império Alemão para ajudar o México caso o país atacasse os Estados Unidos. Portanto, pensei que faria sentido colocar a Revolução Mexicana na minha história. O Dr. Mariano Azuela não era realmente o médico pessoal de Villa, mas sim um belo escritor, e seus romances e histórias estão entre as melhores sobre a Revolução Mexicana.

Os dois cientistas japoneses mencionados pelo nome, Sakichi Toyoda e Kokichi Mikimoto, são reais; o primeiro fundou a companhia que hoje chamamos de Toyota. O lugar-tenente de Hearst, Philip Francis, também é uma figura histórica, e após sua morte se descobriu que ele nasceu como Philip Diefendorf. Era improvável que fosse um agente alemão — ele também não é um agente alemão em *Golias* —, mas muitos americanos com nomes alemães foram perseguidos durante a Primeira Guerra Mundial, incluindo um dos meus tios-tataravôs.

Os mais importantes desvios da História nesta série, é claro, não estão nesses detalhes, nem mesmo nas minhas fantásticas tecnologias. As maiores mudanças estão no rumo da guerra em si. No mundo real, sem uma aeronave *Leviatã* para visitar Istambul, o Império Otomano se juntou às Potências Centrais ("Mekanistas") e cortou os suprimentos de comida dos russos. A longa e sangrenta batalha de Galipoli não conseguiu abrir o estreito de Dardanelos, e o vigor do exército russo foi diminuído. E é claro que não houve ataque alemão algum a Shoreham, em Nova York, portanto os Estados Unidos permaneceram neutros por mais três anos. Enquanto isso, a guerra emperrou em um horrível impasse, e, quando terminou, a Europa estava em ruínas, o que preparou o terreno para os horrores de uma segunda guerra mundial a seguir.

No fim de *Golias*, no entanto, minha Grande Guerra ficcional parece estar chegando ao fim. Os alemães possuem menos aliados e inimigos mais fortes, em muito graças aos bravos oficiais e à tripulação do *Leviatã*. A Europa pode muito bem surgir desta guerra bem menos devastada que em nosso mundo e, portanto, menos vulnerável para tragédias piores que viriam. É só uma pena que Alek e Deryn não consigam ver nossa história para saber que grande diferença eles fizeram.

Mas, por outro lado, no momento eles têm coisas melhores para fazer.

Visite nossas páginas:
www.galerarecord.com.br
www.facebook.com/galerarecord
twitter.com/galerarecord

Este livro foi composto nas tipologias Caslon Old Face BT, Regula Old Face, Vahika e
Sohoma Condensed, e impresso em papel offset 90g/m² na gráfica Yangraf.